a_tope.com
Ausgabe B

W0362453

Ihr Buch finden Sie auch in der **Cornelsen Lernen App**.

Sehen Sie eines dieser Symbole in Ihrem Buch, finden Sie in Ihrer App …

- das passende **Audio**
- das passende **Video**

Cornelsen

a_tope.com Ausgabe B
Spanischlehrwerk für Spätbeginner

Im Auftrag des Verlages erarbeitet von:
Carolina Goreczka-Hehl, Alexander Grimm, Alexander Gropper, Heike Kolacki, Ulrike Lützen, Yvonne Miller, Marit Reifenstein, Wolfgang Steveker, Araceli Vicente Álvarez, Manuel Vila Baleato und Gisela Weber

und der Redaktion Spanisch:
Grizel Delgado Rodríguez, Carlos García López, Dirk Kessing und Matthias Nusser
Projektleitung: Cara Gaffrey

Umschlagfoto: Shutterstock / Eve Orea
Layout und technische Umsetzung: werkstatt für gebrauchsgrafik, Berlin, Straive, India und L42 AG, Berlin
Umschlaggestaltung: vitaledesign

Begleitmaterialien zu A_tope.com, Band 2:

Arbeitsheft:	ISBN 978-3-06-024446-1
Grammatik:	ISBN 978-3-06-024491-1
Handreichungen für den Unterricht:	ISBN 978-3-06-024828-5

Symbole und Verweise

	Audio
	Video
	Medienkompetenz
	Partnerarbeit
	Differenzierungsaufgabe (leicht)
	Differenzierungsaufgabe (schwer)
PF	Aufgabe, die Vorbereitung / Teil der Lernaufgabe ist
ES DE	Sprachmittlungsaufgabe
facultativo	Fakultative Aufgabe

www.cornelsen.de

1. Auflage, 1. Druck 2024

Alle Drucke dieser Auflage sind inhaltlich unverändert und können im Unterricht nebeneinander verwendet werden.

Druck und Bindung: Mohn Media Mohndruck, Gütersloh

ISBN: 978-3-06-022452-4

Inhaltsverzeichnis

1 Galicia: Una comunidad diferente

¡Vamos!

2

La gaita

Muchos no saben que la cultura celta está muy presente en Galicia, por ejemplo, en la música y en sus tradiciones. El instrumento más típico aquí es la gaita.

1

Me encanta el norte de España, sobre todo Galicia y el País Vasco porque son comunidades autónomas muy verdes.
Es más, Galicia es el mejor lugar para conocer una España diferente... Aquí no siempre hace sol, en invierno llueve mucho... ¡pero hay unos paisajes impresionantes!

Galicia

3

Islas Cíes

A pesar de que en 2002 pasó en la costa gallega el peor de los desastres naturales en España, muchas playas son un paraíso. Vale la pena visitar las Islas Cíes. Para muchos la playa de Rodas es la más bonita del mundo.

4

Si hablan gallego, mis amigos de Galicia pueden comunicarse casi sin problemas en Portugal. ¡Qué práctico!

Comprensión lectora y auditiva

1 a Lee el texto y apunta las informaciones sobre los siguientes aspectos de Galicia:

el clima	el paisaje	la cultura	la lengua	la comida
[...]	[...]	[...]	[...]	[...]

b Utiliza tus apuntes y presenta Galicia con tus propias palabras.

Hier lernst du:
- eine Region zu beschreiben
- besondere Eigenschaften auszudrücken

1

5

El Camino

Según Goethe, Europa nació con el Camino de Santiago, uno de los caminos de senderismo más antiguos del continente. Miles de peregrinos de todo el mundo caminan por España y llegan cada año a Santiago de Compostela, la capital de Galicia.

6

Tapas

En los restaurantes además del jamón serrano o la tortilla, los platos más típicos de Galicia son el pulpo y los pimientos de Padrón. Pero también hay muchos platos con pescado ☺ y marisco... hay que decir que están muy buenos.

7

Lengua oficial

Además del castellano, aquí el gallego también es lengua oficial. Para mí fue sorprendente saber que el gallego es una asignatura obligatoria hasta el final del bachillerato.

8

Televisión

Y no solo eso, en la Televisión de Galicia todo es en gallego, ¡también las películas o las series extranjeras!

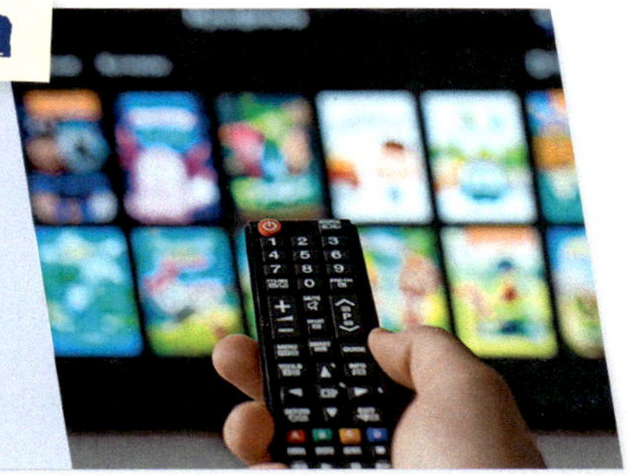

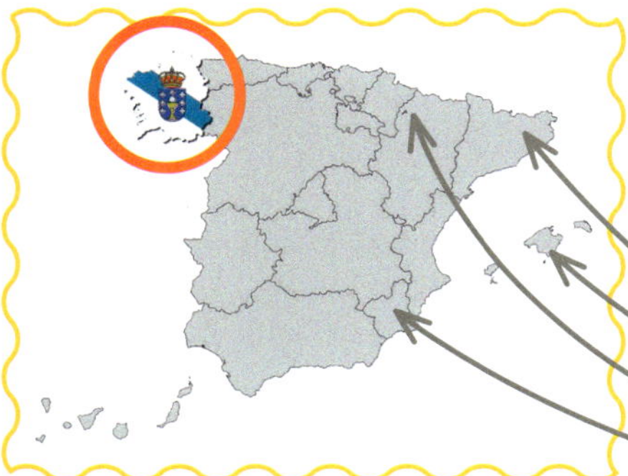

No solo en Galicia hay otro idioma oficial. En Cataluña, las Baleares y la Comunidad Valenciana se habla catalán y en el País Vasco euskera o vasco.

2 a Escucha a tres personas que hablan en situaciones diferentes sobre Galicia: ¿Quién habla?

un profesor — un peregrino — un guía turístico

b Escucha otra vez. ¿Qué ciudades menciona cada persona y qué dice sobre cada una de ellas? Apunta en tu cuaderno.

↗ p. 127

Pontevedra — Lugo — Ferrol — Tui — Santiago — Redondela — La Coruña — Vigo — Orense

Comprensión auditiva y audiovisual

3 a Escucha el podcast «De paseo por España» y completa las frases con la respuesta correcta.

1. Hablan sobre todo…
   a) del País Vasco.
   b) del norte de España.
   c) de Galicia.
   d) de Vitoria.

2. Bilbao y San Sebastián son ciudades…
   a) muy turísticas pero no muy modernas.
   b) muy modernas y conocidas.
   c) pequeñas.

La Concha

b Escucha otra vez y completa la información.

1. El vasco es la lengua más […].
2. La ciudad más grande […].
3. «La Concha» es una de las playas más […].
4. Bilbao es la ciudad más […].
5. En San Sebastián hay unos de los mejores […].
6. Los platos más típicos son […].

El Museo Guggenheim, Bilbao

4 Mira el vídeo sobre Bilbao. Apunta los lugares que se presentan y uno o dos datos para cada lugar.

La lengua y expresión oral

5 a ¿Qué sabe tu compañero/-a de España y de Galicia? Utilizad el superlativo y haced minidiálogos como en el ejemplo. ▶ Mapa de España, Umschlagseite

Ejemplo: –¿Cuál es la lengua más antigua de España?
–La lengua más antigua de España es el vasco o euskera.

1. la lengua (antiguo/-a) de España
2. la ciudad (grande) de España
3. el río (largo/-a) de España
4. los (bueno/-a) museos de España
5. las tapas (típico/-a) de España
6. las ciudades (grande) de Galicia
7. los platos (típico/-a) de Galicia
8. el río (importante) de Galicia
9. las islas (increíble) de Galicia
10. la playa (bonito/-a) del mundo

Vigo y La Coruña | Madrid | el Ebro
el Miño | ~~el vasco o euskera~~ | Rodas
la tortilla y el jamón | las Cíes
el pulpo y los pimientos de Padrón
el Prado y el Reina Sofía

b Describe tu región a tu alumno/-a de intercambio y nombra superlativos de tu región.

la ciudad | la montaña | el río
el plato | el lugar | la bebida
el museo | el lago | el monumento

alto/-a | largo/-a | importante | ⚠ bueno/-a | rico/-a | bonito/-a
grande | moderno/-a | típico/-a | interesante | tranquilo/-a
famoso/-a | divertido/-a | antiguo/-a | aburrido/-a

La ciudad más importante de mi región es Múnich, pero el mejor lugar para mí es Feldafing porque allí viven mis amigos.

1

c En Geografía presentas tu región. Cuenta algo sobre los siguientes temas. Utiliza también los superlativos de b.

↗ p. 127

el clima — el paisaje — la cultura — actividades — la comida

[…] es una región en el norte / […] de Alemania.
Muchos no saben que […].
En […] no solo […], también […].

[…] es	un paraíso el lugar perfecto	para […].
	famoso/-a conocido/-a	por […].

[…] es el/la mejor/peor […]
Hay que decir que […].

Vale la pena […].

[…]	más menos	típico/-a interesante bonito/-a	es […].

Mediación

ES / DE **6 Estáis de vacaciones en La Coruña. Acabáis de llegar al hotel y tu compañera tiene varias preguntas. Haz de intérprete entre ella y el recepcionista.** ▶ Dolmetschen, S. 176

Um wiederzugeben, was eine andere Person gesagt hat, können Sie *decir que, contar que, preguntar si* usw. verwenden.

A Galicia, antes y hoy

Hier lernst du:
- zu erzählen, wie es früher war
- Dinge miteinander zu vergleichen

En mis primeros años como profesora, todavía vivía Franco. Eran los últimos años de la dictadura y estaba prohibido hablar gallego. En mi familia siempre lo usábamos en casa y a veces en la calle. Sin embargo, había otras regiones bilingües de España donde hablar su lengua era más peligroso que en Galicia. Por suerte, hoy en día todo es muy diferente. Ahora los niños en Galicia aprenden su lengua en la escuela y también hay otras asignaturas en gallego.
Carmen Nogueira, 74 años (Orense)

De 1939 a 1975 hubo una dictadura en España. En esos años la gente no podía hablar vasco, gallego o catalán.

Cuando era pequeño, Santiago, la ciudad donde nací ya era un lugar con mucha vida. Ahora la capital de Galicia es más internacional que en mi juventud.
Cuando yo era joven, trabajaba de camarero. Santiago no era una ciudad tan turística como ahora. En aquellos años ya había muchos estudiantes universitarios, y a veces veías peregrinos, pero no como hoy. Ahora vas por el centro y escuchas a menudo otras lenguas: inglés, francés o alemán. Mi nieta dice que es fenomenal porque habla con los turistas y puede practicar las lenguas que aprende en el instituto.
Hay vecinos que dicen que antes las calles estaban menos llenas y la vida era más tranquila, pero olvidan que los turistas dan trabajo a muchas personas en nuestra ciudad.
Antonio Sexto, 71 años (Santiago de Compostela)

Mi situación después de estudiar Biología en la Universidad de Vigo era muy difícil. Casi no había oportunidades y no era fácil encontrar trabajo. Muchos hacían prácticas en empresas… ¡pero sin sueldo! La alternativa era emigrar, como hacían nuestros abuelos cuando eran jóvenes y emigraban a Argentina o a Cuba.
Yo quería quedarme aquí, cerca de mi familia y mis amigos. Cada día pensaba en lo que podía hacer. Ahora tengo una empresa pequeña y vendo productos ecológicos de mi región en internet a un montón de países. Hoy en día puedes vivir en un pueblo y estar conectado con todo el mundo. Disfruto mucho de mi trabajo y puedo hacerlo desde mi casa. ¡Me encanta vivir en Galicia!
Andrés Candeira, 29 años, Monforte (Lugo)

El Camino de Santiago es una red de caminos muy antigua por toda Europa que termina en Santiago de Compostela. Peregrinos de todo el mundo hacen el camino a pie, en bicicleta o a caballo. En el camino es común escuchar «buen camino» o «bo camiño» para desear suerte al peregrino.

Bo camiño!

Cuando era pequeño no me gustaba ir al instituto. Pasaba mucho tiempo con mi padre y lo ayudaba a pescar o a vender pescado. Desde niño yo ya sabía que quería ser pescador, como mi padre y mi abuelo. El trabajo es difícil, pero para mí es más divertido que un trabajo de oficina. Además, lo que más me gusta de ser pescador es ver el mar cada mañana.
Mis hijos, como muchos jóvenes del pueblo, prefieren buscar trabajo en Vigo. Es verdad que en las ciudades grandes hay más industria que aquí, pero allí las cosas no son tan fáciles… En un pueblo la vida es más barata… ¡y menos estresante!
Xoán Cea, 43 años, Bueu, (Pontevedra)

2 estar prohibido/-a verboten sein 4 bilingüe zweisprachig 5 peligroso/-a gefährlich
12 el camarero der Kellner 18 olvidar vergessen 25 vender verkaufen 33 pescar fischen

Comprensión lectora

1 **¿Quién es? Busca la información en el texto y completa las frases con el nombre correspondiente.**
▶ Selektives Leseverstehen, S. 167

Carmen
Antonio
Andrés
Xoán

1. [...] quería hacer el mismo trabajo que su padre.
2. [...] vivía en Santiago.
3. [...] no quería emigrar.
4. [...] hablaba castellano con sus alumnos.
5. [...] era estudiante de Biología.
6. [...] trabajaba en un bar.
7. [...] vivía durante la dictadura de Franco.
8. [...] no quería trabajar en una oficina.

2 **Cuenta cómo era la vida en Galicia antes y cómo es hoy.**

Durante la dictadura de Franco En aquellos años Antes	en Galicia (en) Santiago en los pueblos en las ciudades (para los jóvenes)	escuchas a menudo otras lenguas. hay más industria que en los pueblos. los turistas dan trabajo a la gente de la ciudad. la vida es más barata que en las ciudades. casi no había oportunidades. ya había muchos estudiantes universitarios. las calles estaban menos llenas que ahora. no era una ciudad tan turística. los niños aprenden su lengua en la escuela. a veces veías peregrinos. estaba prohibido hablar gallego.
Hoy en día Hoy Ahora		

3 a **Lee las siguientes frases en gallego. ¿Qué palabras son (casi) como en español?**

1. Nos meus primeiros anos como mestra, aínda vivía Franco.
2. Nas cidades grandes hai más industria.
3. A miña filla di que é xenial porque fala cos turistas.
4. Os turistas dan moito traballo a persoas na nosa cidade.

b **Busca las frases de a en el texto.**

La lengua

4 a **Busca las formas del pretérito imperfecto en el texto y apúntalas con el infinitivo y el pronombre sujeto.**

estaba (él/ella) → estar

b **Sortieren Sie die Verben nach ihrer Endung im Infinitiv (-ar, -er/-ir):**
Wie bildet man das pretérito imperfecto? Notieren Sie auch die Formen der unregelmäßigen Verben.

	-ar	-er/-ir
[yo]	-aba	-ía
[tú]	[...]	[...]
[él/ella]		

	ser	ir	ver	hay
[yo]	[...]	[...]	[...]	[...]
[tú]	[...]	[...]		
[él/ella]				

5 **¿Cómo era la vida de Xoán cuando era pequeño? Completa el texto con las formas del pretérito imperfecto.** ▸ Grammatik, 9

Cuando (*ser*/yo) un niño en las vacaciones siempre (*ir*) a pescar con mi padre. Mis hermanos y yo (*levantarse*) muy temprano. A mí me (*gustar*) ver el mar todos los días porque así [...] tiempo con mi padre. Cuando (*pescar*), mi padre y yo casi no (*hablar*), solamente (*escuchar*) el mar. A veces el trabajo [...] muy duro, sobre todo cuando [...] mal tiempo y [...] mucho viento. Los peces que (*coger*/nosotros) casi siempre [...] muy grandes. Mi padre (*vender*) el pescado en el mercado del pueblo. Mi madre también (*llevar*) pescado a casa y lo (*preparar*) en la cocina. Por las noches lo (*comer*) todos juntos.

6 **Explícale a tu compañero/-a una de estas palabras del texto (p. 12). Tu compañero/-a dice qué palabra es.**

el camarero emigrar el sueldo bilingüe
Vigo el pescador la oficina la juventud
el estudiante las prácticas la dictadura

Es alguien / una persona que [...]
Es algo que sirve para [...] Quiere decir [...]
Es un lugar / una ciudad donde [...]

7 **Repasar el comparativo: Andrés vende productos ecológicos por internet. Utiliza el comparativo y formula lo que dice.**

Ejemplo: En unos años los productos ecológicos van a ser más importantes que los productos «normales».

1. Tener una empresa es mucho (*estresante*/+) estudiar, pero también estoy (*contento*/+) antes.
2. Los productos que vendo son (*caro*/+), pero también son (*bueno*/+) los productos en el supermercado.
3. Además, vender algo en internet es (*difícil*/–) vender algo en una tienda: puedo trabajar en casa. Pero dar buenos consejos a mis clientes en internet es (*importante*/=) como en una tienda.
4. Pero es (*divertido*/–) trabajar en una tienda porque solo chateas con la gente por internet.
5. A veces la gente dice que los productos en la realidad son (*bonitos*/–) en las fotos, pero no sé.
6. A mi madre no le gusta pedir cosas en internet, dice que es (*práctico*/+) comprar algo en la tienda.
7. Ella piensa que buscar información en internet es (*importante*/–) hablar con alguien en el mercado.
8. Para ella, trabajar en casa es (*malo*/=) salir de casa cada día temprano.

8 **¿Cómo era la vida antes comparada con hoy? Imagina qué dice Antonio sobre Galicia.**

Ejemplo: Antes la vida en Santiago era más tranquila y me gustaba más.

Hoy en día…
- la vida es muy estresante.
- Santiago es una ciudad moderna.
- en muchas casas hay internet.
- la gente usa móviles y chatea para comunicarse.
- muchos jóvenes tienen que emigrar para buscar trabajo.
- vienen miles de estudiantes de todo el mundo.
- el Camino de Santiago ya es casi solo para turistas.
- los precios en los restaurantes y hoteles son muy altos.
- hay muchas tiendas solo para los turistas.

Comprensión auditiva

9 Daniel, el nieto de Antonio Sexto (p. 14), quiere saber cómo era la vida de su abuelo cuando era pequeño. Escucha y toma apuntes: ¿Qué dice el abuelo sobre…? ▶ Selektives Hörverstehen, S. 166

los profesores — sus padres — el tiempo libre — el pueblo — las vacaciones

1

Expresión oral

10 a ¿Cómo era tu vida cuando tenías 5 años?
Tu compañero/-a te hace al menos siete preguntas. Contéstalas. ↗ p. 127

amigos — casa — vacaciones — actividades — libro/s — película/s
serie/s — canciones — comida — juego/s — ropa favorita — […]

¿Quiénes eran tus amigos cuando tenías cinco años?

b Después cuenta a otro/-a compañero/-a de tu compañero/-a de a.

Cuando	Michael Svetlana	era pequeño/-a tenía cinco años

En aquellos años — Siempre — Todos los días
En las vacaciones — En el instituto — […]

11 ¿Qué es lo que más te gusta de tu vida hoy? Cuenta. ↗ p. 128

Lo que más me gusta de mi familia es que tenemos un perro, porque juego mucho con él.

Lo que (más) me gusta de	mi familia/instituto mi barrio/pueblo/ciudad ser joven […]	es/son […]	porque […]
		es que […]	

Expresión escrita

12 ¿Cómo pasaba Antonio sus días cuando era pequeño? Imagina sus actividades y completa su testimonio (p. 12) (100–120 palabras). ↗ p. 128

Cuando yo era pequeño, me gustaba […]

¡Mentras falas, non comes! Mientras hablas, no comas.
Xa comín, vou dormir. Ya comí, voy a dormir.

B Una fiesta en Villagarcía

Hier lernst du:
- über Erlebnisse und Situationen in der Vergangenheit zu berichten.

Llegué a Galicia hace 11 meses como alumna de intercambio y en dos semanas ya tengo que volver a Alemania.

Hoy os quiero hablar de mi fin de semana y la Fiesta del Agua en Villagarcía. ¿Sabíais que es una fiesta un poco nueva? Esta tradición empezó en el año 1984 y ahora cada verano, el 16 de agosto, miles de personas celebran esta fiesta en las calles y plazas con muuuuuchos litros de agua. Yo no la conocía, pero ahora es mi fiesta favorita. A pesar de que tuve un susto… ¡enorme! Ahora os cuento.

El viernes pasado fuimos en tren desde La Coruña a Villagarcía. Éramos un grupo de cinco chicas y todas nos quedamos en casa de los abuelos de mi amiga Ana. Nos invitaron a comer y allí pude probar muchos platos gallegos, como el pulpo. También probé algo dulce, nunca supe su nombre. Después por la noche salimos, el ambiente en todas las calles era increíble, había muchos jóvenes. Pero la gran fiesta fue el sábado. Mis amigas y yo nos levantamos muy temprano a pesar de que todavía teníamos sueño. Es que los abuelos de Ana querían desayunar con nosotras y ellos siempre se levantan temprano. Cuando terminamos, salimos. Hacía sol y mucho calor y las calles estaban llenas de gente. Primero mis amigas y yo tomamos un refresco en una terraza en la plaza. Yo dejé mi mochila debajo de una mesa.

A mediodía por fin empezó la fiesta. Alguien gritó «agua», una señora abrió la ventana y nos tiró ¡agua! Ya después, otro chico también gritó y entonces otro vecino también nos echó más agua. El ambiente era fenomenal y yo estaba supercontenta. Pero cuando quise coger mi mochila para buscar un pañuelo – ya no estaba debajo de la mesa. En mis vaqueros tenía mi móvil, pero ¡mi cartera y mi pasaporte estaban en la mochila!
En la calle había muchas personas y era difícil buscar entre la gente… Cuando ya estaba desesperada, de repente Ana vio algo.

«–Mira, ¿ves aquella mochila de allí?
Las dos fuimos allí muy rápido para ver si todavía estaban mi pasaporte y mi cartera.
Pero cuando abrí la mochila… ¿Qué había allí? ¡Un billete de tren a Madrid! No era mi mochila.
–Tranquila –dijo Ana–. Seguro que la otra persona también está buscando su mochila.
Decidimos coger la mochila y volvimos con el resto de las chicas. Yo estaba desesperada, quería llorar. Mientras Ana explicaba todo a mis amigas, yo miraba continuamente hacia la terraza. De repente, alguien me tocó en el brazo y tuve una sorpresa muy agradable:
–Perdón, creo que tienes…
Me giré y terminé la frase de un chico que estaba a mi lado:
–¡Mi mochila!»

Él cogió su mochila, la abrió y encontró su billete a Madrid. Luego, me devolvió mi mochila, yo la cogí y encontré mi pasaporte y mi cartera, ¡menos mal! Cuando vimos nuestras cosas, nos alegramos mucho. Nos reímos un montón por la confusión. Después de solucionar el «problema», David (así se llamaba el chico) y sus amigos continuaron la fiesta con nosotras.
Aquella noche volvimos muy tarde a casa. Todas estábamos muy cansadas, pero también muy contentas.
Para mí fue el mejor fin de semana de mi año de intercambio porque lo pasamos muy bien en la fiesta. Además, conocí a alguien especial y ahora tengo un amigo… ¡en Madrid!

En Galicia celebran muchas fiestas tradicionales como «A rapa das bestas», una fiesta donde se recogen caballos, o «festa da Istoria», que es una fiesta con ambiente medieval. ¿Qué fiestas tradicionales hay en tu región o país?

7 **el susto** der Schreck 17 **gritar** schreien 18 **tirar** *hier:* begießen 26 **la cartera** die Brieftasche
29 **estar desesperado/-a** verzweifelt sein 29 **llorar** weinen 30 **tocar** berühren 37 **reírse** lachen

Comprensión lectora

1 **a** **¿Qué sabes de la Fiesta del Agua en Villagarcía? Busca la información en el texto.**
▶ Selektives Leseverstehen, S. 167

b **Presenta a Lena, la autora del blog, según la información que hay en el texto.**

¿De dónde es Lena?
¿Dónde está ahora y desde hace cuánto tiempo está allí?
¿Qué hace allí?
¿Qué hizo el último fin de semana y con quién?
¿Cómo era el ambiente?
¿Qué pasó?
¿Cómo se llama su nuevo amigo y dónde vive?
¿Con quién estaba su nuevo amigo?

La lengua

2 **Ordnen Sie die Sätze den Bildern zu. Auf welchem Bild geschieht etwas? Auf welchem wird etwas beschrieben?** ▶ Grammatik, 12

a) De repente, alguien me tocó en el brazo.
b) Hacía sol y mucho calor.
c) Luego, me devolvió mi mochila.
d) El chico cogió su mochila, la abrió y encontró su billete a Madrid.

Estrategia: Mit Merkhilfen arbeiten

3 **a** **Busca más frases en el texto y ordénalas en una tabla.**

¿Cómo era? (Pretérito imperfecto) 	¿Qué pasó? (Pretérito indefinido)[1] 
[…]	[…]
[…]	

1 Das *pretérito indefinido* wird auch *pretérito perfecto simple* genannt.

Mit Lernhilfen arbeiten
Verwende beim Arbeiten Symbole, die an die Zeichnungen von Aufgabe 2 erinnern:
– einen Fotorahmen für das *pretérito imperfecto* (= Situationen)
– einen Filmstreifen für das *pretérito indefinido*[1] (= aufeinander folgende Aktionen).
Das hilft dir beim Zuordnen der Sätze.

b **Mira los dibujos y cuenta: Después de encontrar su mochila, ¿qué hizo David el domingo? Utiliza el pretérito indefinido y el pretérito imperfecto.**

toda la mañana   a las [...] de la mañana/tarde/noche
todo el día   de repente   después   entonces

La lengua

PF **4** **a** **David cuenta qué le pasó cuando volvía con sus amigos a Madrid. ¿Pretérito indefinido o pretérito imperfecto? Completa con la forma verbal correcta.** ▸ Grammatik, 12

Cuando (*volver*) en tren a Madrid, de repente Juan (*sacar*) unas fotos de la Fiesta del Agua. ¡(*Ser*) geniales! En algunas fotos (*charlar*) y (*reírse*), en otras (*estar*) en la calle y la gente nos (*tirar*) agua. De repente (*ver*) una foto de Lena, la chica alemana, y bueno… me (*poner*) muy nervioso… es que en ese momento me (*encantar*) ver su cara.

Bei den Verben *saber*, *conocer* und *tener* ändert sich die Bedeutung, je nach dem, ob sie im **pretérito imperfecto** (wissen, kennen, haben) oder im **pretérito indefinido** (erfahren, kennenlernen, bekommen) verwendet werden.

b **Lena cuenta otra experiencia que tuvo en Galicia. Completa las frases con la forma correcta de los verbos.**

Al principio, después de llegar a Galicia, todavía no (*saber*) mucho de España. Un día, una amiga gallega me (*invitar*) a su casa a cenar. (*Alegrarse*/yo) mucho y por la noche [...] a su casa. Ella [...] en la tercera planta de una casa grande en el centro. Pero cuando (*llegar*/yo) a la casa, no (*saber*) qué hacer. ¡Es que en el timbre de la casa no [...] apellidos! Bueno, menos mal que (*llevar*/yo) el móvil. La (*llamar*/yo) y ella me [...] la puerta.

c **Cuenta qué le pasó a Ana, la amiga de Lena, en la Fiesta del Agua.**

1	2	3	4
ser fenomenal *bailar* en la calle	*tomar* el móvil no *funcionar* *estar* desesperada	*dejar* el móvil al sol *esperar* una hora	*llamar* a Lena *contar* la historia

Comprensión auditiva y expresión oral

5 a **Escucha la anécdota. ¿De qué trata? Haz apuntes en tu cuaderno.**

b **Escucha otra vez y apunta los marcadores de tiempo.** ▶ Grammatik, 12

↗ p. 128

pretérito imperfecto (¿cómo era/estaba/ […]?)	pretérito indefinido (¿cuándo comió/hizo/ […]?)
[…]	[…]

c **Utiliza tus apuntes y cuenta la anécdota.**

Expresión escrita

6 **Unos días después, David, el chico que Lena conoció en Villagarcía, le cuenta a un amigo qué le pasó en la Fiesta del Agua. Escribe el e-mail de David (150–180 palabras) en tu cuaderno.**

es_mail | enviar | insertar | ortografía | opciones | cancelar

Hola, Andrés: ¿Qué tal en Madrid? Por aquí todo bien, bueno, un poco aburrido, como siempre durante el verano. Pero el otro día pasó algo divertido: …

Punto final 1: Contar una anécdota

Después de las vacaciones hablas con tu estudiante de intercambio de España. Cuéntale una anécdota de tus vacaciones. Puede ser, por ejemplo, el momento más divertido o más interesante.

Preparar

- Reúne ideas y elige un momento divertido o interesante de las últimas vacaciones. ▶ Ideen sammeln und ordnen, S. 169
- Haz apuntes: ¿Cómo era la situación? ¿Qué pasó? Utiliza el esquema (del ejercicio 3).
- Utiliza tus apuntes (y tus dibujos) y cuenta tu anécdota varias veces a diferentes compañeros de clase. Luego intenta hablar sin mirar tus apuntes.
- También puedes preparar un pequeño vídeo animado de tu anécdota. ▶ Videos erstellen, S. 183

Realizar

Presenta tu anécdota a la clase.

Evaluar

Tus compañeros escuchan tu anécdota y la evalúan con la ficha de evaluación. ▶ Lernen App

¿Quieres disfrutar de las ventajas de la tecnología con éxito?
Entonces lee estos consejos para una vida digital inteligente:

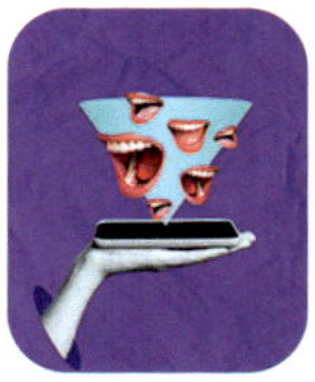

1 Las redes sociales[1] son fantásticas para comunicarte y estar conectado con otras personas, pero… ¡no compartas cada detalle de tu vida! ¿A quién le importa? ✓

2 Si tienes la suerte de viajar, disfruta de la experiencia. No subas fotos o vídeos en cada momento. No solo vas a hacer sufrir a tus amigos que no pueden viajar, sino que también te vas a perder lo mejor del viaje. ✓

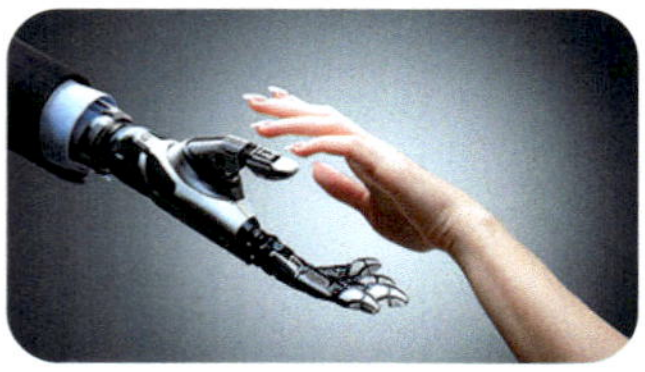

3 ¡No envíes mensajes a tus contactos si es muy tarde! Tu mensaje puede esperar hasta mañana, ¿verdad? ✓

4 Una imagen puede transmitir[2] mucho, pero no olvides la lengua. Y no uses demasiados emoticonos o filtros[3]. ✓

5 ¡No escribas con faltas de ortografía, que no molas más por escribir mal! Además, el mensaje cuesta lo mismo si tiene más o menos letras. ✓

6 Si sales a comer con tu pareja, prestaos toda vuestra atención. No miréis todo el tiempo el móvil y no colguéis demasiadas fotos de la comida porque la otra persona puede molestarse e irse a casa. ¿Quieres comerte el postre solo? ✓

7 No hagas todos tus deberes con la inteligencia artificial[4]. Aunque puede ayudarte en muchas cosas, también puede equivocarse[5]. Usa tu propio criterio[6]. ✓

8 Nunca des tu nombre, dirección o e-mail a la inteligencia artificial, ya que puede guardar esta información en su memoria[7]. ✓

9 Si en un grupo de chat alguien hace una broma poco agradable sobre otra persona y todos se ríen, ¡no te quedes en silencio[8]! Habla con tus amigos y diles por qué está mal. ✓

10 Y por favor, si recibes una noticia, no la reenvíes sin informarte antes. Hay gente que inventa noticias falsas. ✓

1 **la red social** das soziale Netzwerk 2 **transmitir algo** etw. übermitteln 3 **el filtro** der Filter 4 **la inteligencia artificial** die künstliche Intelligenz 5 **equivocarse** sich irren 6 **el criterio** das Kriterium 7 **guardar en la memoria** im Speicher behalten 8 **quedarse en silencio** schweigen

La Lengua

1 a **Apunta, según el ejemplo en la lista, las expresiones del texto. Subraya el verbo.**

jemanden auffordern, etwas nicht zu tun

No compartas cada detalle.

b **Vergleiche die unterstrichenen Verbformen: Wie bilden Sie den verneinten Imperativ?** ► Grammatik, 17.2

¡Échame un cable!

¿Tienes un problema?
No te preocupes, la peña te ayuda.

Hier lernst du:
- jemanden aufzufordern, etwas nicht zu tun
- jemanden zu beruhigen

M1

Quiero hacer un tutorial sobre cómo tocar el ukelele. ¿Qué me dices? ¿Cómo empiezo?
Lola

Soy un poco caótica. Organizo una fiesta de cumple… que es en DOS días. ¿Invito a todos? ¿Qué música pongo? ¿Misión imposible?
Adriana

En dos semanas tengo la prueba para entrar en el coro del instituto. Pero… ¿y si me quedo en blanco? ¡Estoy muy nervioso!
Andrés

¡Ayuda! La próxima semana tengo un examen de Mates superdifícil. ¡No voy a dormir en estos días!
María

Ya no me escribe…
¡Qué raro! ¡¿Qué hago?!
Estoy supertriste.
Manuel

@ ¿Y vosotros, qué decís?
¡No os cortéis y ayudad a estos chicos!
Escribidnos un mensaje.

Expresión oral y escrita

2 ¿Cómo reaccionas en estas situaciones? Escucha y contesta en las pausas. Puedes usar las expresiones de 1a.

3 Los padres de Adriana no van a estar en casa el fin de semana. ¿Qué le dicen? ¿Y qué les contesta Adriana? Formulad frases y utilizad el imperativo negativo en singular y en plural.

¡No veas la televisión hasta tarde!

¡No os preocupéis por mí!

Padres	Adriana
no *ver* la televisión hasta tarde	no *preocuparse* por mí
no *pasar* muchas horas en internet	no *hablarme* así
no *poner* música a tope	no *llamarme* todo el tiempo
no *tocar* el ukelele por la noche	no *hablarme* como a una niña
no *levantarse* tarde	no *contar* mis cosas a mis tías
no *desayunar* en tu habitación	no *decirme* «peque»
no *hacer* una fiesta	no *dejarme* sin dinero

4 Contesta los mensajes de «¡Échame un cable!» y escríbeles a los chicos al menos tres cosas que (no) deben hacer para tener éxito con sus planes.

↗ p. 129

2 Un mundo en movimiento

¡Vamos!

Comprensión auditiva

1 a **Escucha a las personas y apunta de qué objeto hablan.**

Florencia, 32 años   Julio, 24 años   Carmen, 44 años   Gloria, 15 años   Daniel, 22 años   Valentín, 82 años

Hier lernst du:
- zu sagen, was dir wichtig ist

2

b Escucha otra vez y completa tus apuntes: ¿por qué los objetos son importantes para las personas?
▶ Selektives Hörverstehen, S. 166

c Apunta también por qué las personas migraron. Algunos términos de arriba te ayudan.

La lengua

2 a Sistematizar el vocabulario: ¿Qué preposición llevan las siguientes palabras? Forma parejas. Algunas palabras pueden llevar varias preposiciones.

el/la descendiente   la pasión   llegar   mudarse
creer   el amor   estar lleno/-a   estudiar

a   de   por   en

b No conoces todas las palabras subrayadas, pero conoces palabras de la misma familia. Completa las frases con la preposición correcta. El ejercicio a te ayuda.

1. Para mis padres, <u>la llegada</u> [...] Estados Unidos no fue fácil.
2. Muchos estadounidenses en Texas <u>descienden</u> [...] mexicanos.
3. En Cuba <u>me apasioné</u> [...] la música.
4. La <u>mudanza</u> de mi abuelo [...] Madrid [...] Salamanca fue por amor.
5. Nuestros pueblos <u>se llenan</u> [...] vida con gente de otras culturas.
6. <u>Amo</u> la música caribeña [...] su estilo tan alegre.
7. <u>La creencia</u> [...] una religión es muy antigua.
8. Daniel va a terminar sus <u>estudios</u> [...] la universidad de La Habana en nueve meses.

3 Repasar ir/venir y poder/saber: Daniel hace una videollamada con su hermana Sara. Completa la conversación con la forma correcta de ir/venir y poder/saber.

Sara: Hola, Daniel. ¿Cómo estás? No [...] nada de ti desde hace dos días.
Daniel: Perdona, Sara. Acabo de llegar y no [...] llamarte antes porque olvidé el móvil en casa.
Sara: ¿Ah sí? ¿Pues de dónde [...]?
Daniel: [...] de un evento con los compañeros de la universidad. Ayer tocamos en un concierto internacional en Varadero.
Sara: ¿De verdad? ¿Y quiénes más [...] al concierto?
Daniel: Con nosotros [...] gente de muchos países de Latinoamérica. Por eso, estaba muy nervioso, pero llevaba tu abanico de la suerte, y mi grupo y yo [...] tocar sin problemas.
Sara: Y seguro que bailaste muchísimo… Jajaja.
Daniel: ¡Claro que no! No [...] bailar porque nunca aprendí.
Sara: ¡Qué chico más raro! Un músico que no baila.

4 Practicar los conectores: Marina habla de la historia de su familia. Lee el texto y elige la opción correcta.

Soy Marina, tengo 16 años y vivo en Valparaíso, [1] mis padres llegaron muy jóvenes desde Bolivia, [2] viven mis abuelos. [3] me encanta visitarlos, no lo hacemos a menudo, [4] el viaje es muy caro. Para mí, mi cultura es muy importante y [5] estoy muy orgullosa de ella. [6] la comida, muchas cosas me recuerdan mi origen, [7] este jersey de lana de alpaca que me hizo mi abuela. Me lo pongo [8] es una forma de recordar de dónde vengo… ¡Y es muy calentito!

1. a) entonces	b) por eso	c) aunque
2. a) como	b) donde	c) ya que
3. a) Sin embargo	b) Por eso	c) A pesar de que
4. a) ya que	b) cuando	c) mientras
5. a) por eso	b) porque	c) sin embargo
6. a) Además	b) Además de	c) Entonces
7. a) porque	b) aunque	c) como
8. a) porque	b) como	c) a pesar de que

Expresión oral y escrita

5 **Vuestra amiga española os pregunta qué significan para vosotros los siguientes temas. Habla con tu compañero/-a.** ▶ Grammatik, 7

Para mí, lo divertido de tener familia en diferentes países es que puedes viajar mucho.

Pero lo malo es que a veces no la ves durante mucho tiempo.

Para mí	lo bueno lo malo lo divertido lo interesante lo importante lo mejor lo peor […]	de escuchar podcasts de aprender otros idiomas de mudarse a menudo de conservar las costumbres de estudiar en el extranjero de seguir tus sueños de tener un objeto de la familia […]	es que	*aprender* cosas nuevas. *sentirse* cerca de tus raíces. *recordar* la historia de la familia. *perder* contacto con los amigos. *tener* que estudiar mucho. *conocer* a gente nueva. *hacer*te feliz. *ser* a veces aburridos/-as. *poder* comunicarse en muchos países. […]

6 **¿Qué objeto de tu familia o de tu país de origen es importante para ti y por qué? Escribe un mensaje al presentador del podcast (100 palabras).** ↗ p. 129

Para mí	[…]	*ser* muy importante *ser* especial	porque	*recordar*me	mis orígenes. mi familia. los momentos que […] las costumbres de […]
Siempre que Cuando	*usar* *llevar* *mirar* *comer* […]	[…]	*pensar* en no *poder* olvidar (a)		[…]
			sentirse		bien. feliz. como en casa. […]

El mundo del español

7 **Describe el diagrama sobre la población migrante de España. Utiliza las expresiones en la tabla.**

En España viven aproximadamente[1] 5 300 000 personas de origen extranjero.

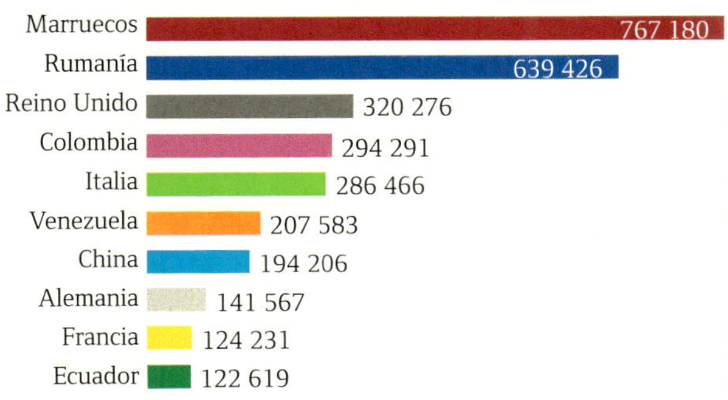

Fuente: INE, julio de 2021

eine Statistik beschreiben
El grupo más numeroso viene de […]
El segundo/tercer/cuarto grupo viene de […]
Hay otro número importante de migrantes de […]
[Número] personas vienen de […]
Aproximadamente [número] personas son de […]

1 aproximadamente ungefähr

Hier lernst du:
- Gefühle und Wünsche auszudrücken

Como cada semana, hoy en «La España diversa» os traemos la historia de una familia que decidió empezar de cero en un pueblo de Cuenca.

La vida en Valencia es muy diferente...

... a la vida en el pueblo.

Romina y Vasile llegaron a España desde Rumanía en 2006 con sus hijos Andrea y Florin. Durante algunos años vivieron y trabajaron en Valencia, donde también nació Alberto, el más pequeño. Con la crisis de 2008, Vasile perdió su trabajo y la situación se volvió muy difícil. Un día, después de ver una noticia en la televisión, la familia pidió ayuda a Nuevos Senderos, un proyecto que apoya la integración de familias migrantes en zonas de España que necesitan habitantes. Les ofrecieron trabajar como pastores en Quintanilla del Alcornocal, un pueblo en la provincia de Cuenca donde viven 208 personas, y decidieron aceptar.

«Tomamos la decisión correcta.»

Al principio, Romina no estaba tan segura: «Tenía mucho miedo de no encajar, de echar de menos la ciudad. En una situación como esa solo quieres que tu familia esté bien y esperas que los vecinos os reciban sin problemas. Ahora sé que tomamos la decisión correcta». Aunque había algún vecino escéptico, todos se alegraban de la llegada de una familia joven como los Ionescu. Y es que, gracias a sus hijos, la escuela siguió abierta, algo muy importante para un pueblo. Así nos lo cuenta el alcalde: «Sin escuela, las pocas familias que hay se van. Además, muchos vecinos tienen miedo de que oficios tradicionales se pierdan, por eso les encanta que venga gente nueva para trabajar en el campo». Después hablamos con Alberto, que pronto va a cumplir diecisiete años, y nos cuenta cómo fue para él crecer en Quintanilla: «Mis hermanos y yo tampoco tuvimos problemas y pronto hicimos amigos. A mis padres nunca les preocupa que salgamos a la calle y les gusta que disfrutemos de nuestra libertad y crezcamos felices en el pueblo».

«Normalmente, no pienso mucho en mi origen.»

Su sueño es estudiar Arte, quizás hacer un año de Erasmus en Rumanía, ya que habla la lengua y le gustaría conocer más el país de sus padres. Sin embargo, su plan es volver a Quintanilla y abrir allí una residencia de arte: «Quiero que muchos artistas vengan para trabajar aquí, organizar proyectos, exposiciones, festivales y espero que los vecinos participen. Cuando le cuento mi idea a la gente, muchos se alegran de que me sienta tan bien y quiera quedarme y construir un futuro aquí.» A diferencia de su hermana Andrea, que sí nació en Rumanía, Alberto cree que sus raíces están en España y se identifica con su pueblo. Por ejemplo, tiene una cuenta en redes sociales con amigos de la zona y allí cuelgan *memes* sobre la vida en la región. «Normalmente, no pienso mucho en mi origen o en el origen de mis padres, pero sí me molesta que alguna persona me pregunte «Pero tú, ¿de dónde eres?» cuando ven que mi apellido no es tan típico. Yo siempre digo claramente: De aquí, soy de aquí.»

2 **empezar de cero** bei Null anfangen 11 **apoyar** unterstützen 18 **tener miedo** Angst haben 19 **encajar** dazu passen 19 **echar de menos** vermissen 22 **recibir** empfangen 36 **preocupar** beunruhigen 53 **tener una cuenta en redes sociales** ein Profil in sozialen Netzwerken haben 57 **molestar** stören

Comprensión lectora

1 a **Busca información en el texto sobre Alberto y su familia y toma apuntes.**

origen trabajo su vida actual planes de futuro

b **Con ayuda de tus apuntes de a, cuenta la historia de la familia de Alberto.**

La lengua

2 **Repasar la primera persona del presente de indicativo: Alberto cuenta lo que le gusta. Completa el texto con la forma correcta de los verbos en presente.**

tener *disfrutar* *poder* (2x) *querer* *ir* (2x) *ver* *salir* *aprender* *coger* *pensar* *buscar*

No [...] vivir sin el arte. Es una parte muy importante de mi vida y [...] mucho cuando estoy pintando o dibujando. [...] a la calle y [...] inspiración en los vecinos del pueblo, en el paisaje o [...] al campo y [...] cómo trabajan mis padres con los animales. Además, lo bueno de vivir en Quintanilla, es que [...] trabajar sin problemas ya que nadie me molesta. Aunque si [...] mejorar, [...] que ir a clases. Por eso, una vez a la semana [...] el autobús a Cuenca y [...] a un curso en el Museo de Arte Abstracto. Julia, mi profesora, es genial porque explica todo muy bien y, gracias a ella, [...] nuevas técnicas. En unos años, después de estudiar en la universidad, [...] abrir mi propia residencia y academia de arte en el pueblo.

3 a **Suchen Sie im Text die Verbformen, die auf die untenstehenden Ausdrücke folgen. Konjugieren Sie anschließend diese Verben im presente de indicativo und vergleichen Sie sie mit den Formen aus dem Text. Von welcher Verbform lässt sich der subjuntivo ableiten? Schauen Sie sich zur Überprüfung das Erklärvideo an.**

quieres que [...] esperas que [...] tienen miedo de que [...] les encanta que [...]
les preocupa que [...] les gusta que [...] quiero que [...] espero que [...]
se alegran de que [...] me molesta que [...]

b **Completa la tabla con la conjugación de los verbos en subjuntivo en tu cuaderno.** ▶ Grammatik, 18

hablar	comer	tener	escribir

facultativo

4 **Vergleichen Sie die spanischen Sätze mit denen der anderen Sprachen. Was fällt Ihnen auf?**

Es seguro que Juan **viene**.
Quiero que Juan **venga**.

Il est certain que Pierre **vient**.
Je veux que Pierre **vienne**.

È certo che Diego **viene**.
Voglio che Diego **venga**.

5 **¿Qué cuenta Romina sobre su vida en el pueblo? Utiliza el presente de subjuntivo.**

Me encanta que (No) me preocupa que Me alegro de que (No) quiero que (No) tengo miedo de que (No) me sorprende que (No) me molesta que (No) espero que (No) me gusta que	mi familia *estar* tan lejos. mis hijos *sentirse* bien en Quintanilla. el trabajo en el campo *ser* tan duro. que Vasile y yo *tener* que levantarnos temprano. *haber* pocas tiendas en el pueblo. los vecinos siempre *ayudar*nos. mi familia y yo *disfrutar* de una vida tan tranquila. (vosotros) *venir* a visitarnos. más gente joven *decidir* vivir aquí. [...]

6 **Alberto no siempre está de acuerdo con sus padres. Completa lo que cuenta con la forma correcta del presente de subjuntivo o el infinitivo.** ▶ Grammatik, 18

Ejemplo: Yo quiero salir con mis amigos, pero mis padres quieren que salga con ellos.

¡Mis padres no me entienden! Este año yo quiero [...] de vacaciones a la playa a casa de mi amigo Manuel, pero mis padres quieren que [...] con ellos al pueblo de mi abuela. Claro, ellos tienen miedo de que [...] hasta muy tarde con Manuel, pero a mí me preocupa no [...] nada divertido en el pueblo de la abuela. Y es que a mí me encanta [...] en el mar, pero mis padres prefieren que este año [...] excursiones a la montaña. Además, cuando estoy en el pueblo, en casa de mi abuela hay muchas cosas que hacer y ella espera que [...] temprano para ayudarla. Sin embargo, yo espero [...] hasta las 11 algunos días. Pero bueno, no todo es malo en el pueblo porque allí vive mi prima Mihaela y me gusta mucho [...] tiempo con ella y sus amigos, pero a mis padres a veces les molesta que no [...] muchas cosas en familia. La verdad es que al final del verano no quiero [...] a mis amigos del pueblo y a mis padres les sorprende que les [...]: «¿Podemos quedarnos una semana más?»

poder
dormir
salir
pasar
decir
nadar
levantarse
dejar
ir (2x)
hacer (3x)

Comprensión auditiva

7 a **Escucha el podcast *Mis raíces* y nombra los temas que se mencionan.** ▶ Globales Hörverstehen, S. 166

migración familia comida conflictos libertad lengua

b **Escucha de nuevo la entrevista y elige la opción correcta. A veces hay más de una.** ▶ Selektives Hörverstehen, S. 166 ↗ p. 129

1. Sophie tiene raíces españolas porque…
   a) nació en Jaén.
   b) su madre es española.
   c) sus abuelos son de Andalucía.
2. Según Sophie, muchos *Gastarbeiter*…
   a) querían trabajar un tiempo en Alemania y después volver a sus países de origen.
   b) volvieron a sus países de origen después de unos años.
   c) se quedaron en Alemania con sus familias.
3. La abuela de Sophie…
   a) siempre quería volver a vivir en Andalucía.
   b) pensaba mucho en su familia en España cuando estaba en Alemania.
   c) se quejaba de que las cosas no eran como en Alemania cuando iba a Andalucía.
4. Los abuelos de Sophie...
   a) fueron los primeros *Gastarbeiter* españoles en Ingolstadt.
   b) se sentían muy solos en Ingolstadt.
   c) conocieron a otros españoles en Ingolstadt.
5. A Sophie de pequeña le daba corte…
   a) no saber hablar alemán bien.
   b) cuando su madre le hablaba en español por la calle.
   c) cuando le hablaba su profesora.
6. Lo bueno de ser bilingüe es que…
   a) puedes contar secretos y la otra gente no lo va a entender.
   b) comprendes mejor a otras personas y al mundo en general.
   c) es más fácil encontrar trabajo.

facultativo

c **Explica en una frase lo que dice Sophie: «Y que los padres de una persona sean de España, Marruecos o de Suecia no hace a esa persona más o menos especial.»**

Gastarbeiter en Alemania (1962)

Expresión oral

8 **Cuenta a tu compañero/-a lo que (no) haces durante las vacaciones y por qué (no) te gusta. Las siguientes expresiones te ayudan.** ▶ Grammatik, 8

normalmente naturalmente
tranquilamente prácticamente
nunca simplemente
especialmente

visitar museos *pasear* por la ciudad
comer algo típico de la región *hacer* nuevos amigos
trabajar en [...] *estudiar* *alquilar* una bici
hacer camping *esquiar* *jugar* al [...]
aprender una lengua *visitar* a [...] *descansar* [...] [...]

2

Mediación

9 **Después de hablar con tu amiga española sobre la migración en su país, encuentras este artículo sobre migrantes que viven en pueblos y ciudades pequeñas de Alemania. Escríbele un mensaje (150 palabras) y cuéntale cómo es su vida en el lugar donde viven.**
▶ Kulturelle Unterschiede beachten, S. 176

DIE NEUEN BAYERN Von Sebastian Beck 27.09.2019

Tausende Flüchtlinge leben im Freistaat abseits der großen Zentren. Dort füllen sie oft jene Lücken aus, die Landflucht und Überalterung in den Kommunen hinterlassen – und werden schnell zu Lokalpatrioten.

Alpha Mansaray, Nördlingen
Alpha kommt mit dem Fahrrad durch die Altstadt von Nördlingen zu seiner Lieblingswirtschaft, dem Sixenbräu. Zum Essen kann er sich nur dann was leisten, wenn er eingeladen wird. [...]
„Jetzt möchte ich eventuell eine Ausbildung als Maler oder als Fischfachwirt machen. Ich lebe fünf Kilometer außerhalb von Nördlingen. Was mir auffällt: In Sierra Leone sind vielleicht ein oder zwei Prozent der Menschen alt. Hier in der Stadt sind es vierzig Prozent. Ich mag den Sixenbräu, weil er so alt und traditionell ist. Im Winter ist auch der Kachelofen in der Gaststube beheizt. Ich mag auch das bayerische Essen. Beim TSV Nördlingen absolviere ich jetzt ein Probetraining. [...]
Ich liebe den Frieden und die Sicherheit in dieser kleinen Stadt, wundere mich aber oft über die Unzufriedenheit der Menschen, die es so gut haben. Gerne hätte ich mehr Kontakt zu jungen Deutschen in meinem Alter. Das ist sehr schwer." [...]

Sanaa El Yassouf, Wunsiedel
Abends im Feuerwehrhaus von Wunsiedel. Sanaa El Yassouf zeigt den Spind mit ihrem Namen und ihrer Ausrüstung. Die 19-jährige Syrerin lebt seit 2015 mit ihrer Familie in Wunsiedel. Kommandant Florian Barthmann ist stolz auf die energische junge Frau. [...]
„Ich bin seit einem Dreivierteljahr bei der Freiwilligen Feuerwehr. Ich mag anderen helfen und will mit Menschen in Kontakt kommen. Hier gibt es so viele nette Leute, die alles zusammen machen wie in einer Familie. Und sie akzeptieren mich, obwohl ich ein Kopftuch trage. Sie reden langsam, damit ich sie verstehen kann. Ich habe ein Buch mit den vielen Fachausdrücken, ich kann ja nicht jedes Mal fragen. [...]
Viele Jugendliche mögen es nicht, dass es hier in Wunsiedel so ruhig ist. Ich aber mag das, auch wenn ich später vielleicht mal für eine Ausbildung in eine größere Stadt ziehen muss. Als wir hier 2015 ankamen, gab es eine Betreuerin, zu der ich Omi sage, sie hat sich um alle gekümmert. Ich mag Wunsiedel sehr.
Ich komme aus Idlib in Syrien, wo Krieg herrscht. Das ist meine Heimat, aber Wunsiedel ist zu meiner zweiten Heimat geworden. Im Moment bereite ich mich auf die Mittlere Reife vor, das ist alles schwierig für mich. Ich möchte Designerin werden, [...]."

Fuente: Süddeutsche Zeitung (2019)*

B Latinos Unidos de América

Hier lernst du:
- deine Meinung zu etw. auszudrücken

www.migración.mi-blog.org

En Estados Unidos viven actualmente unos 60 millones de latinos. Aunque tienen sus raíces en todas partes del continente americano, hay regiones donde predomina uno u otro país: En California, Texas y Arizona, la gran mayoría son de origen mexicano. En Nueva York y Nueva Jersey predominan los puertorriqueños y dominicanos. Y en el estado de Florida, los latinos son sobre todo cubanos. En Nuevo México, tres de cada diez personas hablan español en casa. ¿Por qué motivos ellos, sus padres o abuelos dejaron sus países y cómo se sienten ahora en EE. UU.? En este blog cuentan sus historias.

Me llamo Carla, tengo 19 años y nací y crecí en Los Ángeles, California. Soy estudiante de Economía y también trabajo. Mis padres son de México y vinieron acá por motivos económicos. A veces siento que no sé cuál es mi país, ¿México o Estados Unidos? Por un lado, me gusta mucho ir a México, allá están mis raíces, mis abuelos, tíos… y me parece importante que no perdamos el contacto. Me siento bien con gente que se parece más a mí y que habla mi «otro» idioma, el español. Pero, por otro lado, allá la gente me ve diferente. Me dicen: «Ah, tú eres güera, naciste en Estados Unidos». Y luego, acá, en Estados Unidos, algunos me miran y piensan que no soy de aquí y que es mejor que vuelva a mi país. ¿Pero a cuál? Creo que esto nos pasa a muchos que estamos cerca de nuestras raíces, pero somos la primera generación que nació acá.

Mi nombre es Manuel. Yo vivía con mi mamá y mis hermanos pequeños en un pueblo de Honduras. Cuando cumplí 18 años, decidí dejar mi país porque allá no se puede vivir. Todo está muy caro y no hay trabajo. Por la noche preparé mi mochila y le dije a mi mamá: «Me voy para los Estados Unidos». Y me vine solo. Bueno, solo no. Nos unimos más de 7000 migrantes de todo el país para caminar hasta el norte, a Estados Unidos y empezar acá una nueva vida. En mi país, los jóvenes solo podemos elegir entre dos cosas: entrar en las pandillas, o ser un desempleado más. Me dolió mucho dejar a mi mamá y mis hermanos pequeños, pero no creo que haya otra alternativa. Yo vine acá con la esperanza de salir adelante y ayudar a mi familia. Para mí, es importante que tengan una vida mejor. La idea que yo tenía de Estados Unidos era: edificios altos, trabajo y dinero. Pronto vi que la realidad es diferente. Tuve varios trabajos, en una fábrica, en un restaurante, en un hotel limpiando baños y haciendo camas. Cuando llegas a Estados Unidos no piensas que ese sea el sueño americano. De todo el dinero que recibía, mandaba la mitad a Honduras, a mi mamá. Como quería ir a la universidad y tener un trabajo mejor, estudiaba inglés en mi tiempo libre. Ahora tengo clase hasta las 14:00. Luego trabajo y por la noche hago las tareas. Mi mamá siempre me dice: Manuel, no puede ser que trabajes tanto. Es una vida dura, pero es necesario que aguante un poco más para lograr mi sueño: traer a mi mamá y a mis hermanos a vivir acá. Por ellos estoy aquí.

12 **por un lado, por otro lado** einerseits, andererseits 13 **allá** (*lat. am.*) allí 15 **parecerse a alguien** jdm ähneln 18 **güera** (*mex.*) persona de los Estados Unidos 31 **elegir** (aus-)wählen 32 **la pandilla** die Straßenbande 33 **el desempleado** der Arbeitslose 33 **doler** schmerzen, weh tun 35 **salir adelante** vorankommen 37 **limpiar** putzen

Comprensión lectora

1 **Lee el artículo y relaciona las personas con su historia. Sobra una frase.**

Carla Manuel	es de Honduras. nació en Estados Unidos. vino a Estados Unidos junto con muchos otros migrantes. siempre mandaba dinero a su familia. a veces se siente excluido/-a[1] en los dos países. tiene padres mexicanos. quiere volver a su país de origen. dice que es importante no perder el contacto con la familia. cree que no hay alternativa a emigrar de su país. piensa que es necesario trabajar mucho para lograr su sueño.

1 excluido/-a ausgeschlossen

2 **Explica la frase de Carla: «A veces siento que no sé cuál es mi país, ¿México o Estados Unidos?» (ll. 10–12)**

El mundo del español

3 **Describe cómo se reparte la población hispana en EE. UU.** ▸ Statistiken und Grafiken, S. 181

La mayoría de los hispanos [...] Los estados con mayor[1] número de hispanos son [...]

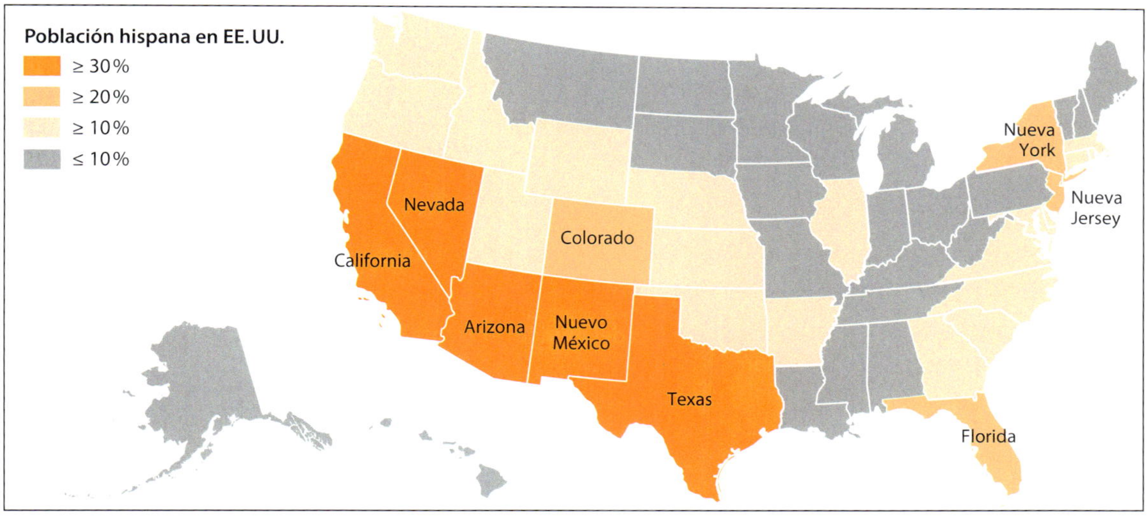

1 mayor más grande

Fuente: US Census Bureau 2023

4 **a** **Escucha la primera parte de la entrevista con Verónica, una mujer hispana que nació en EE. UU. Indica dónde y con quién hablaba inglés y español.**

b **Escucha la segunda parte de la entrevista y apunta lo que dice Verónica sobre el espanglish y sus características.**

c **Verónica menciona los siguientes ejemplos de espanglish: ¿Qué significan?**

coger el jaigüei — hacer el incontax — pasar el vacuum clin — el friser

parquear al frente del bildin — te llamo para atrás — ser super nais

5 **Mira la caricatura y explica en alemán cómo se mezclan los idiomas en la expresión «el rufo está liqueando».**

La lengua

PF **6** **Carla da su opinión sobre la vida entre dos culturas. Usa el subjuntivo.** ▶ Grammatik, 18

Ejemplo: Me parece natural que la gente conserve las costumbres de su cultura.

(No) me parece Está/Es	bien mal necesario importante normal natural triste posible	que	la gente nosotros los jóvenes alguien	(no)	*conocer* diferentes culturas. *aprender* bien inglés. *lograr* sus sueños. *perder* el contacto con la familia. *sentirse* cerca de sus raíces. *querer* mudarse. *dejar* su país. *salir* adelante. *recordar* la historia de su familia. *conservar* las costumbres de su cultura.

7 **¿Qué piensa Manuel de su vida en Estados Unidos? Usa las expresiones con el indicativo o el subjuntivo.** ▶ Grammatik, 18

creo que + *indicativo*
no creo que + *subjuntivo*

Pienso que Creo que No pienso que No creo que	*hablar* bastante bien inglés ahora. *tener* menos amigos aquí que en Honduras. *poder* lograr mi sueño aquí. *ser* necesario trabajar mucho ahora. *conocer* ya toda la ciudad. mi mamá *estar* feliz porque vivo ahora en EE. UU. mis hermanos *querer* quedarse en el pueblo. *ir* a volver a Honduras.

8 **Practicar el uso del subjuntivo y el indicativo: Mira el siguiente gráfico sobre los movimientos migratorios en el mundo y coméntalo con tu compañero/-a.**

Migración internacional en las regiones del mundo: Porcentaje[1] del número total de migrantes y porcentaje de migrantes en la población

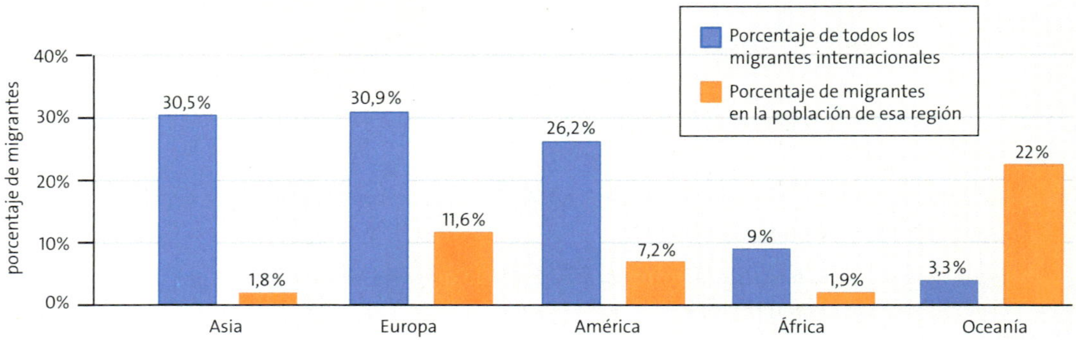

1 el porcentaje der Anteil

Fuente: Statista 2024

Ejemplo: Un 30,5% de la población migrante en el mundo viene de Asia. / Un 1,8% de la población de Asia es migrante.

No me sorprende que haya mucha gente que emigra a Oceanía, por ejemplo, Australia es un país muy popular.

Sí, tienes razón. Yo creo que…

Estoy seguro/-a de que Me parece natural que Es normal que Creo que (No) me sorprende que Quizás	tantas personas *emigrar* de [...] a [...] mucha gente de [...] *ir* a [...] muchas personas *emigrar* de [...] a [...] la mayoría de las personas de [...] *emigrar* a [...] solo [...] millones de personas de [...] *venir* [...]	porque [...]. para [...].

Expresión oral

PF **9** **Tu madre va a trabajar dos años en México como profesora y os tenéis que mudar. Hablas con Víctor, tu amigo mexicano (B). Presentad la videollamada. Tú empiezas.** ▶ Partner B, S. 129

- Presenta tu situación.
- Expresa tus sentimientos: ¿qué aspectos de la mudanza te gustan y cuáles te preocupan?
- Cuenta qué quieres llevarte y qué vas a dejar.

2

Expresión escrita

10 **La hermana de Manuel piensa que sería mejor para su madre quedarse en el pueblo y no emigrar a Estados Unidos. Toma el papel de Manuel y escribe un e-mail a la hermana (180 palabras). Expresa tu opinión y trata de convencerle que emigrar es la mejor opción para la familia.** ↗ p. 129

Punto final 2: Grabar o escribir una entrada de blog

Vas a pasar el próximo año en España, en un instituto en Santiago de Compostela. La profe coordinadora del programa de intercambio les pide a todos los estudiantes participantes una entrada en el blog del programa, en la que expresen sus expectativas, esperanzas y también sus preocupaciones con el año de intercambio. Además, quiere que cada persona presente un objeto personal que se va a llevar.
Tú eliges si quieres entregar un texto o un vídeo.

Preparar

Toma apuntes para contestar las siguientes preguntas y ordénalos:

1. ¿Por qué quieres participar en el programa de intercambio?
2. ¿Qué esperas de tu año en el extranjero?
3. ¿Qué experiencias quieres vivir?
4. ¿Hay algo que te preocupa?
5. ¿Qué objeto personal te vas a llevar y por qué?

Escribir y grabar

MK

1. Para empezar, preséntate: ¿Cómo te llamas? ¿Cuántos años tienes? ¿Dónde vives? ¿Qué te gusta hacer en tu tiempo libre?
2. Usa tus apuntes de Preparar y escribe los otros párrafos de tu texto (al menos 200 palabras).
3. Si vas a grabar un vídeo, lee tu texto varias veces antes de grabarte.
4. Durante la grabación, intenta mirar a la cámara y no leer todo el texto. ▶ Videos erstellen, S. 183

Presentar y evaluar

Presentad vuestros textos y vídeos en grupos de cuatro y evaluadlos.

Tu abuela en bicicleta

Beto es un chico que vive en México. Irati viene del País Vasco y es la chica nueva del colegio. Son muy buenos amigos, últimamente charlan mucho por teléfono porque Irati pronto va a volver a España.

Río en Plentzia

Una tarde Irati terminó por contarle de su abuela, que era de Plentzia, un pueblo acogedor con playa, muy cercano a Bilbao. Su abuelo era de otro pueblo que se dedicaba a hacer queso de oveja, pero no cualquier queso, el queso semicurado más sabroso del mundo. Porque estaba claro que el mejor queso de oveja del mundo era vasco […].

–¿Sabes lo que me gusta también? Que mientras más te alejas de Bilbao, escuchas más vasco –Irati evitaba quedarse callada porque no quería darle oportunidad a Beto de colgar. […] Así que se decidió por contarle sobre cualquier tema […].

Ni tardo ni perezoso, le dio una cátedra de vasco. […] Lo que las películas de vaqueros eran para Beto, eso era el vasco para Irati: una pasión un tanto excéntrica. El vasco, pues, es una lengua que se habla en el País Vasco, y un poco en Navarra. Es más vieja que el español. Además, continuó Irati, dicen que es tan antiguo como el latín. […] Pero –y aquí radicaba la fascinación de Irati– hasta ahora no se sabe de dónde es. Unos dicen que es anterior a las lenguas indoeuropeas. Eso de indoeuropeo no lo entendió Beto, pero no quería interrumpir a Irati. Cuando ella hablaba con ese encanto por un tema era imposible pararla. Seguramente cuando él hablaba con sus padres de teatro, vaqueros o voleibol, ellos también se quedaban con el ojo cuadrado. […]

–El euskera suena para algunos un poco raro –prosiguió Irati. […]

–Cuando hablaste con tu abuela en el hospital, lo escuché por primera vez […]. No tengo ni idea de qué se dijeron aquel día. […] Esto que tú hablas con tu abuela es como… una lengua secreta.

–¿Una lengua secreta? Eso es. Sí. […]

Cuando estaba sola con su abuela, solo hablaba en vasco. Pensaba que de esa forma estaban más juntas. […]

–Oye, ¿y por qué no me enseñas algunas frases? –le preguntó Beto.

–¿En serio? Vale… A ver: kaixo!, hola; nondik zatoz?, ¿de dónde eres?; Zorte ona izan!, ¡buena suerte!; agur!, ¡adiós! –Irati hizo una pausa para tomar aire y continuar con la clase exprés de vasco, pero Beto tuvo que frenarla.

–Tranquila. Una por una –contestó el chico–. Solo entendí ¡albur!

Alrededores de Plentzia

Grizel Delgado, Tu abuela en bicicleta (2015)*

3 **la oveja** das Schaf 4 **el queso semicurado** der mittelalte Käse 6 **alejarse de a/c** sich von etw. entfernen 7 **evitar a/c** etw. vermeiden 8 **colgar (o → ue)** auflegen (Telefon) 10 **ni tardo ni perezoso** ohne zu zögern 10 **la cátedra** la clase 11 **el vaquero** der Cowboy 15 **aquí radicaba la fascinación de Irati** davon war Irati besonders fasziniert 18 **interrumpir a alg.** jdn unterbrechen 19 **parar a alg.** jdn bremsen 20 **quedarse con el ojo cuadrado** die Augen verdrehen 22 **el euskera** el vasco 22 **sonar (o → ue)** klingen 22 **proseguir (e → i)** fortfahren 30 **¿En serio?** ¿De verdad? 32 **tomar aire** Luft holen 33 **frenar a alg.** parar a alg.

Hablar de un texto narrativo

1 **Lee el fragmento de la novela y elige el resumen correcto.**

a Irati le cuenta por teléfono a Beto cómo su abuela le enseñó a hablar vasco. Después le da una clase para aprender las primeras palabras en esta lengua.

b Irati le cuenta por teléfono a Beto el origen del vasco o euskera, que viene del latín. Después, Beto aprende a decir sus primeras palabras en esta lengua.

c Irati da a Beto una clase sobre el vasco. Primero le cuenta de dónde viene esta lengua y después Beto intenta aprender algunas palabras.

2 a **Apunta en una tabla las informaciones que encuentras sobre los chicos en el texto.**

Beto

Irati

- chico de México
- [...]
- [...]

- amiga de Beto
- [...]
- [...]

b **Con tus apuntes, describe cómo son Beto e Irati y di qué les gusta.** ► Eine Figurencharakterisierung schreiben, S. 174

3 a **Busca en el texto todo lo que dicen Beto e Irati sobre el vasco.**

el vasco
- [...]
- el euskera (l. 22)
- [...]
- [...]
- [...]
- [...]

b **Cuando Irati está sola con su abuela, las dos solo hablan en vasco. ¿Por qué? Justifica tu respuesta con ayuda de tus apuntes de a.**

4 **Explica con tus propias palabras lo que quiere decir el narrador con las expresiones siguientes.**

a «Lo que las películas de vaqueros eran para Beto, eso era el vasco para Irati: una pasión un tanto excéntrica.» (l. 10–12)

b «Pero –y aquí radicaba la fascinación de Irati– hasta ahora no se sabe de dónde es.» (l. 15–16)

La lengua

1 **Dana va a pasar un año en Buenos Aires. En el aeropuerto de Barajas sus padres le dan consejos. Cuenta a tu compañero/-a qué le dicen a Dana.**
Ejemplo: Dicen que les escriba todos los días.

Hier lernst du:
- jemanden höflich zu etwas aufzufordern
- Aufforderungen einer anderen Person wiederzugeben
- Wege mit öffentlichen Verkehrsmitteln zu beschreiben.

Comprensión auditiva

2 **a** En el aeropuerto de Barajas dan cuatro anuncios. Escucha y explica a los turistas alemanes lo que acaban de decir. Toma apuntes.

b Escucha la llamada entre los dos amigos y mira el plano del metro (p. 254). ¿Adónde quiere ir la chica y cómo va? Sigue el recorrido con el dedo. ► Detailliertes Hörverstehen, S. 166

c Estás en la estación Ventas (línea 5) y quieres ir a Chueca (línea 5). Mira el plano de metro y escucha el anuncio. Explica qué camino tienes que coger.

Expresión oral

3 **a** Abre el plano de metro (p. 254). A dice en qué estación está y adónde quiere ir. B le explica el camino en metro.

> Estoy en la estación Oporto y quiero ir a la estación Sol.

> Entonces, coge la línea 5 en dirección a Alameda de Osuna hasta Acacias. Allí cambia a la línea 3 y bájate en Sol.

b Estás en la estación Canal (línea 2) y una señora mayor te pregunta cómo llegar al aeropuerto. Explícale el camino, tratándola de usted. ► Plano del metro, p. 254 ► Grammatik, 17.3

3 México, un país diverso

¡Vamos!

Comprensión audiovisual

1 a Antes de ver el vídeo: Di qué significan estas palabras. Luego explica por qué las entiendes.
▶ Unbekannte Wörter erschließen, S. 183

conquistar desconocido/-a el baile el descubrimiento hacer alianzas
enemigo/-a el arma el/la soldado exisitir navegar

b Mira el vídeo y cuenta de qué trata. Luego explica la diferencia entre las escenas «en blanco y negro» y «en color». ▶ Hörsehverstehen, S. 166

Hier lernst du:
- historische Ereignisse zu schildern

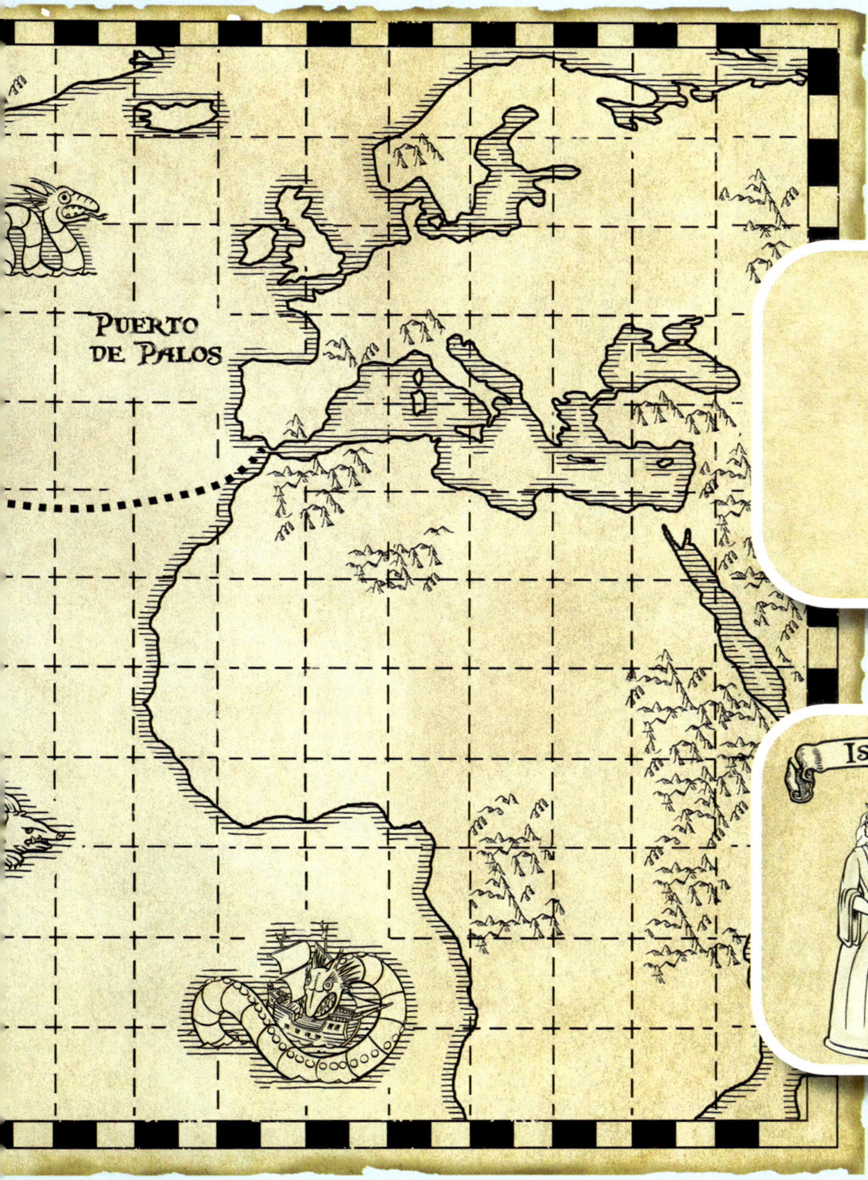

3

2 a Mira el vídeo otra vez y presenta los acontecimientos[1] históricos.

1. En el año 1492,
2. A principios de 1492,
3. El 3 de agosto de 1492,
4. El 4 de octubre de 1492,
5. El 12 de octubre de 1492,
6. En el mes de marzo del año 1519,
7. En noviembre de 1519,
8. El 13 de agosto de 1521,

1 **el acontecimiento** das Ereignis

- terminó la conquista de Tenochtitlan.
- Colón y sus marineros salieron en tres barcos de la costa andaluza.
- los marineros vieron pájaros en el cielo.
- los Reyes Católicos autorizaron el viaje de Colón hacia el oeste.
- Hernán Cortés llegó a las costas hoy mexicanas.
- Colón y sus marineros llegaron a la isla San Salvador.
- los Reyes Católicos conquistaron Granada.
- Hernán Cortés estaba cerca de Tenochtitlan.

b **Mira el vídeo de nuevo a partir del minuto 02:16 y toma apuntes sobre los siguientes aspectos:**

Cortés y la conquista   Tenochtitlan, la capital azteca

c **Contaos cómo era Tenochtitlan antes de la llegada de los españoles y cómo Cortés logró conquistar esta ciudad. Utilizad vuestros apuntes de 2 b.**

p. 130

3 **Explica lo que piensa la chica en la última escena del vídeo.**

¿El «nuevo mundo»?

¿Para quién fue realmente un mundo nuevo?

La lengua

4 La posición de los adjetivos: **Completa las frases sobre el «nuevo mundo». Elige el adjetivo correcto y decide dónde debe ir.** ► Grammatik, 5

p. 130

1. Colón navegó sus barcos durante [...] semanas [...] por el océano Atlántico.
2. Para Colón y sus marineros, el 12 de octubre de 1492 fue un [...] día [...].
3. Tenochtitlan era la [...] capital [...] de los aztecas.
4. El Templo Mayor no era el [...] templo [...] de la ciudad, pero sí el más grande.
5. Desde la conquista hasta la independencia fue un [...] camino [...] para México.

largo/-a
único/-a
gran/grande
más antiguo/-a
vario/-a

5 Repasar los tiempos verbales: **Para una tarea sobre la conquista de México, lees más sobre el tema. Completa el texto con el pretérito indefinido o el pretérito imperfecto.**

Hernán Cortés

(*Ser*) un conquistador español que, en realidad, se llamaba Hernán Cortés Monroy Pizarro. Cortés (*nacer*) en 1485 en Medellín, España y murió el 2 de diciembre de 1547 a los 62 años en Castilleja de la Cuesta, también en España. (*Casarse*) dos veces y (*tener*) once hijos. La madre de uno de ellos (*llamarse*) Malinche, una indígena que (*hablar*) una lengua maya, pero también náhuatl. Cuando (*conocer*) a Cortés, además (*aprender*) español para ser intérprete entre los españoles y los aztecas. Se dice que Cortés (*empezar*) sus estudios en la Universidad de Salamanca, pero los (*dejar*) para seguir una carrera militar. Cortés se conoce hasta hoy porque (*lograr*) conquistar la gran capital azteca, Tenochtitlan. Pero: ¿Cómo lo (*hacer*)?

El imperio azteca

(*tener*) unos quince millones de habitantes y Moctezuma lo (*gobernar*) desde Tenochtitlan. Esta ciudad quizás no (*parecer*) tan grande de lejos, pero (*ser*) realmente enorme: Allí (*vivir*) unos 200 000 habitantes. Cortés (*tener*) suerte: El dios azteca Quetzalcoatl, blanco y con barba, había prometido volver a la capital desde el este. Cuando el 8 de noviembre de 1519 Cortés (*llegar*) a Tenochtitlan, Moctezuma y los aztecas no lo (*recibir*) como a un conquistador, sino que (*ver*) en él a Quetzalcoatl.

3 **morir** sterben 5 **casarse** heiraten 7 **la intérprete** die Dolmetscherin 13 **gobernar** regieren, herrschen
16 **había prometido** hatte versprochen

Por eso Moctezuma (*invitar*) a Cortés y a sus hombres a quedarse en la ciudad. Sin embargo, el 30 de junio de 1520 estalló una revuelta que se conoce como «Noche Triste». Moctezuma murió y los aztecas expulsaron a los españoles de la ciudad.

Los conquistadores

(*traer*) enfermedades que no (*existir*) en América, como la viruela. Casi la mitad de los habitantes de Tenochtitlan (*morir*) por esta enfermedad. Cortés (*volver*) a Tenochtitlan en 1521 para empezar una guerra. Los españoles (*tener*) armas que (*ser*) desconocidas para los indígenas. Además, Cortés (*hacer*) alianzas con los pueblos enemigos aztecas: Ellos (*luchar*) por su libertad. Sin embargo, después de la conquista de Tenochtitlan, estos pueblos no (*ganar*) su libertad, sino que (*quedar*) bajo el dominio español.

20 **estallar una revuelta** eine Revolte ausbrechen 21 **expulsar de** vertreiben aus 23 **la viruela** die Pocken
28 **luchar** kämpfen 30 **quedar bajo el dominio español** unter spanischer Herrschaft bleiben

Mediación

6 **Durante las vacaciones de verano quieres hacer algo diferente. Encontraste información sobre un proyecto de arqueología en México, pero no quieres ir solo/-a. Escribe un e-mail a tu amiga española. Preséntale el proyecto y pregúntale si quiere ir contigo.** ► Mit dem Wörterbuch arbeiten, S. 184

Überlegen Sie, welche Wörter Sie unbedingt für Ihren Text brauchen, aber nicht umschreiben können, und schlagen Sie sie in einem Wörterbuch nach.

www.talleres.eu/proyectos/mexico

› Maya-Archäologie in Mexiko

Ort: Tabasco, Mexiko **Dauer:** 4 Wochen

Unterkunft: Mehrbettzimmer im Ausgrabungszentrum

Nach deiner Ankunft am Flughafen Carlos Rovirosa Pérez im mexikanischen Bundesstaat Tabasco wirst du mit anderen Projektteilnehmern zum Ausgrabungsort gebracht. In den ersten beiden Tagen habt ihr Zeit, euch von der Anreise zu erholen und die Umgebung und das Team kennenzulernen. Am Vormittag halten unsere erfahrenen Archäologen Präsentationen, in denen ihr vieles über die 4000-jährige Geschichte der Mayas erfahrt. Ab dem dritten Tag hilfst du mit anderen Freiwilligen aus aller Welt bei den Ausgrabungen und der Sicherung des Geländes und lernst dabei, wie die Menschen dort damals lebten.

Praktische Informationen

Für die Teilnahme am Projekt solltest du mindestens 16 Jahre alt sein und über eine gute Ausdauer verfügen, weil ihr viele Stunden an der Ausgrabungsstelle verbringt und es sehr heiß sein kann.
Es gibt eine medizinische Betreuung vor Ort.
Spanischkenntnisse sind hilfreich, aber keine Voraussetzung, weil das Team auch Englisch spricht.
Der Preis umfasst den Transport von und zum Flughafen, die Betreuung und Unterbringung am Projektort, die Verpflegung und eine umfassende Versicherung.

4 Wochen Archäologie in Mexiko: 1350 €.

A CDMX, hoy

Hier lernst du:
- Vor- und Nachteile abzuwägen

Tomás Andrade visitó Ciudad de México para conocer mejor una de las ciudades más grandes del mundo, con 22 millones de habitantes en su área metropolitana. Después de volver a Madrid, escribe su reportaje:

Ciudad de México (CDMX)

Hace una semana volví de Ciudad de México. Aunque ya había estado varias veces antes, debo decir que siempre se conoce algo nuevo en una ciudad tan grande. Mi viaje empezó en el taxi de Mario, que me había recogido en el aeropuerto. Son los propios habitantes quienes mejor pueden contarme cómo es vivir aquí. Mario se quejaba de los efectos negativos del tráfico: «Cada día hay más autos. Dicen que ya hay más de cinco millones en la capital. Hay transporte público, claro, pero el metro está siempre llenísimo, sobre todo por la mañana. Hay algunos proyectos, por ejemplo, para usar más la bicicleta, pero a mí me parece que eso aquí es muy difícil». Además, en una ciudad tan grande, las distancias también son enormes y por el tráfico muchas personas tardan cada día más de tres horas en ir y volver del trabajo. A veces, también es difícil respirar. Durante mi semana en Ciudad de México comprendí por qué es una de las ciudades más contaminadas del mundo.

Mientras comía algo que estaba muy bueno en una plaza, conocí a Yela y Manuel, dos jóvenes que habían empezado a estudiar Medicina dos años antes. «Soy de un pueblo cerca de Guatemala. Para mí, al principio no fue fácil porque nunca había vivido en una ciudad tan grande y, cuando llegué, no conocía a nadie aquí y no tenía con quién platicar», me explicó Yela. «Desde mi punto de vista, vivir en una ciudad así tiene sus ventajas. Por ejemplo, los hospitales o escuelas son mejores. Yo vine a la capital para estudiar y para mí está claro que aquí tengo más oportunidades».

Manuel me habló de la gran oferta cultural de la ciudad: «Aquí tienes de todo. Hay que ser listo porque puedes encontrar muchas actividades gratis, como teatro o conciertos. Creo que es una buena idea, porque no todo el mundo es rico y tiene la plata suficiente para disfrutar de la cultura», me dijo mientras me mostraba en su teléfono una aplicación con eventos muy diversos. Los jóvenes ven tanto los aspectos positivos como los negativos de la vida en una ciudad tan grande. Así me lo explicó Julio, un alumno de secundaria que conocí mientras tomaba un café que estaba bastante malo. «Claro, en México puedes hacer de todo, pero depende de dónde vives. En mi barrio no hay polideportivos. Como consecuencia, pierdo mucho tiempo en el metro para ir a los entrenamientos de voleibol. Además, a mis padres no les gusta que vuelva tarde a casa.»

También recuerdo a Rocío, una bombera que ayudó

Usar las ciclovías es más seguro.

Puestos ambulantes invitan a comer.

18 **tardar** (Zeit) brauchen 20 **respirar** atmen 22 **contaminado/-a** verschmutzt 29 **platicar** (*mex.*) charlar
31 **la ventaja** der Vorteil 38 **rico/-a** reich 41 **tanto … como** sowohl … als auch 51 **la bombera** die Feuerwehrfrau

después del terremoto del 19 de septiembre de 2017. Según ella, esa noche no durmió. «En México ya habíamos tenido en los últimos años varios terremotos cortos que no habían producido muchos problemas. Es algo normal. Sin embargo, el de 2017 duró tres minutos y murieron muchas personas. Fue algo increíble. Cuando fuimos a la zona del desastre, muchos voluntarios ya habían llegado y estaban listos para ayudarnos. En mi opinión, en un desastre así, los voluntarios son necesarios porque lo más importante es actuar rápido».

55 el terremoto das Erdbeben 62 rápido/-a schnell

México	España	México	España
el auto	el coche	el chamaco	el chico
platicar	charlar	la chamaca	la chica
la plata	el dinero	ustedes	vosotros/-as

Comprensión lectora

1 Actividad de prelectura: **Nombra algunos aspectos positivos y negativos de vivir en una ciudad de millones de habitantes. Después lee el texto y comprueba qué aspectos se mencionan.**

2 a Apunta lo que dicen las personas sobre las ventajas y desventajas de vivir en Ciudad de México.

1. Tomás Andrade, reportero
2. Mario, taxista
3. Yela y Manuel, estudiantes
4. Julio, alumno de secundaria
5. Rocío, bombera

b Presentad las ventajas y desventajas de vivir en Ciudad de México.

Un aspecto positivo/negativo es [...] Esto tiene un efecto positivo/negativo en [...]
[...] tiene consecuencias positivas/negativas en la vida de [...] Por un lado, [...] Por otro lado,[...]

Comprensión auditiva

3 a Escucha la conversación entre dos personas. ¿Qué diferencias en su acento y en su manera de hablar puedes reconocer? ¿De dónde crees que son?

b En el viaje hacia España, Tomás Andrade habla con una chica en el avión. Hablan sobre sus experiencias en Ciudad de México. Escucha la conversación y apunta los temas sobre los que discuten. p. 130

1. Desde mi punto de vista, [...] tiene efectos negativos.
2. Es verdad que [...] del aire no es buena.
3. Me pareció muy interesante [...]
4. ¿Y te gustó [...] de México?
5. Ella piensa que en la ciudad hay más [...]
6. Yo también creo que un punto fuerte de la capital es [...]
7. Otro aspecto positivo es [...]

c Escucha otra vez y elige las respuestas correctas.

1. Según Tomás, los efectos negativos del tráfico son
   a) que la gente tarda mucho tiempo en llegar a su destino.
   b) que es peligroso ir en bici.
   c) que el aire está contaminado.
2. ¿Cuáles son las causas del esmog[1] en CDMX, según la chica?
   a) los coches b) las fábricas c) las montañas
3. ¿Qué comida mexicana le gustó mucho a Tomás y dónde la comió?
   a) el pescado c) chili con carne e) en una cafetería
   b) las quesadillas d) en un restaurante f) en un puesto ambulante
4. ¿Qué ventajas tiene la vida en una ciudad comparada con la vida en el campo, según Tomás?
   a) la oferta de trabajo es más grande b) hay más eventos culturales c) es más internacional

1 el esmog der Smog

La lengua

4 **a** **¿En qué situación dices estas expresiones? Relaciónalas con los dibujos.** ▶ Grammatik, 6

Es gente muy rica. La comida está muy rica. Estoy mala. Eres muy bueno. ¡Qué malo es! El mate está buenísimo.

1

2

3

4

5

6

b **Añade las expresiones de a a la tabla y apunta lo que significan en alemán.**

ser	estar
ser listo = schlau sein	estar listo = fertig sein
ser rico = […]	

5 **a** **Nennen Sie in beiden Sätzen aus dem Text jeweils die Handlung, die länger zurückliegt.**

1. «… conocí a Yela y Manuel, dos jóvenes que habían empezado a estudiar Medicina dos años antes.»
2. Cuando fuimos a la zona del desastre, muchos voluntarios ya habían llegado.

b **Wie wird das pretérito pluscuamperfecto gebildet? Vergleichen Sie mit anderen Sprachen, die Sie kennen. Wie wird das Partizip gebildet? Vergleichen Sie die Infinitive mit den Partizipien.**

c **Cuenta qué pasó y qué había pasado antes.** ▶ Grammatik, 10

Ejemplo: Cuando me fui a la cama, ya me había duchado.
Cuando me duché, ya había […]

Einige Verben haben ein unregelmäßiges Partizip. ▶ Grammatik, 11

irse a la cama
ducharse
ver mi serie favorita
jugar al tenis con mi hermana
chatear con mis amigos
enviar una foto a mi primo

hacer los deberes
comer con mi familia
salir del instituto
tener clase de Inglés
llegar al instituto
coger el bus

salir de casa
desayunar
ponerse su ropa favorita
levantarse
dormir ocho horas

6 **Cuenta lo que pasó ayer utilizando el pretérito pluscuamperfecto.** ▶ Grammatik, 10

↗ p. 131

Ejemplo: Cuando ayer llegué a casa, mi padre ya había puesto la mesa.

Cuando	yo mi hermano mi madre mi padre nosotros […]	*llegar* a casa *preparar* la comida *hacer* el desayuno *llegar* al cine / […] *salir* de la casa / […] *irse a* […] *llamar* a […] *ducharse*	yo mi madre mi padre Lisa nosotros […]	ya todavía no	*comer* *poner* la mesa *empezar* a ver la película *ir* al entrenamiento / […] *hacer* los deberes *levantarse* *vivir* en […] *jugar* con […]

Expresión oral y escrita

7 Antes de terminar el instituto, quieres participar en un intercambio en Latinoamérica. Hablas con tu amigo/-a español/a y le cuentas por qué quieres ir a Ciudad de México. Presentad la escena, tú (A) empiezas.
► Partner B, S. 131

- Cuenta por qué te gustaría hacer un intercambio en Latinoamérica.
- Presenta algunos datos sobre Ciudad de México. Explica las ventajas de vivir en esta ciudad.
- Pregunta a tu amigo/-a si también le gustaría hacer un intercambio en Ciudad de México.

8 Escribe un texto sobre una excursión o un viaje que hiciste (100–120 palabras) para un blog de viajes. Pon atención al uso correcto de los tiempos del pasado. ► Den Schreibprozess organisieren, S. 169

p. 131

El mundo del español

9 a Elige a una de estas personas (u otra persona de origen latinoamericano que te interesa), busca información sobre su vida en internet y prepara una ficha. ► Informieren und Recherchieren, S. 182

3

Alejandro González Iñárritu

Yalitza Aparicio

Octavio Paz

Alondra de la Parra

Nombre y apellido:	Alejandro González Iñárritu
Lugar y fecha de nacimiento (y muerte):	Ciudad de México, 15 de agosto de 1963
Profesión […]	
¿Por qué se conoce? […]	
Un dato curioso:	

PF

b Con ayuda de tu ficha, presenta brevemente a la persona a tu clase. Puedes usar fotos y otros elementos visuales.

facultativo

c Publicad las biografías, por ejemplo, en un muro virtual. ► Quellendokumentation, S. 183

B La vida en la sierra

Hier lernst du:
- Wortwiederholungen zu vermeiden

Diego corriendo

Diego vive con sus padres, su hermana Mariana de 18 años y su abuelo en un pueblecito del municipio de Guachochi, en Chihuahua, donde residen los tarahumaras.

A simple vista, parece un chico tarahumara típico: con solo 16 años sabe montar a caballo y toca el violín con su abuelo, que es corredor y músico. Algunos fines de semana va con él a los pueblos vecinos, porque los dos son músicos en un grupo folclórico tarahumara. No siempre va el mismo público, a veces, si hay muchos jóvenes o turistas, su abuelo deja que Diego cante las canciones típicas también en español porque no todos las entienden en tarahumara. Al principio, al abuelo no le gustaba. Ahora dice «Chamaco, cántala en español, ¿no ves que hay turistas?». Diego se ríe, mira su violín –se lo dio su abuelo– y dice que sí.

Si le preguntas sobre su futuro, dice que quiere seguir viviendo en la sierra, no se imagina vivir en una ciudad, donde la gente pasa tanto tiempo entre edificios y autos. Todavía no sabe si quiere hacerse corredor profesional como su abuelo o profesor de Música. Pero sabe que su futuro está en la sierra y con su gente.

Su hermana Mariana piensa diferente sobre su futuro, en unos meses deja a la familia y se va a Ciudad de México para estudiar Medicina. Para ella la Sierra Tarahumara es muy especial, pero como tantos chicos de su edad quiere tener la experiencia de vivir en la capital.

Nos lo explica con estas palabras: «Desde chiquita yo quería ser médica. Pero aquí no hay universidades. Estudiar Medicina significa irse a cualquier ciudad lejos de aquí».

En estos meses termina el instituto y ya el camino le parece insoportable porque tarda más de una hora. Ella no es mucho de correr, tiene problemas. A veces su padre la lleva a caballo al pueblo vecino, pero si no puede, Mariana tiene que ir a pie unos 35 minutos.

Cada tarde, después de ayudar en el campo, prepara su tarea y luego mira la tarea de su hermano y se la corrige. Cuando terminan temprano, escriben juntos canciones sobre la vida en la sierra y sus sueños de futuro y las cantan.

Mariana habla todo el tiempo de su viaje a la capital. «Ya no voy a estar en casa, por eso le regalé a mi hermano un celular, así puede tomar fotos de sus carreras y enviármelas», dice Mariana y le pide a su hermano que toque el violín.

El camino de Marina

La Sierra Tarahumara

4 **residir** vivir 5 **los tarahumaras** indigenes Volk im Norden Mexikos 8 **montar a caballo** reiten
26 **el corredor** der Läufer 44 **insoportable** unerträglich 57 **el celular** el móvil

Estrategia: einen Text in Sinnabschnitte einteilen

1 Lee el texto y relaciona los párrafos con los títulos. Indica las líneas del texto.

a. vivir en un pueblo
b. el futuro de Diego
c. irse a la capital
d. Mariana y Diego
e. el camino a la escuela
f. el futuro de Mariana
g. Diego y la música

Sie verstehen einen Text besser, wenn Sie sich klar machen, aus welchen Sinnabschnitten er besteht.

Comprensión lectora y competencia intercultural

2 a Apunta: ¿Qué sabes sobre...

a. la vida en la Sierra Tarahumara?
b. los planes para el futuro de Diego?
c. los planes de Mariana?
d. la relación entre Diego y Mariana?

b Cuenta: ¿Qué te parece interesante o increíble de la vida en la sierra? ¿Por qué (no) te gustaría vivir allí?

Me parece interesante/increíble que [...].
Creo que la vida allí es [...].
(No) Me gustaría [...] porque [...].

c Escríbele una carta a Diego y cuéntale de tu vida. Ten en cuenta las siguientes preguntas:

¿Dónde vives tú, en la ciudad o en el campo?
¿Qué es diferente de la vida en el municipio de Guachochi?
¿Qué cosas son parecidas? ¿Cuáles son diferentes?

La lengua

3 a Nennen Sie in jedem Satz das direkte und das indirekte Objekt.

1. Mi abuelo regaló una guitarra a mi hermano. Ahora me la da.
2. La profesora explica los deberes a la clase. Mañana nos los corrige.

b In welcher Reihenfolge stehen die Objektpronomen? ▶ Grammatik, 4

c Relaciona y formula mini-diálogos como en el ejemplo.
Ejemplo: 1. ¿Es para mí esa canción? d. Sí, te la escribí ayer.

1. ¿Es para mí esa canción?
2. ¿Entiendes la frase ahora?
3. Necesitamos más platos para la fiesta.
4. ¡Qué bonitas canciones!
5. Me encanta esta foto de la sierra.
6. ¿Te dio tu hermana ese celular?

a. Sí, me lo regaló.
b. Os los llevo mañana.
c. No, ¿me la explicas otra vez?
d. Sí, te la escribí ayer.
e. Me las enseñó mi padre.
f. Me la envió Diego.

4 Wofür steht das Pronomen se in den folgenden Sätzen? Vor welchen Pronomen verwenden Sie es?

1. Mariana mira la tarea de su hermano y **se la** corrige.
2. Diego y Mariana tienen un violín. Su abuelo **se lo** dio.

5 Diego hace muchas preguntas a Mariana. Formula sus respuestas. ▶ Grammatik, 4

¿Cuándo...
1. me corriges la tarea?
2. envías nuestras canciones a los primos?
3. nos explicas tus planes?
4. me regalas el celular?
5. llevas el caballo a la vecina?
6. envías las fotos a las tías?
7. te van a dar tus notas finales?
8. te van a dar el piso en Ciudad de México?
9. devuelves los libros al abuelo?
10. nos presentas a tu nueva amiga?

¿Cuándo me explicas la tarea?

Te la explico en media hora.

hace una hora | ayer
la semana pasada | mañana
en una hora | el fin de semana

Expresión oral y escrita

6 a Diego quiere quedarse en Guachochi, Mariana prefiere irse a Ciudad de México. Busca con tu compañero aspectos a favor de quedarse en Guanachochi y aspectos a favor de irse a Ciudad de México. Apunta más ideas.

Quedarse en Guachochi	Vivir en Ciudad de México
– Diego tiene allí a su familia y a sus amigos. [...]	– Mariana puede estudiar en la universidad.

b En tres meses se va Mariana (B). Diego (A) discute con ella. La quiere convencer de quedarse. Mariana le explica por qué se quiere ir. Haced el juego de rol. ▶ Partner B, S. 132 ▶ Gespräche oder Rollenspiele, S. 168

Sie sind Diego und möchten nicht, dass Mariana Guachochi verlässt. Für Sie ist das Leben in der Sierra viel besser als in der Stadt.

7 Tu amiga Marta de Galicia quiere hacer un viaje a México. No está segura si quiere pasar mucho tiempo en Ciudad de México o viajar también al norte para conocer la Sierra Tarahumara. Escríbele tu opinión en un e-mail (120 palabras). ▶ Konnektoren, S. 170

↗ p. 132

Comprensión auditiva

8 a Escucha los primeros segundos del podcast «México Salvaje». ¿De qué lugar están hablando?

Parque nacional Bahía de Loreto

Archipiélago de Revillagigedo

Zona del Silencio

b El guía da los siguientes datos. ¿A qué se refieren? Explícalos.

↗ p. 132

cuatro   1130   Colima   132   1533   barco   Monte Evermann   una semana

c Elige uno de los tres lugares de a y haz una presentación digital a base de fotos. Prepara un comentario breve (no más de 20 segundos) para cada foto. ▶ Quellendokumentation, S. 183

Punto final 3: Crear un muro virtual / un periódico mural

Tu curso va a presentar un muro virtual / un periódico mural sobre el tema «México ayer y hoy» en el «Día de los idiomas» de vuestro instituto.

La Piedra del Sol

«México ayer»
- la cultura azteca
- Tenochtitlan
- la conquista de México
- personajes históricos: Hernán Cortés, Moctezuma, Malinche…
- …

La Plaza de la Constitución

«México hoy»
- la oferta cultural
- el deporte
- la comida
- los terremotos y la solidaridad
- los tarahumaras
- la naturaleza
- …

Preparar

- Formad grupos de tres. Cada grupo elige un tema.
- Informaos sobre vuestro tema y sus aspectos en los textos de la Unidad 3 y en internet. Decidid quién de vosotros va a presentar qué aspecto.

Crear

- Busca información sobre tu aspecto (textos, fotos, dibujos, gráficos o – si vais a crear un muro virtual – recursos multimedia como audios y vídeos) y ordena la información. No olvides indicar las fuentes de la información que has encontrado. ► Informieren und Recherchieren, S. 182
- Reuníos en vuestro grupo, presentaos la información y decidid qué elementos queréis poner en el muro.
- Escribid vuestros textos. Luego intercambiadlos, corregid los errores y haced propuestas para mejorar las presentaciones de vuestros/-as compañeros/-as. ► Kollaboratives Schreiben, S. 183 ► Fehler vermeiden, S. 186
- Haced un collage de textos y fotos para el periódico mural o introducid vuestra información en el muro virtual del curso.

Presentar y evaluar

- Exponed los resultados en una pared del aula o publicadlos online. Presentad el tema a vuestros/-as compañeros/-as. ► Einen Kurzvortrag halten, S. 167
- Evaluad los resultados con ayuda de la ficha de evaluación. ► Lernen App

www.elblogdeomar.mi-blog.org/centroamerica

20 de septiembre de 2024

Una región, seis países

Como ya os he dicho en otra entrada, hace poco he terminado la Selectividad, pero todavía no he decidido qué voy a estudiar. Por eso estoy haciendo un viaje por Centroamérica. Mi primo Ander de 24 años ha venido conmigo, así que no viajo solo. Para pagar el viaje, estos dos últimos años he trabajado como camarero en una cafetería y he ahorrado bastante. Ha sido muy duro, pero debo decir que vale la pena porque aquí podéis disfrutar de experiencias que nunca habéis vivido:

¿Alguna vez...

... habéis estado en dos océanos en el mismo día?

Para ello tenéis que ir al Canal de Panamá, que conecta el Océano Atlántico y el Océano Pacífico. Esta ruta es fundamental para el comercio en el mundo y para la economía de Panamá.

... habéis conocido uno de los países con mayor biodiversidad del mundo?

Os hablo de Costa Rica, donde viven aproximadamente 500 000 especies diferentes. Como en los últimos años el país se ha vuelto un poco caro por el turismo, una posibilidad es hacer un voluntariado.

... habéis hecho skateboarding... sobre la arena?

Para hacerlo tenéis que ir al Cerro Negro, cerca de la ciudad de León, en Nicaragua. Allí podréis también visitar otros lugares como el museo del poeta Rubén Darío.

... habéis buceado junto a tiburones ballena, los peces más grandes del mundo?

Las Islas de la Bahía, en Honduras, son el lugar perfecto para hacer cursos a un precio muy barato y en el mejor de los paisajes.

Actividad de prelectura

1 **Habla con tu compañero y contesta a las seis preguntas del texto según tu experiencia personal y decide:**

Ya he vivido esa experiencia. He vivido una experiencia parecida.

Todavía no he tenido esa experiencia Conozco a alguien que ha tenido esa experiencia.

Hier lernst du:
- zu berichten, was du schon einmal gemacht hast

... habéis visto un lago en el cráter de un volcán?

Pues lo encontraréis en El Salvador, exactamente en el volcán Ilamatepec. Si queréis refrescaros, es mejor que no os bañéis ahí porque con la temperatura del agua es imposible ☺

... habéis visitado Guatemala?

Nosotros acabamos de llegar. ¡Me muero de ganas por contaros en la próxima entrada del blog qué tal aquí!

1 de octubre de 2024

¿Qué puedo decir de Guatemala?

Desde que el año pasado estudiamos la cultura maya en el instituto, siempre he querido visitar sus ruinas y conocer las costumbres que aún se conservan. Además de eso, durante este viaje he descubierto que el país ofrece muchas más cosas.

La semana pasada llegamos a Ciudad de Guatemala y nos quedamos en el barrio Cuatro Grados Norte. Hace unos años este barrio se convirtió en un lugar para disfrutar del arte urbano, actividades culturales y restaurantes.

Desde allí, un día hicimos una excursión a Antigua, una ciudad encantadora que fundaron los españoles en 1541 y que hoy muchos turistas visitan.

Después de visitar otros lugares, ayer llegamos a Flores, una pequeña ciudad en el norte del país que está situada en una isla en un lago. Esta mañana nos hemos levantado muy temprano para poder ver el amanecer desde Tikal, las ruinas de una ciudad que desapareció en el siglo X. ¡Tenéis que ir porque es un sitio mágico! Allí una guía nos ha explicado el lugar y Ander y yo hemos puesto atención en todo momento. La verdad es que hoy ha sido uno de los mejores días de nuestro viaje porque tanto las ruinas como su historia me han impresionado.

M3

Comprensión lectora

2 a Contesta a las preguntas.

1. ¿Quién ha ido con Omar a Centroamérica?
2. ¿Dónde ha trabajado Omar para poder pagar su viaje?
3. ¿Qué país se ha vuelto más caro por el turismo en los últimos años?
4. ¿Por qué Cuatro Grados Norte es hoy el barrio de moda en Ciudad de Guatemala?
5. ¿Qué hicieron los españoles en 1541?

b Nombra al menos seis cosas que, según Omar, (no) puedes hacer en Centroamérica.

En	Panamá Guatemala El Salvador Honduras Costa Rica Nicaragua Centroamérica	uno (no) puede (no) se puede (no) es posible	visitar ciudades históricas y ruinas precolombinas. ver dos océanos en poco tiempo. gastar menos dinero a través un voluntariado. practicar skateboarding sobre la nieve. bañarse en el lago del volcán Ilamatepec. bucear con los peces más grandes del mundo. […]

La lengua

3 a Busca en el texto las formas del pretérito perfecto compuesto[1] y apúntalas en una tabla. Apunta también el infinitivo para cada forma.

	-ar	-er/-ir	verbos irregulares
[yo]	He terminado (terminar)		
[tú]			
[él/ella]			

1 Das pretérito perfecto compuesto wird häufig abgekürzt als pretérito perfecto.

b Formulieren Sie eine Regel für die Bildung des Perfekts.

4 Es viernes y estáis en el recreo. Habla con tus compañeros sobre lo que habéis hecho esta semana. Utiliza el pretérito perfecto. ▶ Grammatik, 11

quedar con los amigos
escuchar música
jugar al fútbol/baloncesto/voleibol/[…]
hacer los deberes
escribir mensajes a […]
leer un libro/cómic/[…]
ver un vídeo… / una película… / […]
tocar la guitarra / […]
comer […]
participar en […]
volver a/de […]
echar un cable a […]
poner música
nadar
[…]

5 a ¿Cuándo usas el pretérito indefinido y cuándo el pretérito perfecto? Busca en el texto los marcadores temporales y apúntalos en la tabla.

pretérito perfecto	pretérito indefinido
hoy	

b Completa cada frase que dice Omar con un marcador temporal adecuado.

[…] Ander y yo fuimos al barrio Cuatro Grados Norte y vimos unos grafitis de muchos colores.
[…] hemos hecho una excursión a las ruinas mayas de Tikal y hemos visto el amanecer.

6 ¿Qué dicen los amigos? Observa las situaciones y utiliza la forma correcta del pretérito perfecto o pretérito indefinido. ► Grammatik, 12

1. Salma: ¿*Ver*/vosotros ya «Alcarrás», la nueva peli de Carla Simón? Este año *ser* la mejor película en el Festival de Cine de Berlín.
   Verónica: Sí, mi hermana y yo la *ver* en el cine la semana pasada. Y tú, Rodrigo, ¿todavía no *ir* a verla?
   Rodrigo: No, *querer* ir ayer, pero *llegar* tarde y no había entradas.
2. Elías: Hace dos años, mis padres y yo *ir* de vacaciones a Canarias, pero este año *estar* en Italia.
   Triana: ¡Qué guay! Mi primo *hacer* este año un curso de Erasmus en Italia, así que lo *visitar* allí. En cambio, nunca *viajar* a Canarias.
3. Padre: Dana, ¿todavía no *terminar* los deberes?
   Dana: No, todavía no. Ahora estoy con el texto sobre nuestra familia y *escribir* que la abuela *nacer* en 1948 en Ayacucho. Mamá y tú *venir* a España hace 20 años, ¿verdad?
   Padre: Sí, aunque entonces no *ser* fácil, en los últimos años todo nos *salir* bastante bien.
4. Efrén: Esta mañana Yamir y Miriam me *decir* que ayer el examen de Inglés les *parecer* muy difícil.
   Gustavo: Pues mi clase y yo lo *tener* esta mañana y nos *parecer* muy fácil. Bueno, es que a mí siempre *gustar* Inglés.

Expresión oral y escrita

M3

7 a ¿Alguna vez has...? Haz preguntas a tu compañero/-a. Él/Ella te contesta.

¿Alguna vez has estado en Centroamérica?

No, nunca he estado en Centroamérica. ¿Y tú?

Sí, el año pasado fui a Costa Rica.

trabajar como camarero/-a / [...]
viajar a otro país/continente
leer un cómic/libro en otra lengua
decir / tus padres «cariño» en el instituto
encontrar dinero en la calle
perder el móvil
dormir hasta la tarde
tener una mascota
ponerse un uniforme escolar
quedarse en blanco en un examen
escribir para la revista del instituto
unirse a una asociación
ir en avión
montar a caballo
practicar surf
hacer un intercambio

ayer
hace...
el mes / el año / la semana — pasado/-a

ya
todavía no
nunca
hoy
siempre
este/-a — verano / mes / año / semana

b Ahora cuenta lo que hizo / ha hecho tu compañero/-a.

8 Hoy no es tu día. Anoche dormiste fatal, te has levantado muy tarde, por el camino al instituto te han pasado muchas cosas y has llegado tan tarde que no has podido hacer un examen. Escribe o graba un mensaje (100–120 palabras) para tu amigo/-a de España y cuéntale qué te ha pasado. ► Texte schreiben, S. 170

4 Encontrar su propio camino

¡Vamos!

Test de orientación vocacional

Haz el test sobre tus puntos fuertes y débiles.

1 Mis amigos y mi familia dicen que…

a) tengo ideas originales y soy muy creativo/-a. ●●
b) pienso de forma práctica. ●●●●●
c) soy bastante comunicativo/-a. ●●●
d) reparo cosas fácilmente y se me da bien la tecnología. ●

2 Me intereso por…

a) lo que pasa en el mundo, las noticias… ●●●
b) otras lenguas, países y culturas. ●●●●
c) los deportes, el teatro y los conciertos. ●●
d) los ordenadores, los móviles y las aplicaciones más modernas. ●●●●●

3 Desde muy pequeño/-a…

a) hago mucho deporte y soy competitivo/-a. ●●●●
b) soy bueno/-a con los números. ●●●●
c) leo e invento historias. ●●
d) hago mil preguntas y soy supercurioso/-a. ●●●●●

4 Para mis exámenes…

a) prefiero estudiar en grupo. ●●●●
b) me gusta estudiar solo/-a porque aprendo más rápido. ●●●
c) aprendo todo de memoria la última semana. ●●
d) no me preparo nada. ●

5 En el instituto me resulta fácil…

a) comprender Matemáticas, Física o Química. ●●●●●
b) hablar en alguna lengua extranjera. ●●●
c) recordar datos importantes, tengo buena memoria. ●●●●
d) leer libros y escribir textos creativos. ●●

De 0 a 15 puntos:

Eres una persona práctica, ideal para los trabajos técnicos. ¿Qué tal una formación profesional como Técnico Superior en Energías Renovables o en Mecánica?

De 16 a 20 puntos:

Eres una persona creativa que tiene ideas originales y no siempre trabaja según un plan. Por lo tanto, un trabajo aburrido en una oficina no es lo tuyo. Si te gusta el arte, el Diseño Multimedia, la Escenografía o estudiar Música en el conservatorio son opciones para ti.

Hier lernst du:
- persönliche Stärken und Schwächen anzugeben

6

Cuando tengo que entregar una tarea…

a) la hago con tiempo y no espero hasta el último momento. ●●●●●
b) me paso la última noche sin dormir para terminarla. ●
c) me cuesta trabajar bajo presión, pero la entrego. ●●●●
d) eh… ¿qué tarea? ●●

7

Si tengo que decidir cosas importantes…

a) considero los aspectos a favor y en contra. ●●●●●
b) todo depende de cómo me sienta en ese momento. ●●
c) confío en mi instinto. ●●●●
d) nunca estoy realmente seguro/-a de mi decisión. ●●●

8

Podría imaginarme un puesto de trabajo que...

a) me permita hacer muchos contactos. ●●●●
b) no sea aburrido. ●●
c) me permita ayudar a otras personas. ●●●
d) sea tranquilo y estable. ●

9

Cuando aprendo solo/-a algo nuevo…

a) sigo intentándolo hasta lograr aprenderlo. ●●●●●
b) necesito ver pronto resultados para seguir motivado/-a. ●●●●
c) me resulta difícil concentrarme y suelo dejarlo. ●
d) soy un poco caótico/-a y tardo mucho, pero logro aprenderlo. ●●

10

Si imagino mi vida en 20 años...

a) me gustaría tener éxito y ganar mucho dinero. ●●●●
b) voy a vivir en otro país. ●●
c) mi familia y mi casa van a ser lo más importante. ●●●
d) ¡No sé qué voy a hacer mañana! ●●

● De 21 a 26 puntos:

Eres alguien muy social, te gusta ayudar y eres una persona solidaria. El contacto con otras personas es muy importante para ti, así que te recomendamos un trabajo como profesor/a, médico/-a o policía.

● De 27 a 32 puntos:

Eres una persona competitiva y tienes claros tus objetivos. Te gusta trabajar solo, pero también puedes hacerlo en equipo. ¿Quién sabe si algún día vas a ser el director o la directora de una gran empresa?

● Más de 33 puntos:

Te gustan las ciencias, siempre quieres saber más y necesitas una respuesta a todas las preguntas. ¿Qué tal estudiar Biología o Física?

4

Actividad de prelectura

1 **Explica qué tipo de test es, a quién se dirige y para qué sirve.** ▶ Texto, pp. 54-55
▶ Vor dem Lesen, S. 167

Comprensión lectora

2 **Haz el test sin leer el resultado.** ▶ Texto, pp. 54-55

Vocabulario y expresión oral

3 **a** **Prepara una lista con las expresiones, después complétala con la expresión contraria si es posible.** ↗ p. 133
PF
Ejemplo: trabajar bajo presión ≠ trabajar tranquilamente, sin presión

trabajar · tener claros · ganar · tener buena · confiar · pensar · interesarse · considerar · ser bueno/-a · tener ideas · estar seguro/-a

memoria · con los números · por el mundo · de forma práctica · en mi instinto · mucho dinero · los aspectos a favor y en contra · bajo presión · cosas · en grupo/equipo · originales · los objetivos · de una decisión

b **Intenta saber cuáles son los puntos fuertes y débiles de tu compañero/-a. Hazle preguntas. Él/Ella contesta.** ↗ p. 133

¿Se te dan bien las lenguas?
No, soy malo con las lenguas. Prefiero Mates.
¿Tienes claros tus objetivos?
Sí, normalmente sé muy bien lo que quiero.

¿Te resulta fácil [...]?
¿Te gusta/gustaría [...]?
¿Se te da(n) bien [...]?
¿Eres bueno con [...]?
¿Tienes [...]?
¿Te interesas por [...]?

Sí/No

porque (no) me intereso por [...].
[...] es mi punto fuerte/débil.
(no) se me da/n bien/mal [...]
(no) soy bueno/malo con [...]
me resulta fácil/difícil [...]
(no) me cuesta trabajo [...]
prefiero [...]
normalmente [...]
(no) suelo [...]

4 **Ahora lee el resultado del test (pp. 54-55) y coméntale a un/a compañero/-a por qué (no) te parece correcto.**

Según el test soy una persona solidaria y social.
Por lo tanto, debería trabajar como médica. También podría ser profesora o policía.
El resultado no me sorprende. Desde niña quiero ser médica.

Según el test	soy una persona solidaria/[...] tengo un perfil social/[...]	por lo tanto por eso así que	podría trabajar [...] podría ser profesor/a / médico/-a / [...]

Creo que es correcto porque [...]
No creo que sea correcto porque [...]
El resultado (no) me sorprende porque [...]

La lengua

5 **Define cómo son las siguientes personas. Utiliza para + infinitivo o para que + subjuntivo.** ▶ Grammatik, 18
Ejemplo: Una persona creativa tiene buenas ideas para que los problemas se resuelvan.

Una persona creativa tiene buenas ideas	para	los problemas *resolverse*.
Las personas prácticas a veces tienen talento	para que	*reparar* cosas fácilmente.
Un alumno responsable no espera hasta el último día		*entregar* una tarea.
La gente competitiva es ideal		*ser* líder y *trabajar* en empresas.
Una persona curiosa hace preguntas		los profes *explicar* las cosas.
Un turista ecológico ahorra agua		*seguir* habiendo en el futuro.
Los mejores estudiantes estudian mucho		*salirle* bien los exámenes.
Una buena profesora explica el tema de manera fácil		todos *entenderlo*.
Un buen amigo pregunta por tus problemas		*interesarse* por ti.

Comprensión auditiva y expresión oral

6 a **Escucha lo que dicen Lara, Antonio y Rosa sobre sus intereses. Apunta en una tabla cuáles son sus puntos fuertes o débiles y qué es importante para cada uno.** p. 134

	Puntos fuertes	Puntos débiles	¿Qué le importa?
Lara	[...]	[...]	[...]
Antonio			
Rosa			

b **Mira las actividades extraescolares que se ofrecen este año. ¿Qué piensas tú? ¿Qué podrían hacer los chicos? Explica tu decisión.**

clases de baile

club de proyectos sociales

diseño de videojuegos

taller de Artes Plásticas

Informática

chino

grupo ecologista

teatro en inglés

Creo que [...] podría tomar el curso de [...] porque para él/ella es importante [...]. Además sabe [...] y le gusta/n [...].

Podría/Debería tomar [...]
Le recomiendo [...]
Si le gusta [...], creo que tiene que tomar [...].

A Una vida de campamento

Hier lernst du:
- Wünsche und Gefühle differenzierter auszudrücken
- zu sagen, was man (nicht) tun würde

No sé a cuántos campamentos he ido en toda mi vida. Tendría que buscar fotos de cuando era niño para saber cuántas veces preparé mi mochila para pasar unos días lejos de mi familia.

La primera vez que me fui de campamento tenía diez años y me fui a un pueblo cerca de Madrid una semana con mi equipo de fútbol. Lo recuerdo muy bien porque era la primera vez que estaba sin mis padres durante tanto tiempo y lo pasé genial. Todos los días entrenábamos por la mañana y, por la tarde, jugábamos partidos donde lo importante no era ganar, sino el trabajo en equipo. Además, por las noches, teníamos una actividad especial: ir al cine o dar paseos nocturnos…
Y claro, a esa edad, un campamento es una situación nueva: tienes que organizarte sin la ayuda de papá y mamá, ocuparte de la ropa, hacer la cama, ordenar tus cosas… Piénsalo: estás con tus amigos 24 horas al día y, ante un problema, no hablarías con tus padres, se lo dirías a tu mejor amigo o a tu monitor. Creo que en aquel campamento dejé de ser un niño pequeño y empecé a hacerme mayor. Puede parecer exagerado, pero podría decir que durante mis campamentos aprendí las cosas más importantes de la vida: a escuchar a un amigo cuando echa de menos a su familia y a darle ánimos o a pedir que te los den, a que lo importante no es el lugar, ni la ropa que llevas o lo que comes o tienes, sino la persona con la que lo compartes. Esas cosas no vienen en los libros.
Aunque quizás los campamentos no cambien tu vida, tú sí cambias. Cuando estás con un montón de gente que no conoces, es importante que te abras a los demás y que respetes las reglas para que todos te acepten. Es necesario que cumplas los horarios, trabajes en equipo y no seas egoísta, porque si lo haces, con el tiempo te quedas solo. Si eres amable y sabes convivir con los otros, todo es fácil y divertido.
Ahora, con 22 años, vuelvo a vivir cada verano la experiencia del campamento, pero esta vez como monitor. Me gusta mucho, aunque soy consciente de que soy yo el responsable si pasa algo.
La primera vez que fui de monitor me di cuenta de que puedes ser un buen tío con los chicos, pero al mismo tiempo, te tienen que tomar en serio. Es importante que te escuchen y tienes que conseguir su atención para que te hagan caso.

3 **recordar algo** sich an etw. erinnern 8 **ganar** gewinnen
18 **empezar a** anfangen 23 **dar ánimos a alguien** jdm Mut machen
49 **hacer caso a alguien** jdn beachten

Muchos jóvenes españoles pasan sus vacaciones en un campamento, a menudo en la naturaleza (montaña, campo, mar, etc.). Muchos campamentos son temáticos, por ejemplo, los chicos pueden aprender inglés, tener clases de baile o hacer surf.

Por supuesto que siempre puede pasar algo que no esperas y en momentos difíciles muchos no sabrían reaccionar bien. Por eso, en los cursos para monitores siempre nos preguntan qué haríamos en diferentes situaciones difíciles. Una vez, por ejemplo, una chica se perdió en una excursión durante unas horas. Nunca he estado tan preocupado por alguien. Cuando la encontramos, no sabía si echarle una bronca o solo abrazarla. Por suerte, al final no pasó nada, pero ¡qué susto! La chica había quedado con su prima y había olvidado informarme. ¡Qué mal lo pasamos!
Sin embargo, para mí está muy claro, los momentos positivos son muchísimos más que los negativos. En un campamento todos somos iguales. Da igual si eres alto, bajo, gordo, delgado, o si vas en silla de ruedas o tienes granos, tienes que aprender a convivir. Pero, si de verdad quieres saber lo que significa «ir de campamento», tienes que vivirlo tú mismo. Es algo que nadie se debería perder. Yo lo haría de nuevo, no cambiaría nada y se lo recomendaría a todo el mundo. Ya no me podría imaginar un trabajo fuera del mundo del tiempo libre, y por eso, ahora estudio en la universidad Trabajo Social y quiero que mi futuro laboral siempre esté relacionado con el mundo del tiempo libre.

Carlos Muñoz Alonso, 22 años

51 por supuesto natürlich **57 estar preocupado por alguien** sich um jdn Sorgen machen
59 echarle una bronca a alguien mit jdm schimpfen **59 abrazar a alguien** jdn umarmen

Comprensión lectora

facultativo

1 Actividad de prelectura: **¿Ya has ido a un campamento o a una excursión de varios días con el instituto? Habla sobre tus experiencias.**

¿Adónde fuiste? ¿Qué hicisteis allí? ¿Cómo te sentiste?
¿Con quién fuiste? ¿Qué te gustó? ¿Qué momentos especiales pasaste?

4

2 a Lee el texto y busca información sobre los siguientes aspectos:
a. ¿Qué actividades realizó Carlos cuando, de niño, participó en campamentos?
b. ¿Qué cosas aprendió?
c. ¿Qué significa ser monitor de campamento para él?

b Utiliza tus apuntes y presenta las experiencias que tuvo Carlos en su «vida de campamento».

c ¿Por qué Carlos recomienda participar en un campamento? Justifica tu respuesta con ayuda del texto.

Expresión escrita

3 Trabajas para la revista «Chic@s de hoy» y entrevistas al monitor Carlos Muñoz. Formula cinco preguntas sobre información que no está en el texto (p. 58) e imagina sus respuestas.
► Kreative Texte schreiben, S. 172
↗ p. 134

Einen Text mit Konnektoren strukturieren:
además, aunque (quizás), así que, a pesar de eso, sin embargo, pero, a pesar de que, por lo tanto

Describir experiencias:
Recuerdo que [...]
Esa experiencia fue genial porque [...]

Expresar emociones:
¡Mola mogollón!
¡Qué susto!

Hacer reflexiones:
Soy consciente de que [...]
Me di cuenta de que [...]

La lengua

4 a Busca las formas del condicional en el texto y formula una regla en alemán para su formación. Fíjate también en las formas irregulares de los verbos hacer, decir y tener.

b **En un campamento, ¿qué (no) haríais? Usa el condicional.** ▶ Grammatik, 15

Seguro que (no) A lo mejor Posiblemente Quizás A veces/Siempre/Nunca Todos los días Por la mañana/tarde/noche	[yo] mi mejor amigo/-a mis amigos/-as y yo todos los chicos	*ir* a la piscina / al mar / [...] *tocar* la guitarra *hacer* una excursión en bicicleta / a pie / [...] *jugar* al tenis/fútbol/voleibol/[...] *tener* que levantarse temprano *ordenar* la habitación *ayudar* en la cocina *salir* del campamento sin permiso *respetar* las reglas *salir* al cine / al restaurante *hacer* una fiesta *dar* un paseo nocturno

5 Repasar y practicar el presente de subjuntivo: **¿Qué es importante para que un campamento sea un éxito?** ▶ Grammatik, 18

↗ p. 134

Ejemplo: Es necesario que los jóvenes no escuchen música si todos quieren dormir.

1. no *escuchar* música si todos quieren dormir.
2. *ser* responsables para que los participantes *sentirse* seguros.
3. *respetar* el horario para que el grupo no *tener* que esperar.
4. *escuchar* con atención mientras los monitores dan información.
5. no *salir* del campamento si los monitores no lo saben.
6. solo *hacer* fiesta hasta la hora de irse a dormir.
7. *ordenar* la habitación para que no *perder* sus cosas.
8. *ser* abierto/-a para que *hacer* contactos con otros chicos.
9. no *ser* egoísta sino que *trabajar* en equipo.
10. *tener* reglas para que todos *saber* lo que pueden hacer.

Comprensión auditiva

6

a Actividad de preaudición: **Describe los dibujos y formula hipótesis sobre lo que acaba de pasarles a estos chicos.** ▶ Bilder, S. 178

1

2

b **Escucha a Ernesto y Maite y comprueba tus hipótesis. Toma apuntes y contesta las preguntas.** ▶ Notizen beim Hören machen, S. 166

1. ¿Qué le pasó?
2. ¿Con qué soñaba?
3. Nombra al menos una cosa importante para realizar su sueño.

Expresión oral

7

Hace una semana tú (A) enviaste tu currículum para un puesto como monitor/a de un campamento internacional en los Pirineos. Ahora tienes una entrevista por videollamada con (B), director/a del campamento. Presentad la escena. (A) empieza. ▶ Partner B, S. 135

- Saludas. Tratas de usted.
- Contesta las preguntas de **B** sobre tus conocimientos de idiomas y tu experiencia con niños y adolescentes.
- Di qué es importante para ti en un campamento.
- **B** propone una situación difícil. Responde qué harías.
- Haz alguna/s pregunta/s sobre el puesto.
- Te despides.

B ¿Qué quieres ser en el futuro?

Hier lernst du:
- Vermutungen zu formulieren
- einen Lebenslauf und ein Bewerbungsschreiben zu verfassen

Después de sus clases, Nuria llama a la puerta de la oficina del orientador. Antes de abrir la puerta se pregunta: ¿Será una buena idea hablar con el orientador?

–Hola, me llamo Nuria y quisiera hablar con usted, pero no sé si tiene tiempo ahora.

–Claro, pasa. No necesitas una cita para venir a hablar conmigo. Y por favor, Nuria, trátame de tú.

Nuria entra en la oficina y piensa con una sonrisa que el orientador parece un tío simpático.

> En muchos institutos en España hay un orientador de estudios para aconsejar a los alumnos que no saben qué hacer después del bachillerato. ¿Qué ofertas/instituciones para orientarse profesionalmente hay en tu colegio?

–Dime, Nuria. ¿En qué curso estás ahora mismo?

–Estoy en segundo de bachillerato. En menos de un mes haré la selectividad y ya estoy un poco nerviosa.

–¿Ya sabes qué harás después de los exámenes? ¿Tienes alguna idea?

–No, ninguna, ese es mi problema. Llevo todo el año pensando sobre mi futuro, pero todavía no sé si quiero estudiar. No estoy muy segura. A veces pienso que si elijo una carrera muy difícil nunca la terminaré… o después trabajaré toda mi vida en algo muy aburrido. Otras veces pienso que me gustaría estudiar Arte o Literatura, me encanta leer y también escribo, pero ya imagino lo que dirán mis padres: «Con esas carreras nunca encontrarás trabajo».

–También hay ciclos de formación profesional muy interesantes…

–Ya, pero ellos quieren que haga una carrera universitaria, ¿cómo reaccionarán si les digo que no quiero ir a la universidad?

–Bueno, hay ciclos superiores con muy buenas perspectivas laborales, por ejemplo, algo relacionado con la Informática, como diseñadora web. Y, si quieres, después continúas estudiando en la universidad.

–Sí… la idea de aprender una profesión y empezar a trabajar no está mal... No soy mala con los números y me gustan las mates, pero el problema es que no sé si me gustará trabajar todo el día en una oficina, sin salir…

–Entiendo… ¿Te gustaría vivir en el extranjero?

–Creo que es una buena opción, pero no para siempre. Mira, tengo una amiga que irá un año a Francia como chica *au pair*. Mi hermano lo tiene claro y dice que él pasará un tiempo en Inglaterra o Estados Unidos después de la carrera. He visto en internet que muchos jóvenes de nuestra generación tendrán que salir al extranjero. A mí también me gustaría vivir fuera, aprender bien una lengua, conocer otros lugares… pero hacer *au pair* no es lo mío.

–¿Y qué tal un año de voluntariado antes de decidir? Tenemos contacto con organizaciones en otros países y claro, también en otras comunidades.

–¿Cómo es eso exactamente?

4

–Hay organizaciones que buscan jóvenes para ayudar en proyectos ecologistas o para la protección de animales. El año pasado algunos alumnos del instituto fueron a Francia y participaron en un voluntariado para limpiar las playas. Tal vez encuentras algún proyecto interesante y, si lo haces, pues te habrá servido casi como una primera experiencia laboral.
–Quizás esa es una buena idea, creo que hablaré del tema con mis padres.
–Me parece bien. Tienes que informarte bien para decidir qué camino tomarás después del instituto. Pero ahora, Nuria, lo que tienes que hacer es estudiar para los exámenes finales y para la selectividad. Después de aprobar es cuando llega el momento de decidir. Por cierto, ¿has hecho ya nuestro test vocacional?
–La verdad es que no… ¿Crees que me servirá para algo?
–¡Claro! Espera… ¿dónde tendré las copias? Estarán en la mesa. Ah, aquí… toma este ejemplar. ¿Pudieras traerlo la próxima semana? Así veremos cuál es el resultado, ¿vale?
–¡Vale! Volveré la próxima semana con el test y ya te contaré lo que dicen mis padres…
–Genial, hasta la próxima semana. ¡Adiós!

61 tal vez quizás 71 aprobar bestehen 77 ¿Pudieras […]? Könntest du […]?

Comprensión lectora

1 Contesta las preguntas sobre el texto.

1. ¿En qué situación está Nuria en este momento y en general?
2. ¿Cuáles son los intereses y los puntos fuertes de Nuria?
3. ¿Qué le recomienda el orientador a Nuria?

2 ¿Cuáles son las dudas de Nuria respecto a su futuro? ¿Qué es lo que tiene claro? Termina las frases.

1. Nuria no está segura de	no trabajará de chica au-pair.
2. Nuria tiene miedo de	poder terminar una carrera difícil.
3. Sus padres creen que	no le gustará trabajar todo el día en una oficina.
4. Nuria piensa que	con una carrera de Arte no encontrará un trabajo.
5. Nuria tiene claro que	trabajar toda su vida en algo aburrido.

La lengua

3 Busca las formas del futuro simple en el texto y formula una regla en alemán para su formación. Fíjate también en las formas irregulares de los verbos hacer, decir y tener.

4 a Wofür wird das Futur in den Sätzen in den Sprechblasen auf S. 61 verwendet? ▶ Grammatik, 13

b Ahora el hermano de Nuria estudia en Estados Unidos y manda fotos a su familia y sus amigos en España. ¿Qué pensarán ellos de las fotos? Haz suposiciones y usa el futuro simple. ▶ Grammatik, 13

1

estudiar en esta universidad

2

ser sus nuevos amigos

3

comer bien en los restaurantes tex-mex

4

aprender mucho inglés

5

salir con sus amigos

5 **Antes de hablar con sus padres, Nuria se hace muchas preguntas sobre su futuro. Formula sus preguntas.** ▶ Grammatik, 13

[Yo] Mis padres Mi hermano Mi familia y yo Mis amigos	¿*aprobar* el examen de bachillerato? ¿*estudiar* o *hacer* una formación profesional? ¿*aceptar* mi decisión? ¿*vivir* una vida feliz? ¿*tener* hijos? ¿*pasar* un tiempo en Inglaterra o Estados Unidos? ¿*vivir* en la ciudad o en el campo? ¿*ganar* mucho dinero? ¿*seguir* siendo una parte en mi vida? ¿*poder* encontrar mi camino?

6 **Finalmente, Nuria decidió ir a Barcelona a hacer un voluntariado en una organización con personas migrantes y le cuenta su experiencia a su amiga Rasha. Usa llevar/seguir/continuar + gerundio y dejar de / volver a / empezar a + infinitivo. A veces hay más de una opción correcta.**

Hola, Rasha:
Ya [...] dos meses (*trabajar*) con una organización, donde ayudo a personas migrantes a aprender español. Es algo difícil porque algunos no conocen ni una palabra y, sobre todo al principio, tengo que [...] (*explicar*) las cosas varias veces. Sin embargo, poco a poco muchos [...] (*entender*me), [...] (*tener*) miedo y dicen sus primeras palabras. ¡Es como magia! Después de la pausa, por las tardes [...] (*dar*) mis clases, pero a niños pequeños. Aquí tengo que preparar muchos juegos porque si las clases son demasiado aburridas, los niños [...] (*poner*) atención.
Además, vivir en Barcelona me encanta. Ya sabes que yo hablo un poco de catalán, así que en mi tiempo libre [...] (*aprender*lo) porque voy a un curso y tengo amigos de aquí. Además, la ciudad es muy dinámica y, por eso, quiero [...] (*vivir*) aquí más tiempo.
Gracias a esta experiencia, ahora sé que me gusta trabajar con personas, pero todavía [...] (*pensar*) qué hacer después del voluntariado exactamente. Me interesan, por ejemplo, Trabajo Social y Educación Primaria. Pero es una decisión muy importante y no quiero [...] (*estudiar*) una carrera para luego dejarla. Oye, ¿tú cómo estás? Ya [...] dos semanas (*visitar*) Italia. ¿Te gusta?
Un abrazo.
Nuria

Expresión oral

7 **¿Y tú, qué piensas que pasará con tus compañeros/-as? Habla con tu compañero/-a y haz suposiciones sobre su futuro.** ↗ p. 135

Tú eres una persona muy solidaria y comunicativa, por lo tanto yo creo que tú serás profesor de Lengua. Además te gusta hacer deporte, creo que en el futuro también harás mucho deporte, por ejemplo, correrás en carreras solidarias…

vivir en el extranjero — *trabajar* en [...] — veterinario/-a / [...] — *ser* médico/-a / policía / *hacer* deporte — *conocer* nuevos países — *descubrir* nuevas cosas — *ayudar* a mucha gente — *pasar* mucho tiempo con amigos / la familia / en el trabajo — *lograr* tus objetivos — [...]

Expresión escrita

8 ¿Cómo te imaginas el futuro de Nuria? Escribe un texto (100–120 palabras) en el que describes su vida de mayor. ↗ p. 135

De mayor vivirá en…

9 **a** Un padre mira con su hija un álbum de familia. Lee el diálogo.

Padre: Y este es tu bisabuelo.
Fue el primer médico de la familia.
La segunda fue tu abuela, después yo…
Y ahora tu tío.
Por cierto, Anita, ¿tú qué quieres hacer después de la ESO?
Anita: Eh…
Padre: Anda, dímelo. Será nuestro secreto.
Anita: … algo muy diferente…

b ¿Qué crees que piensa Anita cuando su padre habla de la familia? Escribe un monólogo interior (100–120 palabras). ▶ Texte schreiben, S. 170

A mí no me gusta nada ser médica porque […]
Yo prefiero ser […]
No entiendo por qué papá quiere que […]
[…]

Comprensión audiovisual y mediación

10 Carlos, ingeniero, habla de su trabajo y su vida en Alemania. Mira el vídeo y contesta las preguntas siguientes.

1. ¿En qué consiste su trabajo?
2. ¿Cómo fue su camino hasta que consiguió su puesto de trabajo?
3. ¿Cómo fue su comienzo en Alemania y qué le gusta de su vida allí?
4. Según Carlos, ¿qué diferencias hay en el mundo laboral en España y Alemania?

11 **a** Mira la entrevista de Cristina y apunta las (des)ventajas de su trabajo. Después comparad en clase vuestros apuntes.

ES DE

b Tu prima Laura quiere ser diseñadora de videojuegos. Mira otra vez la entrevista y cuéntale en alemán qué (des)ventajas tiene el trabajo de Cristina. ▶ Wiedergabe von Inhalten in der jeweils anderen Sprache, S. 176

Estrategia: Formale Briefe schreiben

PF **12** a **Después del bachillerato quieres trabajar un tiempo en el extranjero. Escoge una oferta de trabajo y escribe una carta de presentación (180–200 palabras). Explica por qué solicitas esta oferta de trabajo y por qué quieres trabajar en España. Si ya tienes algún tipo de experiencia, inclúyela (según el modelo en el anexo).** ► Einen offiziellen Brief (Bewerbung) schreiben, S. 171

1 *Familia en Madrid busca chico/chica au pair que cuide de nuestros hijos de 3 y 6 años a partir de septiembre.*

2 ¿Te gustaría trabajar en una ciudad mediterránea llena de cultura y turismo? Aquí viene tu oportunidad. Necesitamos auxiliar en la recepción de nuestro hotel familiar en Palma de Mallorca durante el mes de agosto, con conocimientos de español y alemán.

3 ¿Quieres ganar experiencia y mejorar tus conocimientos en informática? Te gustaría trabajar en equipo con 40 profesionales expertos? Pues, ¡envíanos tu solicitud!

b **Ahora escribe tu curriculum vitae (80–100 palabras).** ► Einen Lebenslauf erstellen, S. 172

c **Finalmente revisa tu carta de presentación y tu curriculum vitae y corrígelos.** ► Fehler vermeiden, S. 186

Punto final 4: Presentar una solicitud virtual

En las vacaciones de verano te gustaría hacer unas prácticas en un país hispanohablante. Para llamar la atención de la empresa y distinguirte de los otros solicitantes, te decides por mandar un vídeo.

Preparar

1. **Piensa en un lugar y en una empresa o una ONG** donde te gustaría realizar tus prácticas. Puedes buscar información en internet o también imaginar unas prácticas «ideales» que te gustaría hacer.
2. **Escribe el texto** que quieres presentar en tu vídeo: ► Den Schreibprozess organisieren, S. 169
   - Preséntate y explica por qué mandas este vídeo.
   - Habla de ti: ¿cuántos años tienes, dónde vives, qué haces, cuáles son tus aficiones?
   - Contesta algunas de las siguientes preguntas:
     - ¿Por qué te interesa la empresa / la organización / el trabajo?
     - ¿Qué te esperas de estas prácticas?
     - ¿Qué tareas te gustaría realizar?
     - ¿Tienes experiencia laboral? / ¿Trabajas en tu tiempo libre?
     - ¿Cuáles son tus puntos fuertes y débiles?
     - ¿Estas prácticas te podrían ayudar en tus planes para el futuro?
     - ¿Tienes alguna pregunta sobre la empresa / la organización / el proyecto?
3. **Trata de memorizar tu texto** para que puedas mirar a la cámara y no a tus apuntes. Puedes practicarlo enfrente de un espejo.
4. **Para preparar la grabación**, considera los siguientes aspectos:
   - ¿Necesitas a otra persona para grabarte, o prefieres hacer un selfie?
   - Elige un lugar adecuado y tranquilo. Puede ser un lugar interesante o atractivo (para llamar la atención de los espectadores) o un lugar que tiene algo que ver con las prácticas que quieres realizar. También puedes poner objetos (por ejemplo, una cámara fotográfica, si te presentas por unas prácticas de periodismo o de fotografía).

Realizar

- Usa una cámara o tu móvil para grabar tu solicitud virtual.
- Mira la cámara. Habla con voz alta y haz pausas.
- Al final, comprueba que se te ve y escucha bien y que no hay ruidos de fondo.

Evaluar

Presentad los vídeos delante de la clase y evaluadlos. ► Lernen App

Nuestra generación

TRIBUS URBANAS

Nuestro instituto es un lugar diverso donde todos pueden expresar sus gustos, ideas y hobbies con libertad y respeto. Para muchos de nuestros compañeros, estos hobbies son una forma de vivir y de ser parte de una comunidad. Estamos hablando de las tribus urbanas y en este artículo vamos a ver algunas de ellas.

HIPSTERS

Características: Son críticos con el sistema y dicen que son «alternativos». Normalmente van en bicicleta y, a menudo, son vegetarianos o veganos. Los verás con el portátil en una cafetería. Se parecen un poco a sus abuelos porque llevan ropa *vintage*.

Música: Música no comercial

EMOS

Características: Ven el mundo de forma pesimista y no creen en religiones. Llevan piercings, ropa negra y, a menudo, rosa. El pelo les cubre parte de su cara. Les encanta quedar con sus amigos en plazas públicas para escuchar música.

Música: Hardcore emocional

FRIKIS

Características: Pasan muchas horas de su tiempo libre con juegos de rol, cómics, mangas o series de televisión. A algunos de ellos les gusta disfrazarse de sus personajes favoritos.

Música: Pop y rock japonés

REGUETONEROS

Características: Mientras la mayoría de las chicas lleva ropa ajustada y uñas largas, los chicos llevan ropa ancha, gorra en la cabeza y accesorios de oro. Les gusta salir en grupos y su forma de caminar es muy relajada.

Música: Reguetón y la música urbana

PIJOS

Características: Viven en el lujo y tienen mucho dinero – o eso parece. Ponen mucha atención al aspecto físico. Siguen las modas de la publicidad y les gusta mostrar a los demás sus accesorios y su ropa cara. Su pasión son el wifi gratis y los *selfies*.

Música: Música comercial

JUGADORES

Características: Son expertos en videojuegos. Pasan muchas horas jugando y lo hacen muy bien. Cada gamer tiene su tipo de juego favorito. Conocen todas las estrategias y las tecnologías usadas en los videojuegos. Algunos jugadores mejoran su técnica y logran ser «jugadores profesionales».

Música: variada

3 **la tribu urbana** *hier:* die Subkultur 10 **cubrir** verdecken 14 **disfrazarse** sich verkleiden 16 **ajustado/-a** eng anliegend/e 16 **la uña** der Fingernagel 16 **ancho/-a** ≠ ajustado/-a 17 **el oro** das Gold 18 **relajado/-a** entspannt 19 **el lujo** der Luxus

Comprensión lectora

1 Lee el artículo sobre las tribus urbanas en la revista del IES San Isidro de Madrid. Y tú, ¿te identificas con alguna o conoces a alguien que se identifique con alguna de ellas? Explica por qué sí/no.

Comprensión audiovisual

2 Antes de ver el vídeo: Mira los fotogramas del cortometraje «Cocodrilo» y formula hipótesis: ¿de qué trata el vídeo? ¿Por qué crees que el cortometraje se llama así? Discute con tu compañero/-a. ► Bilder, S. 178

1

2

3
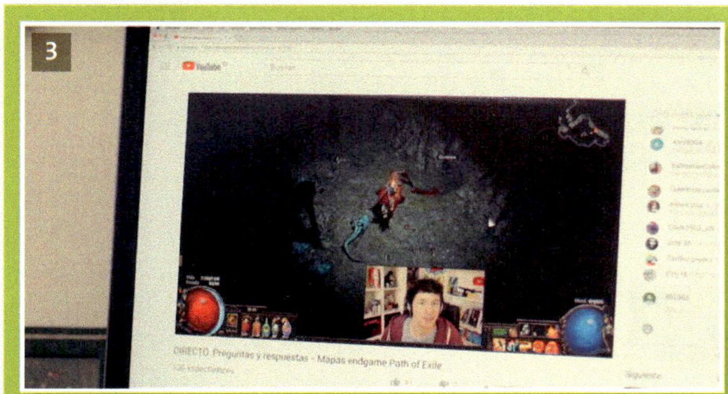

4

3 a Mira el cortometraje y describe qué es lo que hace Víctor en su canal de internet.

b Vuelve a mirar el cortometraje y apunta la información sobre Víctor.

Ciudad donde vive	De dónde es	Su comida favorita	Su vida personal

c ¿A qué tribu o tribus urbanas pertenece Víctor? Responde con lo que sabes sobre él y el texto.

4 Mira el fotograma (minuto 03:53) y describe cómo se siente Víctor en ese momento. ¿Qué te ayuda a entenderlo (gestos, tono de voz...)? ► Filme, S. 180

5 Explica cómo la madre sorprende a Víctor.

Expresión escrita

6 Finalmente, Víctor queda con su madre para tomar un café. Trabajad en parejas e imaginad cómo es ese encuentro. Escribid un diálogo en vuestro cuaderno y presentadlo en clase. ► Kreative Texte schreiben, S. 172

Los jóvenes y las lenguas

Además del castellano y el catalán, llevo estudiando inglés desde que soy pequeña, así que lo hablo bastante bien. En España, sin embargo, la segunda lengua extranjera no es obligatoria, aunque la mayoría de los institutos la ofrecen. En el mío, la mayoría decide aprender alemán como segunda lengua, porque según los datos de la página web oficial de las Islas Baleares, la mayoría de los turistas extranjeros vienen de Alemania. Pero mi amiga Bianca y yo somos unas rebeldes porque la nuestra es el francés. La motivación de Bianca es que quiere estudiar en Marsella, pero la mía es diferente... Es que mi mejor amiga Pauline es de Lyon y claro, habla francés. Nos conocimos cuando ella hizo su intercambio y me ha invitado a visitarla este verano. Es lo bueno de ir a mi instituto, que ocurren estas historias. ¿Cómo es el vuestro?

Gemma (17, Palma de Mallorca)

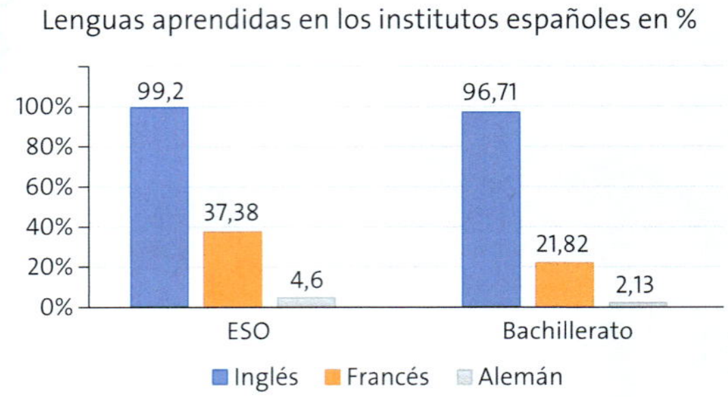

Fuente: Ministerio de Educación y Formación Profesional (2020-2021)

Sidi (18 años, Toledo)

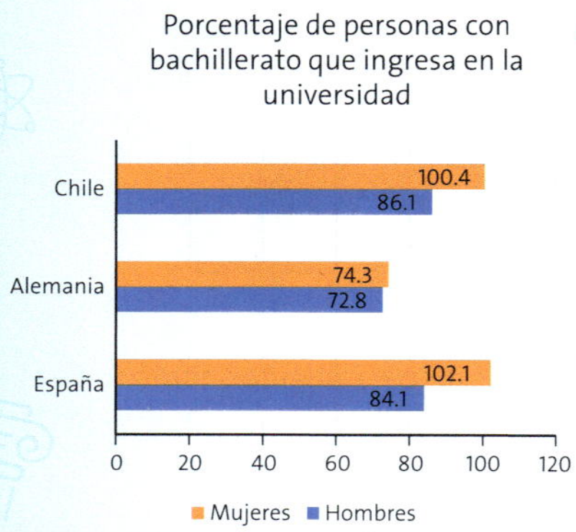

Fuente: UNESCO Institute for Statistics (2019)

Los jóvenes y los estudios

Cuando empecé el bachillerato, tenía claro mi objetivo: estudiar Bellas Artes en la universidad. ¿Qué otra cosa podría hacer? Sin embargo, ahora que acabo de terminar la selectividad, he decidido tomar otro camino: primero voy a estudiar alguna formación profesional superior, tal vez en Escultura, que es mi pasión. Después es posible que me vaya a alguna ciudad como Múnich, Hamburgo o Berlín para seguir aprendiendo de otros artistas. Quiero que ellos vean mis obras, conocer las suyas y con un poco de suerte, expondré en algún museo o galería. A mis padres no les hace mucha gracia la idea porque piensan que los artistas no son gente seria, pero confían en mí y me dicen: «Esta decisión debe ser tuya y nosotros siempre te vamos a apoyar».

Hier lernst du:
- Fakten und Meinungen gegenüberzustellen
- Statistiken zu analysieren

Los jóvenes y la alimentación

Álex (18 años, Badajoz)

Vivo en Extremadura, una de las regiones que produce más jamón ibérico. De niño a mí me encantaba y lo comía casi todos los días, hasta que un día pasó algo que cambió de repente mi opinión: vi un vídeo muy impactante en las redes sociales sobre el maltrato animal y me sorprendió ver las condiciones de vida tan terribles de algunos animales. Ese día me pregunté: «¿Qué puedo hacer yo para evitar algo así?». Desde ese día no como carne. Mis padres sí están de acuerdo y están contentos de que haya elegido este camino porque antes casi no comía verduras, pero me piden que ayude en la cocina si quiero preparar platos sin carne. Ser vegetariano en una región como la mía es difícil, pero no imposible, ya que poco a poco hay algunos restaurantes en ciudades como Badajoz y estoy seguro de que pronto habrá más.

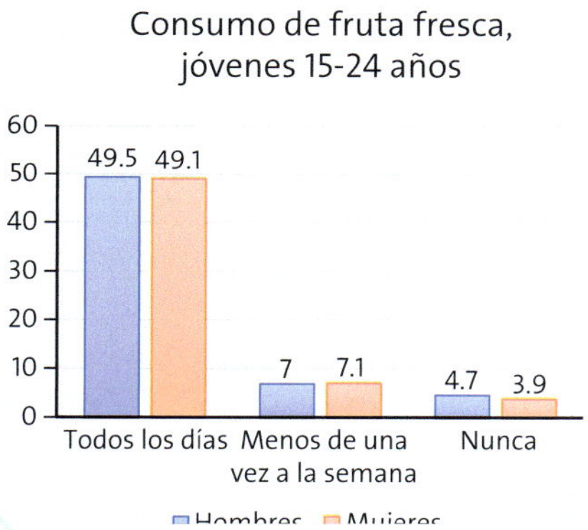

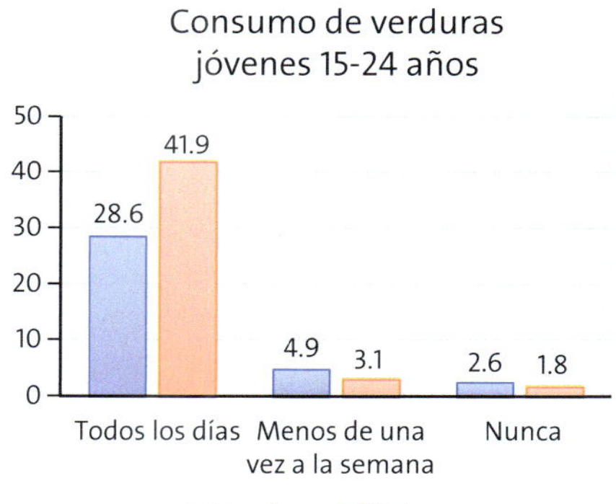

Fuente: Instituto Nacional de Estadística, Encuesta Europea de Salud en España (2020)

M4

Comprensión lectora

1 a Lee los testimonios y apunta la información sobre cada uno de los chicos.

	Gemma	Sidi	Álex
Su decisión/plan			
Sus razones			

b Indica cuál de los chicos puede decir la siguiente afirmación. Justifica tu respuesta con lo que sabes de ellos.

1. El cambio empieza en uno mismo.
2. Lo aprendo para comunicarme con mis amigos.
3. Quiero aprender de otras personas.
4. Continuaré mi camino en Alemania.
5. No apoyaré algo que me parece mal.
6. Vivo en un ambiente muy internacional.

Competencia intercultural

2 a Lee lo que dicen los chicos (pp. 68-69) e indica si se trata de un hecho[1] o de una opinión. Justifica tu respuesta.

1. Según los datos de la página web oficial de las Islas Baleares, la mayoría de los turistas extranjeros vienen de Alemania. (ll. 7-9)
2. Mis padres [...] piensan que los artistas no son gente seria. (ll. 26-28)
3. [Extremadura es] una de las regiones que produce más jamón ibérico. (ll. 31-32)

Diría que la frase número [...] es un hecho[1] / una opinión porque [...]	(no)	presenta muestra habla de	datos objetivos información clara una fuente impresiones estereotipos experiencias personales	pero tendría que comprobarlo. aunque no estoy seguro/-a.

1 el hecho der Fakt

b Compara tus respuestas con tu compañero/-a. Discutid si las frases son hechos u opiniones y cómo lo podéis comprobar. p. 136

(No) estoy de acuerdo porque [...]
(No) creo que es/sea un hecho/opinión porque [...]
(No) lo veo como tú porque [...]
(No) pienso lo mismo porque [...]

(No) Buscaría (No) Miraría (No) Comprobaría [...]	en	redes sociales páginas web periódicos/revistas [...]	como [...] porque (no) [...]

Expresión escrita

3 Escribe un e-mail (130–150 palabras) a la revista «Jóvenes de hoy» y habla sobre un momento en el que decidiste hacer un gran cambio en tu vida. ► Den Schreibprozess organisieren, S. 169

¿Qué pasó? ¿Qué hiciste? ¿Cómo ha cambiado tu vida desde ese momento?

La lengua

4 a Busca en el texto (p. 68/69) los pronombres posesivos e indica a qué sustantivos se refieren. ► Grammatik, 3

pronombre posesivo	sustantivo
el mío	el instituto (l. 5)

En mi clase, la mayoría estudia francés.

¿Ah sí? En la nuestra todos aprendemos alemán.

b **Sidi discute con su hermano porque siempre coge sus cosas. Completa con los pronombres posesivos.**

Sidi: Oye, este es mi móvil. ¡Escribe tus mensajes con […]!
Jorge: Es que no encuentro […].
Sidi: ¿Y qué estás haciendo con mis cómics?
Jorge: Es que no sé dónde tengo […].
Sidi: Seguro que están en tu mochila. No los busques en […].
Jorge: Mamá, ¿dónde están mi móvil, mis libros y mi mochila?
Madre: No sé dónde están tus cosas, Jorge. Tu habitación es un desastre. Mira la habitación de Sidi. […] es mucho menos caótica. En esta casa todos somos responsables de nuestras cosas: Yo de […] y vosotros de […].
Sidi: ¿Ves? Mamá tiene razón: mi habitación es más ordenada, pero […] es un desastre.
Jorge: Bueno, yo soy un desastre, pero mis notas son mejores que […].
Madre: ¿Sí? Pues ayer hablé con vuestras primas de sus notas. Y, en general, […] son mejores que […].

Expresión oral

5 **a** **Mira las estadísticas (pp. 68-69) sobre la juventud en España y presenta tres datos que más te llamen la atención. Puedes utilizar:**

Me sorprende que No puedo creer que Es lógico/normal que	aproximadamente el […] % solo un […] % […] de cada […] la mitad / un tercio / un cuarto la mayoría / una minoría un alto/bajo porcentaje la mayor/menor parte […]	(de los) jóvenes	aprenda […] consuma […] coma […] prefiera […] decida […] vaya a […]

b **Mira la estadística 2 sobre los jóvenes que ingresan en la universidad y compara los tres países. Puedes utilizar:**

Mientras que (en) […], (en) […]	En […] hay más/menos […] que en […]
Tanto (en) […], como (en) […]	En los dos/tres países […]
(No) se ven diferencias entre […] y […]	[…] y […] muestran números parecidos

c **Después de ver los datos de los tres países, ¿por qué crees que hay estas diferencias? Discute con tu compañero/-a y haced hipótesis.** ▶ Diskutieren, S. 168

d **¿Cómo es en tu instituto? En pequeños grupos, elegid una de las encuestas y hacedla a vuestros compañeros. Después, haced una gráfica y presentad vuestros resultados en clase.** ▶ Ein Plakat erstellen, S. 182

6 **Los padres de Sidi dicen «Esta decisión debe ser tuya y nosotros siempre te vamos a apoyar» (ll. 29-30). Habla con tu compañero/-a y comentad la frase.**

Mediación

7 **a** **Piensa en los estereotipos sobre España y Alemania y nombra tres sobre cada país.**

b **Sie nehmen Álvaro, Ihren Austauschpartner, mit zu einem Treffen mit Ihren Freunden. Álvaro kann schon etwas Deutsch, versteht aber nicht alles. Dolmetschen Sie das Gespräch.** ▶ Dolmetschen, S. 176

Comprensión lectora

[Título]

Desde siempre, las personas hemos emigrado no solo con nuestra lengua y nuestras costumbres, sino también con nuestra comida. A través de dos ejemplos, vamos a ver cómo las migraciones durante siglos han enriquecido nuestra cultura gastronómica.

[Subtítulo 1]

Comer paella – un evento social

La paella es el plato más conocido de España. Su origen, sin embargo, se encuentra en las diferentes culturas que han pasado por aquí. La palabra «paella» viene del latín *patella* y se usaba para hablar de un plato plano y ancho. De ahí viene la palabra valenciana «paella», que significa «sartén». En español la palabra se utiliza hoy para denominar al arroz con carne, pescado, mariscos y legumbres que se cocina en esa sartén.
El producto fundamental de este plato siempre es el arroz. Esta planta viene de China, donde se cultiva desde hace más de 7000 años. Los árabes lo trajeron a la Península Ibérica en el siglo VIII y se extendió en la zona de los humedales de Valencia, donde crece fácilmente. Con el *boom* del turismo en los años 60, la paella valenciana se volvió muy popular en todo el país.
Como es natural, la receta original ha cambiado con el tiempo y, actualmente, en todas las regiones se usan productos locales para prepararla. En España, comer paella los domingos con la familia o los amigos es un fenómeno cultural. Así la preparación, que dura entre una y dos horas, se convierte en un evento social que, a veces, es más importante que la propia comida.

[Subtítulo 2]

Los ñoquis – un plato popular, no solo en Italia

La planta de la patata empezó a cultivarse en los Andes hace 6000 años. Más tarde, en el siglo XVI, los conquistadores españoles la trajeron a Europa, donde al principio solo tenía una función decorativa. Con el tiempo, se descubrieron sus propiedades nutritivas y, gracias a su fácil conservación, la patata empezó a usarse como alimento para los soldados durante las guerras. Así, llegó también a Italia, donde la población inventó una variedad de pasta que es conocida como gnocchi o ñoquis. En las primeras décadas del siglo XX, muchísimos italianos emigraron al continente americano buscando una vida mejor. Se asentaron sobre todo en el Cono Sur, especialmente en Argentina y Uruguay, y con ellos llegaron los ñoquis.
Esta comida sencilla y barata se preparaba en las casas a finales de cada mes, cuando el dinero ya no alcanzaba. Allí empezó la tradición de «los ñoquis del 29», y todavía hoy en día algunos argentinos y uruguayos tienen la costumbre de poner una moneda debajo del plato para tener más dinero en el mes nuevo.
La cantidad de ejemplos de migración gastronómica es enorme. Así que, la próxima vez que vayas al cine y comas unas palomitas, recuerda que le debemos ese pequeño placer al pueblo azteca. ¡Que aproveche!

11 **la sartén** die Pfanne 12 **denominar a algo** etw. benennen 16 **las legumbres** die Hülsenfrüchte 17 **el humedal** das Feuchtgebiet 28 **las propiedades alimenticias** die nutritiven Eigenschaften 41 **las palomitas** das Popcorn

Hier kannst du überprüfen, was du in den Lektionen 1 bis 4 gelernt hast.

1 a Lee el texto y encuentra el significado de las siguientes palabras con las estrategias que ya conoces.

arroz cultivar extenderse función decorativa
conservación guerra asentarse alcanzar

b Elige un título adecuado para el texto y dos subtítulos para los párrafos. Dos títulos sobran.

La comida que emigra — La receta original no lleva marisco — El plato que vuelve a su origen — Ventajas de la migración gastronómica — La historia de un plato mestizo[1]

1 mestizo/-a *hier: gemischt aus zwei oder mehreren Kulturen*

c Elige las respuestas correctas justificándolas con citas del texto.

1. Según el texto, la paella...
   a) ya se hacía en China.
   b) la trajeron los árabes de China.
   c) es una palabra que en valenciano significa sartén.
   d) no lleva marisco.
2. Gracias al *boom* turístico de los años 60…
   a) la paella se extendió por toda Europa.
   b) empezó a prepararse paella en toda España.
   c) empezó a cultivarse arroz en España.
   d) se inventaron nuevas recetas para los turistas.
3. Hoy en día, la paella...
   a) suele ser sinónimo de celebración o reunión.
   b) es un plato más de la cocina árabe.
   c) solo se prepara los domingos.
   d) se prepara siempre con amigos.
4. La patata...
   a) ya la comían los españoles durante la conquista.
   b) no se puede conservar bien.
   c) la comían los aztecas durante las guerras.
   d) ya se comía en los Andes hace 6000 años.
5. Los ñoquis de patata...
   a) se inventaron en el Cono Sur.
   b) los trajeron los inmigrantes italianos al Cono Sur.
   c) los trajeron los inmigrantes argentinos a Italia.
   d) ya no se comen en Italia.
6. Comer ñoquis el día 29...
   a) era una manera de ahorrar dinero.
   b) es una costumbre pasada de moda.
   c) sigue siendo una costumbre en todos los hogares uruguayos.
   d) ya solo es una costumbre en Argentina.

Comprensión auditiva

2 Escucha lo que dicen Lena, Roberto y Marisa sobre sus experiencias en el extranjero. Completa la tabla con sus motivos, cualidades y planes para el futuro.

	Lena	Roberto	Marisa
Trabaja de [...] en [...]	[...]	[...]	[...]
Motivos			
Cualidades			
Planes			

Expresión escrita

3 Una amiga española quiere visitar tu región y te pregunta qué puede hacer allí. Escríbele un e-mail (150–200 palabras) y nombra tres lugares que te parecen especiales. Explícale por qué le recomiendas ir a estos lugares y qué puede hacer allí. Cuéntale también sobre algo que te haya pasado en uno de estos lugares.

Mediación

ES DE **4** Ihr spanischer Freund Jorge möchte eine Ausbildung als Gärtner machen. Schreiben Sie ihm eine E-Mail (140–160 Wörter) und erzählen Sie von Tobias, seinem Problem und darüber, was seine Eltern (damals und heute) denken. Was rät Tobias, wenn es darum geht, einen Beruf zu wählen?

Landschaftsgärtner aus Berufung

Tobias, 23 Jahre, Gärtner

Eine Ausbildung zum Landschaftsgärtner machen … Tobias' Eltern fielen aus allen Wolken, als ihr Sohn ihnen seine Entscheidung kurz vor dem Abitur mitteilte. Sie sahen ihren Sohn immer an der medizinischen Fakultät einer bekannten deutschen Universität, hatten Geld zurückgelegt, um ihrem Sohn das Studium finanzieren zu können. Und nun das: Landschaftsgärtner! Sicher, sie hatten immer wahrgenommen, wie gern Tobias sich draußen aufhielt, waren überrascht, wie er Bereiche ihres Gartens umgestaltete, konnten es kaum glauben, als Nachbarn ihm Fragen zu ihren Gärten stellten. Aber es kam ihnen einfach nicht in den Sinn, dass dies mehr als ein nettes Hobby sein könnte. „Tobias hat es genau richtig gemacht", sagen sie heute. „Es war richtig und mutig, gegen unsere Widerstände anzukämpfen. Wir sind heute stolz auf ihn."

Tobias selbst, ein freundlicher junger Mann, sieht seinen Weg als folgerichtig an: „Ich saß meine Zeit in der Oberstufe ab und fragte mich jeden Tag aufs Neue, was das alles mit mir zu tun hat. In Gedanken plante ich Gärten, kritzelte Pflanzennamen und Pflanzideen in meine Hefter und überlegte hin und her, wie ich meinen Eltern sagen sollte, dass ich nach der Schule auf keinen Fall an eine Uni gehen würde. Ich wusste ja, dass sie andere Vorstellungen hatten. Aber noch besser wusste ich, dass ich in Hörsälen und Bibliotheken Depressionen bekomme würde. Ich hatte schon immer das Gefühl, nur draußen wirklich ein Mensch sein zu können. Und diese innere Sicherheit muss wohl auch meine Eltern überzeugt haben." Nach einer dreijährigen Ausbildung zum Landschaftsgärtner machte sich Tobias selbstständig und kann sich heute vor Aufträgen kaum retten. Er ist glücklich mit dem, was er tut, und genau das strahlt er auch aus: „Mir fehlt es an nichts. Ich stehe jeden Tag gern auf. Ich kann mich an der frischen Luft bewegen, kreativ sein und habe Kontakt zu unterschiedlichsten Menschen. Mehr brauche ich nicht." Was er Schulabgängern empfiehlt? Auf ihr Bauchgefühl zu hören und sich dabei Zeit zu nehmen. Dinge auszuprobieren, bevor sie sich festlegen. Und bei falsch eingeschlagenen Wegen mutig genug zu sein, die Richtung noch mal zu ändern.

Expresión oral

5 Tu padre (B) y tu madre (C) quieren hablar contigo (A) sobre tu futuro. Preparad el juego de rol y presentad la charla. ▶ Partner B, C, S. 136 ▶ Rollenspiele, S. 168

- Te gustaría ser profesor/a de Educación Física e Informática.
- Cuenta a tus padres cuáles son tus puntos fuertes.
- Piensa en tus puntos débiles.
- Habla de tus aficiones y di por qué te ayudan en tu decisión de ser profesor/a.

La lengua

6 **Lucía va a pasar un año de intercambio en Alemania. Maite, su prima, le escribe un e-mail. Completa el texto con el presente de subjuntivo, el indicativo o el infinitivo.**

Hola, Lucía:

Me alegro de que pronto (*irse*) a Alemania y te (*querer*) mandar estas palabras para (*decir*) adiós. Me parece genial que (*tener*) la oportunidad de conocer otro país, aunque (*estar* / yo) seguro de que te voy a echar muchísimo de menos. Espero que lo (*pasar*) superbién en Múnich y que (*conocer*) a mucha gente simpática. Yo también quiero (*viajar*) a otro país en las vacaciones, pero mis padres prefieren que (*visitar* / nosotros) a los abuelos en Málaga. Para mamá es muy importante que (*estar*) juntos toda la familia, pero yo no creo que los abuelos (*esperar*) de mí que (*pasar* / yo) todas las semanas con ellos. Es que me encanta (*descubrir*) nuevos lugares, como a ti. ¿No crees que te (*poder*) visitar unos días en Alemania?

Un abrazo,
Maite

7 Los tiempos del pasado: **Lena habla de otra experiencia que tuvo en Galicia. Completa con las formas correctas del pretérito imperfecto, pretérito indefinido y del pretérito perfecto.**

El sábado yo [...] con unos amigos a Samos, un pueblo cerca de Lugo. [... / nosotros] conocer el pueblo y el paisaje y quedarnos en casa de unos tíos de un compañero. [...] cuatro amigos: María, Hugo, Iván y yo. [...] mucho calor y por eso [...] salir de la ciudad por unos días. A las 11 de la mañana [...] a Samos y primero [...] un refresco en un bar. Después [... / nosotros] el Camino de Santiago y [...]. Durante todo el día [...] del paisaje y Hugo nos [...] un poco la historia del Camino. También [...] a muchos peregrinos que [...] en todas las lenguas de Europa. De repente, una chica [...] hacia nosotros y nos [...] algo en inglés. [...] con ella sobre sus experiencias en el Camino. Nosotros [...] muy contentos de hablar tan bien en inglés. En ese momento [...] mi móvil y [... / yo] unos minutos con mi madre. Y después, ¿sabéis lo que la chica «inglesa» me [...]? «*Du bist also auch Deutsche!*» ¡Cómo nos [...]! Al final le [...] mi número de móvil. Esta mañana me [...] y me [...] que le gustaría quedar conmigo. Pero tiene que ser en Alemania porque ya [...]. Además, mi intercambio aquí termina en dos semanas. ¡Cómo [...] de estos once meses aquí en Galicia!

ir
querer
ser, hacer
querer
llegar, tomar
buscar, empezar, disfrutar
explicar, encontrar
hablar
venir, preguntar, hablar
estar
sonar[1], *hablar*

decir, reírse, dar
llamar, decir
volver
disfrutar

1 sonar klingeln

8 Corregir una opinión: **¿Qué piensa Gustavo de los deberes escolares? Corrige las palabras subrayadas.**

▶ Fehler vermeiden, S. 186

En mi opinion siempre tenemos mucho deberes. Por eso no creo que nos queda mucho tiempo libre para la tarde y me parece bien que tengamos poca tiempo para hacer otro cosas. Me molesto que los profesores siempre os pongan muchos deberes.
Sin embargo, creo que los deberes nos ayuda a repetir las temas y a sacar buenas notas en los examenes. Es necesario que los profes nos ponen deberes porque en clase hay mucho tiempo. Además, creo que a veces los alumnos estudien mejor a casa porque allí está mas tranquilo. Un día yo quiero ir al universidad y, para mi, hacer los deberes significan prepararse para la universidad. Para eso, no me gusta que mis amigos me piden mis deberes para copiarlos sin comprenderlas.

5 ¡Descubre las Baleares!

¡Vamos!

1

Las Islas Baleares

Situación geográfica: archipiélago[1] al este de la Península Ibérica en el mar Mediterráneo
Capital: Palma de Mallorca
Superficie: 5040 km^2
Islas más importantes: Mallorca, Menorca, Ibiza, Formentera, Cabrera
Habitantes: 1 173 008 (2021)
Lenguas: castellano y catalán

2

Palma de Mallorca

Con casi 420 000 habitantes, Palma es la capital de las Islas Baleares. La ciudad, que fundaron los romanos, creció y se hizo rica gracias al comercio durante la Edad Media, como demuestran edificios como el Palacio de la Almudaina, la catedral gótica o la Lonja. Hoy Palma también es la puerta de entrada para millones de turistas: desde el aeropuerto y el puerto van a sus hoteles en toda la isla.

Naranjas de Sóller

3

La agricultura y la industria

Hace 100 años la mayoría de los habitantes trabajaba en el sector agrícola[2], pero actualmente es solo un 6,8 %. Es importante el cultivo de naranjas, aceitunas y uvas, así como la cría de cerdos. Sin embargo, la gran mayoría de los productos para el consumo de los turistas viene de fuera.

También hay que destacar la larga tradición en la producción de calzado[3]. La ciudad de Inca es el centro de la industria del cuero[4] y de los zapatos.

1 el archipiélago die Inselgruppe 2 el sector agrícola der Agrarsektor
3 el calzado das Schuhwerk 4 el cuero das Leder

Comprensión lectora

1 a Lee la información sobre las Baleares y prepara cinco preguntas para tu compañero/-a. Él/Ella las contesta.

¿Quién fundó la ciudad de Palma? — La fundaron los romanos.

b Busca en los textos estas cifras e indica la información correspondiente. ▶ Los números, p. 189
Ejemplo: 1 173 008 es el número de habitantes de las Islas Baleares.

420 000 5040 6,8 250 000 60 000 728 199 4 526 810

Hier lernst du:
- über wirtschaftliche und gesellschaftliche Aspekte einer Region zu sprechen
- Grafiken zu interpretieren

4

El turismo

El boom del turismo cambió la vida en las Baleares. De unos 250 000 turistas extranjeros que visitaron Mallorca en 1959 el número aumentó a unos 2 500 000 en 1973. Hoy, el turismo es la actividad económica más importante de las Baleares, que en los últimos años ha alcanzado los 16 millones de turistas por año. La cifra de trabajadores cambia según la temporada: aumenta de unas 60 000 personas en invierno a más del doble en verano. Este es uno de los sectores más sensibles a crisis como la pandemia de COVID-19.

5

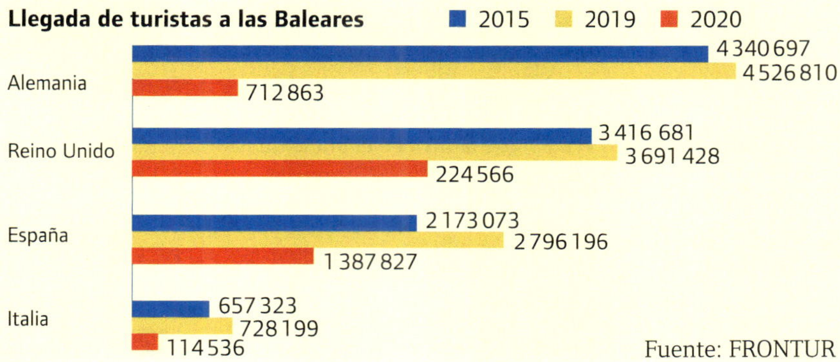

Fuente: FRONTUR

6

La naturaleza y la vida nocturna

El «turismo de sol y playa» no es la única razón para visitar las Baleares – las islas ofrecen mucho más: Ibiza es uno de los destinos preferidos de los aficionados a la música electrónica y cuenta con varias discotecas famosas. Menorca y Formentera se han convertido en el lugar favorito de los que buscan tranquilidad. Y Mallorca ofrece paisajes muy diversos: hay lagos y campos, montañas y bosques. Como la isla es un muy buen destino para caminar, ir en bici o escalar, el Gobierno de las Islas Baleares promociona el turismo activo en la naturaleza.

5

Expresión oral

2 a **Describe el diagrama sobre la llegada de turistas en los años 2015, 2019 y 2020.**

► Statistiken und Grafiken, S. 181

En el diagrama vemos […]. El número de turistas de […] aumentó de […] a […].
Las cifras muestran que […]. En el año […] hubo […] veces más/menos turistas que en el año […].
Hubo más turistas de […] que de […].

PF **b** Interpreta los datos: da razones para los cambios en las cifras de 2015 a 2019 y 2020 y señala las posibles consecuencias económicas para las Baleares.

En el año [...] pasó/empezó/[...]. Por eso, [...]. La razón para las cifras del año [...] fue [...]. En el año [...] vinieron más/menos turistas porque [...]. Algunas consecuencias de estas cifras pueden ser [...]. Por un lado, un número tan alto/bajo de turistas fue algo positivo porque [...]. Pero por otro lado hubo consecuencias negativas como [...]

3 Describe el cartel de la página 77 y analiza: ¿a qué tipo de turistas se dirige esta campaña? ▶ Bilder S. 178

Comprensión auditiva

4 a Con tu familia haces una visita guiada por Palma. Escucha lo que dice el guía y ordena las fotos.

PF

1 El Parque del Mar con la catedral

2 La Plaza del Mercado

3 El Castillo[1] de Bellver

4 La Plaza de España con la estatua de Jaime I

1 el castillo die Burg

b Escucha otra vez y sigue la ruta en el plano de Palma (p. 255).

c Escucha una vez más y termina las frases. p. 136

1. En la Plaza de España están [...].
2. El tren de Sóller existe desde hace más de [...].
3. En el siglo XIII, Palma [...].
4. El monumento más famoso de Palma es [...].
5. Cuando los reyes van a Palma viven en [...].
6. Desde el Castillo de Bellver puedes ver [...].

d Tus padres quieren saber más sobre algunos lugares en Palma. Elige tres lugares, escucha por última vez y toma apuntes. Después explícales lo que sabes.

ES DE

la Plaza de España · la catedral de Palma · la Lonja · el Palacio de la Almudaina · el Castillo de Bellver

Comprensión audiovisual y expresión oral

5 Mira el vídeo. Según la publicidad, apunta qué puedes hacer en Menorca y comenta qué actividades te gustan más.
▶ Hörsehverstehen, S. 166

MK

6 a Vas a hacer un viaje a Menorca con tu clase de Español para visitar vuestro instituto de intercambio. Busca información general de Menorca y de dos curiosidades turísticas. Puedes encontrar información por ejemplo en la página oficial de turismo de las Islas Bleares. ▶ Informationen im Internet finden und verwenden, S. 182

Ciutadella · Parque Natural de S'Albufera des Grau · Monte Toro · Castillo de Alaró · [...]

b Prepara una presentación digital. ▶ Einen Kurzvortrag halten, S. 167

Estrategia: Sprachmittlungstrategien

7 a Tu amiga mallorquina Ana y tú discutís a veces cómo son los alemanes y los mallorquines. Escríbele un e-mail (120 palabras) y cuéntale algunos ejemplos de este artículo de una guía turística sobre los mallorquines, su lengua y la siesta. Pregúntale su opinión.

▶ Wiedergabe von Inhalten in der jeweils anderen Sprache, S. 176

Die Mallorquiner und Kultur auf Mallorca

Folgt man gängigen Klischees, wird man als Urlauber auf Mallorca in Restaurants und Geschäften stets auf Deutsch bedient, verpasst dank deutscher Zeitungen und deutschem Fernsehen keine Informationen aus der Heimat, genießt deutsches Essen und bewegt sich auch sonst in deutscher Gesellschaft. Entsprechend benötigt man auch keine Spanischkenntnisse oder sonstiges Wissen über die hiesige Kultur. Doch weit gefehlt! Jenseits aller Klischees gibt es allerhand Unterschiede zwischen Deutschland und Mallorca. Wer Land und Leute ohne Missverständnisse kennen lernen möchte, ist mit dem Wissen über die wichtigsten kulturellen Unterschiede gut gewappnet. [...]

Mallorquiner sind unkompliziert. Man duzt sich generell und nimmt es besonders im Privaten mit der Pünktlichkeit nicht allzu genau. Verspätungen bis zu 30 Minuten sind dabei völlig normal. Im Berufsleben ist das allerdings weitgehend nicht mehr der Fall. Sollten Sie dennoch einmal [...] auf ein Taxi warten, bestehen Sie lieber nicht auf deutsche Pünktlichkeit, sondern üben Sie sich in typisch mallorquinischer Gelassenheit.

Mallorquiner sind weitaus spontaner als wir Deutschen: langfristige Planungen sind selten. Das gilt auch für Einladungen, zum Beispiel zum Essen [...].

Die Mallorquiner sind ein stolzes Volk [...]. Unter dem faschistischen Franco-Regime war die Eigenständigkeit der Balearen lange Zeit unterdrückt. Umso wichtiger ist den Mallorquinern heute ihre Unabhängigkeit, die auch in der eigenen Sprache zum Ausdruck kommt: das Mallorquí, ein Dialekt der katalanischen Sprache, unterscheidet sich stark vom Kastilischen [...]. Selbst mit guten Spanischkenntnissen wird man Schwierigkeiten haben, Mallorquí sprechende Einwohner zu verstehen. Es ist also ratsam, sich für einen Inselbesuch auch ein paar Brocken Mallorquí anzueignen. Einheimischen werden Sie mit diesem Bemühen mit Sicherheit eine Freude machen.

Mallorquiner halten Siesta. Diese typisch südeuropäische Gepflogenheit prägt auf Mallorca das tägliche Leben. Zwischen 13.30 und 16.30 Uhr bleiben die Geschäfte konsequent geschlossen, nur in einigen internationalen Ketten kann man einkaufen. Die Mallorquiner essen in dieser verlängerten Mittagspause mit ihren Familien zu Mittag und halten mitunter auch ein Mittagsschläfchen. Dafür sind sie am Abend umso aktiver. Die Essenszeiten sind weit nach hinten verlagert: während das Mittagessen in der Regel zwischen 14 und 16 Uhr eingenommen wird, findet das Abendessen erst am späten Abend ab 21 Uhr statt. [...]

Wenn man auf Mallorca essen geht, sollte man beachten, dass es nicht üblich ist, sich einfach an einen Tisch zu setzen. Stattdessen wartet man, bis einem ein Tisch zugewiesen wird. Auch das Dazusetzen zu Fremden ist verpönt, selbst wenn dort noch Stühle frei sind. [...]

Fuente: Las Islas Reisen GmbH (2019)*

Falls Sie die spanische Übersetzung eines Wortes nicht kennen, versuchen Sie, das Wort zu umschreiben:
der Fisch → *Es un animal que vive en el agua.*

Es un lugar donde [...] Es una actividad que consiste en [...] Es algo que utilizas para [...]
Es algo/alguien que [...] Es una persona que [...] Es otra palabra para [...]

Versuchen Sie, Sätze sprachlich zu vereinfachen, ohne dabei den Sinn zu ändern:
Aufgrund der enormen Hitze fiel der Unterricht aus. → *No había clase porque hacía mucho calor.*

Berücksichtigen Sie mögliche kulturelle Besonderheiten und erläutern Sie diese, falls notwendig:
das Oktoberfest → *Es la fiesta más grande de Alemania que celebran en Múnich. Muchos llevan ropa tradicional en esta fiesta y viene gente de todo el mundo.*

b Ana ha leído que los alemanes son muy puntuales y te pregunta si realmente es así. ¿Qué le contestas?

A Una familia – cuatro vidas

Hier lernst du:
- deine Meinung zu begründen
- Sprachstile zu unterscheiden

¿Es posible tener una vida normal en un lugar donde (casi) todo el mundo está de vacaciones? En esta entrevista para *El Digital de Mallorca* la familia Perelló nos presenta cómo es su rutina con ritmos de vida totalmente diferentes.

El Digital: Comenzamos contigo, Marc. ¿A qué te dedicas?

Marc: Trabajo como recepcionista de hotel en Magaluf.

El Digital: ¿Cómo es trabajar en un lugar en el que la mayoría de la gente está de vacaciones?

Marc: Al principio era un poco raro, pero al final te acostumbras. Aunque durante los meses de invierno estoy casi cuatro meses en paro, no me quejo. En mi trabajo tengo contacto con huéspedes de todo el mundo y eso me encanta. Lo duro es que trabajamos por turnos. Por ejemplo, esta semana tengo turno de noche y eso a veces me pone de los nervios… Cuando mis vecinos salen para la oficina, yo vuelvo del hotel.

El Digital: Cuéntanos cómo es para ti un día normal.

Marc: Hoy, por ejemplo, por la mañana he vuelto a casa, he dormido casi todo el día y me he levantado a las ocho de la tarde para «desayunar» y salir a trabajar otra vez. Normalmente las noches son tranquilas, pero ayer se rompió una ducha que inundó una habitación. Por eso he llegado a casa casi a las once de la mañana y estoy hecho polvo.

El Digital: Parece la vida al revés, ¿no?

Marc: En días como este, lo es.

El Digital: Miriam, tú trabajas como fisioterapeuta en el centro de Palma. Según nos cuenta tu marido, a veces tenéis ritmos totalmente distintos. ¿Cómo es compatible eso con la vida en familia?

Miriam: Pues, para ser sincera… Cuando Marc empezó a trabajar por turnos, pasamos una época difícil y a veces estábamos hasta las narices. Pero poco a poco nos adaptamos. Esta semana nuestra hija Sonia ha hecho la cena. Intentamos cenar juntos por la noche todos los días, aunque para Marc es realmente un desayuno.

El Digital: Entiendo que todos se reparten las tareas en casa.

Miriam: Por supuesto, todos tenemos que colaborar por igual, aunque es verdad que durante los meses que Marc está en paro, él se encarga de más tareas como cocinar, hacer la compra…

Para Sonia tampoco es fácil. Ahora cursa 2° de Bachillerato y suele sacar buenas notas, pero está preocupada porque este año no está teniendo muy buenos resultados en Alemán.

Aquí vive la familia Perelló.

El Digital: ¿Por qué te preocupan tanto tus notas en Alemán?

Sonia: Ya sabes, con tantos turistas, el alemán ya es parte de la identidad de la isla. Es bastante difícil, pero creo que al final te renta, ya no solo por el turismo, sino también para cualquier trabajo. Así que tengo que ponerme las pilas.

El Digital: ¿Y cómo es en casa?

Sonia: Bueno, como mis dos padres están todo el día currando y paso mucho tiempo sola, he aprendido a ser bastante independiente. También sé que tengo que echar un cable en casa, pero ¡no puedo hacerlo todo! Además, también necesito algo de tiempo para mí. Por las tardes tengo entrenamiento de voleibol y después, suelo darme un baño en el mar. ¡Vivir en Mallorca es la leche!

Muy cerca también vive Margalida, la madre de Miriam, que vino hace treinta años desde Ibiza.

El Digital: ¿Por qué decidió dejar su isla?

Margalida: Verá, mi marido y yo teníamos una casa y nos dedicábamos a la agricultura, que era lo típico en todas las islas. Normalmente yo me encargaba de la casa y de mis hijos mientras que mi marido trabajaba en el campo. Antes las cosas eran de esa manera. Con el turismo, Ibiza se volvió cada vez más cara para sus habitantes y mi marido encontró un trabajo como albañil en un hotel que estaban construyendo en Mallorca, así que decidimos vender nuestras tierras y mudarnos aquí.

El Digital: ¿Y usted siguió en casa?
Margalida: No, como mis hijos ya eran un poco mayores, encontré trabajo en un supermercado porque con un sueldo no era suficiente. A mí me habría gustado ser maestra, pero no pudo ser. Por eso yo le digo siempre a mi nieta que tiene que esforzarse y estudiar para tener un buen futuro y ser independiente.

15 **el/la huésped** der Gast 17 **trabajar por turnos** Schicht arbeiten 51 **cursar** belegen 81 **el albañil** der Maurer

Comprensión lectora

1 **Apunta lo que los miembros de la familia cuentan sobre su trabajo, su rutina y la familia. Después, presenta a una de las personas.**

Marc

Sonia

Miriam

Margalida

2 **Comenta las dos últimas frases de Margalida (ll. 88-92). ¿Qué pensará de la forma en que la familia de Miriam lleva su vida?**

La lengua

3 **Lee lo que dicen Marc, Miriam y Sonia sobre su vida. Después encuentra para cada expresión coloquial su significado.**

valer la pena supercansado ser genial ser fenomenal
trabajar molestar esforzarse ayudar

1 **Marc**: El verano para mí es bastante duro porque trabajo mucho y eso a veces me pone de los nervios. Pero en invierno tengo mucho tiempo libre y puedo hacer lo que quiero. ¡Por eso el fin de año es la leche!

2 **Sonia**: En verano casi no veo a mis padres porque curran mucho. Cuando mi padre tiene turno de noche siempre llega a casa hecho polvo. Pero al final el trabajo le renta. Por eso, a veces yo también tengo que echar un cable en casa. Cuando no hay clase, mis amigos y yo vamos a la playa a jugar al voleibol – ¡mola mogollón!

3 **Miriam**: Sonia tiene que ponerse las pilas si quiere sacar mejores notas en Alemán. A veces estoy hasta las narices cuando no me escucha, pero es verdad que ayuda mucho en casa.

4 **Benennen Sie in den folgenden Aussagen von Marc und Margalida die Zeitformen der unterstrichenen Verben und begründen Sie, warum die jeweilige Zeit verwendet wird.**

Mi marido encontró un trabajo como albañil en un hotel […] en Mallorca, así que decidimos vender nuestras tierras y venirnos aquí. (ll. 80-84)

Por eso he llegado a casa casi a las once de la mañana y estoy hecho polvo. (ll. 27-29)

Verá, mi marido y yo teníamos una casa y nos dedicábamos a la agricultura, que era lo típico en todas las islas. (ll. 74-76)

5 Repasar el pretérito indefinido y el pretérito perfecto: **Margalida está pasando el verano en casa de su hermana en Ibiza y le cuenta a Miriam por teléfono. Utiliza el** pretérito indefinido **o el** pretérito perfecto **y forma ocho frases.** ▶ Grammatik, 12

Ejemplo: Hace dos días fuimos a San Antoni y nadamos en el mar, pero hoy hemos descansado en casa.

hoy / los primeros días / esta semana / hasta ahora / ya / todavía no / esta mañana / ayer / la semana pasada / el jueves pasado / hace dos días / [...]

(yo) / (nosotros/-as) / mi hermana Neus / los hijos de Neus / [...]

levantarse muy tarde / no *poder* dormir por las discotecas / *cenar* con toda la familia / *desayunar* churros / *leer* un libro / *ver* una película / *hacer* una excursión a Formentera / *compartir* fotos / *ir* a mi antigua casa / *visitar* a los hijos de Neus / *charlar* en la playa / *hacer* senderismo / *preparar* una tortilla / *comprar* un vestido en el mercado de Las Dalias / [...]

PF **6** Repasar el pretérito indefinido y el pretérito imperfecto: **Sonia cuenta en un blog de turismo en Mallorca su experiencia como camarera en un bar de Magaluf. Completa con el** pretérito indefinido **o el** pretérito imperfecto. ▶ Grammatik, 12

www.mi-blog.org/mallorca-nuestra-isla

Mi verano en Magaluf

Os voy a contar mi experiencia como camarera en Magaluf. Como [...] (*querer*) irme a estudiar a Valencia, [...] (*necesitar*) dinero y finalmente [...] (*encontrar*) un curro de camarera en un bar en Magaluf. A mis padres no les [...] (*gustar*) la idea porque conocen muy bien la zona y saben cómo es en verano, pero al final [...] (*aceptar*). Mi padre [...] (*decir*) que es importante que sepa que hay que trabajar duro porque el dinero no llueve del cielo.

Recuerdo mi primer día: [...] (*hacer*) mucho calor y la isla ya [...] (*estar*) llena de turistas. Por suerte, [...] (*empezar*/yo) en el turno de tarde y, por lo tanto, [...] (*haber*) menos clientes que por la noche. Sin embargo, pronto [...] (*llegar*) más gente y yo [...] (*ponerse*) muy nerviosa: muchas veces [...] (*escribir*) mal lo que me habían pedido, [...] (*devolver*) mal el cambio y una vez [...] (*perder*) el equilibrio y [...] (*tirar*) las bebidas al suelo. ¡Qué desastre! Cuando [...] (*volver*) a casa ese día, [...] (*estar*) hecha polvo y [...] (*querer*) llorar. Sin embargo, durante mi primera semana [...] (*aprender*) algunos trucos de mis compañeros y todo [...] (*mejorar*). Los meses de julio y agosto son siempre los más duros: muchos días mis compañeros y yo [...] (*tener*) que hacer horas extra, a veces [...] (*venir*) clientes muy pesados y, claro, si [...] (*trabajar*/tú) por la noche, pues ese día [...] (*tener*) que limpiar el bar.

Por un lado, creo que [...] (*tomar*) una buena decisión porque [...] (*ganar*) mucho dinero y [...] (*ahorrar*) bastante. Pero, por otro lado, [...] (*perderse*) casi todo el verano ya que solo [...] (*tener*) un día libre a la semana y [...] (*ser*) los lunes o los martes. ¡Ahora entiendo muy bien a mi padre!

Competencia intercultural

7 a **Describe la caricatura del día de San Valentín y explica por qué el chico al final está «como un tomate».**

▶ Karikaturen, S. 179

Fuente: Symetrías (2022)

b **Un chico español de intercambio quiere saber qué te parece celebrar el día de San Valentín y qué piensas de regalar flores en ese día. Cuéntale tu opinión.**

↗ p. 137

die eigene Meinung begründen

Me parece bien/mal [...] Pienso que (no) está bien [...] (No) Estoy de acuerdo con [...] (No) Me gusta la idea de [...]	porque [...]

Comprensión auditiva

8 a **Marc, el recepcionista, habla con varios clientes. Escucha las tres conversaciones y apunta qué problemas tienen.**

Señor Cruzcampo	Señora López	Señor Fernández
[...]	[...]	

b **Escucha otra vez atentamente y elige la respuesta correcta.** ▶ Selektives Hörverstehen, S. 166

1. Marc...
   a) no puede subir porque no puede dejar la recepción.
   b) sube directamente a la habitación del Señor Cruzcampo.
   c) dice a un colega que suba a la habitación.
2. Marc le aconseja a la señora...
   a) alquilar un coche porque es más cómodo.
   b) hacer un viaje turístico en autobús.
   c) ir en bicicleta a Palma.
3. El cliente explica que...
   a) su mujer necesita un médico.
   b) ha hecho una excursión con su mujer a la montaña.
   c) su mujer ha hecho una excursión en bicicleta.

c **Escucha una tercera vez las conversaciones y contesta a las preguntas.**

1. ¿Qué hace el señor Cruzcampo al final y por qué?
2. ¿Por qué opción se decide la señora López y por qué?
3. ¿Cómo puede ayudar Marc al señor Fernández?

Hier lernst du:
- dich differenziert zu äußern
- Konsequenzen aufzuzeigen

Actividad de prelectura

1 a **Mira el folleto, explica de qué trata y cuál es su objetivo.**

b **¿Cuáles pueden ser las causas para hacer esta campaña?**

c **Qué crees, ¿qué más problemas ecológicos hay en las Baleares?**

Sequía, demasiada basura y animales en peligro de extinción. Estas son algunas consecuencias del número enorme de turistas que cada año visitan las Baleares. Muchos habitantes están preocupados: María Sánchez vive en Ibiza desde hace 30 años: «Yo tampoco me preocupaba por el medio ambiente hasta que vi las consecuencias. Si no empezamos a cambiar la situación, el futuro en nuestra isla será muy difícil.»

Uno de los problemas más graves de las Baleares es el agua. Este año ha llovido muy poco y, por lo tanto, ahora hay poca agua. El verano pasado muchos mallorquines sufrieron cortes de agua. «En las islas ya habíamos vivido épocas de sequía, pero claro, la situación era menos grave porque no había tantos turistas como hoy. Por eso, si no nos ponemos serios y no dejamos de malgastar el agua, pronto se acabará», dicen los ecologistas. Por suerte hay proyectos y organizaciones que todavía no se han rendido y que luchan por el medio ambiente. No obstante, es necesaria la ayuda de todos.

Sin agua no hay futuro. Hay muchos pueblos y ciudades que riegan sus parques por la noche para ahorrar agua. Asimismo, desde hace años una campaña del gobierno en castellano, catalán, alemán e inglés recuerda a los habitantes, y sobre todo a los turistas, cuántos litros de agua usamos por día y por qué tenemos que ahorrar. Ahora hay muchos anuncios en los periódicos o en los autobuses y en muchos hoteles los turistas reciben folletos que recomiendan, por ejemplo, cerrar el grifo al lavarse los dientes o mientras se duchan.

Desde hace unos años, por culpa del cambio climático, la temperatura del agua del Mediterráneo es 1,5 ° C más alta y eso significa un problema para muchos animales que viven en las costas de las islas. Antes había muchas especies de pájaros diferentes en las costas, pero cada vez hay menos. Por suerte, y como saben que eso no puede seguir así, los gobiernos y la gente han empezado a tomar medidas. Además,

GOB
Grup Balear d'Ornitologia
i Defensa de la Naturalesa

gracias al trabajo de organizaciones ecologistas como el *Grup Balear d'Ornitología i Defensa de la Naturaleza*, muchas zonas de la comunidad se convirtieron oficialmente en espacios protegidos hace unos años. Un buen ejemplo es el Parque Nacional del Archipiélago de Cabrera en el año 1991: allí viven 130 especies de pájaros y unas 500 especies de animales marinos.

Otras organizaciones como *Amics de la Terra* y la alemana *BUND* trabajan juntas y celebran dos veces al año unos cursos donde turistas alemanes y habitantes de la isla se implican para proteger la flora de la Sierra de Tramontana. Este año han aprendido a plantar olivos mientras disfrutaban de productos típicos de la región.

Muchos mallorquines se preguntan qué pueden hacer por el medio ambiente. Algunos ya han encontrado una solución, el *plogging*: Sales a correr en grupo y recoges la basura que hay en el suelo; así practicas deporte y disfrutas del paisaje, algo que a los mallorquines les encanta. Ahora, también hacen algo por la isla. Julia (24) nos cuenta: «Yo ya había participado en otras iniciativas ecologistas, pero el plogging es una idea fantástica. Ayer una amiga me pidió correr con ella: por la noche salimos a correr en Alcudia y recogimos casi 5 kilos de basura. Aunque ya lo hicimos ayer, hoy hemos vuelto a correr. ¡Mallorca necesita más actividades así!»

Amics de la Terra Mallorca

Plogging, el «deporte ecológico»

Comprensión lectora

PF **2 Presenta la información más importante del texto en un gráfico.** ► Ein Plakat erstellen, S. 182

problemas | causas | consecuencias | soluciones posibles

PF **3 Explica la frase de María Sánchez: «Si no empezamos a cambiar la situación, el futuro en nuestra isla será difícil.» (ll. 13–16) Utiliza los resultados del ejercicio 2.**

María Sánchez se refiere a […]
Uno de los problemas más graves de las Baleares es […]
Otro problema ecológico es […]

Para cambiar la situación es necesario + *infinitivo*
Por lo tanto, es importante que + *subjuntivo*

Una solución posible a este problema es […]
Otra actividad consiste en […]
Un buen ejemplo es […]

La lengua

4 Explica las palabras siguientes. ▶ Wörter umschreiben, S. 184

el plogging — el corte de agua — el grifo — el ecologista — el folleto — regar — el pájaro — el espacio protegido

es una actividad / una situación que consiste en [...]
es una persona / un animal que [...]
es algo que sirve para [...]
es un lugar donde [...]

5 Repasar los tiempos del pasado: Quim, miembro de una asociación ecologista, nos habla de la situación ecológica en la isla de Mallorca. Completa con la forma correcta del pretérito perfecto, imperfecto, indefinido y pluscuamperfecto. ▶ Grammatik, 10, 12

La situación del medio ambiente aquí es difícil. Por ejemplo, este mes los habitantes de Alcudia todavía no [...] (*sufrir*) un corte de agua, pero el mes pasado [...] (*sufrir*) dos. Es que en los últimos años no [...] (*dejar*) de venir turistas a las Baleares y eso es un problema en una situación de sequía. Solo [...] (*haber*) cifras bajas de turistas en los años 2020 y 2021 por la pandemia. Es verdad que no [...] (*ser*) una situación ideal, pero durante esos dos años los embalses [...] (*tener*) más agua, el aire [...] (*estar*) menos contaminado, [...] (*haber*) menos basura y la calidad del agua [...] (*ser*) mejor. Por fin, la gente de Mallorca [...] (*darse*) cuenta del impacto del turismo en el medio ambiente. Pero ahora, las cifras de turistas [...] (*volver*) a aumentar y ya estamos como antes.

Desde nuestra asociación, queremos hacer algo. Este año [...] (*ir*/nosotros) por los pueblos más turísticos de la isla y [...] (*informar*) a los habitantes y a los vecinos sobre cómo no malgastar agua durante las vacaciones o producir menos basura. También, como cada año, en abril [...] (*celebrar*) nuestro evento «Mallorca verde» y muchos turistas y vecinos [...] (*plantar*) más de 500 olivos en la Sierra de la Tramontana. [...] (*ver*/nosotros) muchas caras conocidas esta vez porque muchos ya [...] (*participar*) varias veces. Y en octubre, como [...] (*hacer*) menos calor, [...] (*volver*/nosotros) a celebrar nuestra carrera de *plogging*. Tampoco [...] (*ser*) la primera vez porque ya [...] (*empezar*/nosotros) con esta tradición antes de la pandemia. Poco a poco, cambiamos las cosas.

Comprensión auditiva y expresión oral

6 a Actividad de preaudición: Mira las fotos y lee las frases. Formula hipótesis sobre lo que vas a escuchar en el podcast. Después escucha y compara con tus hipótesis. PF

Buceadores[1] observan las praderas de posidonia.

Usamos demasiados envases[2] de plástico.

1 el/la buceador/a der/die Taucher/in 2 el envase die Verpackung

b Prepara una tabla en tu cuaderno. Escucha otra vez el *podcast* y apunta palabras clave para cada proyecto. PF

proyecto de Pol	proyecto de Rosa	proyecto de Marta
la playa	[...]	[...]
informar sobre [...]	[...]	

c Con tus apuntes de 6 b presenta brevemente uno de los proyectos y explica por qué te parece importante.

Expresión escrita

PF **7** **Participas en un proyecto ecológico en Mallorca. Escribe un artículo para la página web (140–160 palabras) de la organización. Explica la situación medioambiental en la isla y las actividades que hacéis en el proyecto para así captar más voluntarios.** ▶ Den Schreibprozess organisieren, S. 169

Si	seguimos así, no dejamos de malgastar el agua, no hay más espacios protegidos, no empezamos a volvernos más responsables,	pronto […] el futuro en Mallorca […] es posible que + *subj.* […]

Para cambiar la situación en la isla, Para solucionar el problema de la basura, Para recordar el problema del agua, Para ahorrar más agua	hay que / tenemos que + *inf.*	
	es importante es necesario me parece bien	+ *inf.* que + *subj.*

Nuestras actividades:
- organizar proyectos
- hacer plogging
- plantar olivos
- preparar folletos
- […]

Um Ihre Texte zu strukturieren, verwenden Sie Konnektoren wie: **después de que, hasta que, aunque, sin embargo, por lo tanto**

8 **Tu amiga Marta te pregunta cuáles son para ti los problemas ecológicos más graves en Alemania. Contesta en un e-mail (120–140 palabras).**
▶ Mit dem Wörterbuch arbeiten, S. 184

Punto final 5: Hacer un podcast

Queréis hacer un podcast para vuestro instituto de intercambio en España.

Preparar

1. En grupos de tres o cuatro, elegid un tema:

1 Un proyecto ecológico **2** Nuestros trabajos de verano **3** El turismo en nuestra región

2. Pensad en vuestras experiencias, buscad más información sobre el tema que habéis escogido y apuntad palabras clave y expresiones útiles.
3. Haced un esquema o guion con la información que queréis presentar.

Realizar

1. Escuchad otra vez el podcast del ejercicio 6 (p. 86)
2. Escribid el texto del podcast con la ayuda de las palabras clave, vuestro guion y expresiones útiles como las de los ejercicios 2 o 3 (p. 85). Intercambiad y corregid vuestros textos.
3. Discutid en qué orden queréis hablar en el podcast.
4. Ensayad el texto varias veces hasta que os salga natural.
5. Preparad todo lo que necesitáis para grabar el podcast y buscad un lugar tranquilo y sin ruidos.
6. Grabad el audio. (MK)
7. Escuchad vuestro podcast, corregidlo y volved a grabarlo si es necesario.
8. Pensad en un título para vuestro podcast.

Presentar y evaluar el podcast en clase

1. Presentad vuestro podcast en clase.
2. El resto de la clase escucha y presta atención al contenido y a la estructura de la presentación.
3. Evaluad los podcasts de vuestros/-as compañeros/-as. ▶ Lernen App

Pontevedra, la ciudad que logró vencer a los coches

Con el tráfico permitido solo en un 25 % de la urbe, vecinos y comerciantes han pasado de protestar a pedir más restricciones.

Sonia Vizoso

Aparcamientos fuera del centro histórico

Hace 20 años una ciudad de la esquina noroeste de la Península comenzó a moverse en dirección contraria al resto del planeta. Pontevedra, una urbe gallega de 82 000 habitantes invadida entonces como todas por los coches, el ruido, los humos y la doble fila, impulsó un plan para peatonalizar y limitar el acceso sobre ruedas al centro [...]. Hoy, con el tráfico rodado solo permitido en una cuarta parte de la localidad, los vecinos han pasado de las protestas a pedirle al Ayuntamiento que amplíe las restricciones.

Los pontevedreses han descubierto que es posible escapar de la jungla del asfalto. Los 80 000 vehículos que tomaban a diario el centro urbano a finales de los noventa se han reducido a 7000 y 1,3 millones de metros cuadrados de calles han sido devueltas a los peatones.

El gobierno de Miguel Anxo Fernández Lores, [...] defiende que las peatonalizaciones sin más no funcionan y que deben ir acompañadas de un plan integral para organizar la circulación en toda la urbe. «Aquí primamos solo el tráfico necesario: el acceso a los garajes, la carga y descarga, el transporte público y los servicios individuales de vehículos particulares», explica el regidor.

[...] Lo único que se reserva son unas plazas gratuitas para gestiones rápidas en las que solo se puede permanecer 15 minutos. [...] Y para templar las ansias de correr de los conductores, toda Pontevedra es zona 30, los semáforos se sustituyen por rotondas, los pasos de peatones son elevados y los carriles, más estrechos.

«Somos la única urbe del mundo en la que los peatones cruzan los pasos de cebra sin mirar porque los vehículos

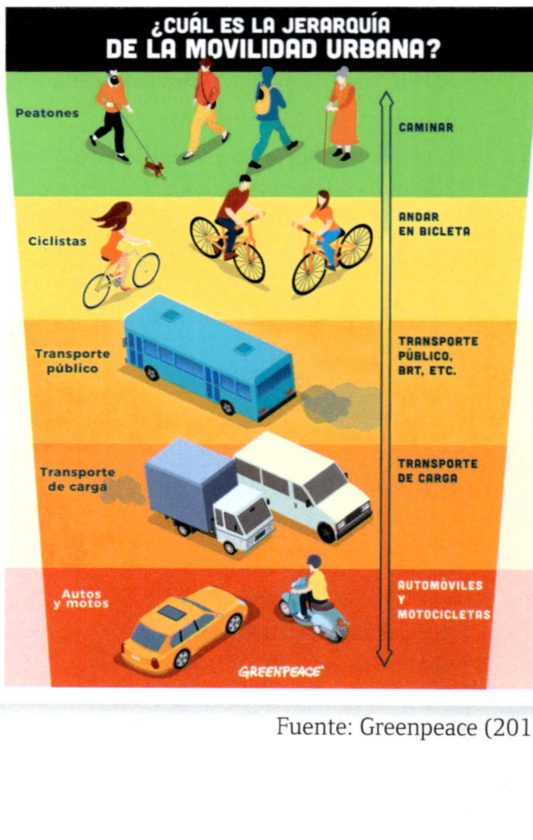

Fuente: Greenpeace (2019)

siempre paran», suele repetir Verísimo Pazos, vicepresidente de la Federación de Asociacións Veciñais Castelao. Los habitantes de Pontevedra se han dado cuenta de que en una ciudad como la suya la distancia más corta suele ser la que se hace caminando. [...] Según datos del Ayuntamiento, las piernas son el medio de transporte elegido por el 90 % de los vecinos para hacer la compra y el 80 % de los niños para ir a clase.

Desde el gobierno local subrayan que con todas estas medidas el tráfico ha ganado en fluidez y el centro urbano, al contrario que en otras ciudades, crece en población y actividad económica. Miguel Lago es comerciante y vecino del centro y fue uno de los que recibió con escepticismo las restricciones al tráfico hace 20 años. Reside en la calle Benito Corbal, que es «como la Gran Vía en Madrid», y hoy se considera un «privilegiado». «Los clientes van a los establecimientos [comerciales] andando [...]. Un comercio se valora por la cantidad de gente que pasa por delante del negocio a pie. Para nosotros es un problema el comercio electrónico, no la peatonalización».

El Ayuntamiento calcula que las emisiones de CO_2 se han rebajado en Pontevedra un 67 %, que equivale a 500 kilos por habitante y año. [...] Y los vecinos llevan una vida más saludable. «Favorecemos que la gente camine como mínimo entre 7000 y 10 000 pasos como recomienda la OMS», presume el alcalde, médico de profesión.

Fuente: El País (2018)*

2 vencer besiegen **3 la urbe** = la ciudad **9 el ruido** der Lärm **10 peatonalizar** zur Fußgängerzone machen **10 sobre ruedas** auf Rädern **11 el tráfico rodado** rollender Verkehr **14 ampliar** hacer más grande **16 la jungla de asfalto** der Asphalt-Dschungel **20 defender** *aquí* ser de la opinión **21 la peatonalización** Schaffung von Fußgängerzonen **22 ir acompañado/-a de** mit etw. einhergehen **23 primar** permitir **26 el regidor** *hier* der Bürgermeister **28 la gestión** la compra, ir al banco, ... **29 para templar las ansias de correr de los conductores** um die Raser auszubremsen **31 el semáforo** die Ampel **31 la rotonda** der Kreisverkehr **31 el paso de peatones** der Fußgängerüberweg **32 el carril** die (Fahr-)Spur **44 ganar en fluidez** flüssiger werden **47 el escepticismo** die Skepsis **51 el establecimiento** *hier* das Geschäft **52 valorar** wertschätzen **53 el negocio** la tienda **57 equivaler** ser lo mismo **61 la Organización Mundial de la Salud (OMS)** die Weltgesundheitsorganisation (WHO) **61 presumir** mit Stolz sagen

Comprensión y análisis

1 **¿Qué ha hecho la ciudad de Pontevedra para «vencer a los coches»? Indica las líneas del texto en las que aparece la información.**

2 **Describe los efectos de los cambios realizados en Pontevedra.**

3 **Analiza cómo la autora, Sonia Vizoso, presenta el cambio en Pontevedra.** ▶ Sachtexte, S. 176

1. Mira el título y explica el mensaje que transmite.
   Ejemplo: Con el título [...] la periodista quiere transmitir el mensaje de que [...]
2. Explica la metáfora de «la jungla de asfalto» (l. 16).
   Ejemplo: Con la metáfora [...] la autora intenta
   - llamar nuestra atención sobre [...]
   - sorprender con [...]
   - describir con connotaciones [...]
3. Explica la función de las citas directas que hay en el artículo.
   Ejemplo: Usando citas directas la periodista quiere
   - describir el modelo [...]
   - destacar las ventajas de [...]

Expresión oral

4 a **Describe e interpreta el gráfico «¿Cuál es la jerarquía de la movilidad urbana?».**
▶ Statistiken und Grafiken, S. 181

b **Presenta tu opinión: ¿Sería posible transferir esta «jerarquía de la movilidad urbana» que propone Greenpeace a tu ciudad o tu región? Expón los efectos que tendría el cambio y qué desafíos habría.** ↗ p. 137

Milicianos republicanos en Toledo (1936)

1 1936–39: La Guerra Civil Española

En 1936 un golpe de Estado fue dado por el general Francisco Franco y otros militares españoles contra la Segunda República. Así empezó la Guerra Civil Española, que causó 700 000 muertos. Fue una guerra entre fuerzas de izquierda (los republicanos) y fuerzas de derecha (los nacionales). Franco y sus nacionales fueron apoyados por la Alemania de Hitler y la Italia de Mussolini. En cambio, las Brigadas Internacionales, un ejército de voluntarios de más de 50 países, lucharon al lado de los republicanos. En 1939 Franco ganó la guerra e impuso una dictadura militar y católica.

2 1939–75: La dictadura franquista

La dictadura de Franco fue sobre todo un período de represión y censura. Todo el poder se concentraba en la persona de Franco. Durante los primeros años, España estuvo aislada del mundo. Dos millones de españoles emigraron a otros países por razones políticas y económicas, sobre todo a América Latina, Francia y Alemania. A partir de los años 60 comenzó una cierta apertura gracias al turismo.

Coronación de Juan Carlos I

3 1975–82: La transición a la democracia

Después de la muerte de Franco en 1975, Juan Carlos I fue coronado rey de España. Con él, se preparó el regreso de la democracia a España. En 1978 la constitución fue aprobada por una gran mayoría de los españoles. La transición terminó con las elecciones de 1982. Las ganó el PSOE (Partido Socialista Obrero Español), convirtiendo a Felipe González en Presidente del Gobierno.

4 1986: La entrada en la Comunidad Económica Europea (CEE)

En 1986 España entró en la Comunidad Económica Europea (ahora Unión Europea). Con este paso se abrió definitivamente al mundo moderno y hoy participa activamente en la política europea. Además, la entrada fue muy positiva para la economía del país.

5 2002: La introducción del euro

España fue uno de los primeros países de la eurozona. El 1 de enero de 2002 introdujo el euro como moneda oficial, sustituyendo así a la peseta.

1 **la guerra civil** der Bürgerkrieg 2 **el golpe de estado** der Staatsstreich 5 **causar** verursachen 6 **la fuerza** die (Streit-) Kraft 9 **el ejército** los soldados de un país 16 **el poder** die Macht 19 **estar aislado** no tener contacto con nadie 23 **la apertura** abrir 24 **la transición** der Übergang 27 **coronar** krönen 29 **aprobar** zustimmen 39 **el paso** der Schritt 48 **introducir** einführen 48 **la moneda (oficial)** Währung 49 **sustituir** ersetzen 66 **el confinamiento** *hier:* der Lockdown 70 **la tasa de vacunación** die Impfquote

Hier lernst du:
- Entwicklungen zu vergleichen

6 2005: Aprobación del matrimonio homosexual

El 3 de julio de 2005 España se convirtió en el tercer país del mundo en aprobar el matrimonio homosexual con todos los derechos, incluida la adopción de hijos. Con esto, España dio un paso más a la modernidad y fue ejemplo para muchos más países que vinieron después.

7 2020: La crisis de la COVID-19

La pandemia de COVID-19 afectó gravemente a España, donde solo en los primeros meses murieron 45 000 personas y la población sufrió un duro confinamiento. Durante la pandemia, España mostró su cara más solidaria y fue uno de los países con mayor tasa de vacunación de toda la Unión Europea, superando así lo más grave de la pandemia.

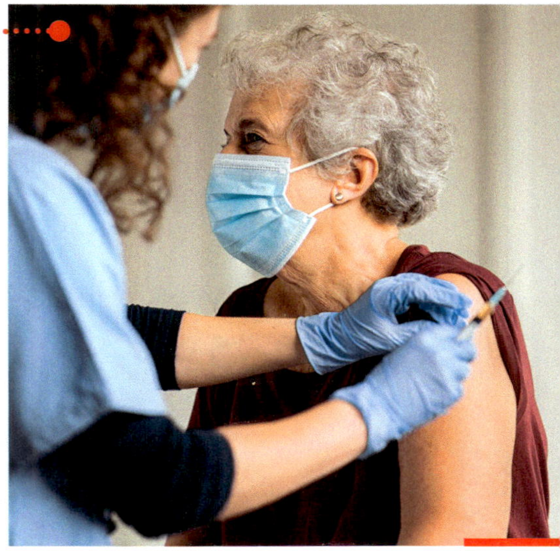

Comprensión lectora y mediación

1 **Lee el texto y describe cómo es España para ti. Justifícalo con lo que has aprendido en los textos.** ↗ p. 137

2 **A tu amiga le interesa la historia de Europa, pero todavía no conoce la historia de España del siglo XX. Resume la información de los textos en alemán y compárala con la historia de Alemania.**

La lengua

3 La voz pasiva: **Lee el ejemplo y la información de la caja. Después, busca más ejemplos de la voz pasiva en los textos.** ▸ Grammatik, 25

Ejemplos:
Los españoles **aprobaron** la Constitución.
La Constitución **fue aprobada** por los españoles.

Das Passiv wird mit einer Form von **ser** und dem Partizip des Hauptverbs gebildet. Das Partizip wird dem Subjekt angeglichen.

facultativo **4** **Une las frases sobre la historia de España por medio del** gerundio. ▸ Grammatik, 24

Ejemplo: Muchos voluntarios fueron a España. Formaron[1] las Brigadas Internacionales.
→ Muchos voluntarios fueron a España, formando las Brigadas Internacionales.

1. La Guerra Civil duró más de tres años. Causó 700 000 muertos.
2. Franco ganó la guerra. Así convirtió a España en una dictadura.
3. En los años 60 se produjo el *boom* del turismo. El turismo comenzó una apertura social y política.
4. En 2002 se introdujo el euro. El euro sustituyó a la peseta.
5. En 2019 el PSOE ganó las elecciones. Se nombró como Presidente a Pedro Sánchez.

1 formar bilden

El mundo del español

5 **Elije uno de los siguientes temas (o un tema del texto) y busca (más) información. Prepara una presentación de tres minutos con la ayuda de materiales audiovisuales.** ▸ Etwas präsentieren, S. 167 ▸ Präsentationsfolien, S. 182

1992: Juegos Olímpicos de Barcelona — 2004: Atentados en Madrid — 2014: Felipe VI, rey de España

6 Perspectivas del mundo digital

¡Vamos!

1

¿Sabías que cada vez menos jóvenes y adolescentes ven «la tele»? Según una encuesta, en España los jóvenes de 13 a 24 años solo ven los canales de televisión tradicionales durante 1 hora y 12 minutos, mucho menos que la media nacional, que está en unas 3 horas. La mayoría prefiere ver sus series o películas, desde su ordenador portátil, en plataformas de *streaming*, las cuales ofrecen programas más modernos que se pueden ver cuando uno quiera, sin tener que esperar.

2

Atrás han quedado los tiempos cuando los videojuegos eran un sinónimo de aislamiento. Hoy en día los *gamers* son una comunidad que se reúne virtualmente para jugar, compartir trucos o simplemente para charlar entre ellos.

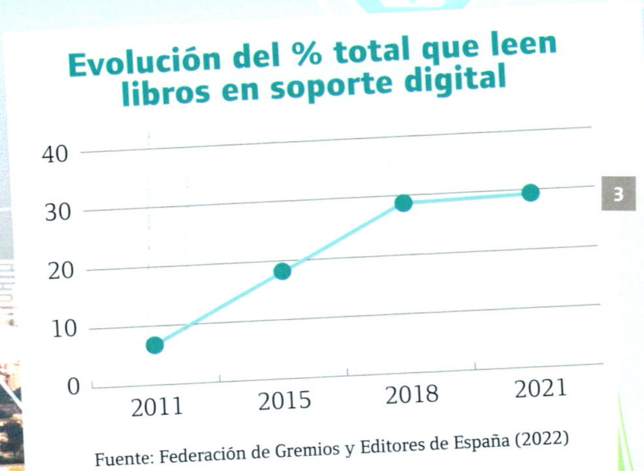

Fuente: Federación de Gremios y Editores de España (2022)

3

Aunque el libro en papel sigue siendo el formato favorito en todas las edades, aproximadamente el 30 % de la población española lee también libros en formato digital, por ejemplo, con la tableta. Muchos lectores lo hacen por razones ecológicas, ya que se ahorra papel, pero también por comodidad porque se necesita mucho menos espacio y se pueden descargar en pocos segundos. También vale la pena mencionar los audiolibros, cuyos usuarios han pasado de un 3 a un 5 % de la población.

Comprensión lectora y auditiva

1 Actividad de prelectura: **Explica las siguientes palabras del texto.** ▶ Wörter umschreiben, S. 184

plataforma de *streaming* — videojuego — *gamer* — libro digital — audiolibro — hacerse viral — meme

2 **Escucha los diálogos y relaciónalos con los temas del texto (números 1 a 6).**

3 a **Escribe un título para cada párrafo.**

4

La pandemia de COVID-19 afectó a nuestras vidas en muchos aspectos: en el mundo laboral se extendió el teletrabajo y los estudiantes tuvieron que acostumbrarse a las clases online. Hoy todavía muchas personas siguen trabajando desde casa y los estudiantes utilizan plataformas virtuales para subir sus deberes y comunicarse con el profesor, el cual también puede subir actividades, presentaciones, vídeos, audios… Mucho más cómodo, ¿verdad?

5

¿Cuántas personas ya se han hecho famosas por un vídeo o una imagen que se ha hecho viral? Seguro que conoces a más de un ejemplo. Sin embargo, no todos querían ser conocidos. En algunos casos, alguien había subido información privada de ellos sin su consentimiento o había usado su contraseña. ¿Cómo podemos evitar que se difundan este tipo de publicaciones?

6

La revolución digital también ha afectado al humor, y es que ¿alguien sigue contando chistes? Hoy los memes son los reyes de internet, los cuales expresan, a través de una imagen y un texto, las preocupaciones o frustraciones de los jóvenes, muchas veces de forma irónica.

6 **el (ordenador) portátil** der Laptop 12 **el aislamiento** *hier:* die Vereinsamung 13 **reunirse** *aquí:* quedar 15 **el truco** der Trick 25 **descargar** herunterladen 26 **cuyo** dessen, deren 42 **el consentimiento** die Zustimmung 43 **la contraseña** das Passwort 46 **el chiste** = la broma 48 **a través de** durch

b Lee el texto y corrige las siguientes afirmaciones.

1. Los jóvenes de 13 a 24 años ven la televisión 1 hora y 12 minutos más que la media nacional.
2. La comunidad *gamer* sufre aislamiento social.
3. Aproximadamente un tercio de los lectores lee solo en formato digital.
4. Después de la pandemia de COVID-19 se acabaron el teletrabajo y las clases digitales.
5. La mayoría de las personas se alegran de hacerse famosas gracias a un vídeo viral.
6. Gracias a la revolución digital, muchos chistes se han hecho virales.

Expresión oral

PF **4** a **Mira la estadística sobre las actividades de los jóvenes españoles en internet y presenta los resultados.**
▶ Statistiken, S. 181

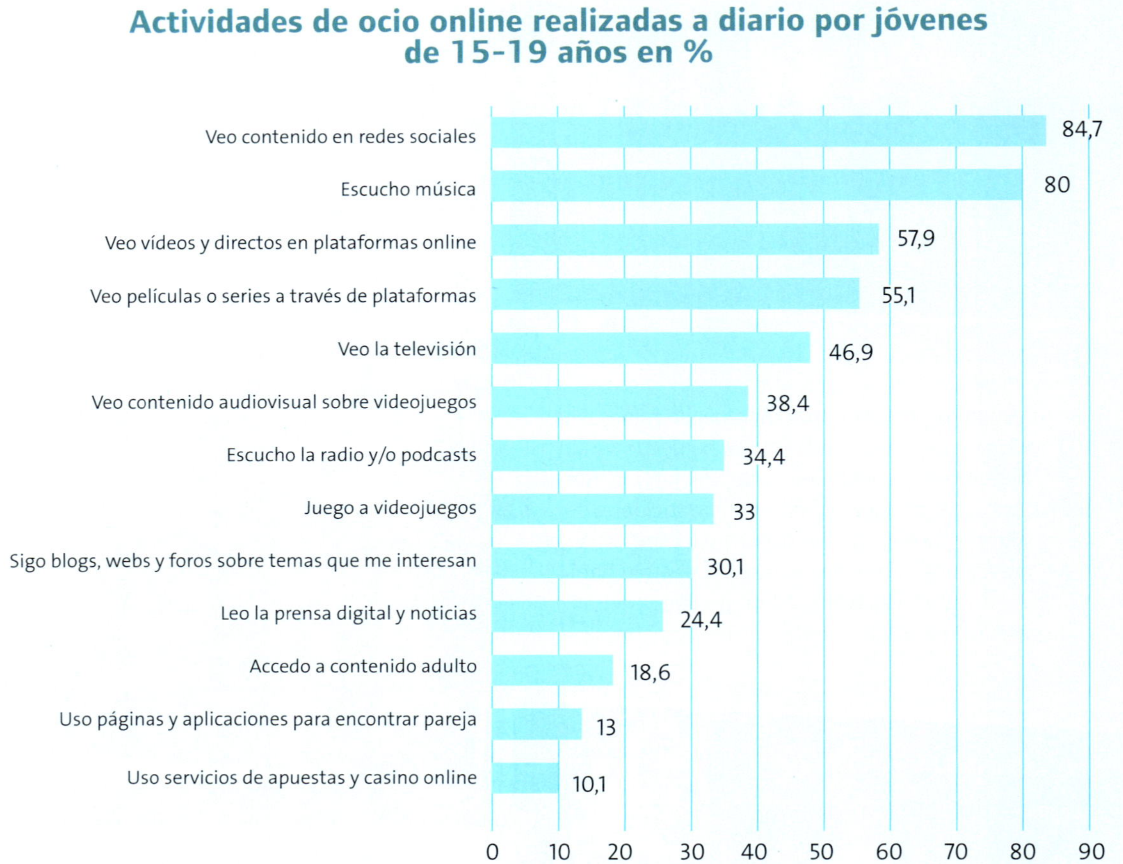

Fuente: Fundación FAD, 2022

Eine Statistik präsentieren

La mayoría / La menor parte (de los jóvenes españoles) […]
Hay muchos/pocos jóvenes que […]
Más de la mitad […]
(Aproximadamente) el […] % de los jóvenes […]
[…] de cada […] jóvenes […]
Un alto/bajo porcentaje […]
La mitad / Un tercio / Un cuarto de los jóvenes […]

b **¿Cuáles son las tres actividades más frecuentes de tus compañeros en internet? Haz una encuesta y presenta los resultados en clase.**

Puedes presentar tus resultados en forma de una estadística o hacer un póster.

facultativo **5** **Muchos influencers y famosos hablan de sus experiencias en otros países o culturas y cómo aprendieron la lengua. ¿Quiénes conoces tú? Presenta a uno y di por qué te parece útil para aprender una lengua.**
▶ Wörter umschreiben, S. 184

Competencia digital

6 a Lee los consejos de la campaña para proteger tu privacidad en internet. ¿A qué consejo corresponden las siguientes frases? Sobran dos. ▶ Medien kritisch bewerten, S. 183

1. No compartas tus contraseñas con amigos.
2. Entra en las opciones de tu navegador y bloquea las cookies de las páginas que visitas.
3. Infórmate bien de las opciones de privacidad de tu navegador y tus apps.
4. Usa el modo seguro o protegido de tu navegador para no dejar tus datos.
5. Baja solamente los programas que sí necesitas en tu smartphone o en tu portátil.
6. No dejes abiertas tus sesiones en los navegadores.
7. Desactiva la opción de recibir anuncios personalizados o de publicidad en tus dispositivos.
8. Cambia tus contraseñas cada seis meses y utiliza números, letras y símbolos.

Medidas para minimizar el seguimiento en internet

aepd agencia española protección datos

1. Valora las opciones de privacidad que te ofrecen cuando elijas un navegador y las apps que instalas en tus dispositivos

2. Evita instalar aplicaciones innecesarias en tu navegador para minimizar riesgos

3. Si el navegador dispone de protección anti-rastreo/seguimiento, activa esta función y elige el nivel más elevado

4. Puedes configurar el navegador para bloquear las cookies de terceros, o al menos bloquearlas si navegas en modo privado

5. Evita iniciar sesión en tu navegador identificándote con un usuario o que la sesión quede abierta indefinidamente

6. Puedes configurar tu dispositivo para que no utilice el identificador de publicidad para crear perfiles o mostrar anuncios personalizados

el navegador der Browser el dispositivo das Gerät bajar = descargar el anuncio die Anzeige

facultativo

b ¿Tienes más recomendaciones prácticas para tu clase? Compártelas. Además de los siguientes recursos puedes usar el imperativo afirmativo y negativo. ▶ Umgang mit persönlichen und fremden Daten, S. 182

Tienes que […] Debes […] Hay que […] Lo mejor es […]

¿Por qué no […]? Puedes […]

7 a Participas en el concurso de memes de vuestro instituto. Haz una foto o un vídeo de unos pocos segundos con tu móvil o descárgalo de un banco de imágenes.

b Escribe un texto gracioso y pégalo en la imagen o en el vídeo. Publícalo en un muro virtual de la clase.
▶ Quellendokumentation, S. 183

c Votad en clase el más gracioso. Gana el que más «me gusta» tenga.

A ¿Estar o no estar... conectado?

Hier lernst du:
- Vor- und Nachteile differenziert abzuwägen
- eine Diskussion zu führen

¿Estar o no estar... conectado?

Cada vez más personas pasan todo el día distraídas con su móvil.

En nuestra vida hay un montón de cosas que usamos casi sin pensar, como la electricidad o el agua. Seguro que una vida sin ellas te parece imposible, ¿verdad? Para muchos de nosotros el móvil es ya otra parte importante de nuestro día a día. ¿Tú qué opinas? ¿Te imaginas renunciar al móvil?

Emma (17): La tecnología es parte de nuestra identidad, pero a veces olvidamos sus riesgos. Por eso, participé en el estudio «Un mes sin móvil ni redes sociales», una oportunidad para reflexionar sobre mi dependencia digital. Al principio, sentía que me perdía cosas y tenía miedo de que eso afectara a mis relaciones. Quería que mis amigos me entendieran y que no se molestaran conmigo. Poco a poco, descubrí otras formas de comunicarme, expresarme y disfrutar. Esperaba que el desafío fuera más difícil, pero me sorprendió lo bien que me sentí. Comprendí que no todo lo que se comparte en las redes sociales es importante, que hay personas que me apoyan, aunque no escriba todos los días, y que quiero vivir más momentos sin una pantalla. Aunque el móvil hace la vida más fácil en muchos aspectos (buscar una dirección, decir que llego tarde…), ahora valoro el tiempo que paso sin él por mi salud mental.

María (43): Cuando era pequeña, mis abuelos siempre escuchaban la radio, mi padre veía las noticias y series en televisión y mi madre iba todos los domingos al quiosco para comprar el periódico *El País*. Es decir, estábamos conectados, pero de otra forma. Hoy podemos hacer estas actividades con nuestro móvil. Claro, me gusta tener siempre internet en el móvil y poder encontrar información en un momento o que con un clic nos traigan la cena a casa. Pero no todo es de color de rosa. Yo soy profesora y, al principio me molestaba que mis alumnos buscaran información para los deberes en páginas y fuentes poco fiables. También me preocupaba que colgaran todas sus fotos en las redes sociales y que sus «amigos» las usaran para burlarse de ellos; en el instituto, desgraciadamente, ya conocemos el ciberacoso. Por eso, la directora propuso un taller para padres, alumnos y profesores sobre cómo utilizar el móvil de la mejor manera: quería que aprendiéramos a usarlos para que fueran útiles dentro y fuera del aula. Desde entonces, la situación ha mejorado bastante y, por eso, mi conclusión no es renunciar al móvil, pero me gustaría que todos pusiéramos más atención y fuéramos un poco más críticos con lo que leemos y colgamos en internet.

Santiago (17): ¿Vivir sin móvil? ¡No! Yo soy ciego y, aunque sin mi móvil puedo hacer una vida «normal», con él soy mucho más independiente. Por ejemplo, antes a mis padres no les gustaba que saliera solo a un sitio nuevo porque les preocupaba que me perdiera o tuviera un accidente. Ahora, gracias a una aplicación, puedo moverme sin problemas por la ciudad: yo digo la dirección y una voz me explica el camino más fácil para mí, o sea, sin barreras, y me ayuda a cruzar la calle. Cuando busco productos en el supermercado, escaneo su código con otra aplicación y me dice qué producto es. También me encanta que mi móvil me lea documentos después de sacarles una foto. Cuando les hablé de estas aplicaciones a mis compañeros más mayores de la ONCE, les sorprendió que estas cosas fueran posibles hoy en día. Es verdad que muchos nunca han necesitado que una aplicación hiciera todo eso por ellos, pero se alegraron de que las personas jóvenes con discapacidad disfrutáramos de herramientas que nos hacen la vida más fácil.

3 **renunciar** verzichten 35 **la fuente** die Quelle 35 **fiable** verlässlich 40 **el ciberacoso** das Cyber-Mobbing 42 **la manera** die Art und Weise 43 **útil** nützlich 49 **ciego** blind 55 **moverse** sich bewegen 58 **sin barreras** barrierefrei 64 **ONCE** Organización Nacional de Ciegos Españoles 69 **la herramienta** das Werkzeug

Comprensión lectora y expresión escrita

1 a Apunta las ventajas y las desventajas del uso del móvil según el texto.

PF **b ¿Cuáles de las ventajas y desventajas son importantes para ti? Apunta tus argumentos y presenta tu opinión (120–140 palabras).** ► Medien kritisch bewerten, S. 183

Por un lado [...] Por otro lado [...] Hay muchas ventajas/desventajas: [...]
Otra ventaja/desventaja es[...] Es verdad que [...] pero [...] [...] es un problema.
Sin embargo, [...] Aunque [...] A pesar de que, [...] Mi conclusión es [...]
Por lo tanto, [...] Así que, [...] Por eso, [...] o sea, [...] es decir, [...]

Expresión oral

PF **2 a Habla con tu compañero/-a. ¿Con qué medios realizas las siguientes actividades? ¿Y tus padres o abuelos?**

leer artículos/libros/noticias informarse de lo que pasa ver una película o una serie
buscar información (para el instituto/una excursión) sacar fotos
ver un partido de fútbol escribir e-mails escuchar música comprar algo

Yo me informo con mi móvil a través de las redes sociales. Mis abuelos, sin embargo, leen el periódico. ¿Y tú?

Aunque ya no se venden tantos periódicos en papel como antes, todavía algunas personas en España van al quiosco a comprar *El País* o *el Mundo*.

b Vuelve a ver la estadística de la página 92. ¿Cómo crees que se van a usar los libros digitales y en papel en el futuro? Habla con tu compañero.

(No) Creo que [...] En mi opinión [...] (No) Estoy seguro/-a de que [...] Quizás [...] Tal vez [...]

3 a Describe e interpreta la siguiente caricatura. Las siguientes palabras te pueden ayudar.

la picota *(der Pranger)*
estar en la picota *(am Pranger stehen)*
estar atado/-a *(gefesselt sein)*

b En el texto (p. 96) María habla sobre el ciberacoso en su escuela. ¿Qué piensas: qué se puede hacer para evitarlo?

Comprensión auditiva

4 a Lee las preguntas de c antes de escuchar la entrevista de radio. ¿Qué sabes ya sobre lo que vas a escuchar?

b Escribe una posible respuesta para cada pregunta de c.

c Escucha la entrevista y contesta las preguntas. p. 137

1. ¿Por qué Pilar se preocupa a veces por los jóvenes?
2. ¿Cómo quedaba con sus amigos de pequeña?
3. ¿Por qué no pasaba todo el día en casa?
4. ¿Para qué usan Pilar y su hija el móvil?
5. ¿Qué más hace Pilar con el móvil?
6. ¿Qué actividades propone Pilar a los jóvenes?

La lengua

5 **a** **Descubrir el imperfecto de subjuntivo: Schreiben Sie die folgenden Sätze (Text, Z. 6–12) im Präsens.**
Ejemplo: ¡¿Por qué quieren que [...]

1. [Yo] tenía miedo de que mi decisión **afectara** negativamente a mis relaciones.
2. [Yo] quería que mis amigos **entendieran** mi decisión y no se **molestaran** conmigo.
3. Esperaba que el desafío **fuera** más difícil.

b **Betrachten Sie die Formen des imperfecto de subjuntivo. Welche Form (Zeit und Person) bildet den Stamm?**

6 **Emma habla de sus experiencias durante el mes sin móvil. Usa el imperfecto de subjuntivo.**
▶ Grammatik, 20

Los profes (no) querían que	*vivir* un mes sin móvil.
Esperaba/Esperábamos que	*tener* que dejar nuestros móviles en casa.
Me sorprendió que	el mes *pasar* rápido.
Tenía/Teníamos miedo de que	(no) *ser* tan difícil vivir un mes sin móvil.
(No) Me gustó que	nuestros amigos (no) *olvidarse* de nosotros.
(No) Me molestó que	no *poder* mirar el horario de autobuses.
	mis amigas *escribir* algo en el chat y yo no lo *saber*.
	mis amigos (no) *ponerse* triste cuando no los *contestar*.
	mi prima (no) *leer* los e-mails que le escribí con el ordenador.
	ser tan fácil/difícil renunciar al móvil durante un mes.
	hacer muchas cosas diferentes durante ese mes.
	ver que la vida sin móvil puede también ser divertida.
	[...]

7 **Cuenta cómo te sentías cuando estuviste de vacaciones en otro país o en otra región. Usa el imperfecto de subjuntivo.** ▶ Grammatik, 20
Ejemplo: El verano pasado estuve en Berlín. Me sorprendió que la ciudad fuera tan grande.

↗ p. 138

(No) Me gustaba que [...] Era fantástico que [...] Me sorprendió que [...]
(No) Me pareció bien/mal/[...] Me molestaba que [...] No creía que [...]

facultativo **8** **Lee las siguientes frases que usan el imperfecto de subjuntivo. ¿Cómo las dirías en alemán?**

¡Qué pesada! Mi madre me habla como si yo fuera un niño.

¡Mi amigo compra tantas cosas nuevas como si tuviera millones de euros!

Estrategia: Eine Diskussion vorbereiten

PF **9** **a** **Mira en el anexo las expresiones para discutir:** ▶ Diskutieren, S. 168

- preguntar su opinión a alguien
- reaccionar a lo que dice alguien

b **Elige un tema y apunta como mínimo tres argumentos a favor y tres en contra para tu tema. Después compáralos con tu compañero/-a.**
Tema 1: Usar el móvil en el aula durante las clases, ¿sí o no?
Tema 2: Los amigos virtuales son tan importantes como los reales. ¿Sí o no?

Notieren Sie zunächst Ihre Meinung, dann Argumente und mögliche Gegenargumente. Überlegen Sie, welche Redemittel passen könnten, um Ihre Argumente zu stützen.

c **Discute con tu compañero/-a y utiliza las expresiones de a.**

↗ p. 138

Mediación

10 a **Tu instituto presenta el proyecto *Die analoge Woche* («La semana analógica»). Olga, tu compañera de intercambio de España no entiende muy bien qué hay que hacer y tiene algunas preguntas. Haz de intérprete entre ella y el profesor.** ▶ Dolmetschen, S. 176

Olga: ¿La semana analógica? ¿Qué significa? Que no vamos a poder utilizar nuestro móvil. → Tú: [...]

Profesor: Das heißt, ihr dürft eure Handys nicht benutzen. Aber nicht nur das, es wird auch nicht möglich sein, einen Laptop oder ein Tablet zu benutzen. → Tú: [...]

Olga: Vale muy bien, eso significa que no los vamos a usar en el instituto. Es decir, en casa podemos hacer lo que queramos. ¿Cómo lo van a controlar los profes? → Tú: [...]

Profesor: Wir haben mit euren Eltern gesprochen, und sie sind von der Idee sehr angetan, also werden sie auch mitmachen. Sie werden eure Handys und Geräte in dieser Zeit für euch aufbewahren. → Tú: [...]

Olga: ¡Pero me parece muy injusto! Los profesores y los padres pierden el tiempo con los móviles y la tecnología tanto como nosotros. → Tú: [...]

Profesor: Wir stimmen mit euch überein. Deshalb werden auch wir Lehrer teilnehmen. → Tú: [...]

Olga: Vale, pero la tecnología también tiene muchas ventajas: ¿Cómo vamos a hacer los deberes? Muchas veces tenemos que buscar información que no está, por ejemplo, en el libro de alemán, historia... → Tú: [...]

Profesor: Am Montag erhaltet ihr von den Lehrkräften aller Fächer Hausaufgaben für die ganze Woche, die ihr in kleinen Gruppen bearbeiten werdet. Dabei könnt ihr Bücher aus der Schulbibliothek benutzen. → Tú: [...]

Olga: Pero si el instituto está cerrado por las tardes, ¿cuándo podremos mirar los libros de la biblioteca? ¿Solo en el recreo? → Tú: [...]

Profesor: Nein, während der Projektwoche ist die Bibliothek nachmittags geöffnet, und ihr könnt hier eure Hausaufgaben machen. → Tú: [...]

b **En grupos de tres, completad dos preguntas más de Olga y la respuesta del profesor. Después, presentad la situación en clase.**

Competencia digital

11 a **Reflexiona sobre fotografiar a personas desconocidas: ¿Qué haces con las fotos? ¿Cómo te sientes cuando una persona desconocida te saca una foto a ti?**

b **Quieres utilizar esta foto en una presentación. Indica qué elementos debes tener en cuenta. Las siguientes palabras clave te ayudan.** ▶ Quellendokumentation, S. 183

los derechos de imagen los datos personales

(Fuente: Shutterstock/TravelSH)

c **Imagina que has sacado la siguiente foto de tus amigos de paseo por Madrid: Explica qué tienes que hacer antes de subirla a tu blog o red social.**
▶ Umgang mit persönlichen und fremden Daten, S. 182

6

B ¿Qué? ¿Era un bulo?

Hier lernst du:
- irreale Bedingungen in der Gegenwart und Vergangenheit auszudrücken

¿Qué pensarías si te dijera que hoy en día, una de cada tres noticias sobre salud en internet… es falsa? Más del 80 % de los usuarios de internet han sido víctimas de noticias falsas. Si crees que estamos hablando de algo nuevo, estás muy equivocado. Aquí te presentamos algunos datos que todos deberíamos conocer.

¿Qué son las noticias falsas?

Las noticias falsas o bulos, conocidos en inglés como *fake news*, son mentiras fabricadas para publicarse, principalmente, en medios digitales para engañar o manipular a la gente. La primera noticia falsa fue publicada en 1835 en el periódico estadounidense «The New York Sun» y en ella se hablaba de los habitantes de la Luna. Imagínate cómo se puso la gente después de leer algo así en un periódico serio. ¿Tú qué habrías hecho? Si hubieras leído la noticia en el diario en aquella época, seguro que también te la habrías creído.
Hoy en día, la producción de bulos se ha vuelto un gran problema en todo el mundo gracias a que estos se comparten muy rápidamente en las redes sociales. Según estudios en universidades estadounidenses, muchas de estas noticias son difundidas por cuentas de personas famosas. Así que ya sabes, no importa que una noticia la comparta tu artista favorito, puede tratarse de información falsa.

¿Las noticias falsas son realmente tan peligrosas?

Imagínate que alguien de tu familia comparte una noticia en el grupo de chat de la familia: tomar un vaso de agua por las mañanas con zumo de limón ayuda a perder peso. Según la noticia, eso funciona porque lo hace una cantante muy famosa. Sin embargo, varios días después se descubre que es un bulo y todos en la familia se ríen de la persona que compartió la noticia. Pero qué inocente, ¿verdad? Si todos los bulos fueran así, te contaríamos aquí los más graciosos que la gente se ha creído. Desgraciadamente, no todas las noticias falsas son de este tipo. Algunas pueden tener consecuencias para la salud: por ejemplo, gente que toma falsos medicamentos contra enfermedades graves que, en los peores casos, pueden acabar con la muerte de estas personas. Si esas personas hubieran buscado en páginas o medios más fiables, habrían tomado otras decisiones más inteligentes.
Además de esto, el mayor objetivo de las *fake news* es manipular la opinión de la gente, por ejemplo, con teorías conspirativas, algunas tan absurdas como que la Tierra es plana o que el cambio climático no existe. Lo mismo pasa a menudo cuando se celebran elecciones democráticas: algunos medios inventan mentiras sobre los candidatos para influir en los resultados. Esto es algo que nos afecta, ya que todos queremos que nuestra democracia funcione correctamente, ¿verdad?

¿Se puede hacer algo realmente?

Es imposible borrar de internet todas las noticias falsas, pero es posible mejorar los sistemas para identificarlas. En las redes sociales, tenemos la posibilidad de denunciarlas y en internet hay organizaciones que verifican noticias que se hacen virales. Asimismo, los periodistas serios se encargan de comprobar la información antes de publicarla en los medios de comunicación.

Y yo, como persona, ¿puedo hacer algo?

Por supuesto que sí. Primero, no compartas todo lo que lees. Si es necesario, denuncia. Comprueba las fuentes o busca la misma información en diferentes medios o, directamente, en las páginas web de instituciones oficiales. Pregúntate quién se beneficia con la noticia. Es un grano de arena, pero sólo así podemos hacer algo contra las noticias falsas.

2 **la salud** die Gesundheit 5 **estar equivocado** sich irren 9 **la mentira** ≠ la verdad 10 **engañar** betrügen 19 **tratarse de** = ser 22 **perder peso** Gewicht verlieren 33 **influir** beeinflussen 36 **borrar** löschen 43 **el grano de arena** das Sandkorn

Comprensión lectora

1 Actividad de prelectura: **Busca las siguientes palabras en el texto e indica un sinónimo, un antónimo o una palabra de otro idioma para explicar su significado.** ▶ Unbekannte Wörter erschließen, S. 183

usuarios (l. 3) víctimas (l. 3) publicar(se) (l. 9) manipular (l. 10)
diario (l. 14) inocente (l. 24) la muerte (l. 27) teorías conspirativas (l. 31)
democracia (l. 34) verificar (l. 37) se hacen virales (l. 38)
instituciones (l. 42) beneficiarse (l. 43)

2 a **Busca la información en el texto sobre los bulos o noticias falsas y completa la tabla:**

¿Qué son?	Ejemplos	Posibles consecuencias	¿Cómo reconocerlas y luchar contra ellas?

b **Compara tu tabla con la de tu compañero/-a y completadlas. Luego, presentad la información sobre los bulos en clase.**

c **Comenta la frase: «Esto es algo que nos afecta, ya que todos queremos que nuestra democracia funcione correctamente, ¿verdad?» (ll. 33–34)**

d **Mira la caricatura en la página 100. Descríbela y explica el mensaje que quiere transmitir.**

La lengua

3 Descubrir las frases condicionales irreales en presente y pasado: **Sehen Sie sich die Beispiele an und erklären Sie, wie sich die Bedeutung der Sätze verändert, je nachdem, welche Verbformen verwendet werden.**
▶ Grammatik, 27

1. Si Eva me manda las fotos de la fiesta, las comparto/compartiré contigo.
2. Si Eva me mandara las fotos de la fiesta, las compartiría contigo.
3. Si Eva me hubiera mandado las fotos de la fiesta, las habría compartido contigo.

4 Practicar las frases condicionales irreales en presente: **Preparas ideas para un debate sobre los bulos y los medios de comunicación. Completa las frases con** el imperfecto de subjuntivo **y** el condicional.
▶ Grammatik, 27
Ejemplo: Si viviera en una época sin internet, no podría comprobar las fuentes fácilmente.

1. Si (*pensar*/nosotros) un poco más antes de compartir, no habría tantos bulos en internet.
2. Si los periodistas no (*verificar*) la información, los medios publicarían muchas noticias falsas.
3. Si un medio (*dar*) una información falsa, debería disculparse y publicar la información real.
4. Si en las elecciones se publicaran menos bulos, tal vez los resultados (*ser*) diferentes.
5. Si yo fuera el jefe de una red social, (*borrar*) las cuentas que solo publican información falsa.
6. La profe nos dice: Si buscarais la información en páginas fiables, (*tener*) mejores notas en vuestros deberes.

6

5 Practicar las frases condicionales irreales en presente: **¿Qué pasaría si los bulos no fueran absurdos o no supiéramos identificarlos? Transforma las frases en una** condición irreal. ▶ Grammatik, 27
Ejemplo: Algunos famosos publican muchos bulos. Por eso, mucha gente se los cree.
→ Si algunos famosos no publicaran muchos bulos, la gente no se los creería.

1. La mayoría de las teorías conspirativas son absurdas. Por eso, sabemos que son mentira.
2. Muchas personas comparten información sin comprobarla antes. Por eso, muchos bulos se hacen virales.
3. Hay noticias sobre falsos medicamentos. Por eso, algunas personas los toman y se ponen enfermos.
4. Mucha gente comprueba las fuentes. Por eso, identifica los bulos fácilmente.
5. Hoy existen sistemas que identifican los bulos. Por eso, podemos borrarlos.

6 Practicar las frases condicionales irreales en pasado: **Sigues pensando en ideas para el debate sobre los bulos. Completa las frases con** el pluscuamperfecto de subjuntivo **y** el condicional compuesto. ▶ Grammatik, 27

Ejemplo: Si hubiera existido internet en 1835, la gente habría descubierto rápidamente que la información de «The New York Sun» era falsa.

1. Si (*vivir*) en esa época, habríamos comprobado que también había bulos entonces.
2. Si las redes sociales no (*llegar*) hace unos años, algunas noticias no se habrían hecho virales.
3. Si en 2020 la gente (*estar*) menos nerviosa, no habría compartido tantos bulos sobre la COVID-19.
4. Si hubiéramos tenido «educación digital» como asignatura, (*estar*) preparados para identificar los bulos.
5. Si los medios hubieran explicado antes cómo buscan sus noticias, la gente (*confiar*) más en su trabajo.
6. Si los canales de televisión y los periódicos se hubieran esforzado más, no (*perder*) tantos seguidores[1] jóvenes.

1 **el/la seguidor/a** der/die Anhänger/in

7 **Explica cómo podría haber sido, bajo otras circunstancias.** ▶ Grammatik, 27

Ejemplo: No apunté las fuentes que dijo el profesor para los deberes. Busqué la información en un blog raro.
→ Si hubiera apuntado las fuentes que dijo el profesor para los deberes, no habría buscado la información en un blog raro.

1. Encontré información falsa en internet. El profesor de historia me puso una nota muy mala.
2. Saqué una mala nota. Mis padres se pusieron muy serios conmigo.
3. Tuve que repetir los deberes. No pude ir con mis amigos al cine a ver la nueva película de Úrsula Corberó.
4. No fui con mis amigos al cine. No vi a Úrsula Corberó, que también estaba allí con sus amigos.
5. (Yo) No estaba en el cine con mis amigos. No me hice una foto con Úrsula.
6. No hice los deberes bien desde el principio. Habéis leído mi historia de mala suerte.

Expresión oral

8 PF **Tu amigo/-a (B) dice que una tienda le va a dar un smartphone totalmente gratis. A ti (A) te parece muy raro y hablas con él/ella. Presentad la conversación: B empieza.** ▶ Partner B, S. 138 ▶ Gespräche oder Rollenspiele, S. 168

1. Tu amigo tiene algo que contarte. Todo te parece muy raro, quieres saber qué ha pasado.
2. Tu amigo/-a ha sido víctima de un bulo. Explícale por qué lo sabes.
3. Ayuda a tu amigo a encontrar una solución y dale algún consejo para el futuro.

9 MK **a Trabajad en parejas. Sobrevoláis un diario digital, pero no estáis seguros de si los titulares[1] de las siguientes noticias son correctos. Discutid si las noticias son verdaderas o son bulos y si el periódico ha cometido un error.**

ChatGPT pasa el examen de selectividad de España.

La chilena Bárbara Hernández es la primera persona en nadar 2,5 kilómetros en la Antártida.

¡Japón descubre 7000 nuevas islas en su territorio en pleno año 2023!

España entre los países con más sitios que son patrimonio de la humanidad según la UNESCO

Gracias a nuevas tecnologías, Nepal dice que el Himalaya no tiene catorce montañas de 8000 metros, sino… ¡veinte!

1 **el titular** die Überschrift

b Explicad qué habéis hecho para descubrir si los titulares son verdaderos o falsos.

Mediación

10 Un amigo español está interesado en el tema de la ciberseguridad y encontró este folleto. Explícale al menos seis de estos consejos para reconocer noticias falsas. ► Wörter umschreiben, S. 184

Fake News erkennen!
Mehr Tipps zum Thema unter www.handysektor.de/fake-news

Sind Quelle und Verfasser seriös?
Wer steckt hinter dem Inhalt? Hat der Autor bestimmte Interessen? Gibt es auf der Seite ein Impressum?

Ist die Quelle richtig wiedergegeben?
Hat der Verfasser der Nachricht etwas falsch interpretiert? Klicke dich bis zur Originalquelle durch und prüfe nach!

Passt der Inhalt zur Überschrift?
Vor allem bei reißerischen Überschriften solltest du prüfen, ob der Inhalt das hält, was der Titel behauptet.

Ist das Datum noch aktuell?
Ist die News wirklich aktuell oder eine uralte Geschichte? Tipp: Prüfe nach, ob die Nachricht ein Datum hat!

Ist alles nur ein Spaß?
Satire-Nachrichten (z. B. "Der Postillon") veröffentlichen nicht ernst gemeinte Nachrichten. Schau dir die Seite also genau an!

Gibt es noch weitere Quellen?
Vergleiche: Stehen auf anderen Seiten im Netz die gleichen Inhalte? Prüfe aber, ob diese nicht nur voneinander abschreiben.

Sind Bilder manipuliert?
Wirkt ein Bild bearbeitet oder so, als ob es nicht zum Artikel passt? Prüfe die Echtheit mit der Google-Bilder-Rückwärtssuche (im Suchfeld auf das Kamera-Symbol klicken).

Vorsicht vor Social Bots!
Prüfe, ob hinter Posts in sozialen Netwerken ein Bot steckt: Gibt es eine Profilbeschreibung? Postet das Profil unrealistisch viel? Beantwortet das Profil Fragen?

Sind dir deine Vorurteile im Weg?
Wir alle haben eigene Meinungen zu vielen Themen. Versuche unvoreingenommen an Informationen aus dem Internet heranzugehen.

Hol dir Hilfe bei Problemen!
Wenn du nicht sicher bist, ob du es mit Fake News zu tun hast, dann frage Freunde, Lehrer oder Eltern. Hilfreiche Tools zum Prüfen findest du unter www.handysektor.de/fake-news.

Fuente: Handysektor

Punto final 6: Discutir sobre un tema

Formad grupos de cuatro personas y elegid uno de los siguientes temas:
– Tema 1: La importancia de las redes sociales en el mundo actual.
– Tema 2: Clases online: ¿un concepto para el futuro?

Preparar

1. Reunid juntos el vocabulario para poder hablar del tema.
2. Apuntad en una tabla o en una pantalla los argumentos a favor y en contra.
3. Preparad una lista con las expresiones para discutir y dar la opinión.
4. Repartid los papeles: hay dos participantes (uno a favor y el otro en contra) y dos observadores.

Realizar

1. Los dos participantes: discutid el tema.
2. Un observador marca en una tabla los argumentos utilizados, el otro marca las expresiones.

Evaluar la discusión

1. Los dos observadores: dad un *feedback* a los participantes. ► Lernen App
2. Cambiad los papeles (los observadores se convierten en participantes) y repetid la discusión.

Radio guarida

Raquel Robles es profesora en un taller de radio en un centro juvenil de Móstoles, un municipio del sur de Madrid. [...] Un sábado de abril aceptan recibirme en su programa semanal para hablar de móviles. [...] *La Guarida*, así se llama el centro juvenil, se encuentra en un edificio [...] junto a las vías del tren. En la pared de entrada al estudio cuelga un cartel a rotulador: «El amor es como el wifi. Todos quieren tenerlo, pero nadie conoce la clave». En torno a la mesa, los chavales hablan a micrófono abierto:

Lucía: No sé si os pasa, pero como que uno se pone con el móvil para buscar cosas en internet al estudiar, el significado de palabras, cosas así, y termina en YouTube.

Samia: Estás en la calculadora resolviendo algo, y te llega un mensaje de WhatsApp; dejas la calculadora y te pasas al WhatsApp.

Lucía: Y luego se te olvida lo que estás haciendo.

El programa sigue y Melisa cuenta que sus padres se lo requisan a diario. «Me lo dejan el fin de semana y ya desfogo». Desfogar significa que puede pasar seis horas seguidas con él. Ve o hace musical.lys, se mete en Snapchat, lee relatos en Wattpad, donde los usuarios suben sus propias historias. De hecho, ha llegado a la radio y se le ha muerto la batería. Lástima, porque quería leer una de las poesías que a veces anota en el móvil, cuando no le quedan datos, y va en el autobús sin wifi. También lo usa para enterarse «de lo que pasa». [...] Y usa también [...] un aula virtual donde los profesores del instituto suben sus lecciones. [...]

Poco después, Lucía dice con timidez: «Mis padres no me lo prohíben. Más bien soy yo la que me lo prohíbo, porque muchas veces me quedo ahí como muy enganchada...». Samia añade: «Si te quitan el móvil es como que te falta algo. Pero te ayuda a dormir mejor, porque no te acuestas con él, tantas horas, eso daña los ojos, y estudias mejor». Mario: «Lo complicado es jugar a juegos de mesa con dos personas con el móvil, y no miro a nadie». Melisa: «Es verdad. Soy culpable. He estado mirando musical.lys». Samia, de nuevo: «En mi instituto, los de 16 años están enchufados en el recreo, y no lo dejan hasta que suena el timbre. Creo que deberían aprovechar para jugar». [...] Y Samia: «Hay que tener cuidado. Si subes una foto medio desnuda o en toalla, todos esos seguidores te van a empezar a comentar y pueden hacer captura, y mandarla a otra red social».

Por cosas así, Pablo Llama, psicoterapeuta del programa de adolescentes de *Proyecto Hombre*, con experiencia tratando el uso abusivo de la tecnología, considera peligroso hablar de *nativos digitales*. «Porque presuponemos que están preparados. Y nada más lejos de la realidad. Manejan la tecnología, pero están desnudos en el mundo digital». [...] La socióloga de la Universidad del País Vasco, Maialen Garmendia, dice que, en cualquier caso, a menudo se exagera todo lo que tiene que ver con los jóvenes: «Se habla de dependencia de los adolescentes. ¿Y qué pasa con los adultos?». Solo hace falta echar un vistazo en el metro, en la oficina, en los parques, en cualquier cena de cualquier hogar.

Fuente: El País, (2018)

2 **el municipio** die Gemeinde 6 **la vía de tren** die Eisenbahnschienen 7 **el rotulador** der Filzstift 11 **como que** *aquí* me parece que 15 **resolver (una ecuación)** (eine Gleichung) lösen 20 **requisar algo** etw. wegnehmen 22 **Musical.ly, Snapchat** beliebte soziale Netzwerke in Spanien 34 **añadir algo** etw. hinzufügen 36 **dañar los ojos** schädlich für die Augen sein 41 **enchufado** *aquí* enganchado al móvil 42 **suena el timbre** es klingelt 45 **(estar) en toalla** ein Handtuch umhaben 46 **la captura** der Screenshot 52 **presuponer algo** etw. annehmen 54 **desnudo/-a** nackt

Comprensión y comentario

1 a Apunta en qué situaciones escolares y privadas Lucía, Samia y Melisa utilizan sus móviles.

	Lucía	Samia	Melisa
Situaciones escolares			
Situaciones privadas			

b Explica qué tienen en común Lucía, Samia y Melisa en relación con el uso del móvil. Justifica tu respuesta con referencias al texto.

2 Explica el significado y comenta la cita «Manejan la tecnología, pero están desnudos en el mundo digital» (ll. 53-54). ► Eine Stellungnahme verfassen, S. 173

La lengua

3 a Busca en el diccionario sinónimos (=) o antónimos (≠) para las siguientes palabras o expresiones empleadas en el texto (p. 104).

quitar algo a alguien (≠) prohibir algo (≠) dañar (=) lo complicado (≠)
culpable (≠) presuponer algo (=) aprovechar algo (≠) desnudo/-a (≠)
considerar (=) dependencia (≠)

b Parafrasea cinco expresiones o palabras de a. Tu compañero/-a adivina cuál es.

4 a Expresiones fijas: Encuentra las parejas.

echar	enganchado
estar	captura
hacer	un vistazo
tener	enchufado
quedarse	falta
jugar a	cuidado
	juegos de mesa

b Formula ejemplos para alguien que no entienda las expresiones.

Comprensión auditiva y expresión escrita

5 a Escucha los primeros treinta segundos de la conversación y completa las frases. ↗ p. 138

1. El programa se llama [...]
2. El tema que quieren discutir es [...]
3. Hay [...] personas participando.

b Escucha la conversación y contesta o completa las frases. ↗ p. 139

1. ¿A qué se dedican los participantes?
2. El «me gusta» lo entendemos como [...]
3. Sin embargo, el «me gusta» también [...]

6 En el portal «Entre amigos» escribes un comentario (aprox. 200 palabras) donde das tu opinión sobre por qué le gusta a la gente recibir «me gusta». ► Eine Stellungnahme verfassen, S. 173

1

2

3

4

Comprensión audiovisual y expresión oral

1 a Mira el cortometraje «Darío» y describe a los personajes que aparecen en los fotogramas de arriba. ¿Quiénes son y qué hacen?

b Mira el fotograma (minuto 8:51) y describe qué piensa en ese momento Darío. ¿Qué elementos del vídeo te ayudan a entenderlo? ▶ Filme, S. 180

c Describe el ambiente de la ciudad de Darío. ¿Cómo te imaginas que puede ser vivir allí?

d Cuenta la historia de Darío con lo que sabes de los ejercicios anteriores.

2 ¿Cómo crees que se siente la madre de Darío cuando ve que su hijo hace lo que ella no le permitía? Discute con tu compañero/-a y haz hipótesis.

El mundo del español

3 Trabajad en grupos de tres. Elegid cada uno una película, buscad información sobre ella en internet. Haced una ficha con los datos importantes de la película y presentadla a vuestro grupo. ▶ Etwas präsentieren, S. 167

Guten Tag, Ramón (2013) Campeones (2018) Las niñas (2020) As bestas (2022)

Título	Director/-a	Actores y actrices	Argumento	Premios importantes

Hier lernst du:
- über die emotionale Wirkung eines Films zu sprechen

Mediación

4 **Ihr spanischer Freund Álvaro hat den Trailer des Films *Mein Blind Date mit dem Leben* gesehen. Der Film interessiert ihn, er hat aber nur eine deutsche Rezension gefunden. Schreiben Sie ihm eine Nachricht und schildern Sie ihm, worum es in dem Film geht und ob er empfehlenswert ist. Wenn Sie den Film kennen, können Sie am Ende auch Ihre eigene Meinung mitteilen.** ▶ Wiedergabe von Inhalten in der jeweils anderen Sprache, S. 176 ▶ Mit dem Wörterbuch arbeiten, S. 184

Basierend auf den Memoiren von Saliya Kahawatte inszeniert Regisseur Marc Rothemund mit der Tragikomödie MEIN BLIND DATE MIT DEM LEBEN eine mutmachende Geschichte über das Leben mit einem Handicap. […]

Der Plot: Eine aufregende Karriere im Luxus-Hotel – das ist der langgehegte Traum von Saliya (Kostja Ullmann)! Doch für jemanden, der fast blind ist, könnte nichts unwahrscheinlicher sein: Aber seinen Traum aufzugeben, kommt nicht in Frage, und so schickt Saliya eine Bewerbung an ein 5-Sterne-Hotel – ohne sein Handicap zu erwähnen. Überraschenderweise funktioniert der Bluff tatsächlich und er bekommt eine Stelle in einem Luxus-Hotel in München. Niemand ahnt etwas von seinem Geheimnis, nur sein Freund Max (Jacob Matschenz) erkennt bald, was es mit Saliya auf sich hat, und hilft ihm, jede noch so schwierige Lage zu bewältigen. Wenn alle anderen Feierabend machen, übt Saliya bis in die Nacht die für seine Kollegen einfachsten Handgriffe, bis er sie „blind“ beherrscht. Doch als er sich in Laura (Anna Maria Mühe) verliebt und durch sie in eine unvorhergesehene Situation gebracht wird, scheint alles, was er sich vorgenommen hat, zusehends aus den Fugen zu geraten.

Kritik: Wer sich als Filmemacher an eine Geschichte wagt, die sich so oder so ähnlich in der Realität abgespielt hat, ist schon in gewisser Weise der Wahrheit verpflichtet. […] Wie gut, dass das echte Leben ohnehin immer noch die besten Geschichten schreibt. So auch jenes von Saliya Kahawatte, der im Teenageralter von 15 Jahren an einer Augenkrankheit leidet und innerhalb weniger Monate einen Großteil seines Augenlichts verliert, bis ihm nur noch 5 Prozent bleiben. Trotzdem will er an seinen Träumen festhalten und wie ein ganz normaler Mensch leben. […] In *Mein Blind Date mit dem Leben* erzählt Regisseur Marc Rothemund den Werdegang dieser ungewöhnlichen Persönlichkeit nach, spart allerdings die ganz herben Stationen in Kahawattes Leben aus. […]
Wer sich jedoch eine absolut vorlagengetreue Adaption des Buches „Mein Blind Date mit dem Leben: Als Blinder unter Sehenden“ erhofft, der könnte enttäuscht sein, wenngleich Rothemunds Film für Genreverhältnisse wiederum angenehm unsentimental bleibt. Die Tragikomödie punktet mit einer feinfühligen Inszenierung. […]
An *Mein Blind Date mit dem Leben* ist weniger interessant, ob Saliya Kahawatte am Ende sein Ziel erreicht. Der wirklich ausschlaggebende Unterhaltungsfaktor rührt daher, dass etwas eigentlich Unmögliches […] mithilfe von Freunden und Außenstehenden tatsächlich möglich gemacht wird. […] Spätestens mit dem kaum zu bändigenden Engagement und Enthusiasmus, mit dem der junge Mann seine Ausbildung absolviert, ist ihm der Respekt seiner Mitmenschen sicher. […]

Fazit: Zugunsten eines leichtfüßigen Filmerlebnisses spart *Mein Blind Date mit dem Leben* die dunkelsten Momente im Leben von Saliya Kahawatte aus. Wem das einer Verwässerung gleichkommt, der mag vielleicht gar nicht so falsch liegen, doch das alles in allem wirklich positiv verlaufene Schicksal eines ohnehin lebensfrohen Menschen als Feel-Good-Film zu inszenieren, ist wahrlich kein Verbrechen. Marc Rothemunds Film ist wirklich fein geworden.

Antje Wessels, Wessels-Filmkritik.com (2017)*

M6

Expresión escrita

5 **Escribe una reseña sobre «Darío» u otra película que hayas visto para la revista española «Cine hoy» (250 palabras aprox.).** ↗ p. 139

7 El Cono Sur

¡Vamos!

1 Argentina, Chile y Uruguay forman la región más al sur del continente americano: el Cono Sur. Muchos habitantes son descendientes de italianos, españoles y otros europeos que emigraron a Sudamérica en los siglos XIX y XX en busca de mejores condiciones de vida. Generalmente se considera una región de bienestar económico. Sin embargo, como en todas las regiones de América Latina, aquí también existen grandes desigualdades sociales entre la población.

2 Las capitales de los tres países tienen algo en común: Santiago de Chile, Buenos Aires y Montevideo son, por las migraciones, ciudades muy europeas. Al mismo tiempo hay grandes diferencias entre ellas. Quienes buscan una arquitectura moderna deben ir a Santiago, que también es la puerta a los Andes, en los que se puede esquiar a solo una hora de la capital chilena. Buenos Aires, en cambio, concentra la mayor población con 14 millones de habitantes y es el centro teatral más importante de Latinoamérica. Mientras que el puerto de Montevideo es, junto con el de Buenos Aires, la cuna del tango.

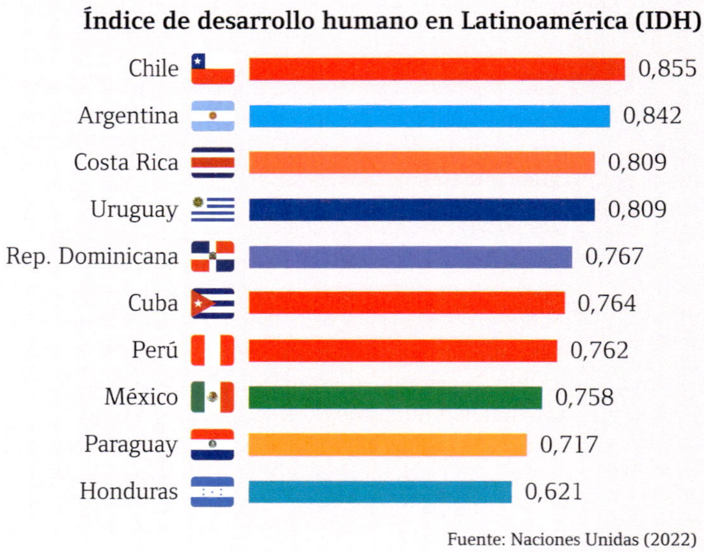

El IDH mide tres aspectos: salud, educación y PIB per cápita de un país. Se divide en: muy alto (0,800-1), alto (0,700-0,799), medio (0,550-0,699) y bajo (0,350-0,549).

Santiago de Chile

Actividad de prelectura

1 a Reunid información: ¿Qué sabéis ya de Argentina, Chile y Uruguay?

b Busca en el mapa los lugares del texto. ► Mapa de América Latina, Umschlagseite

Hier lernst du:
- eine E-Mail-Anfrage zu verfassen

3 Situado en el norte de Chile, el desierto de Atacama es el lugar donde están los mejores observatorios astronómicos del mundo gracias a su clima seco y la falta de contaminación. En los últimos años, la zona también se ha vuelto muy codiciada por el litio, un metal con el que se fabrican las baterías de móviles y coches eléctricos. Sin embargo, esta es una actividad para la que se necesita mucha agua, lo que está amenazando el ecosistema del desierto y la forma de vida de los pueblos indígenas que allí viven.

Un observatorio en el desierto de Atacama

Pampa, Argentina

4 La provincia argentina de La Pampa es la tierra de los gauchos, que son los habitantes de esta región, a quienes están dedicadas muchas obras literarias como *El gaucho Martín Fierro* de José Hernández. La mayoría de ellos se dedica a la ganadería bovina, que es la principal actividad económica de esta región tan extensa. De hecho, si mirásemos las estadísticas, veríamos que el número de vacas es diez veces mayor que la población de la provincia.

5 La variedad geográfica de la región nos lleva también al sur de Argentina y Chile, concretamente a la Patagonia y Tierra del Fuego, lugares conocidos por su clima frío y sus glaciares. De ellos, el más famoso es el Perito Moreno en la Patagonia argentina, uno de los pocos glaciares que de momento siguen estables a pesar del cambio climático, pero si aumentase más la temperatura, las perspectivas serían diferentes. También en la Tierra del Fuego argentina se encuentra Ushuaia, conocida como la ciudad más al sur del mundo, en la que en verano casi no hay noches y en invierno los días son muy cortos ya que está situada a solo unos 1000 km del círculo polar antártico.

Glaciar Perito Moreno, Argentina

9 **el bienestar (económico)** der Wohlstand 34 **codiciado** begehrt 34 **el litio** das Lithium 43 **la ganadería (bovina)** die (Rinder-)-Viehzucht 45 **si mirásemos** = si miráramos 53 **si aumentase** = si aumentara Kasten: **el índice de desarrollo humano (IDH)** Index der menschlichen Entwicklung **el PIB (producto interno bruto)** BIP (Bruttoinlandsprodukt)

Vocabulario

2 Explica en español las siguientes palabras. ▶ Wörter umschreiben, S. 184 ↗ p. 140

el gaucho el desierto el glaciar la capital
el observatorio el cambio climático
la cuna la desigualdad (social)
la puerta (a los Andes)

Wörter umschreiben
Es una región / un lugar donde [...]
Es una persona que [...]
Es (como) [...]
[...] aquí significa [...]

Comprensión lectora y expresión oral

3 a **Completa la tabla con la información del texto.** ▶ Texto, pp. 108-109

País	Capital	Atracciones	Naturaleza y clima
[...]	[...]	[...]	

b **Elige tres lugares interesantes del Cono Sur para ti y explícale a tu compañero/-a por qué te gustaría visitarlos.**

Me gustaría visitar [...] Además, quiero ir a / ver / pasar unos días / [...] También tengo ganas de [...] Si tengo tiempo [...] ¡Qué ganas de ver [...]!	porque [...]. Es que [...].

4 a **Comenta la estadística sobre el IDH en Latinoamérica.** ↗ p. 140

b **Busca en internet el IDH de Alemania, España y otros países que te interesen. Después, busca también argumentos críticos con el IDH y presenta la información.** ▶ Informieren und Recherchieren, S. 182

Comprensión auditiva

5 a **Miguel hace un viaje por el Cono Sur y le cuenta a una amiga. Escucha y ordena su ruta.**

Buenos Aires   Parque Nacional de Perito Moreno
Cataratas de Iguazú   Santiago de Chile (2 veces)
San Pedro de Atacama

Cataratas de Iguazú

b **Escucha otra vez y apunta: ¿Cuál es el lugar que más le gustó a Miguel y por qué?**

c **Corrige las siguientes frases.**

1. Hay mucha contaminación del aire en Chile.
2. De Santiago a San Pedro hay 1068 kilómetros.
3. El viaje de Miguel duró dos semanas.
4. Miguel viajó en tren y también voló.

Comparar las lenguas

6 **Vergleichen Sie in den drei Sprachen: Wie kann man eine Eigenschaft besonders betonen? Wie drücken Sie es auf Deutsch aus? Formulieren Sie den deutschen Flyer.**

Qui trovi piatti buonissimi, città interessantissime e montagne altissime. Sì, sei nel Cono Sud.

Aquí encuentras platos riquísimos, ciudades interesantísimas y montañas altísimas. Sí, estás en el Cono Sur.

Here you will find very delicious dishes, highly interesting cities and extremely high mountains. Yes, you are in the Southern Cone.

Hier findest du sehr leckeres Essen, [...]

La lengua

7 Los pronombres relativos: **Relaciona las frases y describe el Cono Sur.**

p. 140

1. El Cono Sur es una región
2. España e Italia son algunos de los países
3. El desierto de Atacama es el lugar
4. El desierto también es perfecto
5. La Pampa es la provincia
6. Perito Moreno es un glaciar
7. Martín Fierro es el gaucho
8. Montevideo es uno de los puertos

del que
sobre quien
de los que
en los que
para quienes
a la que
en la que
sobre el que

se puede caminar.
viven más vacas que personas.
escribió el poeta José Hernández.
nació el tango.
se extrae el Litio para las baterías.
quieren observar los planetas y las estrellas.
son descendientes muchos argentinos.
emigraron muchos europeos en los siglos XIX y XX.

8 Los pronombres relativos: **Tu amigo de España ha estado de viaje por el Cono Sur y te manda algunas fotos del viaje. Completa con la preposición y la forma correcta de el/la que y quien. Puede haber más de una opción correcta.**

a (2x) con (x2) desde en (x2) por

quien/es el que la que los que las que

1. Esta es Valeria, la amiga [...] [...] hice el viaje.
2. Comenzamos nuestro viaje en Montevideo, [...] [...] llegamos en avión desde Madrid.
3. Subimos a un barco [...] [...] se puede ir de Montevideo a Buenos Aires en pocas horas.
4. Esta es una librería famosa de Buenos Aires [...] [...] compré un libro de Alejandra Pizarnik.
5. Mira, esta es la avenida 9 de Julio [...] [...] pasan cada día tantísimos coches.
6. Este es el hotel [...] [...] nos quedamos en Ushuaia.
7. Esta foto es en el Parque Metropolitano de Santiago, [...] [...] puedes ver toda la ciudad.
8. Terminamos nuestro viaje en Valparaíso y conocimos a gente del lugar, [...] [...] llaman «porteños», igual que a los de Buenos Aires.

Atardecer en Montevideo

Expresión escrita

9 **Planeas hacer un viaje a la provincia argentina de Tierra del Fuego. Busca información en la página oficial de turismo y escribe un e-mail (200 palabras) a una agencia para organizar tu viaje: ruta, alojamiento, actividades, necesidades especiales (alergias, medicinas, discapacidad...).**

El mundo del español

10 a **Mira el vídeo sobre la tradición de los ñoquis del 29 y apunta cómo surgió la tradición.**

b **A tu hermana le encantan los ñoquis. Con ayuda de tus apuntes, resúmele la información del vídeo.**

Hier lernst du:
- über Gemeinsamkeiten und Unterschiede zu sprechen

Un año bárbaro

El año pasado participé en un intercambio con un colegio en Buenos Aires. Me quedé con una familia «típica» argentina: los padres de la madre eran de Polonia y los padres de su marido eran italianos. Me contaron que en Argentina era difícil encontrar una familia que hoy en día no sea de origen europeo.

La verdad es que no tuve ningún problema para hacer amigos en la escuela, porque mis compañeros siempre me llamaban para salir o para jugar al fútbol después de clase. Todos fueron muy acogedores y abiertos conmigo. Ahora que estoy otra vez en Alemania, pienso que para nuestros alumnos de intercambio es un poco difícil hacer amigos aquí porque creo que los alemanes somos un poco tímidos. Antes de mi intercambio yo no hablaba con ninguno de esos chicos, porque me daba corte. Ahora sí lo hago.

Claro, al principio sí tuve problemas para entender lo que me decían en casa o en la escuela. Solo hablaba un poco de español (¡de España!), pero allá algunas palabras son diferentes. Por ejemplo, los argentinos en lugar de «móvil» dicen «celular» y, además, dicen «vos» y no «tú». Todavía recuerdo aquel día en que mis compañeros me dijeron «¡Che! ¿Vos venís o te quedás?». Y yo me quedé parado y solo dije «¿Qué?». Con el tiempo aprendí bastante y perdí el miedo a hablar, entonces todo fue mucho más fácil.

La puesta del sol desde mi lugar favorito

Argentina	España
bárbaro	genial
celular	móvil
vos	tú
che	tío, oye
venís	vienes
te quedás	te quedas

Al final, mis amigos argentinos y yo éramos realmente como una piña. Jugábamos al hockey sobre césped o salíamos a tomar algo a San Telmo o la Boca, dos barrios muy turísticos. Incluso cuando estuve enfermo de la barriga, me visitaron un par de veces en casa. Todavía nos seguimos escribiendo y, cuando vengan, les mostraré toda Baviera. Sobre mi experiencia en Argentina solo puedo decir que fue bárbara.

Niklas, 17 (Erlangen)

Mundos parecidos, pero no iguales

Mi sueño era estudiar cine y, aunque había trabajado durante dos años para ahorrar, no era suficiente para pagar los 10 000 euros que cuesta la matrícula cada año en Madrid. Al contárselo a mi amiga Camila, que es de Argentina, me propuso que probara suerte en Buenos Aires, donde la matrícula sería mucho más barata, aunque en la ciudad tampoco se vive más barato. Finalmente me aceptaron y me fui a Argentina.

Llevo ya un año viviendo aquí y me encanta. Ya me he acostumbrado a casi todo: a la escuela, a la ciudad, a mis compañeros argentinos. Sin embargo, como al principio no sabía mucho del país, hubo muchas sorpresas. Dicen que mudarse a Argentina, comparado con Estados Unidos o Alemania, no debe ser tan difícil porque son países que tienen muchas cosas en común como la lengua, pero… ¡hay diferencias! Por ejemplo, vas por la calle y ves barrios bonitos y ricos, pero continúas caminando y de repente estás en un barrio pobre. En general, intento no ir sola por las noches por algunas zonas. Aunque no sea una ciudad muy peligrosa, hay que tener cuidado.

Otra diferencia es el clima. Cuando me fui, mi abuela preguntó si no quería llevar mi abrigo, pero es que cuando llegué a la capital era pleno verano. Celebré la Navidad a más de 30 grados. Aquí este día es tan especial como en España, la familia cena junta y celebra hasta tarde. Pero la cena sí cambia, es fría: se come vitel toné y ensalada rusa. No sé si esa cena es muy típica argentina. Eso de «típico» al final depende del origen de la familia. Pero algo que sí es muy argentino es el mate: no creo que ninguno de mis amigos pase un día sin tomarlo. Y es que está muy bueno, yo ya no voy sin mi bombilla a ningún sitio. Al verme con mi mate la primera vez, mis amigos se rieron y me dijeron que ya parecía una porteña, es decir, una argentina de la capital.

Además, si buscas una ciudad que tenga iniciativas verdes, Buenos Aires es tu sitio. Algo que a mí me gusta mucho son los huertos urbanos, que se han vuelto muy populares en los últimos años. Unos compañeros de la escuela y yo compartimos uno y cultivamos nuestras verduras ahí. Con ellos no solo repensamos la alimentación, sino que también es una manera de apoyar la vida en comunidad en lugares tan individualistas como son las ciudades. *Patricia, 21 años (Madrid)*

Yo, tomando mate

1 bárbaro = genial 16 dar corte peinlich sein 29 ser como una piña ser muy buenos amigos 31 la barriga Bauch 46 el abrigo Mantel 60 el huerto (urbano) Gemüsegarten (in der Stadt) 62 cultivar anbauen

Comprensión lectora y competencia intercultural

1 Actividad de prelectura: **¿Te gustaría pasar un tiempo en América Latina? ¿Adónde irías y qué te gustaría hacer allí (estudiar, hacer un voluntariado ...)?**

2 a Presenta a los dos chicos. ¿Quiénes son? ¿De qué hablan?

b Resume las experiencias de Niklas y Patricia y contesta las preguntas. Toma apuntes.

1. ¿Le gustó el intercambio a Niklas? ¿Le gusta estudiar en Buenos Aires a Patricia? ¿Por qué?
2. ¿Qué es igual y qué es diferente en su propio país?

c Presenta la información a un/a compañero/-a utilizando las expresiones siguientes.

Para Niklas/Patricia, los argentinos son más/menos [...] que [...]
Para él/ella, algo muy típico es [...]
Otra cosa muy argentina es [...]
La gente se pasa el día + *gerundio*
Mientras que en Alemania/España [...], en Argentina [...]
Otra diferencia / Otro contraste es [...]
Mucha gente piensa que [...], pero [...]
Algo parecido a su país es [...]
Lo que (no) le gusta es [...]

3 Un/a compañero/-a argentino/-a entrevista a Niklas y Patricia para la columna «¿Y vos de dónde sos?» de su revista escolar. Con ayuda de vuestros apuntes del ejercicio 2, haced las dos entrevistas. A es el/la compañero/-a argentino/-a, B es Niklas o Patricia. Luego cambiad de papel.

p. 141

Comprensión audiovisual

4 Mira la escena sobre Buenos Aires. ¿Qué lugares importantes hay en la ciudad? Apunta al menos dos lugares y qué hace la gente allí.

La Casa Rosada

Mediación

5 **Niklas quiere compartir este artículo con sus amigos argentinos que no hablan alemán. Toma el papel de Niklas y escribe un e-mail (100 palabras) a los amigos. Escribe por lo menos sobre dos aspectos diferentes que aparecen en el texto.** ▶ Sprachmittlung, S. 176

„Die Leute in Deutschland sind warmherzig“

Fünf chilenische Schüler leben drei Monate lang bei Gastfamilien in Gundelfingen. Albert-Schweitzer-Gymnasium organisiert Austausch.

GUNDELFINGEN. […] Seit Dezember und noch bis Februar sind Gabriella Olivos, Isabella Guerra, José Tapia, Lars Hebel und Vicente Acosta nun in Gundelfingen. Manches Vorurteil haben sie in den vergangenen Wochen abgebaut – aber nicht jedes. „Ich dachte die Leute in Deutschland sind kalt. Aber es ist nicht so, sie sind sehr warmherzig“, erklärt Vicente. Die Deutschen würden in der Welt oft als „Quadratschädel“ wahrgenommen, erklärt Lehrerin Ingrid Kristinus. „Hier fährt der Bus nach einem Zeitplan. Das nervt“, meint Lars, der deutsche Großeltern in Bremen hat. In Chile würden Kleinbusse alle paar Minuten fahren, für nur 40 Cent. „Hier muss man eine Stunde warten“, ergänzt er. „Das Leben hier ist ganz anders als bei uns“, findet auch Gabriella. Deutlich werde das auch in der Schule: In Chile würden die Lehrer mit Küsschen und Umarmungen begrüßt, in Deutschland sei das unvorstellbar. Auch die Feiertage und den Jahreswechsel haben die Chilenen mit ihren Familien auf Zeit verbracht. „Die Deutschen haben viel mehr Weihnachtssinn“, stellt Lars fest. In Chile gäbe es nur Partys und junge Leute würden auch nicht in die Kirche gehen.

Mit Lateinamerika verbindet manch einer auch die dort typische Musik. „In den Diskos hier läuft nur Pop“, moniert Isabella und José fügt hinzu: „Man kann dazu nicht tanzen. Also wir können das nicht.“ Die Hälfte ihres Deutschlandaufenthalts ist für die Chilenen nun um. Lou ist glücklich, dass ihre Schwester auf Zeit endlich ihre Familie kennenlernt: „Ich habe mich richtig gefreut, dass Gabriella mein Leben kennenlernt, von dem ich bisher nur erzählt habe.“ Aber sie räumt auch ein, dass es manchmal anstrengend ist, drei Monate auf eine andere Person Rücksicht zu nehmen. Zum Glück verstehen sich die beiden sehr gut. „Trotz aller Freundschaft gibt es auch schwierige Momente im Ausland. Aber der Charakter wächst daran“, glaubt Lars.

Fuente: Badische Zeitung (2017)*

Escuchar y escribir

6 a **Escucha la entrevista de Esteban, un chico argentino que vivió en Múnich. ¿Qué dice de los siguientes temas? Apunta.** ↗ p. 141

los alemanes | los horarios del instituto | la comida | la familia de intercambio | el clima | las fiestas

b **Escucha otra vez y completa la información.**

1. No hablan todos […].
2. En algunos institutos tienen clases […].
3. A mí me gustaba comer […].
4. En mi casa mi hermano de intercambio siempre […].
5. En verano, cerca de Múnich puedes […].
6. En los mercados de Navidad puedes […].

c Imagínate que eres Esteban y tienes que escribir un testimonio como en el texto (pp. 112-113). Resume tus apuntes de a y escribe el testimonio (150 palabras). ▶ Texte schreiben, S. 170 ↗ p. 141

Pasé un año de intercambio en Múnich, Alemania. Estuve allí desde el mes de septiembre de 2018 hasta el mes de agosto de 2019. …

Mientras que en [...], en [...]
(No) hay muchas diferencias / contrastes
[...] es diferente de / Es parecido a [...]
Allá dicen / comen / se pasan todo el tiempo + *gerundio*
Es/Son más/menos + *adj.* que [...]
Es/Son tan + *adj.* como [...]
También tienen cosas en común [...]

Expresión oral

7 **Tú (A) trabajas en una cafetería en Buenos Aires y debes atender a un cliente de otro país (B). Presentad la escena. Tú empiezas.** ▶ Partner B, S. 142

Tenéis todo tipo de cafés (con leche, leche de soja, leche de almendra, de avena) y bocadillos (de jamón, de queso, vegetarianos…).
Apunta lo que quiere la otra persona, que no puede comer cualquier cosa. Explica qué le puedes ofrecer.
Pregúntale su nombre para llamarlo cuando la bebida y la comida esté lista.
No entiendes bien su nombre, pide que lo repita.
Pregunta de dónde es, qué hace en Argentina y recomiéndale algo.

La lengua

8 **a En el español de Argentina cambian algunas palabras. También la segunda persona del singular del presente se construye de forma diferente. Busca en el texto cómo diría esto una persona de Argentina.**

¡Oye! ¿Vienes o te quedas?

b Busca la segunda persona de singular del presente de los siguientes verbos en español argentino y completa la tabla.

	hablar	comer	tener	sentir	poder
	tú hablas	[...]	[...]	[...]	[...]
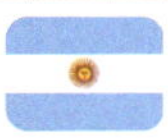	vos hablás	[...]	[...]	[...]	

c Quieres impresionar a tu amiga argentina. Hazle preguntas utilizando las formas argentinas de los verbos de b.

9 Construcciones impersonales con se: **Patricia va a grabar su primer cortometraje para la escuela de cine. ¿Qué proceso debe seguir para ello? Ordena las actividades y describe qué tiene que hacer. Utiliza también conectores.**

Ejemplo: Primero se piensa en una historia, después…

- *grabar* el cortometraje
- *subir* el corto a la plataforma de la escuela
- *encontrar* lugares para grabar
- *ver* los otros cortos de los compañeros
- *escribir* el guion
- *elegir* los días para grabar
- *pensar* en una historia
- *buscar* actores y actrices

B La memoria de los seres perdidos

Hier lernst du:
- eine Geschichte fortzuschreiben

Actividad de prelectura

1 a Escuchad lo que cuenta la protagonista de la novela «La memoria de los seres perdidos». Después reunid lo que habéis entendido:

nombre edad ¿Dónde vive? ¿Dónde nació? ¿Qué sabes sobre su familia?

¿Qué dice sobre la mujer desconocida?

b Haced hipótesis: ¿quién será la mujer?, ¿qué querrá?

No tuvieron que andar mucho para encontrar un bar […]. Ninguna de las dos volvió a hablar hasta que se sentaron en la mesa más distante de la terraza […]. La mujer pidió un café. Estela, otro refresco […]. Miró a su acompañante. De cerca podía estudiarla mejor. Los treinta y pocos años de su primera impresión se convertían ahora en unos treinta y cinco aproximadamente […]. Era atractiva, de ojos hermosos, brillantes, […] con el pelo corto, muy negro […].

–No tengo mucho tiempo –le recordó Estela […].

–Esto es muy importante, ya verás –dijo la mujer.

–Si va a venderme algo …

–Ya sabes que no es así –la miró fijamente antes de agregar–. Porque lo sabes, ¿no?

–No, no sé nada –aseveró incómoda Estela–. No sé quién es usted ni lo que quiere; solo sé que me ha estado siguiendo […].

–Te contaré una historia, ¿de acuerdo? […].

Es la historia de una mujer llamada Graciela Mariani […] y era mi hermana. […] Nuestros padres, Horacio y Carlota, tuvieron tres hijos. Graciela era la mayor, Roberto el segundo, dos años menor que Graciela, y, ya más descolgada, yo, que tenía siete años menos que mi hermana mayor. Nuestro padre, que era bastante mayor que mamá, murió cuando yo tenía doce años. Mamá se hizo cargo entonces de todo […]. Graciela y Roberto también ayudaron y empezaron a trabajar. Así es como yo, por lo menos, pude seguir estudiando.

Estela miró la hora. Se le hacía ya muy tarde.

–Graciela era una mujer muy especial, muchísimo. He conocido a muchas personas buenas, sobre todo en estos últimos años, pero ninguna como ella. […] Ayudaba a los demás de muchas maneras, estaba dispuesta para cualquier sacrificio y, por supuesto, se comprometía siempre, siempre. No importaba la causa o el problema, las motivaciones o las dificultades. Si ella creía en algo, hacía todo para conseguirlo. Así que, por supuesto, desde la adolescencia y mientras estudiaba, comenzó a militar en organizaciones de derechos humanos, ligas en pro de diversas causas, sindicatos, comités … […] Además, nuestro país vivía tiempos muy duros, y cuando los militares tomaron el poder …

Hizo una pausa. […].

11 agregar ergänzen 13 aseverar versichern 23 hacerse cargo de algo sich um etw. kümmern 30 el sacrificio Opfer
33 la adolescencia Jugend 34 militar en = ser activo/-a en 35 el sindicato Gewerkschaft 37 tomar el poder die Macht ergreifen

–Graciela ya estaba [...] con Claudio Granados, su novio, militante como ella [...]. No sorprende que cuando los militares empezaron la represión, con detenciones constantes y masivas [...] ellos se volvieran más precavidos y, al mismo tiempo, intensificaron su lucha [...]. Había muchísimas desapariciones después del golpe de estado del 76, entre 1977 y 1979. ¿Conoces la historia reciente de Argentina?

–Algo –contestó Estela, insegura.

–Graciela se quedó embarazada. Iba a cumplir veintitrés años por aquel entonces, y Claudio y ella decidieron casarse. Tal vez otra mujer se hubiese apartado de una actividad tan peligrosa [...], pero mi hermana no. Continuó igual, exactamente igual, [...].

Bebió un poco de café. Volvió a mirar a Estela para recuperar las fuerzas y continuar–. Una noche, los milicos llegaron a la casa de Claudio y Graciela. Roberto estaba con ellos. Entraron una docena de hombres derribando la puerta y los prendieron. Según los vecinos, llevaban chalecos antibalas y el operativo parecía más bien destinado a acabar con una facción terrorista armada que con tres simples seres humanos cuya única arma era la bandera de su libertad. Se los llevaron y esa fue la última vez que alguien los vio con vida, aparte de sus secuestradores.

Ahora era Estela quien tenía que tomar algo [...].

–¿Los...? –empezó a decir sin poder terminar la frase.

–No solo los mataron, a los tres, sino que los torturaron al interrogarlos –dijo Ana Cecilia Mariani–. Fueron conducidos a la Escuela de Mecánica de la Armada, el campo de exterminio más terrible del mundo después de los que los nazis usaban para matar a los judíos. Por lo que se ha podido saber, a Claudio y a Roberto los tiraron aún vivos y maniatados desde un avión en alta mar, junto a otros cientos de hombres y mujeres. A Graciela, y debido a su estado, la retuvieron los dos meses que le faltaban para tener su bebé. Tuvo una niña en la misma Escuela de Mecánica de la Armada, esposada. Y esa misma noche se la arrancaron de los brazos. Le prometieron que volvería a verla si colaboraba, pero...

La mujer casi no pudo hablar [...].

¿Qué pasó? –preguntó Estela en voz baja.

–Mi hermana murió a los pocos días, víctima de aquellas torturas. Por lo menos nos dieron su cuerpo muerto para enterrarlo, [...], cosa que no consiguieron otras familias de desaparecidos, la mayoría. Toda su hermosura, toda su...

[...].

–Perdone, pero... ¿qué tiene que ver esta historia conmigo? Yo ya no... Ni siquiera entiendo...

Ana Cecilia Mariani la miró con lágrimas en los ojos [...].

–Te he contado la historia de tu nacimiento, mi niña. Graciela era tu madre.

Fuente: Jordi Sierra i Fabra: La memoria de los seres perdidos. Ediciones su, 2018**

39 el/la militante = alguien que es activo en un partido político o un grupo **40 la detención** Verhaftung **41 volverse precavido/-a** = tener cuidado **45 quedarse embarazada** = esperar un bebé **46 casarse con alg.** jdn heiraten **50 los milicos** = los militares **52 prender** verhaften **53 el chaleco antibala** kugelsichere Weste **54 la facción terrorista armada** die bewaffnete terroristische Einheit **57 el/la secuestrador/a** Entführer/in **60 torturar** foltern **62 el campo de exterminio** Vernichtungslager **65 maniatado/-a** an den Händen gefesselt **67 retener** dabehalten **69 arrancar algo a alg.** jdm etw. entreißen **74 enterrar** beerdigen **80 la lágrima** Träne **81 el nacimiento** Geburt

Entre 1976 y 1983 hubo una dictadura militar en Argentina. Durante la dictadura el régimen hizo «desaparecer» a 30 000 personas. Muchas fueron torturadas y asesinadas. Los hijos de las víctimas muchas veces fueron dados en adopción a militares o a familias fieles al régimen. Hasta hoy muchos argentinos siguen buscando a sus familiares.

Comprensión lectora

2 a **Lee la historia que la mujer le cuenta a Estela (ll. 17–82) y relaciona cada tema con las líneas correspondientes.**

Graciela y su novio — Tortura y muerte — Graciela, una mujer comprometida — La hija de Graciela — El secuestro por los militares — la familia de Graciela Mariani — Graciela, una activista política embarazada

b **Con ayuda de 2a, cuenta con tus propias palabras la historia de Graciela Mariani:**

¿Quién era? ¿Dónde y cuándo vivía? ¿Qué hacía? ¿Qué le pasó? ¿Qué tiene que ver con Estela?

Expresión escrita

3 **Qué crees: ¿cómo va a reaccionar Estela? Escribe la continuación de la escena.** ▶ Kreative Texte schreiben, S. 172

La lengua

4 Repasar los tiempos del pasado: **De vacaciones en Buenos Aires, visitas una exposición sobre la dictadura de 1976 en el Museo Histórico Nacional. Conjuga los verbos en pretérito indefinido, perfecto, imperfecto y completa la ficha de información.** ↗ p. 142

practicar — volver — ser (2x) — intentar — empezar — respetar — perder — robar[1] — cambiar — entrar — lograr — organizarse — volverse — defender — terminar — dejar — usar — poder

Museo Histórico Nacional – Los años de la dictadura

El Proceso de Reorganización Nacional (PRN) [...] una dictadura que [...] con el golpe de Estado del 24 de marzo de 1976 contra el gobierno democrático de Isabel Perón y [...] el 10 de diciembre de 1983. Esta no [...] la primera dictadura en Argentina, aunque los argentinos la recuerdan como una época especialmente cruel ya que los militares [...] terrorismo de Estado, no [...] los derechos humanos y, sobre todo, porque [...] bebés y les [...] su identidad. Los militares [...] valores como la religión cristiana, el neoliberalismo y [...] la represión y la censura contra la oposición. En 1977 las madres de los jóvenes desaparecidos[2] [...] para protestar. La protesta pacífica de estas mujeres [...] muy famosa internacionalmente. Este grupo que hoy en día se conoce como «las madres de Plaza de Mayo» ya [...] encontrar a algunos desaparecidos. Unos años después, en 1982, Argentina [...] en guerra contra el Reino Unido por las Islas Malvinas. Esto [...] mucho más débil a los militares, quienes [...] la guerra y [...] de gobernar meses después. Los argentinos [...] entonces votar para así terminar finalmente con la dictadura. Argentina [...] desde entonces aclarar y hablar sobre los hechos de la dictadura, por ejemplo, en el Museo Parque de la Memoria.

1 **robar** rauben 2 **desaparecido** vermisst

5 a ¿Cómo fue la dictadura militar en Argentina y cómo luchó el pueblo contra la represión? Trabajad en grupos, elegid un tema y buscad información y material que, después, vais a presentar a los demás. Podéis elegir uno de los temas representados en las fotos u otro tema que os interese. ▸ Informationen im Internet finden und verwenden, S. 182

Las Madres de Plaza de Mayo

Hebe Pastor de Bonafini

General Jorge Rafael Videla

Parque de la Memoria (B. A.)

Operación Cóndor

b Formad grupos de cinco personas. Cada persona presenta su tema sobre la dictadura militar en Argentina a los demás.

Punto final 7: Crear un librillo (digital)

Vais a elaborar un librillo sobre el Cono Sur con información interesante sobre Argentina, Chile y Uruguay.

Preparar

1. Dividid la clase en tres grupos. Cada grupo se ocupará de un país: Argentina, Chile y Uruguay (el grupo que se ocupe de Uruguay puede ser más pequeño).
2. Decidid de qué temas va a tratar vuestro librillo (p. ej. historia, cultura, naturaleza). Buscad más temas que puedan aparecer en el librillo.
3. Cada miembro del grupo elige un subtema que quiere tratar.
4. Pensad también en el diseño de vuestro librillo: una portada y un título, un índice, el orden de los textos y el tipo de letra.

Realizar

1. Buscad información en el libro, en internet u otras fuentes (p. ej. libros, documentales en la televisión, etc.) ▸ Informieren und Recherchieren, S. 182
2. Cada uno/-a redacta un texto sobre su tema. No olvidéis indicar las fuentes de la información que habéis encontrado. ▸ Quellendokumentation, S. 183
3. Usad también elementos visuales para ilustrar la información (p. ej. una foto).
4. Al final, juntad la portada, el índice y vuestros textos en un solo documento digital. Imprimid y repartid el librillo en la clase.

Evaluar

Evaluad los resultados con ayuda de la ficha de evaluación. ▸ Lernen App

A través de mis pequeños ojos

Esta novela está escrita desde la perspectiva de Cross, el perro guía de Mario. El chico tiene un proyecto para el cual piensa pedir un crédito en el banco. Habla con su novia, Sandra.

—Siempre hemos estado juntos, conozco a tus padres y estoy acostumbrada desde niña a pasar tiempo con ellos. Tú, sin embargo, apenas sabes nada de mi familia. Quiero que el próximo fin de semana vengas a comer a mi casa. Esta noche se lo comentaré a mis padres.

La cara de Mario cambió de repente. No sabría decir si expresaba emoción, alegría, sorpresa o quizá de todo un poco. Él no le contestó. Se sentó en la cama, buscó su cara y sus labios con las manos, la besó.

—¿Vas a ir mañana a eso?

—Sí —contestó Mario tras una pausa—, iré. Estuve hablando por teléfono con el director, estoy seguro de que no habrá problema ninguno. Le sorprendió positivamente mi proyecto. Además, dijo que valoraba mucho mi valentía. Y la cantidad no es tan grande como para que me digan que no.

—Y una cosa, Mario. Aunque no sea asunto mío, ¿por qué no les pides mejor el dinero a tus padres? —preguntó Sandra.

—Mis padres no son ricos. Quizá diez mil euros sí tendrán. Ni lo sé ni me importa, pero no pienso pedírselo a ellos. Precisamente por eso, porque si los tienen, me los van a dar. Yo sé que el trabajo últimamente no va todo lo bien que debería ir y no quiero ser un problema para ellos. Sabes que me gusta ser autónomo para todo. La autonomía es la única manera de luchar contra las barreras, contra todo tipo de barreras.

—Ya, pero Mario...

—Mira, Sandra, las personas que tenemos una discapacidad si no rompemos, si no derribamos todo aquello que nos protege, no somos nunca libres. Está bien la ayuda, no digo que no, la necesitamos, claro que sí, y está bien que la gente nos la ofrezca, pero somos nosotros quienes libremente decidimos nuestra autonomía. A mí me encanta cuando voy a cruzar una calle y viene una persona a ayudarme. Si no es difícil, le doy las gracias por la ayuda y le digo que no hace falta que me cruce pues conozco bien el camino. Si es difícil, le doy igualmente las gracias y le pido que me ayude. La

ayuda es siempre bien recibida pero otra cosa muy distinta es cuando esa ayuda te la imponen, cuando a alguien le has dicho que no es necesario que te cruce y la persona insiste e insiste.

—Pero Mario, vamos a ver: ¿qué tiene esto que ver con tu discapacidad? Estamos hablando de dinero. Los padres dejan dinero a los hijos, sean ciegos o no lo sean. Los padres ayudan a los hijos sea cual sea su condición.

—Sandra: en mi caso sí tiene que ver, y punto —sentenció Mario.

Entramos por fin a la casa, y allí estaba la madre de Sandra, que era una copia exacta de su hija, a pesar de tener unos treinta años más que ella. Olía igual, hablaba igual y miraba igual. El padre era un hombre muy serio, que ni olía ni hablaba, pero, sin embargo, mirar sí que miraba bastante. Parecía como si a través de su mirada todo le fuera alcanzable. Como si no le hiciera falta preguntar nada.

La madre de Sandra iba tras de mí a cada momento, quitando el pelo que yo iba soltando por el suelo.

La mesa ya estaba preparada, muy preparada. La madre de Sandra preguntó si yo estaría cerca de la mesa mientras comíamos.

—Estará debajo de la mesa. Es donde tiene que estar —respondió duramente mi dueño, aunque la pregunta no iba dirigida a él, sino a Sandra.

La señora, forzando hasta límites increíbles la sonrisa, miró a Mario y después a su hija diciendo:

22 **valorar algo** etw. wertschätzen 22 **la valentía** Mut 38 **derribar** romper 69 **soltar** perder

—Bien, bien. Que se ponga donde se tenga que poner. Sandra, ya era hora de que nos trajeras a tu amigo a casa. A ver si traes también al otro chico ese con el que os juntáis. A Mario no le veíamos desde que era un niño y a...

—Nicolás —dijo Mario un poco harto.

—Eso, gracias, Mario. A Nicolás tampoco lo vemos desde que era un niño.

Sandra hundió los ojos en el plato vacío, y Mario hundió los ojos en Sandra, mientras el padre continuaba radiografiándole.

El día siguiente, Mario se encuentra con su amigo Nico en un bar y le cuenta cómo le ha ido en casa de Sandra.

—Bueno, hombre, cuéntame. ¿Qué narices ha ocurrido? ¿Tan mal ha ido la comida? —preguntó Nico.

—Ni bien ni mal.

—Pues a juzgar por tu cara y por la mala leche que tenías cuando me has llamado esta tarde... Ya me dirás, Mario. Prometo no ser tan duro contigo como la otra vez —le dijo Nico con aire comprensivo y casi como un padre.

—Como un amigo, me presentó como a un amigo. Los padres estuvieron muy correctos conmigo, eso sí. La madre es igual que Sandra. Incluso se parecen en la voz.

—Será que Sandra es igual que su madre, ¿no?

—Bueno, sí, eso es. El padre no habló apenas, pero yo notaba que me observaba mucho. Me presentó como si yo fuera un amigo. ¿Entiendes?

—Sí, ya me lo has dicho, pero ¿qué más pasó?

—Nada más. Aguanté el tipo por cortesía. Tras la comida nos sentamos todos en los sofás del salón a ver un rato la tele. El padre leía el periódico y creo que fue el único rato que dejó de mirarme. Lo único divertido que tuvo la jornada fue que, cuando nos sentamos allí, Cross se revolcó sobre la alfombra como si quisiera dejar su rastro. En ese momento el padre levantó la mirada del periódico, ya que sonó el papel cuando lo bajaba de su vista. Imagino que miraría a Cross con mala leche y todo. Sandra y su madre rieron cínicamente y cuando logré parar a Cross la madre se levantó a quitar los pelos que el perro había dejado.

—Bueno, no estuvo mal. ¿Y qué más?

—Pues nada. Como yo no estaba de muy buen humor, al poco rato dije que me tenía que ir. Sandra me preguntó que por qué tan pronto, mientras que la madre repitió exactamente lo mismo y el padre siguió con su periódico. Le dije a Sandra que regresaría en metro, y que como ella había tomado vino en la comida preferiría que no cogiera el coche. Respondió que no, que solamente había tomado algo, y que no tendría problema en acercarme. Yo insistí diciendo que así no tenía que sacar el coche del garaje, y, en fin, me acompañó hasta el metro como si nada.

—¿Como si nada? —preguntó Nico.

—Sí, como si nada. No hablamos más que de cosas superficiales. Que qué me había parecido la comida, si me había gustado el vino, pero ni una sola palabra de su presentación. Ni yo tenía ganas de hablar de ello ni ella se atrevía, supongo. Solamente cuando llegamos al metro cogió con una mano mi mano y con la otra mi mejilla. Iba a besar mis labios y yo le di dos besos de amigo, pero se retiró brusca y extrañada. Yo me limité a sonreírle y decirle: bueno, amiga, ya nos veremos, ¿ok?

—¿Y ella qué te dijo?

—Nada, se limitó a decir: lo siento, Mario, lo siento. Bajé las escaleras del metro y me marché a casa.

Emilio Ortiz, A través de mis pequeños ojos (2019)*

88 hundir algo etw. versenken **89 radiografiar** durchleuchten **92 ¿qué narices...?** Was zum Teufel...? **98 con aire comprensivo** verständnisvoll **109 aguantar el tipo** Haltung bewahren **114 revolcarse** sich herumwälzen **118 con mala leche** mit schlechter Laune **134 como si nada** als ob nichts sei

Comprensión, análisis y comentario

1 Elige un título para este fragmento de la novela.

¿Novios o amigos? Sandra, Mario y Nico Un perro bajo la mesa

El mal humor de Mario Una cena mal preparada El dinero de los padres

2 a Confecciona un croquis de la escena de la comida en casa de Sandra.

b Resume (aprox. 150 palabras) lo que pasa durante y después de la comida en casa de Sandra.
► Eine Zusammenfassung schreiben, S. 173

3 a Indica dos frases en el texto que muestran que el narrador es el perro.

b Examina cómo el narrador describe a los padres de Sandra. ► Narrative Texte, S. 177

El narrador[1]	exagera la descripción hace una caricatura se burla	del padre de la madre de los padres	cuando	dice que… (línea/s…) afirma[2] que… (línea/s…) cuenta que… (línea/s…)

Llama la atención[3] Sorprende	que el narrador	destaque repita utilice	palabras/frases como… (línea/s…)

1 el narrador Erzähler 2 afirmar algo etw. bekräftigen, bestätigen 3 llama la atención es fällt auf

c Explica la impresión que tienes de los padres después de la comida.

abierto/-a observador/a[1] estricto/-a controlador/a dulce acogedor/a[2]
correcto/-a serio/-a simpático/-a tradicional cínico/-a

1 observador/a beobachtend 2 acogedor/a *hier*: warmherzig

4 Comenta la decisión de Sandra de ocultarles la verdad a sus padres.

Opinar		**Argumentar**	
Me parece una buena/mala decisión que… Puede ser que Sandra / los padres… Me cuesta entender que…	+ *subj.*	Al no contar que… Ocultando[1] la verdad… A lo mejor / Tal vez…	+ *ind.*

1 ocultar algo etw. verheimlichen

Expresión oral

5 Eres Sandra (A). Un día después de la visita de Mario (pp. 120-121), quedas con tu mejor amigo/-a (B) y le cuentas lo que pasó en la comida. Prepara el diálogo y presenta la escena. Tú empiezas. ► Partner B, S. 142

Sandra
- Habla de la comida y de cómo terminó.
- Cuenta qué dijeron tus padres, qué dijo Mario y cómo te sentiste tú.
- Pide consejos a tu amigo/-a para contar la verdad a tus padres.

A

Expresión escrita

6 Unos días después de la comida con Mario (pp. 120-121), Sandra decide contar la verdad a sus padres. Basándote en lo que sabes sobre los tres personajes, escribe el diálogo (aprox. 200 palabras) entre ellos.
► Kreative Texte schreiben, S. 172

Comprensión lectora[1]

1 **Lee el texto y contesta las preguntas o elige la opción correcta. Justifica con las líneas del texto si es necesario.**

Uruguay. La chica de rojo tiene una idea

En la vida hay un momento en que las personas cambian su camino. A Victoria Alonsoperez eso le pasó dos veces. La primera vez tuvo lugar mucho antes, cuando Victoria todavía tenía dientes de leche. Su padre, Daniel Alonsoperez, contador, trabajaba una noche en unas hojas enormes llenas de números. Ella, curiosa, le preguntó para qué servían esos números. Su padre la llevó hasta la ventana del apartamento en el que vivían, un sexto piso de un edificio en Montevideo, y le mostró la luna. Ella quedó fascinada con esa cosa redonda y blanca. Su padre le preguntó cuántos números conocía. Ella empezó a mirarse los dedos de la mano y contó hasta diez con dificultad. «Bueno, ¿viste la luna allá? El hombre llegó a la luna gracias a la correcta combinación de dos números: el cero y el uno». Victoria dice hoy que con apenas cuatro años entendió la metáfora. Y que supo que quería dedicarse a hacer naves aeroespaciales para ir a la Luna.

Se llama María Victoria Alonsoperez. Tiene veintiocho años y es uruguaya. Para expresar que algo le gusta mucho dice que le gusta «pila» (como todos los uruguayos), pero no toma mate, y el fútbol le parece terriblemente aburrido. Casi siempre se viste de rojo. Cuando no, de rosado o lila. Y cuando habla, a menudo mezcla una o dos palabras en inglés. De hecho, muchas veces se queda pensando cómo se dicen algunas cosas en castellano, su lengua madre, porque piensa en inglés. Y piensa en grande. Viaja todo el tiempo y va a todas partes cargando sus cosas en una mochila que le regalaron en la NASA. Para las galas de premiación —y la premian más seguido que a Messi— se viste con una chaqueta roja y zapatos de taco (rojos también), pero en el día a día se pone jeans y remera. Es coqueta. Pero, antes que eso, es pragmática.

Victoria fue a un colegio privado bilingüe. Cuando algún amigo de sus padres le preguntaba qué quería ser de grande, ella decía: «astronauta» o «quiero llegar a la Luna». A los diez años, cuando sus padres organizaron un viaje de vacaciones a Disneylandia, ella dijo que, si no la llevaban a conocer la NASA, no iba. Hay fotos que documentan el tour entre trajes de astronautas y simuladores del Apolo 11. A su madre le pedía libros sobre planetas, sobre satélites, sobre Marte. De hecho, fue por Marte que comenzó su carrera. Cuando a los catorce años supo que había una Feria de Ciencias en Montevideo se presentó con un proyecto: «Cómo es posible la vida en Marte». No era gran cosa: ideas de una adolescente que no tiene acceso a libros científicos.

Por los días del instituto, ella prefería quedarse en el aula leyendo David Copperfield y Oliver Twist de Charles Dickens, en inglés antiguo. Por las tardes iba a clases de danza y además practicaba tenis y karate. Dice que iba a karate porque le quedaba muy cerca de su casa. Sentía que allí podía descargar algo de su furia. Sus compañeros del colegio se burlaban de ella.

En Montevideo nunca ha vivido sola. Pero, fuera de Uruguay, en sus viajes que la llevan desde Estados Unidos a Austria y de ahí a China, siempre vive sola. En 2011, viajó a la ciudad austríaca de Graz, para estudiar un posgrado en la Universidad Internacional del Espacio de Austria. Aprendió mucho, pero extrañó a su familia y el asado: en Austria toda la comida parecía estar hecha a base de harina y salsas.

Fuente: César Bianchi, Un mundo lleno de futuro (2017)*

1 Die Behandlung dieses Textes ist (im Gegensatz zu den restlichen Aufgaben der Evaluación) verpflichtend.

6 el/la contador/a der/die Buchhalter/in **20 la nave aeroespacial** das Raumschiff **33 la gala de premiación** die Preisverleihung **36 jeans y remera** *ur.* = vaqueros y camiseta **36 coqueto/-a** schick **44 el traje de astronauta** der Raumanzug **59 la furia** die Wut **59 burlarse de alguien** *hier* jdn mobben **66 el espacio** das Weltall **67 extrañar algo / a alg.** *lat. am.* = echar de menos algo/ a alg. **67 el asado** das Grillfest **68 la harina** das Mehl

1. El texto es…
   a) un reportaje sobre los viajes al espacio.
   b) la historia de una chica de Uruguay que está muy interesada en el espacio.
   c) la entrada de blog sobre el futuro profesional de una chica uruguaya.
2. Ya de niña, Victoria sabía que quería ser…
   a) contadora como su padre.
   b) modelo para llevar ropa coqueta.
   c) astronauta para poder viajar al espacio.
3. A Victoria le gusta mucho el fútbol.
   a) verdadero b) falso Justificación: […]
4. Victoria a veces mezcla el inglés y el español porque…
   a) piensa en inglés y se olvida palabras en español.
   b) viaja mucho a EE. UU.
   c) lee muchos libros de la NASA.
5. Normalmente, a Victoria le gusta ponerse ropa cómoda.
   a) verdadero b) falso Justificación: […]
6. ¿Cómo se sabe que ya desde pequeña Victoria quería viajar al espacio?
7. El primer contacto con su futuro mundo laboral fue…
   a) cuando jugaba al tenis en un club.
   b) cuando presentó un trabajo sobre la vida en otro planeta en una feria.
   c) cuando empezó a estudiar en la Universidad de Graz, Austria.
8. ¿Por qué Victoria iba a karate cuando era pequeña?
9. Victoria ya ha viajado a tres continentes diferentes.
   a) verdadero b) falso Justificación: […]
10. Victoria no echa de menos nada cuando está fuera de Uruguay.
   a) verdadero b) falso Justificación: […]

Comprensión auditiva

2 Escucha la conversación de los hermanos Luis y Francisca sobre irse de Madrid al pueblo y contesta las preguntas o elige la opción correcta.

1. ¿Cuál es el miedo de Luis de vivir en un pueblo?
2. La universidad donde estudia Francisca…
   a) … está a una hora del pueblo.
   b) … se encuentra en el pueblo.
   c) … está muy cerca del pueblo.
3. ¿En qué otras dos ciudades europeas también hay mucha gente que prefiere irse a vivir a los pueblos?
4. ¿Cuáles son las ventajas para los padres de vivir en el pueblo?
   a) tener casa y poder hacer todo en autobús
   b) tener jardín y poder hacer todo a pie
   c) tener piscina y poder hacer todo en bici
5. ¿Qué deportes le gustan a Luis?
   a) fútbol, baloncesto y balonmano
   b) tenis, golf y natación
   c) senderismo, montañismo y ciclismo
6. ¿Cuál es el verdadero problema de Luis?
7. Francisca también tiene un secreto. ¿Cuál es?
   a) Quiere independizarse y quedarse en Madrid.
   b) Quiere vivir en el extranjero, p. ej. en Londres o Berlín.
   c) Quiere dejar la universidad.

Mediación

ES DE **3 Maribel, eine spanische Austauschschülerin, wird einen Vortrag über „kulturelle Missverständnisse einer Spanierin in Deutschland" im Spanischunterricht halten. Sie hat den Artikel „Mein Haus ist Ihr Haus" (S. 125) in einer Zeitschrift gefunden und bittet Sie um Hilfe. Schreiben Sie ihr eine Zusammenfassung des Artikels (ca. 170 Wörter). Gehen Sie darauf ein, was laut Rosa Ribas typisch für Spanier/innen ist und zu welchen Missverständnissen manche spanischen Verhaltensweisen bei Deutschen führen können.**

DER ANDERE BLICK

Mein Haus ist Ihr Haus *von Rosa Ribas*

Weshalb Spanier eine gewisse Vorliebe für große Gesten haben – und wieso dies manchmal Verwirrung stiftet, weiß die Schriftstellerin Rosa Ribas.

Seit ich in Deutschland lebe, pflege ich eine besondere Sammlung: Ich notiere gerne kleine kulturelle Missverständnisse. Sowohl diejenigen, die mir als Spanierin in Deutschland geschehen sind, als auch die, die mir deutsche Freunde über ihre Erfahrungen in Spanien erzählt haben. Meine Lieblingsstücke sind solche, in denen zwei verschiedene Formen der sprachlichen Höflichkeit aufeinandertreffen. Spanier haben eine gewisse Vorliebe für große Gesten: Wird man von einem desorientierten Touristen nach dem Weg gefragt, so erklärt man nicht nur bereitwillig und ausführlich, nein, ein Spanier begleitet den Touristen bis zur gefragten Adresse; man bietet das eigene Essen zum Kosten an, wenn jemand „guten Appetit" wünscht; man stellt sogar das eigene Haus zur Verfügung. Eine gängige Redewendung lautet „Mi casa es su casa" – mein Haus ist Ihr Haus. Ja. Spanier lieben auch große Worte. Und auch wenn wir es ernst meinen, sollte man das doch nicht allzu wortwörtlich verstehen. Solche Sätze sind eher ein Zeichen, mit dem Sympathie signalisiert wird. Genauso wie bei „Wir sollten uns mal auf einen Kaffee treffen". Es bedeutet lediglich, dass man sich nett findet und es schön wäre, sich irgendwann einmal wiederzusehen. Man sollte also nicht sofort den Kalender rausholen und einen festen Termin vereinbaren. Und was machen wir mit „Mi casa es su casa"? Auf keinen Fall mit drei Koffern und Familie vor der Tür stehen. Der Rucksack macht die Sache nicht besser. Es war keine Einladung, es war eine Geste. An sich laden Spanier eher selten zu sich nach Hause ein. Man trifft sich mit anderen auf der Straße, in Bars, in Cafés – aber fast nie in der eigenen Wohnung. Eine Freundin aus Puerto Rico kommentierte mit Erstaunen, dass sie auch nach mehreren Jahren in Spanien von vielen Freunden noch nie nach Hause

eingeladen worden sei. Sie wisse nicht, wie ihre Freunde wohnen. Das Haus ist vor allem ein Rückzugsort. Gleichzeitig hält uns Spanier das Gebot der Gastfreundschaft ständig dazu an, unser Heim anzubieten.

Vor ein paar Jahren gab ich Freunden, die umgezogen waren und ihre Wohnung in Frankfurt aufgelöst hatten, einen unserer Hausschlüssel. Die Geste – wie gesagt, Spanier stehen auf große Gesten – sollte ihnen bedeuten, dass sie in unserem Haus immer willkommen wären. Bei einem Besuch einige Monate später haben sie uns dann gefragt, ob diese „komischen Schlüssel" uns gehörten. Sie haben die Geste offensichtlich nicht verstanden und uns die Schlüssel zurückgegeben. War ich beleidigt? Natürlich! Aber jetzt im Nachhinein auch beruhigt. Was wäre passiert, wenn sie es wortwörtlich genommen hätten? *Mi casa es su casa. Claro.* Aber ich behalte lieber die Hausschlüssel. Übrigens, bevor ich es vergesse: Spanier – wie ich gerade bei meinem Text – neigen auch leicht zur Übertreibung.

AUTORIN PROF. DR. ROSA RIBAS ist Krimiautorin. Die Spanierin lebt seit Langem in Deutschland und arbeitete als Romanistin an der Goethe-Universität Frankfurt und an der Hochschule Heilbronn. Seit 2008 widmet sie sich ganz dem Schreiben.

Fuente: Spanien Länderprofil (2020)*

Expresión oral

4 **Te estás preparando para un examen oral de español. Describe y comenta la foto durante tres minutos.**

- Nombra el tema de la foto.
- Describe con detalle los elementos que se pueden ver (personas, objetos, lugar), puedes empezar p. ej. por el centro.
- Explica la situación expuesta
- Comenta esta situación, teniendo en cuenta lo que sabes de la comunicación moderna y sus efectos.

Expresión escrita

5 **Hoy por la mañana has recibido un mensaje de Luis, el alumno de intercambio del año pasado, con quien tienes una buena amistad. Escribe un mensaje de texto (aprox. 150 palabras) bien estructurado y coherente, donde le respondes a Luis y...**

- le das tu opinión sobre lo que hizo Lola,
- le das consejos y
- le dices lo que piensas da las redes sociales en general.

¡Hola, colega!
Tengo un problema y no sé qué hacer. Te cuento de qué se trata: durante mis últimas vacaciones conocí a una chica llamada Lola. ¡Majísima! Desde entonces, nos enviamos mensajes casi a diario en nuestras redes. Pues imagínate, esta mañana he visto que ha colgado dos fotos mías en su perfil: una foto es de cuando me caí del patinete eléctrico y, en la otra foto, estoy con ella, pero haciendo una cara horrible. Trágame, tierra. ¡Las fotos eran SOLO para ella! Estoy furioso. ¿Qué harías tú?
Por favor, ayúdame.
Luis

Unidad 1 / ¡Vamos!

2 b Escucha otra vez. ¿Qué ciudades menciona cada persona y qué dice sobre ese lugar? Apunta en tu cuaderno.

↗ p. 9

Pontevedra
Lugo Ferrol
Tui Santiago
Redondela
La Coruña
Vigo Orense

1. Esta ciudad está situada en el noroeste de Galicia.
2. Podéis hacer un paseo a pie o en bicicleta por el río Miño.
3. Por allí pasa el camino portugués.
4. El paisaje por allí es impresionante.
5. El río Miño pasa por esa ciudad y es el más importante de Galicia.
6. En estas ciudades hay muchos habitantes.

5 c En Geografía presentas tu región. Cuenta algo sobre los siguientes temas. Utiliza también los superlativos de b.

↗ p. 11

el clima   el paisaje   la cultura   actividades   la comida

[…] es una región en el norte/sur/este/oeste/centro de Alemania.
Muchos no saben que […]
En […] no solo puedes ver […], también puedes hacer deporte / escalar / ir a museos interesantes / […]

[…] es	un paraíso el lugar perfecto	para pasar unas vacaciones tranquilas / hacer deporte / […].
	famoso/-a conocido/-a	por sus museos / su estadio / sus mercados / sus librerías / […].

Vale la pena comer/probar/visitar/pasar tiempo en […] / ir en verano.

La ciudad El pueblo El lugar	más	típico/-a interesante bonito/-a	es […].

Regensburg/Deggendorf/Augsburgo/Ingolstadt es la mejor ciudad para vivir / hacer deporte / hacer turismo.
El mejor estado federado para hacer senderismo / viajar / comer comida típica / […] es […].
Hay que decir que […].
Normalmente en verano/invierno […].
Todo el año hace buen tiempo / llueve / […].

Unidad 1 / Texto A

10 a ¿Cómo era tu vida cuando tenías 5 años? Tu compañero/-a te hace al menos siete preguntas. Contéstalas.

↗ p. 15

¿Qué?   ¿Quién/es?   ¿Cuál/es?
¿Dónde?   ¿Adónde?

¿Quiénes eran tus amigos cuando tenías cinco años?

Mis amigos eran Markus y Petra. Eran mis vecinos.

amigos/casa/mascota/actividades/ropa favorita *ser*   mascota/amigos/profes *llamarse*
pasar las vacaciones en la playa / con los abuelos / en casa / en […]   *leer* libro/s
ver películas/series   *cantar/escuchar* canciones   *comer* bocadillos/tortilla/[…]
jugar al fútbol/tenis/[…]   *ponerse* mi chaqueta favorita / mis vaqueros / mi camiseta / […]

11 **¿Qué es lo que más te gusta de tu vida hoy? Cuenta.**

Lo que más me gusta de mi familia es que tenemos un perro porque juego mucho con él.

↗ p. 15

Lo que (más) me gusta de	mi familia / mis padres mi instituto/barrio mi ciudad/pueblo/región ser joven mi mejor amigo/-a mi banda favorita (no) compartir habitación (no) tener hermanos jugar al baloncesto/tenis/[…] […]	es	la piscina la mediateca el parque	porque […]
		son	las pistas deportivas las clases de […]	
		es que	puedo escuchar música a mi aire. nunca estás cansado/-a / […]. puedes hacer de todo. hacemos muchas cosas siempre.	

12 **¿Cómo pasaba Antonio sus días cuando era pequeño? Imagina sus actividades y completa su testimonio (p. 12) (100-120 palabras).**

↗ p. 15

Cuando yo era pequeño, me gustaba […].

¡Mentras falas, non comes! Mientras hablas, no comas.
Xa comín, vou dormir. Ya comí, voy a dormir.

siempre, en aquellos años, cuando, entonces, por las tardes, después de las clases, a veces, todos los días, […]

jugar con mis amigos, *estar* en la playa, *comer* con mi familia, *pasar* tiempo con los abuelos, *ir* a la casa de los abuelos, *ayudar* en casa, *tener* animales, *pasar* tiempo con el abuelo / la abuela / primos / […], *escuchar* música, *tener* una radio muy vieja, no *tener* internet, *tocar* la gaita, *hacer* música con mi padre

Unidad 1 / Texto B

5 b **Escucha otra vez y apunta los marcadores de tiempo.**

↗ p. 19

pretérito imperfecto (¿cómo era/estaba/ […]?)	pretérito indefinido (¿cuándo comió/hizo/[…]?)
[…]	

cuando, todos los veranos, siempre, ese día, a las seis de la tarde, […]

Módulo 1

4 Contesta los mensajes de «¡Échame un cable!» y escríbeles a los chicos al menos tres cosas que (no) deben hacer para tener éxito con sus planes.

↗ p. 21

Ejemplo: Estudia cada día y no salgas de fiesta antes del examen.

hablar mucho/rápido — *invitar* a todos los amigos — *hacer* una lista para la comida de la fiesta — *estudiar* cada día / antes del examen — *dormir* bien/poco/mucho — *ver* el tutorial con amigos — *pensar* mucho en la prueba / en otras cosas — *hacer* deporte — *salir* con amigos — *preocuparse*

Unidad 2 / ¡Vamos!

6 ¿Qué objeto de tu familia o de tu país de origen es importante para ti y por qué? Escribe un mensaje al presentador del podcast (100 palabras).

↗ p. 25

Unidad 2 / Texto A

7 b Escucha de nuevo la entrevista y elige la opción correcta. A veces hay más de una.

↗ p. 28

1. Sophie tiene raíces [...] porque [...]
2. El plan del abuelo de Sophie era [...]
3. El conflicto de la abuela de Sophie era [...]
4. A Sophie de pequeña le daba corte [...]
5. Sin embargo, después Sophie y su hermana [...]
6. Gracias a que es bilingüe, Sophie puede [...]

Unidad 2 / Texto B

9 La madre de tu amigo va a trabajar dos años en México como profesora y los dos se mudarán. Tú, Víctor (B), que eres de México hablas con tu amigo (A). Presentad la videollamada. A empieza. ▶ Partner A, S. 33

- Reacciona a las noticias que te cuenta tu amigo/-a.
- Expresa comprensión por sus esperanzas y preocupaciones.
- Da tu opinión y ofrece soluciones si es necesario.
- Expresa alegría porque os vais a ver mucho en el futuro.

10 La hermana de Manuel piensa que sería mejor para su madre quedarse en el pueblo y no emigrar a Estados Unidos. Toma el papel de Manuel y escribe un e-mail a la hermana (180 palabras). Expresa tu opinión y trata de convencerle que emigrar es la mejor opción para la familia.

↗ p. 33

(No) creo/pienso que [...] — Me parece mal/bien/normal/[...] que [...]
Es verdad que [...], pero también [...] — Aunque [...], debes tener en cuenta que [...]
Entiendo que para ti es mejor/importante/[...] que [...], pero para mamá [...]
Para mí hay más aspectos positivos que negativos, por ejemplo, [...]
Tienes que pensar mamá. / Piensa en mamá.

Unidad 3 / ¡Vamos!

2 c **Contaos cómo era Tenochtitlan antes de la llegada de los españoles y cómo Cortés logró conquistar esta ciudad. Utilizad vuestros apuntes de 2 b.**

↗ p. 40

(En) Tenochtitlán Allí	era/estaba… estaba situada… tenía… había… se celebraba…

Einen Text mit Konnektoren strukturieren:
además, aunque, a pesar de eso, pero, sin embargo, a pesar de que, por eso, por un lado, […]. Por otro lado

Hernán Cortés Los conquistadores Los españoles	*llegar*… *conquistar*… *hacer* alianzas… *tener*… *traer*…

4 Repasar la posición de los adjetivos: **Completa las frases sobre el «nuevo mundo» y decide dónde debe ir el adjetivo.**

↗ p. 40

1. Colón navegó sus barcos durante […] semanas […] por el océano Atlántico. — varios/-as
2. Para Colón y sus marineros, el 12 de octubre de 1492 fue un […] día […]. — gran/grande
3. Tenochtitlan era la […] capital […] de los aztecas. — antiguo/-a
4. El Templo Mayor no era el […] templo […] de la ciudad, pero sí el más grande. — único/-a
5. Desde la conquista hasta la independencia fue un […] camino […] para México. — largo/-a

Unidad 3 / Texto A

3 b **En el viaje hacia España, Tomás Andrade habla con una chica en el avión. Hablan sobre sus experiencias en Ciudad de México. Escucha la conversación y apunta los temas sobre los que discuten.**

↗ p. 43

la contaminación — el tráfico — la comida típica — posibilidades — que es muy variada la oferta cultural — la oferta de trabajo — el proyecto de las ciclovías

1. Desde mi punto de vista, […] tiene efectos negativos.
2. Es verdad que […] del aire no es buena.
3. Me pareció muy interesante […]
4. ¿Y te gustó […] de México?
5. Ella piensa que en la ciudad hay más […]
6. Yo también creo que un punto fuerte de la capital es […]
7. Otro aspecto positivo es […]

6 Cuenta lo que pasó ayer utilizando el pretérito pluscuamperfecto. ▶ Grammatik, 10
Ejemplo: Cuando ayer llegué a casa, mi padre ya había puesto la mesa.

↗ p. 44

Cuando	mi padre (*irse*) al trabajo, mi hermano todavía no (*levantarse*).
	(*ducharse*/yo), mi madre ya (*preparar*) el desayuno.
	(*llegar*/yo) ayer a casa, mi padre todavía no (*poner*) la mesa.
	mi hermano (*llamar*) a casa, mis padres y yo (*comer*).
	mi madre (*salir*) de casa, yo todavía no (*hacer*) los deberes.
	mi amigo (*llegar* al cine), ya (*empezar*/nosotros) a ver la película.
	(*salir*/tú) del entrenamiento, Lisa todavía no (*ducharse*).
	(*irse*/vosotros) al partido, yo todavía no (*jugar*).

7 Antes de terminar el instituto, tu amigo/-a quiere participar en un intercambio en Ciudad de México. Hablas con él/ella y le cuentas por qué no te imaginas hacer un intercambio en esta ciudad. Presentad la escena, A empieza. ▶ Partner A, S. 45

- Cuenta por qué también te gustaría hacer un intercambio en Latinoamérica. Tú eres español/a.
- Explica las desventajas de vivir en Ciudad de México y describe cómo te sentirías allí.
- Contesta que no te imaginas hacer un intercambio en Ciudad de México. Cuenta adónde sí te gustaría ir de intercambio en Latinoamérica y por qué.

8 Escribe un texto sobre una excursión o un viaje que hiciste (100–120 palabras) para un blog de viajes. Pon atención al uso correcto de los tiempos del pasado.

↗ p. 45

Pretérito imperfecto	Pretérito indefinido	Pretérito pluscuamperfecto
Las primeras/últimas semanas […]	Al principio […]	Cuando […] ya / todavía no […]
Por las mañanas/tardes/noches […]	Una vez […]	
Siempre […]	De repente […]	
Todos los días […]	Al final […]	
Los lunes/martes/…	Entonces […]	
[…]	Ese día […]	
	[…]	

visitar pirámides/ruinas/museos/galerías/mercados
hacer un tour / *dar* un paseo en bicicleta/autobús/coche/a pie
ponerse malo/-a por la comida/el calor
hacer amigos / *charlar* en español / *ir* de fiesta / *bailar* / *pasarlo* bien/mal
probar un plato/una actividad/un deporte
ponerse rojo como un tomate/nervioso/-a / *meter* la pata
pedir/ofrecer ayuda / *explicar* un problema / *traducir* / *entender* bien/mal algo
hablar sobre mi país / *entender* también mi propia cultura
hacerse selfis / *hacer* vídeos / *sacar* fotos de […]

Unidad 3 / Texto B

6 b En tres meses se va Mariana (B). Diego (A) discute con ella. La quiere convencer de quedarse. Mariana le explica por qué se quiere ir. Haced el juego de rol. ▶ Partner A, S. 48

Sie sind Mariana und möchten in der Hauptstadt Medizin studieren.
In der Nähe von Guachochi gibt es dazu leider keine Möglichkeit.
Sie verstehen nicht, dass Diego in der Sierra bleiben möchte.
Es fällt Ihnen schwer, Ihre Familie zu verlassen, aber Sie möchten unbedingt Medizin studieren.

7 Tu amiga Marta de Galicia quiere hacer un viaje a México. No está segura si quiere pasar mucho tiempo en Ciudad de México o viajar también al norte para conocer la Sierra Tarahumara. Escríbele tu opinión en un e-mail (120 palabras). ↗ p. 48

Podrías Me parece buena idea que Es mejor que	*hacer* una lista de… *preguntar* a… *buscar* en internet información sobre lugares /museos / atracciones en… *ver* documentales sobre… *ir* al norte de México porque… *quedarse* solamente en Ciudad de México porque… *comprar* una guía turística y escogería una ruta. *visitar* muchos/pocos lugares de México porque…

(No) vale mucho la pena quedarse en Ciudad de México porque…
Creo que (no) es importante pasar tiempo en un mismo lugar porque…
Las ventajas/desventajas de ir al norte son…
Recuerda que vas mucho/poco tiempo y México es un país enorme…
Tienes que quedarte en Ciudad de México porque…
No me parece buena idea ir al norte/quedarse en Ciudad de México porque…
Para mí es importante visitar muchos lugares de un país./conocer muy bien un lugar.

8 b El guía da los siguientes datos. ¿A qué se refieren? Completa las informaciones. Sobran tres. ↗ p. 48

Colima	132	Monte Evermann	un mes	1533	
avión	1130	800	barco	una semana	cuatro

1. El Parque Nacional Archipiélago Revillagigedo son […] islas.
2. Está situado en el Estado de […].
3. Las islas se descubrieron en […].
4. El […] es un volcán activo en una de las islas y tiene […] metros de altura.
5. La isla más grande tiene […] km^2.
6. Solo se puede ir en […].
7. Los viajes al Archipiélago Revillagigedo duran normalmente […].

Unidad 4 / ¡Vamos!

3 a Prepara una lista con las expresiones, después complétala con la expresión contraria, si es posible.

p. 56

Ejemplo: trabajar bajo presión ≠ trabajar tranquilamente, sin presión

trabajar (x2) — tener claros — ganar — tener buena
confiar — pensar — interesarse — considerar
ser bueno/-a — tener ideas — estar seguro/-a

+

memoria — con los números — por el mundo
de forma práctica — en mi instinto — mucho dinero
los aspectos a favor y en contra — bajo presión
en grupo/equipo — originales — los objetivos
de una decisión

≠

pensar de forma emocional
olvidarse de todo
ser malo con los números
no saber que hacer
no pensar mucho en las cosas
no pensar en los argumentos
ganar poco dinero
decidir cosas lógicamente
trabajar solo/-a
no tener ideas nunca
trabajar tranquilamente, sin presión
decidir con miedo

b Intenta saber cuáles son los puntos fuertes y débiles de tu compañero/-a. Hazle preguntas. Él/Ella contesta.

p. 56

¿Se te dan bien las lenguas?

No, soy malo con las lenguas. Prefiero Mates.

¿Tienes claros tus objetivos?

Sí, normalmente sé muy bien lo que quiero.

¿Te resulta fácil estudiar / empollar / poner atención / […]?
¿Te gusta el deporte / el arte / aprender lenguas extranjeras / […]?
¿Te gustaría trabajar en una oficina / en la calle / solo / en equipo / […]?
¿Se te dan bien las Mates / los números / las lenguas / […]?
¿Eres bueno con los números / con los datos / […]?
¿Tienes problemas para concentrarte / trabajar en equipo / […]?

Sí/No.	Soy bueno/-a / malo/-a con Me resulta fácil/difícil (No) Me cuesta Se me dan bien/mal (No) Suelo (No) Me interesa Prefiero	el inglés/francés/[…] / las lenguas extranjeras la tecnología los números trabajar con números/datos recordar fechas aprender cosas de memoria explicar cosas trabajar en equipo / de forma individual ser creativo/-a / hacer cosas creativas pasar mucho/poco tiempo en internet leer mucho hacer deporte dibujar

6 a **Escucha lo que dicen Lara, Antonio y Rosa sobre sus intereses. Relaciona los puntos fuertes o débiles con la persona correcta y apunta qué les importa.**

↗ p. 57

	Puntos fuertes/débiles	¿Qué le importa?
Lara	[…]	[…]
Antonio		
Rosa		

1. Tiene muchas ideas.
2. Quiere aprenderlo porque es importante.
3. Quiere trabajar con otros.
4. Quiere hacer cosas que no se hacen en clase.
5. Es deportista.
6. Quiere sentirse útil.
7. No se le dan muy bien las lenguas
8. Es creativa.
9. Le cuesta trabajar con ordenadores.
10. Quiere hacer lo que le guste.
11. Es buena con las lenguas y con Mates.
12. Quiere aprender algo nuevo.

Unidad 4 / Texto A

3 **Trabajas para la revista «Chic@s de hoy» y entrevistas al monitor Carlos Muñoz. Formula cinco preguntas sobre información que no está en el texto (pp. 19-20) e imagina sus respuestas.** ► Kreative Texte schreiben, S. 172 ↗ p. 59

Como monitor tienes que:
- *decidir* algo
- *contestar* preguntas
- *echar* la bronca a alguien
- *ser* responsable de algo
- *permitir* algo a alguien

Describir experiencias:
Recuerdo que […]
Lo recuerdo muy bien porque […]
Esa experiencia fue genial porque […]
Puede parecer exagerado, pero […]

Expresar emociones:
¡Mola mogollón!
¡El susto fue enorme!
¡Vaya sorpresa!
¡Qué vergüenza!
¡Qué mal rato pasamos!
¡Qué desastre!

Einen Text mit Konnektoren strukturieren: *además, aunque, así que, sin embargo, pero, a pesar de (que), por lo tanto.*

Hacer reflexiones:
Soy consciente de que […]
Me di cuenta de que […]
Para mí está muy claro […] / Tengo claro que […]

5 **Repasar y practicar el presente de subjuntivo: ¿Qué es importante para que un campamento sea un éxito?**
► Grammatik, 18 ↗ p. 60

Ejemplo: Es necesario que los jóvenes no escuchen música si todos quieren dormir.

Es importante que — Es necesario que — Es lógico que

un monitor / una monitora / los monitores
los jóvenes / los chicos / los participantes

1. no *escuchar* música si todos quieren dormir.
2. *ser* responsables para que los participantes *sentirse* seguros.
3. *respetar* el horario para que el grupo no *tener* que esperar.
4. *escuchar* con atención mientras los monitores dan información.
5. no *salir* del campamento si los monitores no lo saben.
6. solo *hacer* fiesta hasta la hora de irse a dormir.
7. *ordenar* la habitación para que no *perder* sus cosas.
8. *ser* abierto/-a para que *hacer* contactos con otros chicos.
9. no *ser* egoísta sino que *trabajar* en equipo.
10. *tener* reglas para que todos *saber* lo que pueden hacer.

7 **Tú (B) eres director/-a de un campamento. Hace una semana recibiste el currículum de un/a candidato/-a (A) para un puesto como monitor/a de campamento en los Pirineos. Ahora tienes una entrevista por videollamada con A. Presentad la escena. A empieza.** ▶ Partner A, S. 60

- Saludas. Prefieres tutearos.
- Haz preguntas a **A** sobre sus conocimientos de idiomas y su experiencia con niños y adolescentes.
- Pregunta qué es importante en un campamento.
- Propón una situación difícil. **A** responde qué haría.
- Responde a las preguntas de **A**.
- Te despides.

Unidad 4 / Texto B

7 **¿Y tú, qué piensas que pasará con tus compañeros/-as? Habla con tu compañero/-a y haz suposiciones sobre su futuro.** ↗ p. 63

Tú eres una persona muy solidaria y comunicativa, por lo tanto yo creo que tú serás profesor de Lengua. Además, te gusta hacer deporte, creo que en el futuro también harás mucho deporte, por ejemplo, correrás en carreras solidarias...

solidario/-a comunicativo/-a organizado/-a creativo/-a original inteligente
competitivo/-a empollón/-ona caótico/-a gracioso/-a deportista práctico/-a

vivir en el extranjero / en un pueblo / en una ciudad grande
trabajar en equipo / solo / en una oficina *hacer* deporte/música
ser médico/-a / policía / director/a de empresas / profesor/a / cantante *ser* famoso/-a
tener mascotas / una casa grande / una familia grande *ganar* mucho dinero [...]

8 **¿Cómo te imaginas el futuro de Nuria? Escribe un texto (100–120 palabras) en el que describes su vida de mayor.** ↗ p. 64

De mayor vivirá en...

tener amigos de todo el mundo
viajar a [...]
estudiar Matemáticas
trabajar en una oficina
en su tiempo libre *ayudar* a
en los veranos *visitar* a sus padres/abuelos
conocer gente muy interesante
vivir en un piso compartido
su/s lugar/es favorito/s *ser*

Módulo 4

2 b Compara tus respuestas con tu compañero/-a. Discutid si las frases son hechos u opiniones y cómo lo podéis comprobar.

p. 70

(No) creo que es/sea un hecho/opinión (No) estoy de acuerdo (No) lo veo como tú Pienso lo mismo	porque	(no) hay una fuente para buscar la información. (no) es posible comprobarlo. (no) habla de las experiencias de alguien. (no) podemos saber si la información es verdadera o falsa […]

(No) Buscaría (No) Miraría (No) Comprobaría […]	en	redes sociales páginas web periódicos/revistas […]	como […] porque (no)	muestran información oficial. son una fuente seria. pueden mostrar información falsa. […]

Evaluación 1

Vuestro/-a hijo/-a quiere hablar con vosotros (B, C) sobre su futuro. Preparad el juego de rol y presentad la charla. ▶ Partner A, S. 74

B

- Te parece bien la decisión de tu hijo/-a (**A**), pero quieres que lo piense bien.
- Para ayudar a **A** con su decisión, nombra las ventajas y desventajas de ser profesor/-a.
- Da algún consejo a **A** si, a pesar de todo, quiere seguir con su plan.
- Quieres apoyar a **A** en su decisión.

C

- Entiendes que tu hijo/-a (**A**) quiera ser profesor/a, pero no estás segura.
- Justifica con sus puntos débiles.
- Prefieres que tu hijo/-a estudie una carrera como la tuya. Justifica por qué.
- A pesar de todo quieres apoyarlo/-a en su decisión.

Unidad 5 / ¡Vamos!

4 c Escucha una vez más y elige el final correcto.

p. 78

1. En la Plaza de España está…
   a) el centro comercial.
   b) el museo del tráfico.
   c) la estación del tren a Alcudia.
   d) la estación de los trenes a Inca.
2. El tren de Sóller existe desde hace más de…
   a) seis años.
   b) cien años.
   c) siete años.
   d) sesenta años.
3. En el siglo XIII, …
   a) fundaron la ciudad «Palmaria».
   b) Palma fue un centro de comercio.
   c) los árabes conquistaron Mallorca.
   d) pusieron una estatua al rey Jaime.
4. El monumento más famoso de Palma es…
   a) la Lonja.
   b) la Catedral.
   c) el Parque del Mar.
   d) el Palacio de la Almudaina.
5. Cuando los reyes van a Palma, viven en…
   a) el Castillo de Bellver.
   b) un hotel que está en el centro de la ciudad.
   c) un palacio que está en el centro de la ciudad.
   d) un palacio que no está en el centro de la ciudad.
6. Desde el Castillo de Bellver puedes ver…
   a) Palma y Sóller.
   b) el puerto y Menorca.
   c) la catedral y Barcelona.
   d) hasta la Sierra de Tramontana.

Unidad 5 / Texto A

7 b Un chico español de intercambio quiere saber qué te parece celebrar el día de San Valentín y qué piensas de regalar flores en ese día.

↗ p. 83

Me parece bien/mal [...] (No) Estoy de acuerdo con [...] Pienso que (no) está bien [...] (No) Me gusta la idea de [...]	porque	es una fiesta extranjera/bonita/internacional/[...]. es una costumbre muy tradicional/abierta/alegre/[...]. me siento mal/bien / me pone alegre/triste / me da corte/[...]. muchos piensan que es cosa de chicos/chicas. [...]

Panorama 3

4 b Presenta tu opinión: ¿Sería posible transferir esta «jerarquía de la movilidad urbana» que propone Greenpeace a tu ciudad o tu región? Expón los efectos que tendría el cambio y qué desafíos habría.

↗ p. 89

Con una nueva jerarquía de la movilidad urbana, en mi ciudad/región...

mejoraría la calidad de vida de... mejoraría la calidad del aire en... circularían más/menos... las calles serían... los niños irían a clase... los vecinos harían las compras... habría más espacio para...

Un desafío en mi ciudad/región sería...

crear más carriles para bicicletas construir aparcamientos en las afueras peatonalizar el centro reducir el tráfico en el centro mejorar la red de transporte público

Módulo 5

1 Lee el texto y describe cómo es España para ti. Justifícalo con lo que has aprendido en los textos.

↗ p. 91

(No) creo que España es/sea España (no) es España (no) me parece	un país abierto un país solidario un país que ha sufrido mucho un país que ha cambiado mucho [...]	porque	aprobó el matrimonio homosexual. tuvo 40 años de dictadura. es parte de la Unión Europea. la mayoría de la gente aceptó la vacunación. [...]

Unidad 6 / Texto A

3 b Escucha la entrevista y contesta las preguntas con la frase correcta.

↗ p. 97

1. ¿Por qué Pilar se preocupa a veces por los jóvenes?
   a) Escriben mensajes con mala ortografía.
   b) Pasan todo el día con el móvil.
   c) Gastan mucho dinero con su móvil.
2. ¿Cómo quedaba con sus amigos de pequeña?
   a) Les preguntaba en el colegio.
   b) Pasaba por sus casas.
   c) Llamaba a sus padres.
3. ¿Por qué no pasaba todo el día en casa?
   a) Los padres pensaban que tenía que moverse.
   b) Tenía que ayudar a sus padres.
   c) Las casas no eran tan grandes como hoy.
4. ¿Para qué usan Pilar y su hija el móvil?
   a) Se escriben mensajes.
   b) Hablan mucho por internet.
   c) Su hija le envía fotos y vídeos de sus nietos.
5. ¿Qué más hace Pilar con el móvil?
   a) Compra ropa en internet.
   b) Lee las noticias.
   c) Saca fotos.
6. Según Pilar, ¿qué actividades pueden hacer los jóvenes con sus padres?
   a) Pueden hacer excursiones o deporte.
   b) Pueden jugar en el parque.
   c) Pueden preparar una cena juntos.

7 **Cuenta cómo te sentías cuando estuviste de vacaciones en otro país o en otra región. Usa el imperfecto de subjuntivo.** ▶ Grammatik, 20 ↗ p. 98

Ejemplo: El verano pasado estuve en Berlín. Me sorprendió que la ciudad fuera tan grande.

(No) Me gustaba Era fantástico que Me sorprendió que (No) Me pareció bien/mal/[…] Me molestaba No creía que	que	*hacer* calor/frío la gente *bañarse* en el lago/mar (no) *haber* aire acondicionado *poder* ir en bicicleta/coche/transporte público a todas partes. […] *ser* una ciudad/región tan + *adj*. la gente *ser* tan + *adj*. […]

8 c **Discute con tu compañero/-a y utiliza las siguientes expresiones:** ↗ p. 98

Expresiones para discutir	Recursos para dar la opinión	
	con indicativo	*con subjuntivo*
¿Qué te parece?	creo que […]	no creo que […]
Y tú, ¿qué piensas?	pienso que […]	no pienso que […]
¿Qué quieres decir con esto?	en mi opinión […]	es + *adj.* + que […]
No estoy de acuerdo contigo.	sé que […]	me parece + *adj.* + que […]
No lo veo así / lo veo como tú.	(a mí) me parece que […]	(a mí) me gusta que […]
Sí, de acuerdo, pero […]	seguro que […]	(a mí) me da rabia que […]
Esto es una tontería.	[…]	[…]
[…]		

Unidad 6 / Texto B

PF **8** **Tú (B) le cuentas a tu amigo/-a (A) que una tienda te va a regalar un smartphone gratis. A tu amigo/-a (A) te parece muy raro y hablas con él/ella. Presentad la conversación: Tú (B) empiezas.** ▶ Partner A, S. 102

1. Una tienda virtual te va a regalar el último smartphone, explica cómo te sientes.
2. Un amigo te ha mandado un mensaje con publicidad: una tienda regala 500 smartphone. Hiciste clic en un enlace y escribiste tus datos.
3. Ha sido un bulo y has dado tus datos personales (tarjeta, dirección, teléfono…). Estás preocupado. Piensa cómo vas a solucionarlo y pide también ayuda.

Panorama 4

7 a **Escucha los primeros treinta segundos de la conversación y completa las frases.** ↗ p. 105

El programa se llama:
a) Radio Jóvenes b) Entre amigos c) Jóvenes como tú d) Radio amigos

El tema que quieren discutir es:
a) ¿Por qué nos gusta que nos den *likes*?
b) ¿Cómo tener más *likes*?
c) ¿Qué sentimos cuando nos dan *likes*?

Hay a) tres b) cuatro c) cinco personas participando.

b Escucha la conversación y contesta o elige las opciones correctas.

p. 105

1. ¿Qué participantes hay?

psicólogo/-a estudiante *influencer* doctor/a *vloguero* activista

2. El «me gusta» lo entendemos como:
   a) algo necesario en la actualidad.
   b) algo positivo en la vida real.
   c) algo normal entre jóvenes.

3. Sin embargo, el «me gusta» también puede:
   a) producir reacciones negativas.
   b) tener consecuencias negativas.
   c) dejar de importarte.

Módulo 6

5 Escribe una reseña sobre «Darío» para la revista española «Cine hoy» (250 palabras aprox.).

p. 107

1. El encabezado

Escribe una única frase para llamar la atención del lector sin contar demasiados detalles.

2. El argumento

El cortometraje cuenta la historia de [...] /
La historia tiene lugar en [...] /
El/La protagonista es [...] /
El conflicto del / de la protagonista es (que) [...]

3. La crítica

El corto (no) es	original divertido aburrido novedoso realista actual [...]	porque	trata temas como [...] los personajes [...] la historia [...] la música [...] los actores [...] [...]

A pesar de que Aunque	la historia [...] los personajes [...] los temas [...] el corto [...] [...]	hay que destacar [...] llama positivamente/negativamente la atención [...]

4. La conclusión

Por todo ello Después de todo lo anterior	hay que (no) os recomiendo (no) vale (mucho) la pena deberíais	ver el corto *Darío*.

Unidad 7 / ¡Vamos!

2 **Explica en español las siguientes palabras.** ▶ Wörter umschreiben, S. 184

↗ p. 109

el gaucho el desierto el glaciar
la capital el observatorio
el cambio climático la cuna
la desigualdad (social)
la puerta (a los Andes)

Wörter umschreiben
Es una región / un lugar donde [...]
Es una persona que [...]
Es (como) [...]
[...] aquí significa (que) [...]

no llueve casi nunca puedes mirar a los planetas trabaja con vacas un río de hielo
vive en la pampa el clima va a ser diferente al que hay normalmente un cowboy
la ciudad más importante del país el lugar donde algo empezó hace mucho frío/calor
las diferencias entre ricos y pobres son enormes está a pocos kilómetros de ese lugar

4 a **Comenta la estadística sobre el IDH en Latinoamérica.**

↗ p. 110

Introducir la estadística
El índice de desarrollo o IDH mide [...] y sus valores son [...]
En el gráfico observamos / se ve / podemos ver [...] de diez países.

Presentar los datos
Según los datos de [...] del año [...]
El índice de desarrollo de [...] alcanza / es de [...], lo que significa que es un valor alto/medio/bajo.
El índice de desarrollo de [...], cuyo valor es de [...], es alto/medio/bajo.

Comparar los países y conclusión
Comparado con otros países de Latinoamérica el IDH de [...] es mayor/menor/igual/parecido.
Después de comparar los índices podemos decir que...
...los países con un índice más alto/bajo son [...].
...la mayoría/una minoría/una gran parte de países latinoamericanos tiene un IDH alto/medio/bajo.
También se puede ver que la región de Latinoamérica con los índices más bajos/altos es [...].

7 Los pronombres relativos: **Relaciona las frases y describe el Cono Sur.**

↗ p. 111

1. El Cono Sur es una región
2. España e Italia son algunos de los países
3. El desierto de Atacama es el lugar
4. El desierto también es perfecto
5. La Pampa es la provincia
6. Perito Moreno es un glaciar
7. Martín Fierro es el gaucho
8. Montevideo es uno de los puertos

a. en los que nació el tango.
b. del que se extrae el Litio para las baterías.
c. sobre el que se puede caminar.
d. de los que son descendientes muchos argentinos.
e. en la que viven más vacas que personas.
f. para quienes quieren observar los planetas y las estrellas.
g. a la que emigraron muchos europeos en los siglos XIX y XX.
h. sobre quien escribió el poeta José Hernández.

Unidad 7 / Texto A

3 **Un/a compañero/-a argentino/-a entrevista a Niklas y Patricia para la columna «¿Y vos de dónde sos?» de su revista escolar. Con ayuda de vuestros apuntes del ejercicio 2, haced las dos entrevistas. A es el/la compañero/-a argentino/-a, B es Niklas o Patricia. Luego cambiad de papel.**

↗ p. 113

Sie sind der/die argentinische Mitschüler/in. Fragen Sie nach:
- Namen, Alter, Herkunftsland bzw. -stadt
- was ihm/ihr (nicht) gefällt
- seinen/ihren Eindrücken vom Austausch
- seinem/ihrem Leben im Heimatland

Sie sind Niklas oder Patricia. Beantworten Sie die Fragen und erzählen Sie,
- wie Sie heißen, woher Sie kommen, wie alt Sie sind und was Ihnen (nicht) gefällt
- welche Eindrücke Sie vom Austausch haben und wie das Leben in Ihrem Heimatland ist

B puede utilizar las expresiones siguientes:

Mientras que en [...], en [...] (No) hay muchas diferencias. (No) hay contrastes muy grandes.
Mi ciudad/país/barrio es diferente de / es parecido a [...] En Buenos Aires [...], en Alemania/España [...]
Allá dicen / comen / se pasan todo el tiempo + *gerundio* Tienen cosas en común, pero [...]
Todo es muy parecido, pero [...] Es/Son más/menos + *Adj.* que en (Argentina) / los (argentinos).
Es/Son tan + *Adj.* como en (Alemania/España/Argentina). Lo más diferente es/fue [...]

6 **a Escucha la entrevista de Esteban, un chico argentino que vivió en Múnich. ¿Qué dice de los siguientes temas? Relaciona. Sobran elementos.**

↗ p. 114

los alemanes
los horarios del instituto
la comida
la familia de intercambio
el clima las fiestas

son directos toman mate como nosotros
contrastes grandes entre invierno y verano son tímidos
hay mercados de Navidad como en Argentina
hay muchos vegetarianos celebran de forma muy agradable
comen mucho pescado mi hermano siempre cerraba su puerta

c Imagínate que eres Esteban y tienes que escribir un testimonio como en el texto (pp. 112-113). Resume tus apuntes de a y escribe el testimonio (150 palabras).

▶ Texte schreiben, S. 170

↗ p. 115

Pasé un año de intercambio en Múnich, Alemania. Estuve allí desde el mes de septiembre 2018 hasta el mes de agosto de 2019. ...

Mientras que en Múnich [...] en [...]
(No) hay muchas diferencias
[...] es diferente de / Es parecido a [...]
Allá dicen / comen / se pasan todo el tiempo + *gerundio*
Los dos países tienen cosas en común, pero [...]
Todo es muy parecido, pero [...]
Es/Son más/menos + *Adj.* que [...]
Es/Son tan + *Adj.* como [...]
Lo más diferente es/fue [...]
No creo / No pienso que [...]
En Alemania es importante que / es necesario que

7 **Tú (B) eres un/-a estudiante de intercambio en Buenos Aires y vas a una cafetería. Habla con el/la camarero/-a (A) y presentad la escena. A empieza.** ▶ Partner A, S. 115

- Eres un estudiante de intercambio y vas a una cafetería.
- Pides un café y algo para comer. Tú tienes *Laktoseintoleranz*, asegúrate de que puedes consumir lo que pides: explica lo que no puedes comer de ser necesario. Contesta las preguntas de A.
- Pregúntale qué puedes hacer en Buenos Aires. Quieres ver monumentos y te interesa el deporte.

Unidad 7 / Texto B

4 Repasar los tiempos del pasado: **De vacaciones en Buenos Aires, visitas una exposición sobre la dictadura de 1976 en el Museo Histórico Nacional. Conjuga los verbos en pretérito indefinido, perfecto, imperfecto y completa la ficha de información.** ↗ p. 118

Museo Histórico Nacional – Los años de la dictadura

El Proceso de Reorganización Nacional (PRN) [...] (*ser*) una dictadura que [...] (*empezar*) con el golpe de Estado del 24 de marzo de 1976 contra el gobierno democrático de Isabel Perón y [...] (*terminar*) el 10 de diciembre de 1983. Esta no [...] (*ser*) la primera dictadura en Argentina, aunque los argentinos la recuerdan como una época especialmente cruel ya que los militares [...] (*practicar*) terrorismo de Estado, no [...] (*respetar*) los derechos humanos y, sobre todo, porque [...] (*robar*[1]) bebés y les [...] (*cambiar*) su identidad. Los militares [...] (*defender*) valores como la religión cristiana, el neoliberalismo y [...] (*usar*) la represión y la censura contra la oposición. En 1977 las madres de los jóvenes desaparecidos[2] [...] (*organizarse*) para protestar. La protesta pacífica de estas mujeres [...] (*volverse*) muy famosa internacionalmente. Este grupo que hoy en día se conoce como «las madres de Plaza de Mayo» ya [...] (*lograr*) encontrar a algunos desaparecidos. Unos años después, en 1982, Argentina [...] (*entrar*) en guerra contra el Reino Unido por las Islas Malvinas. Esto [...] (*volver*) mucho más débil a los militares, quienes [...] (*perder*) la guerra y [...] (*dejar*) de gobernar meses después. Los argentinos [...] (*poder*) entonces votar para así terminar finalmente con la dictadura. Argentina [...] (*intentar*) desde entonces aclarar y hablar sobre los hechos de la dictadura, por ejemplo, en el Museo Parque de la Memoria

1 **robar** rauben 2 **desaparecido** vermisst

Panorama 5

5 **Un día después de la visita de Mario, tú (B) quedas con Sandra (A) y ella te cuenta lo que pasó en la comida. Prepara el diálogo y presenta la escena, A empieza.** ▶ Partner A, S. 122

Amigo/-a de Sandra
- Escucha a Sandra y pídele que te cuente detalles de la comida.
- Pregunta a Sandra por lo que hicieron sus padres, cómo reaccionó Mario y cómo se sintió ella.
- Dale consejos a Sandra para contar la verdad a sus padres.

Inhaltsverzeichnis | Índice

Die Begleiter und Pronomen | Los determinantes del sustantivo y los pronombres

1 Indefinitbegleiter und -pronomen | Determinantes y pronombres indefinidos

1.1 Mucho, poco, tanto, demasiado, otro, mismo

¡El tráfico causa **mucha** contaminación!
Mi primo tiene **poco** dinero.
¡En la clase hay **tantos** chicos inteligentes!
Los alumnos tienen **demasiadas** preguntas.
¿Tienes **otra** idea?
Su **otro** apellido es «Amorós».
¿Es la **misma** canción que escuchamos ayer?

Mucho, poco, tanto, demasiado, otro, mismo werden wie ein Adjektiv auf **-o/-a** an ihr Bezugswort angeglichen.

⚠ Vor **otro** steht nie der unbestimmte Artikel.

Muchos me han dicho que tengo razón.
–Aquí hay mucha gente, ¿verdad? –¡**Demasiada**!
¡Qué rica está esta naranja! ¡Quiero **otra**!
Él nunca va a cambiar, siempre será **el mismo**.

Poco, mucho, tanto, demasiado, otro, mismo können auch als Pronomen, d. h. alleinstehend als Ersatz für ihr Bezugswort, verwendet werden.

1.2 Todo

Der Begleiter **todo/-a** wird wie ein Adjektiv auf **-o/-a** an sein Bezugswort angeglichen.

Ayer estuve **todo** el día en el centro.
Ahora **todos** mis amigos usan la bicicleta.
Todas estas alumnas participan en el proyecto.

Auf **todo/-a** folgt in aller Regel:
ein bestimmter Artikel,
ein Possessivbegleiter oder
ein Demonstrativbegleiter.

1.3 Algún, ningún

	maskulin	feminin
Singular	**algún/ningún** chico ***irgendein / kein einziger** Junge*	**alguna/ninguna** chica ***irgendein / kein einziges** Mädchen*
Plural	**algunos** chicos ***einige** Jungen*	**algunas** chicas ***einige** Mädchen*

Die Indefinitbegleiter **algún** und **ningún** werden wie ein Adjektiv auf **-o/-a** an ihr Bezugswort angeglichen. Vor einem maskulinen Substantiv im Singular verlieren sie ihr Endungs-**o**.
⚠ Der Begleiter **ningún/ninguna** wird nur im Singular verwendet.

–¿Has visto los diseños? ¿Te gusta **alguno**?
–No, no me gusta **ninguno**.

Bei den Pronomen **alguno/-a** und **ninguno/-a** wird die maskuline Singularform nicht verkürzt.

1.4 Cada, cualquiera

Te llamaré **cada** día / **cada** tres semanas.
***jeden** Tag / **alle** drei Wochen*

Cada ist unveränderlich und steht vor einem Substantiv im Singular oder vor einem Zahlwort.

Hoy no es un día **cualquiera**: ¡es mi cumple!

Hay cosas interesantes en **cualquier** región de México.

Es una pregunta que **cualquiera** sabe contestar.

Cualquiera ist unveränderlich und wird nur im Singular verwendet. Vor einem Bezugswort wird es zu **cualquier** verkürzt.

Das Pronomen **cualquiera** („irgendein/e bzw. jede/r x-Beliebige/r“) steht ohne Bezugswort und ist unveränderlich.

2 Die Relativpronomen | Los pronombres relativos

2.1 Que, lo que, donde

¿El libro **que** lees es interesante?
Esteban lee el libro **que** Juan le ha regalado.

Aquí hay poco tráfico, **lo que** me gusta mucho.
Lo que has dicho no es cierto.

¿Se habla gallego en el pueblo **donde** naciste?

Que, **lo que** und **donde** sind unveränderlich.
Que steht für Personen oder Sachen. Im Relativsatz kann es Subjekt oder direktes Objekt sein.
Lo que („was“ oder „das, was“) bezieht sich auf einen ganzen Satz oder eine Satzaussage.

Donde bezieht sich auf eine Ortsangabe.

2.2 El que, quien, el cual

En el museo **al que** fuimos había demasiada gente. ¡Una pesadilla!
Las dos señoras mayores **de las que** hablamos ayer eran de Murcia.

El protagonista del relato tiene una hermana **de quien** no sabe mucho.

Eran los mayas **los que / quienes** conocían ya un calendario muy exacto.

El señor **con el cual** hablé de tu caso era amable.
Esa es la señora **a la cual** le di tu formulario.

Nach Präpositionen wird **que** vom bestimmten Artikel begleitet: **el/la que**, **los/las que**. Dieser stimmt mit dem Bezugswort im Hauptsatz überein.

Quien/es steht nur für Personen, oft nach Präpositionen und vor allem in der Schriftsprache. Es kann immer durch **el que**, **la que** usw. ersetzt werden.
⚠ **Quien** wird nie mit Artikel verwendet.
⚠ **El que** und **quien/es** werden auch in der Struktur **ser** + **Relativsatz** verwendet.

El cual wird wie **el que** verwendet, vor allem in der Schriftsprache: **el cual**, **la cual**, **los cuales**, **las cuales**.

2.3 Cuyo

Granada es una ciudad **cuyas** calles siempre están llenas de gente.

Cuyo („dessen, deren“) wird wie ein Adjektiv auf **-o**/**-a** an sein folgendes Substantiv angeglichen und kommt vor allem in der Schriftsprache vor.

3 Die Possessivpronomen | Los pronombres posesivos

(el/ los)	mío/s tuyo/s suyo/s nuestro/s vuestro/s suyo/s	(la/ las)	mía/s tuya/s suya/s nuestra/s vuestra/s suya/s

¿Este es tu móvil?
–No, no es **mío**. **El mío** es blanco. ¿No es **tuyo**?

Possessivpronomina ersetzen Substantive und unterscheiden sich dadurch von Possessivbegleitern (s. „tu“ in Satz 1), welche gemeinsam mit ihrem Bezugswort auftreten.

4 Zwei Objektpronomen im Satz | Dos pronombres de complemento en la misma oración

–¿Me das la revista? –Sí, **te la** doy.
No comprendo los deberes. ¿**Me los** explicas?

⚠ Indirektes vor direktem Objektpronomen

Le da el libro. → **Se lo** da.
Les he dicho la verdad. → **Se la** he dicho.

⚠ Treffen **le** oder **les** auf ein weiteres Objektpronomen, werden sie durch **se** ersetzt.

Espera, **te lo** voy a explicar. / Espera, voy a explicár**telo**.
Te lo estoy contando. / Estoy contándo**telo**.
¡Cuénta**noslo**!
¡Prometéd**melo**!

Die beiden Pronomen können auch an einen Infinitiv oder ein **gerundio** angehängt werden.
⚠ Das Verb trägt auf der betonten Silbe einen Akzent.
Beim bejahten Imperativ werden die Objektpronomen immer angehängt.

Adjektive, Adverbien und Verben | Adjetivos, adverbios y verbos

5 Adjektive: Bedeutungswechsel je nach Stellung | Adjetivos: Cambio de significado según la posición

Se levanta a las cinco, ¡**pobre** chico!
Vamos a barrios **pobres** y ayudamos a los niños con sus deberes.
Palma es un **antiguo** centro de comercio.
Hay muchos institutos **antiguos**.
Es el **único** instituto donde puedo hablar inglés.
La mediateca de mi instituto es un aula **única**.
Es un **gran** instituto a pesar de que no tiene aulas **grandes**.
La **nueva**/**vieja** canción de Shakira es genial.
Tocamos esta canción con nuestra guitarra **nueva**/**vieja**.

Adjektive, die je nach Position ihre Bedeutung ändern

	vor dem Adjektiv	nach dem Adjektiv
pobre	arm, bedauernswert	arm, mittellos
antiguo/-a	früher, ehemalig	alt
único/-a	einzig	einzigartig
grande	großartig, wichtig	groß (Fläche)
nuevo/-a	neu, letzte/r	neu(wertig)
viejo/-a	alt	abgenutzt

⚠ Einige Adjektive werden bei Voranstellung verkürzt, z. B. una **gran** idea.

6 ser/estar + Adjektiv | ser/estar + adjetivo

ser	estar
• Aussehen Pablo **es** alto y delgado. La Sra. Ruiz **es** elegante y joven. La terraza **es** grande y moderna. El coche **es** nuevo.	• Ortsangabe Tarek **está** en Madrid. La librería **está** cerca de la plaza. • **estar** + Adjektiv (z. B.temporärer Zustand) Lucía **está nerviosa** porque tiene un examen. Tarek **está cansado** porque estudia mucho.
• Charakter oder Eigenschaft El profe de Inglés **es** muy inteligente y simpático. La clase de Alemán **es** interesante. El centro de Madrid **es** bastante ruidoso. **Es** un problema serio.	

Das deutsche Verb „sein“ wird im Spanischen je nach Bedeutung mit *ser* oder *estar* wiedergegeben.

El mate **está** muy **rico**.
Este barrio de Buenos Aires **es** muy **rico**.
Estoy mala. Voy a casa.
No aprobé. ¡Qué **malo es**!

Einige Adjektive verändern ihre Bedeutung, je nachdem, ob sie mit *ser* oder *estar* stehen.
▶ Chronologische Liste, S. 202

7 Die Substantivierung von Adjektiven mit lo | La sustantivación de adjetivos con lo

Para mí, **lo importante** es la familia.
Das Wichtige ist für mich die Familie.

lo + Adjektiv

Lo bueno es que vivimos cerca de la playa.
Das Gute ist, dass wir nahe am Strand wohnen.

Wenn ein Adjektiv auf den neutralen Artikel *lo* folgt, wird es zu einem Substantiv.

8 Die Adverbien auf -mente | Los adverbios en -mente

Normalmente los hoteles cambiaban las toallas cada día.
Habló **tranquilamente** de su situación en el trabajo.

últim**a** + mente → **ú**ltim**a**mente
tranquil**a** + mente → tranquil**a**mente
fácil + mente → fácilmente

Adverbien geben an, wie Tätigkeiten ausgeführt werden. Sie können sich auf einen ganzen Satz (s. o. *Normalmente* ...) oder ein Verb beziehen. Die Endung *-mente* wird an die feminine Form des Adjektivs angehängt. Trägt ein Adjektiv einen Akzent (vgl. *fácil*), so bleibt dieser beim Adverb erhalten. Manche Adverbien enden nicht auf *-mente* sondern sind formgleich mit dem entsprechenden Adjektiv, wie bspw. *rápido*.

Tempora und Modi | Tiempo y modo

9 Das pretérito imperfecto | El pretérito imperfecto

En aquel entonces **construíamos** hoteles por toda la costa.
En aquellos años / En el pasado nadie **hablaba** de «turismo sostenible».
Antes siempre **pasábamos** las vacaciones en un hotel grande.
Hace unos años nadie **se interesaba** por la basura y la ecología.
Normalmente la ecología no **era** un tema en los años setenta.

Das *pretérito imperfecto* beschreibt, wie etwas früher war: Gewohnheiten sowie Zustände. Signalwörter für das *pretérito imperfecto* können zum Beispiel sein: **antes, en aquel entonces, en aquellos años, en el pasado, en los años ..., cada día/semana/año/domingo, todos los días, normalmente, siempre.**

Infinitiv	**habl-ar**	**com-er**	**viv-ir**
Singular	habl-**aba** habl-**abas** habl-**aba**	com-**ía** com-**ías** com-**ía**	viv-**ía** viv-**ías** viv-**ía**
Plural	habl-**ábamos** habl-**abais** habl-**aban**	com-**íamos** com-**íais** com-**ían**	viv-**íamos** viv-**íais** viv-**ían**

Das *pretérito imperfecto* wird häufig zur Beschreibung von Zuständen und Gewohnheiten in der Vergangenheit gebraucht. Die Formen des *pretérito imperfecto* sind bei den Verben auf *-er* und *-ir* gleich. Beim *pretérito imperfecto* wird nie der Verbstamm betont. Die Formen der 1. und 3. Person Singular sind immer gleich.

Infinitiv	ser	ir	ver
Singular	**era** **eras** **era**	**iba** **ibas** **iba**	veía veías veía
Plural	**éramos** **erais** **eran**	**íbamos** **ibais** **iban**	veíamos veíais veían

Nur *ser*, *ir* und *ver* haben unregelmäßige Formen im *pretérito imperfecto*.

10 Das Plusquamperfekt | El pretérito pluscuamperfecto

Cuando la madre llegó a casa, Ana ya **había hecho** sus deberes.
Antes de ir a Noruega, Julia **había estudiado** Informática en España.

había **habías** **había** **habíamos** **habíais** **habían**	trabajado comido vivido

Das *pretérito pluscuamperfecto* wird aus einer Form von *haber* im *imperfecto* gebildet sowie dem Partizip. Es wird verwendet, um über Handlungen in der Vergangenheit zu sprechen, die einer anderen vorausgegangen sind.
Die unregelmäßigen Partizipien sind unter Punkt 11 unten auf dieser Seite aufgeführt.

11 Das Perfekt | El pretérito perfecto compuesto

Esta semana	**he escrito** un montón de e-mails.
Hoy	**he subido** fotos.
Ya	**he comentado** el post de Paula.
Todavía no	**he contestado** al mensaje de Carlos.

haber	Partizip
he	
has	estudi-**ado**
ha	com-**ido**
hemos	sal-**ido**
habéis	
han	

Das Geschehen in der Vergangenheit ist – zumindest aus der Sicht des Sprechers – noch nicht abgeschlossen. Häufig stehen beim *pretérito perfecto* Zeitangaben wie *hoy, esta semana, este mes/año, ya, todavía no, alguna vez, nunca*.

Me **he comprado** zapatos.	Ich **habe** mir Schuhe **gekauft**.
No me **ha visto**.	Sie **hat** mich nicht **gesehen**.

Hilfsverb (*haber*) und Partizip bleiben immer zusammen. Pronomen oder Verneinung stehen vor dem Hilfsverb.

Unregelmäßige Partizipien:

abrir	**abierto**	hacer	**hecho**	romper	**roto**
decir	**dicho**	morir	**muerto**	ver	**visto**
describir	**descrito**	poner	**puesto**	volver	**vuelto**
escribir	**escrito**				

12 Pretérito indefinido, pretérito imperfecto und pretérito perfecto im Vergleich | Comparación del pretérito indefinido, pretérito imperfecto y pretérito perfecto

Pretérito imperfecto	Pretérito indefinido/ Pretérito perfecto simple	Pretérito perfecto compuesto
Zur Beschreibung und Erklärung von: – Situationen – Gewohnheiten in der Vergangenheit	Zur Schilderung von abgeschlossenen: – Ereignissen – Handlungen in der Vergangenheit	Zur Schilderung von: – Ereignissen, die zwar in der Vergangenheit stattgefunden haben, aber aus Sicht der Sprechenden noch in die Gegenwart hineinwirken
Signalwörter: antes, todos los días, cada día, siempre, en aquellos años	de repente, en ese momento, un día, el viernes pasado	hoy, esta mañana, este mes, ya, todavía no, alguna vez, nunca
Beispiele: Antes la vida **era** más tranquila. Siempre **íbamos** juntos al cole. Cada día **preparaba** la cena.	Ayer Sara **me llamó**. El mes pasado **fui** al cine. De repente **empezó** a llover.	Este año **ha llovido** muy poco. Hoy no **hemos hecho** casi nada. Todavía no **he tenido** tiempo.
Hilfsfragen (ohne Signalwörter): ¿Cómo **era** la situación?	¿Qué **pasó** (después)?	¿Qué **ha pasado**?

La fiesta de cumpleaños de mi mejor amigo David **me ha gustado** mucho. El ambiente **era** fenomenal. Toda la gente **bailaba** y **cantaba** mucho. Mis amigos y yo le **regalamos** a David una entrada para un concierto de su grupo favorito. David **estaba** muy contento. **Saqué** fotos divertidas y las **compartí** con David.

13 Das futuro simple | El futuro simple

Infinitiv	Endung
hablar comer escribir	-é -ás -á -emos -éis -án

En 25 años **habrá** menos tráfico en los centros de las ciudades.
–¿Dónde está Eva? –**Estará** en casa.
Si vamos a pie, **llegaremos** más rápido.

Einige wenige Verben haben einen unregelmäßigen Futurstamm:

poder → **podré**	poner → **pondré**
haber → **habrá**	salir → **saldré**
querer → **querré**	venir → **vendré**
saber → **sabré**	hacer → **haré**
tener → **tendré**	decir → **diré**

Das **futuro simple** wird verwendet:
- für mögliche zukünftige Ereignisse, Handlungen oder Zustände,
- für Annahmen und Vermutungen,
- im Hauptsatz eines realen Bedingungsgefüges (▸ S. 156), wenn sich der Satz auf die Zukunft bezieht.

14 Das futuro compuesto | El futuro compuesto

haber *(futuro simple)*	Partizip des Vollverbs
habré	habl**ado**
habrás	com**ido**
habrá	viv**ido**
habremos	**hecho**
habréis	**dicho**
habrán	[…]

Cuando tengas 25 años, ya **habrás terminado** tus estudios universitarios. *Wenn du 25 Jahre alt bist, wirst du dein Studium* ***abgeschlossen haben****.*

¿Qué consejos le **habrán dado** a Ana?
Welche Ratschläge ***hätten*** *sie wohl Ana* ***gegeben****?*

Das **futuro compuesto** wird verwendet für:
- Handlungen oder Zustände, die bis zu einem bestimmten Zeitpunkt in der Zukunft abgeschlossen sein werden,
- Vermutungen darüber, dass etwas schon bzw. noch nicht passiert ist.

15 Der condicional simple | El condicional simple

Stamm (Infinitiv)	Endung
hablar comer escribir	**-ía** **-ías** **-ía** **-íamos** **-íais** **-ían**

Yo nunca **comería** insectos. ¿Y tú?
Podríamos ir al cine.

Si hubiera más espacios verdes, el aire **sería** mejor.

Einige Verben, dieselben wie im **futuro simple** (► S. 149), haben einen unregelmäßigen Stamm:

poder → **podría**	poner → **pondría**
haber → **habría**	salir → **saldría**
querer → **querría**	venir → **vendría**
saber → **sabría**	hacer → **haría**
tener → **tendría**	decir → **diría**

Der **condicional simple** wird gebraucht:
- um eine Möglichkeit zu benennen,
- um Bitten, Vorschläge, Ratschläge und Wünsche höflich auszudrücken,
- im Hauptsatz eines irrealen Bedingungssatzes der Gegenwart. (► S. 157)

16 Der condicional compuesto | El condicional compuesto

haber *(condicional simple)*	Partizip des Vollverbs
habría **habrías** **habría** **habríamos** **habríais** **habrían**	habl**ado** com**ido** viv**ido** **hecho** **dicho**

Mi tía se hizo un tatuaje. Yo no lo **habría hecho**.

Si me hubieras avisado, te **habría ayudado** con la compra.
Wenn du mir Bescheid gesagt hättest, ***hätte*** *ich dir beim Einkauf* ***geholfen****.*

Der **condicional compuesto** wird verwendet:
- um auszudrücken, was jemand in einer bestimmten Situation in der Vergangenheit (nicht) getan hätte,
- im Hauptsatz eines irrealen Bedingungssatzes der Vergangenheit. (► S. 157)

17 Der Imperativ | El imperativo

17.1 Der bejahte Imperativ | El imperativo afirmativo

Infinitiv	Imperativ (tú)	Imperativ (vosotros/-as)
hablar comer abrir	¡habl**a**! ¡com**e**! ¡abr**e**!	¡habla**d**! ¡come**d**! ¡abri**d**!
cerrar (e → ie)	¡cierr**a**!	¡cerra**d**!
volver (o → ue)	¡vuelv**e**!	¡volve**d**!

Dame el libro.
¡**Levanta**os ahora!

Die Imperativformen dieser Verben sind im Singular unregelmäßig:

hacer → **haz**	tener → **ten**	ser → **sé**
ir → **ve**	decir → **di**	venir → **ven**
salir → **sal**	poner → **pon**	

Pronomen werden direkt an die Verbform angehängt. Bei den Reflexivpronomen entfällt im Plural das **-d-**: **ducharse**: **duchad** + **os** → **¡duchaos**!

17.2 Der verneinte Imperativ | El imperativo negativo

Infinitiv	Imperativ (tú)	Imperativ (vosotros/-as)
hablar comer abrir	no habl**es** no com**as** no abr**as**	no habl**éis** no com**áis** no abr**áis**
tener destruir (-y-) conocer (-zc-) pensar (e → ie) contar (o → ue) seguir (e → i)	no teng**as** no destruy**as** no conozc**as** no piens**es** no cuent**es** no sig**as**	no teng**áis** no destruy**áis** no conozc**áis** no pens**éis** no cont**éis** no sig**áis**

Der verneinte Imperativ der 2. Person Singular und Plural entspricht der jeweiligen Form des **presente de subjuntivo**. (▸ S. 149)

No me **vengas** con eso.
No os **preocupéis**.

Die Objekt- und Reflexivpronomen stehen vor der konjugierten Verbform.

17.3 Der Imperativ mit usted | El imperativo con usted

Infinitiv	Imperativ (usted)	Imperativ (ustedes)
hablar comer abrir	(no) habl**e** (no) com**a** (no) abr**a**	(no) habl**en** (no) com**an** (no) abr**an**

Der bejahte und verneinte Imperativ der Höflichkeitsform (3. Person Singular und Plural) entspricht der jeweiligen Form des **presente de subjuntivo**. (▸ S. 152)

18 Das presente de subjuntivo | El presente de subjuntivo

Das **presente de subjuntivo** wird aus dem Verbstamm der 1. Person Singular Präsens Indikativ und der **subjuntivo**-Endung (Verben auf **-ar**: **-e**, **-es**, **-e**, **-emos**, **-éis**, **-en**; Verben auf **-er** und **-ir**: **-a**, **-as**, **-a**, **-amos**, **-áis**, **-an**) gebildet.

Der **subjuntivo** steht im Nebensatz:

No **quiero que** lo hagas tú.
Te **pido que** me escuches primero.

– nach **Ausdrücken der Willensäußerung** (Wunsch, Befehl, Verbot, Bitte, Empfehlung)

Espero mucho **que** mis amigos vengan mañana.
Me gusta que no tengamos deberes hoy.

– nach **Ausdrücken der Gefühlsäußerung** (z. B. Hoffnung, Gefallen, Freude, Angst usw.)

Es importante que yo pueda hablar con ella.
Me parece raro que no esté nadie en casa.

– nach **unpersönlichen Ausdrücken**

No **creo que** le guste. (aber: Creo que le gusta)
No **pienso que** venga. (aber: Pienso que viene.)

– nach **Verben des Sagens, Denkens und Glaubens in der Verneinung**

Lo digo **para que** tú lo sepas.
Aunque no tengas tiempo, ¿me ayudas?
Cuando vengas a Madrid, vamos al Prado.

– nach **bestimmten Konjunktionen**, z. B. **para que** (damit), **aunque** (mit Bedeutung: selbst wenn), **cuando** (wenn es auf ein zukünftiges Ereignis hinweist).

Dicen que los llames pronto.

– bei einer indirekten Aufforderung

¡**Que** te mejores!

– im Hauptsatz nach **que**

Buscamos un colega que **hable** ruso.
Wir suchen einen Kollegen, der Russisch spricht.

No conozco a nadie que **sepa** traducir el texto.
Ich kenne niemanden, der den Text übersetzen kann.

– im Relativsatz:
  - das Bezugswort bezeichnet etwas oder jemanden Unbekanntes mit einer gewünschten Eigenschaft
  - das Bezugswort ist verneint

19 Das perfecto de subjuntivo | El perfecto de subjuntivo

haber *(presente de subjuntivo)*	Partizip des Vollverbs
haya **hayas** **haya** **hayamos** **hayáis** **hayan**	habl**ado** com**ido** viv**ido** **hecho** **dicho**

Espero que **haya llegado** el tren.
Ich hoffe, dass der Zug (schon) ***angekommen ist****.*

Podrás ver la tele cuando **hayas terminado** los deberes.
Du kannst fernsehen, wenn du mit den Hausaufgaben ***fertig bist****.*

Das **perfecto de subjuntivo** wird im Nebensatz verwendet:
– wenn im Hauptsatz ein Auslöser des **subjuntivo** im Präsens, **pretérito perfecto** oder Futur steht und das Verb im Nebensatz
  - eine abgeschlossene Handlung mit Bezug zur Gegenwart beschreibt,
  - eine Handlung ausdrückt, die zu einem bestimmten Zeitpunkt in der Zukunft abgeschlossen sein wird.

20 Das imperfecto de subjuntivo | El imperfecto de subjuntivo

Infinitiv	**hablar**	**comer**	**vivir**
3. Pers. Pl. **indefinido**	habla~~ron~~	comie~~ron~~	vivie~~ron~~
	habla**ra** habla**ras** habla**ra** hablá**ramos** habla**rais** habla**ran**	comie**ra** comie**ras** comie**ra** comié**ramos** comie**rais** comie**ran**	vivie**ra** vivie**ras** vivie**ra** vivié**ramos** vivie**rais** vivie**ran**

Als Stamm des **imperfecto de subjuntivo** dient die 3. Person Plural des **pretérito indefinido** ohne die Endung **-ron**.
Die Formen auf **-se** (**-se**, **-ses**, **-se**, **-semos**, **-seis**, **-sen**) sind seltener und eher in der Schriftsprache zu finden.
Die 1. Person Plural trägt einen Akzent auf der drittletzten Silbe.
Falls Verben im **pretérito indefinido** einen unregelmäßigen Stamm haben, wird das **imperfecto de subjuntivo** von diesem Stamm abgeleitet.

Infinitiv	3. Pers. Pl. **indefinido**	**imperfecto de subjuntivo**
dar	**die**~~ron~~	**die**ra
decir	**dije**~~ron~~	**dije**ra
estar	**estuvie**~~ron~~	**estuvie**ra
hacer	**hicie**~~ron~~	**hicie**ra

Achten Sie besonders auf den Stammvokalwechsel und auf das -**y**- zwischen zwei Vokalen.

Infinitiv	3. Pers. Pl. **indefinido**	**imperfecto de subjuntivo**
pedir (e → i)	**pidie**~~ron~~	**pidie**ra
dormir (o → u)	**durmie**~~ron~~	**durmie**ra
leer (-y-)	**leye**~~ron~~	**leye**ra

No quería que **volvieras**.
Ich wollte nicht, dass du wiederkommst.

¡Ojalá **fuéramos** ricos!
*Wenn wir doch reich **wären**!*

Si **hubiera** más espacios verdes, el aire sería mejor.
*Wenn es mehr Grünflächen **gäbe**, wäre die Luft besser.*

Mi amigo actúa como si yo no **estuviera** allí.
*Mein Freund verhält sich so, als ob ich nicht da **wäre**.*

Das **imperfecto de subjuntivo** wird verwendet:
- im Nebensatz, wenn im Hauptsatz ein Auslöser des **subjuntivo** im **pretérito imperfecto**, **indefinido**, **pluscuamperfecto** oder **condicional** steht,
- wenn **ojalá** einen unerfüllbaren Wunsch ausdrückt,
- im Nebensatz eines irrealen Bedingungssatzes der Gegenwart (▸ S. 157),
- nach der Konjunktion **como si**.

21 Das pluscuamperfecto de subjuntivo | El pluscuamperfecto de subjuntivo

haber *(imperfecto de subjuntivo)*	Partizip des Vollverbs
hubiera	habl**ado**
hubieras	com**ido**
hubiera	viv**ido**
hubiéramos	**hecho**
hubierais	**dicho**
hubieran	[...]

No esperaba que ya te **hubieras decidido**.
*Ich hatte nicht erwartet, dass du dich schon **entschieden hast**.*

Si me **hubieras avisado**, te habría ayudado con la compra.
*Falls du mir Bescheid **gesagt hättest**, hätte ich dir beim Einkauf geholfen.*

Das **pluscuamperfecto de subjuntivo** wird verwendet:
- im Nebensatz, wenn im Hauptsatz ein Auslöser des **subjuntivo** im **pretérito imperfecto**, **indefinido**, **pluscuamperfecto** oder im **condicional** steht und sich der Nebensatz auf eine Handlung bezieht, die zum Sprechzeitpunkt bereits abgeschlossen war,
- im Nebensatz eines irrealen Bedingungssatzes der Vergangenheit. (▶ S. 157)

22 Die indirekte Rede in der Vergangenheit mit Zeitenfolge | El estilo indirecto en pasado

direkte Rede	indirekte Rede	
Daniel:	Daniel dijo que ...	
«**Soy** de Wuppertal.»	... **era** de Wuppertal.	**presente → imperfecto**
«**He crecido** aquí.»	... **había crecido** allí.	**perfecto → pluscuamperfecto**
«Mis abuelos **emigraron** de Murcia en los años 60.»	... sus abuelos **habían emigrado** de Murcia en los años 60.	**indefinido → pluscuamperfecto**
«El año que viene **volveré** a Murcia para estudiar.»	... el próximo año **volvería** a Murcia para estudiar.	**futuro → condicional**

⚠ Verben, Pronomen, Begleiter, Orts- und Zeitadverbien müssen an die veränderte Sprecherperspektive angepasst werden.

direkte Rede	indirekte Rede	
Daniel:	Daniel dijo que ...	
«De niño la vida en Wuppertal me **gustaba** mucho.»	... de niño la vida en Wuppertal le **gustaba** mucho.	**imperfecto = imperfecto**
«Mis abuelos **habían dejado** España por razones laborales.»	... sus abuelos **habían dejado** España por razones laborales.	**pluscuamperfecto = pluscuamperfecto**
«Me **gustaría** estudiar Economía.»	... le **gustaría** estudiar Economía.	**condicional = condicional**

Dasselbe gilt für die indirekte Frage in der Vergangenheit.

direkte Frage	indirekte Frage	
Daniel:	Daniel nos preguntó …	
«¿También **tenéis** familia en España?»	… si también **teníamos** familia en España.	**presente → imperfecto**
«¿Cuándo la **visitaréis**?»	… cuándo la **visitaríamos**.	**futuro → condicional**

Der Satzbau | La sintaxis

23 Die Adverbialsätze | Las oraciones subordinadas adverbiales

No había sitio, **así que** nos fuimos.	– Folge: **así que** („sodass") + Indikativ
No fui a la fiesta **porque** no tenía tiempo.	– Grund: **porque** („weil") + Indikativ
Cuando hago los deberes, escucho música.	– Zeitlich: **cuando** („(immer) wenn") + Indikativ (presente)
Aunque llueve, quiero salir.	– Einräumung: **aunque** („obwohl") + Indikativ
Una persona creativa tiene buenas ideas **sin que** le cueste mucho trabajo.	– Bedingung: **sin que** („ohne dass") + **subjuntivo**
Date prisa, **para que** tu amigo no tenga que esperar.	– Zweck/Ziel: **para que** („damit") + **subjuntivo**

24 Die Nebensatzverkürzung mit al + Infinitiv, gerundio, Partizip | La abreviación de oraciones subordinadas

Al llegar a casa, se cambió. (= **Cuando llegó** a casa…)	1. **Al + Infinitiv** kann ersetzen: – einen temporalen Nebensatz mit **cuando** (bei gleichem Subjekt in Haupt- und Nebensatz)
Leyendo este libro, pensé en ti. (= **Cuando leí** este libro…)	2. Das **gerundio** kann ersetzen: – einen temporalen Nebensatz mit **cuando**
Levantándonos temprano alcanzaremos el tren. (= **Si nos levantamos** temprano…)	– einen konditionalen Nebensatz mit **si**
Siendo alumno de un colegio bilingüe, también aprendió a hablar catalán. (= **Como era** alumno de un colegio…)	– einen kausalen Nebensatz mit **como**
Aun **creciendo** en Alemania, siempre me identifiqué también con España. (= **Aunque crecí** en Alemania…)	– einen konzessiven Nebensatz mit **aunque**, das Adverb **aun** wird meist dazu gesetzt
No me gustaría estar en un equipo **entrenado** por él. (= … **que es entrenado** por él.)	3. Das **Partizip** kann verkürzen: – einen Relativsatz mit **que**
Pasadas las vacaciones, empecé a estudiar. (= **Cuando habían pasado** las vacaciones, …)	– einen temporalen Nebensatz mit **cuando** ⚠ Das Partizip wird dem Bezugswort angepasst.

25 Das Passiv | La voz pasiva

	maskulin	feminin
Singular	El libro fue **escrito**. *Das Buch* ***wurde geschrieben****.*	La hija **ha sido educada**. *Die Tochter* ***ist erzogen worden****.*
Plural	Los diputados son **elegidos** por el pueblo. *Die Abgeordneten* ***werden*** *vom Volk* ***gewählt****.*	Las reformas **serán realizadas**. *Die Reformen* ***werden umgesetzt werden****.*

Die **voz pasiva** bildet man mit einer konjugierten Form des Hilfsverbs **ser** und dem Partizip des Vollverbs. Das Partizip wird in Genus und Numerus an das Subjekt angeglichen. Die **voz pasiva** kann in allen Zeiten und Modi gebildet werden. Der Urheber der Handlung kann mit der Präposition **por** angeschlossen werden. Die **voz pasiva** wird im Spanischen fast ausschließlich in der Schriftsprache verwendet.
Wie im Deutschen existiert auch im Spanischen neben dem hier vorgestellten Vorgangspassiv das Zustandspassiv:
La casa está pintada. / *Das Haus ist gestrichen.* (Zustandspassiv)
La casa es pintada. / *Das Haus wird gestrichen.* (Vorgangspassiv)

26 Die pasiva refleja | La pasiva refleja

¿Cómo **se escriben** estas palabras?
Wie ***schreibt man*** *diese Wörter? / Wie* ***werden*** *diese Wörter* ***geschrieben****?*

- Die **pasiva refleja** wird mit dem Reflexivpronomen **se** + Verb in der 3. Person Singular/Plural gebildet.
- Der Urheber wird nicht genannt.

Este producto **se vende** en internet.

- Ob das Verb im Singular oder Plural steht, hängt vom Bezugswort ab.

Aquí no **se puede** fumar.
Hier ***kann/darf man*** *nicht rauchen.*
Se sabe que el uso de productos químicos es malo para la salud.
Man weiß*, dass der Einsatz von Chemikalien schlecht für die Gesundheit ist.*

⚠ Wenn das Bezugswort ein Verb im Infinitiv oder ein Teilsatz (z. B. mit **que**) ist, steht das Verb immer im Singular.

Uno se avergüenza al ver estas imágenes.
Man schämt sich*, wenn man diese Bilder sieht.*

- Reflexive Verben bilden die **pasiva refleja** mit dem Pronomen **uno/-a**, da **se** bereits als Reflexivpronomen fungiert.

▶ 27 Die Bedingungssätze mit der Konjunktion si | Las oraciones condicionales con la conjunción si

Si **tienes** tiempo, **llámame**.
Wenn/Falls du Zeit ***hast****,* ***ruf*** *mich* ***an****.*

1. **Der reale Bedingungssatz:**
   - Die sprechende Person hält die reale Bedingung für erfüllbar.

Nebensatz	Hauptsatz
Präsens Indikativ	Präsens Indikativ, futuro simple, Imperativ

Si nos **dijeras** la verdad, te **ayudaríamos**.
*Wenn/Falls du uns die Wahrheit sagen **würdest**, **würden** wir dir **helfen**.*

2. Der irreale Bedingungssatz der Gegenwart:
- Zum Sprechzeitpunkt ist die Erfüllung der Bedingung unwahrscheinlich, aber nicht ausgeschlossen.

Nebensatz	Hauptsatz
Imperfecto de subjuntivo	Condicional simple

Si nos **hubieras dicho** la verdad, te **habríamos ayudado**.
*Wenn/Falls du uns die Wahrheit **gesagt hättest**, **hätten** wir dir **geholfen**.*

3. Der irreale Bedingungssatz in der Vergangenheit:
- Die Erfüllung der Bedingung ist unmöglich, da dies in der Vergangenheit hätte geschehen müssen → sie hat keine Auswirkungen auf die Gegenwart!

Nebensatz	Hauptsatz
Pluscuamperfecto de subjuntivo	Condicional compuesto

Si me **hubieras dicho** la verdad, te **ayudaría** (ahora).
*Wenn du mir die Wahrheit **gesagt hättest**, **würde** ich dir (jetzt) **helfen**.*

4. Mischformen:
- Im Hauptsatz eines irrealen Bedingungssatzes der Vergangenheit kann auch der **condicional simple** stehen, sofern das Geschehen Auswirkungen auf die Gegenwart hat.

Folgt der si-Satz dem Hauptsatz, so wird kein Komma gesetzt. Geht der si-Satz dem Hauptsatz voraus, werden Haupt- und Nebensatz mit einem Komma voneinander getrennt.

28 Die Vergleichstrukturen | Las estructuras de comparación

Eva es **tan alta como** Pedro.
Pepa no viene **tan frecuentemente como** Lucía.
Recuerdo **como si fuera** ayer el día en que te conocí.

Um Gleichheit auszudrücken, verwendet man:
- **tan** + Adjektiv/Adverb + **como**
- **como si** + **imperfecto de subjuntivo**

Esta habitación tiene **tantas ventanas como** la otra.
Hoy no hay **tanta gente como** ayer.

Um eine gleiche Anzahl von Dingen und Personen auszudrücken, verwendet man:
- **tanto/ a/-os/-as** + Substantiv + **como**

Suelo salir **más tarde que** mi hermana.
En esta calle hay **menos tiendas que** en la calle de al lado.
El examen saldrá **mejor de lo que** crees.

Um Ungleichheit auszudrücken, verwendet man:
- **más** + Adjektiv/Adverb/Substantiv + **que**
- **menos** + Adjektiv/Adverb/Substantiv + **que**

⚠ Ist der zweite Teil des Vergleichs eine konjugierte Verbform, so steht **de lo que** statt **que**.

Los verbos

Hier finden Sie die Konjugationen und Konjugationsmuster verschiedener Verben.

1 Los verbos auxiliares | Die Hilfsverben

infinitivo	ser	estar	haber	!
presente	**soy**	**estoy**	**he**	**hay**
	eres	est**ás**	**has**	
	es	est**á**	**ha**	
	somos	estamos	**hemos**	
	sois	estáis	habéis	
	son	est**án**	**han**	
imperativo	**sé**	est**á**		
	sed	estad		
gerundio	siendo	estando	(habiendo)	
participio	sido	estado	(habido)	
pretérito indefinido	**fui**	**estuve**	**hube**	**hubo**
	fuiste	**estuviste**	**hubiste**	
	fue	**estuvo**	**hubo**	
	fuimos	**estuvimos**	**hubimos**	
	fuisteis	**estuvisteis**	**hubisteis**	
	fueron	**estuvieron**	**hubieron**	
pretérito imperfecto	**era**	estaba	había	**había**
	eras	estabas	habías	
	era	estaba	había	
	éramos	estábamos	habíamos	
	erais	estabais	habíais	
	eran	estaban	habían	
futuro simple	seré	estaré	ha**br**é	ha**br**á
	serás	estarás	ha**br**ás	
	será	estará	ha**br**á	
	seremos	estaremos	ha**br**emos	
	seréis	estaréis	ha**br**éis	
	serán	estarán	ha**br**án	
condicional	sería	estaría	ha**br**ía	ha**br**ía
	serías	estarías	ha**br**ías	
	sería	estaría	ha**br**ía	
	seríamos	estaríamos	ha**br**íamos	
	seríais	estaríais	ha**br**íais	
	serían	estarían	ha**br**ían	
presente de subjuntivo	**sea**	**esté**	**haya**	**haya**
	seas	**estés**	**hayas**	
	sea	**esté**	**haya**	
	seamos	estemos	**hayamos**	
	seáis	estéis	**hayáis**	
	sean	**estén**	**hayan**	
imperfecto de subjuntivo	**fuera**	**estuviera**	**hubiera**	**hubiera**
	fueras	**estuvieras**	**hubieras**	
	fuera	**estuviera**	**hubiera**	
	fuéramos	**estuviéramos**	**hubiéramos**	
	fuerais	**estuvierais**	**hubierais**	
	fueran	**estuvieran**	**hubieran**	

2 Los verbos regulares en -ar/-er/-ir | Die regelmäßigen Verben auf -ar/-er/-ir

infinitivo	hablar	comer	vivir	!
presente	habl**o** habl**as** habl**a** habl**amos** habl**áis** habl**an**	com**o** com**es** com**e** com**emos** com**éis** com**en**	viv**o** viv**es** viv**e** viv**imos** viv**ís** viv**en**	**salir:** sal**g**o, sales, … -ger: **coger:** co**j**o, coges, … (*ebenso:* escoger, recoger, proteger) **traer: traigo**, traes, … **influir:** influ**y**o, influimos, influís, influ**y**en
imperativo	habl**a** habl**ad**	com**e** com**ed**	viv**e** viv**id**	**salir:** sal
gerundio	habl**ando**	com**iendo**	(viv**iendo**)	**leer:** le**y**endo, **creer:** cre**y**endo
participio	habl**ado**	com**ido**	(viv**ido**)	**abrir: abierto** **escribir: escrito** **descubrir: descubierto**
pretérito indefinido	habl**é** habl**aste** habl**ó** habl**amos** habl**asteis** habl**aron**	com**í** com**iste** com**ió** com**imos** com**isteis** com**ieron**	viv**í** viv**iste** viv**ió** viv**imos** viv**isteis** viv**ieron**	-car: **buscar:** bus**qué**, buscaste, … (*ebenso:* chocar, explicar, tocar, sacar, acercar, practicar, dedicarse) -gar: **llegar:** lle**gu**é, llegaste, … (*ebenso:* jugar, entregar, pagar) -zar: **empezar:** empe**c**é, empezaste, … (*ebenso:* analizar, abrazar, autorizar, cruzar, organizar, realizar) **leer:** le**y**ó, le**í**mos, le**y**eron **creer:** cre**y**ó, cre**í**mos, cre**y**eron **influir:** influ**y**ó, influ**i**mos, influ**y**eron
pretérito imperfecto	habl**aba** habl**abas** habl**aba** habl**ábamos** habl**abais** habl**an**	com**ía** com**ías** com**ía** com**íamos** com**íais** com**ían**	viv**ía** viv**ías** viv**ía** viv**íamos** viv**íais** viv**ían**	
futuro simple	hablar**é** hablar**ás** hablar**á** hablar**emos** hablar**éis** hablar**án**	comer**é** comer**ás** comer**á** comer**emos** comer**éis** comer**án**	vivir**é** vivir**ás** vivir**á** vivir**emos** vivir**éis** vivir**án**	**salir:** sal**dr**é, sal**dr**ás, … **valer:** val**dr**é, val**dr**ás, …
condicional	hablar**ía** hablar**ías** hablar**ía** contar**íamos** hablar**íais** hablar**ían**	comer**ía** comer**ías** comer**ía** comer**íamos** comer**íais** comer**ían**	vivir**ía** vivir**ías** vivir**ía** vivir**íamos** vivir**íais** vivir**ían**	**salir:** sal**dr**ía, sal**dr**ías, … **valer:** val**dr**ía, val**dr**ía, …
presente de subjuntivo	habl**e** habl**es** habl**e** habl**emos** habl**éis** habl**en**	com**a** com**as** com**a** com**amos** com**áis** com**an**	viv**a** viv**as** viv**a** viv**amos** viv**áis** viv**an**	-car: to**qu**e, to**qu**es, … -gar: pa**gu**e, pa**gu**es, … -zar: cru**c**e, cru**c**es, … -ger: co**j**a, co**j**as, … **salir:** sal**g**a, sal**g**as, … **influir:** influ**y**a, influ**y**as, …
imperfecto de subjuntivo	habl**ara** habl**aras** habl**ara** habl**áramos** habl**arais** habl**aran**	com**iera** com**ieras** com**iera** com**iéramos** com**ierais** com**ieran**	viv**iera** viv**ieras** viv**iera** viv**iéramos** viv**ierais** viv**ieran**	

3 Los grupos de verbos | Die Gruppenverben

3.1 Los verbos con diptongación: e → ie | Diphthongverben: e → ie

infinitivo	**pensar**	**entender**	**preferir**	!
presente	p**ie**nso p**ie**nsas p**ie**nsa pensamos pensáis p**ie**nsan	ent**ie**ndo ent**ie**ndes ent**ie**nde entendemos entendéis ent**ie**nden	pref**ie**ro pref**ie**res pref**ie**re preferimos preferís pref**ie**ren	**tener: tengo**, t**ie**nes, … (*ebenso:* obtener, mantenerse) **venir: vengo**, v**ie**nes, …
imperativo	p**ie**nsa pensad	ent**ie**nde entended	pref**ie**re preferid	
gerundio	pensando	entendiendo	pref**i**riendo	
participio	pensado	entendido	preferido	
pretérito indefinido	pensé pensaste pensó pensamos pensasteis pensaron	entendí entendiste entendió entendimos entendisteis entendieron	preferí preferiste pref**i**rió preferimos preferisteis pref**i**rieron	**tener: tuve**, **tuv**iste, … **querer: quise**, **quis**iste, … **sentir:** sentí, sentiste, **sin**tió, sentimos, sentisteis, **sin**tieron
pretérito imperfecto	pensaba pensabas pensaba pensábamos pensabais pensaban	entendía entendías entendía entendíamos entendíais entendían	prefería preferías prefería preferíamos preferíais preferían	
futuro simple	pensaré pensarás pensará pensaremos pensaréis pensarán	entenderé entenderás entenderá entenderemos entenderéis entenderán	preferiré preferirás preferirá preferiremos preferiréis preferirán	**querer:** que**rr**é, que**rr**ás, … **tener:** ten**dr**é, ten**dr**ás, …
condicional	pensaría pensarías pensaría pensaríamos pensaríais pensarían	entendería entenderías entendería entenderíamos entenderíais entenderían	preferiría preferirías preferiría preferiríamos preferiríais preferirían	
presente de subjuntivo	p**ie**nse p**ie**nses p**ie**nse pensemos penséis p**ie**nsen	ent**ie**nda ent**ie**ndas ent**ie**nda entendamos entendáis ent**ie**ndan	pref**ie**ra pref**ie**ras pref**ie**ra pref**i**ramos pref**i**ráis pref**ie**ran	**-zar:** emp**ie**ce, emp**ie**ces, … **sentir:** sienta, sientas, sienta, **sin**tamos, **sin**táis, sientan **tener: teng**a, **teng**as, …
imperfecto de subjuntivo	pensara pensaras pensara pensáramos pensarais pensaran	entendiera entendieras entendiera entendiéramos entendierais entendieran	prefiriera prefirieras prefiriera prefiriéramos prefirierais prefirieran	
	ebenso: cerrar, empezar, despertarse, recomendar, regar, sentarse,	*ebenso:* atender, esconder, perder, querer, extenderse	*ebenso:* convertir	

3.2 Los verbos con diptongación: o → ue | Diphthongverben: o → ue

infinitivo	contar	volver	dormir	!
presente	c**ue**nto c**ue**ntas c**ue**nta contamos contáis c**ue**ntan	v**ue**lvo v**ue**lves v**ue**lve volvemos volvéis v**ue**lven	d**ue**rmo d**ue**rmes d**ue**rme dormimos dormís d**ue**rmen	**jugar:** j**ue**go, j**ue**gas, …
imperativo	c**ue**nta contad	v**ue**lve volved	d**ue**rme dormid	
gerundio	contando	volviendo	d**u**rmiendo	**poder:** p**u**diendo
participio	contado	**vuelto**	dormido	**devolver: devuelto**
pretérito indefinido	conté contaste contó contamos contasteis contaron	volví volviste volvió volvimos volvisteis volvieron	dormí dormiste d**u**rmió dormimos dormisteis d**u**rmieron	**jugar:** jug**u**é, jugaste, … **colgar:** colg**u**é, colgaste **poder: pude**, **pud**iste, …
pretérito imperfecto	contaba contabas contaba contábamos contabais contaban	volvía volvías volvía volvíamos volvíais volvían	dormía dormías dormía dormíamos dormíais dormían	
futuro simple	contaré contarás contará contaremos contaréis contarán	volveré volverás volverá volveremos volveréis volverán	dormiré dormirás dormirá dormiremos dormiréis dormirán	**poder:** po**dr**é, po**dr**ás, …
condicional	contaría contarías contaría contaríamos contaríais contarían	volvería volverías volvería volveríamos volveríais volverían	dormiría dormirías dormiría dormiríamos dormiríais dormirían	
presente de subjuntivo	c**ue**nte c**ue**ntes c**ue**nte contemos contéis c**ue**nten	v**ue**lva v**ue**lvas v**ue**lva volvamos volváis v**ue**lvan	d**ue**rma d**ue**rmas d**ue**rma d**u**rmamos d**u**rmáis d**ue**rman	**jugar:** j**ue**g**u**e, j**ue**g**u**es, … **colgar:** c**ue**lg**u**e, c**ue**lg**u**es, …
imperfecto de subjuntivo	contara contaras contara contáramos contarais contaran	volviera volvieras volviera volviéramos volvierais volvieran	d**u**rmiera d**u**rmieras d**u**rmiera d**u**rmiéramos d**u**rmierais d**u**rmieran	
	ebenso: acordarse, acostarse, aprobar, colgar, comprobar, costar, encontrar, jugar, mostrar, probar, recordar, soñar, volar	*ebenso:* devolver, doler, llover, mover, poder, promover, soler	*ebenso:* morir	

3.3 Los verbos con debilitación vocálica: e → i | Die Verben mit Vokalschwächung: e → i

infinitivo	seguir	reír
presente	**sigo** sigues sigue seguimos seguís siguen	río ríes ríe reímos reís ríen
imperativo	sigue seguid	ríe reíd
gerundio	siguiendo	riendo
participio	seguido	reído
pretérito indefinido	seguí seguiste siguió seguimos seguisteis siguieron	reí reíste rió reímos reísteis rieron
pretérito imperfecto	seguía seguías seguía seguíamos seguíais seguían	reía reías reía reíamos reíais reían
futuro simple	seguiré seguirás seguirá seguiremos seguiréis seguirán	reiré reirás reirá reiremos reiréis reirán
condicional	seguiría seguirías seguiría seguiríamos seguiríais seguirían	reiría reirías reiría reiríamos reiríais reirían
presente de subjuntivo	siga sigas siga sigamos sigáis sigan	ría rías ría riamos riáis rían
imperfecto de subjuntivo	siguiera siguieras siguiera siguiéramos siguierais siguieran	riera rieras riera riéramos rierais rieran

ebenso:
conseguir,
corregir (yo corrijo),
elegir (yo elijo),
pedir, repetir,
servir

3.4 Los verbos del tipo c → zc | Die Verben mit der Veränderung c → zc

infinitivo	conocer
presente	cono**z**co conoces conoce conocemos conocéis conocen
imperativo	conoce conoced
gerundio	conociendo
participio	conocido
pretérito indefinido	conocí conociste conoció conocimos conocisteis conocieron
pretérito imperfecto	conocía conocías conocía conocíamos conocíais conocían
futuro simple	conoceré conocerás conocerá conoceremos conoceréis conocerán
condicional	conocería conocerías conocería conoceríamos conoceríais conocerían
presente de subjuntivo	cono**zc**a cono**zc**as cono**zc**a cono**zc**amos cono**zc**áis cono**zc**an
imperfecto de subjuntivo	conociera conocieras conociera conociéramos conocierais conocieran

ebenso:
apetecer, conducir, crecer, nacer,
ofrecer, parecer, permanecer,
producir, reconocer

4 Los verbos irregulares | Die unregelmäßigen Verben

infinitivo	**dar**	**decir**	**hacer**	**ir**	**oír**	**poner**
presente	**doy**	**digo**	**hago**	voy	**oigo**	**pongo**
	das	dices	haces	**vas**	o**y**es	pones
	da	dice	hace	**va**	o**y**e	pone
	damos	decimos	hacemos	**vamos**	oímos	ponemos
	dais	decís	hacéis	**vais**	oís	ponéis
	dan	dicen	hacen	**van**	o**y**en	ponen
imperativo	da	**di**	**haz**	**ve**	o**y**e	**pon**
	dad	decid	haced	id	oíd	poned
gerundio	dando	d**i**ciendo	haciendo	**yendo**	o**y**endo	poniendo
participio	dado	**dicho**	**hecho**	**ido**	oído	**puesto**
pretérito indefinido	**di**	**dije**	**hice**	**fui**	oí	**puse**
	diste	**dij**iste	**hic**iste	**fuiste**	oíste	**pus**iste
	dio	**dijo**	**hizo**	**fue**	o**y**ó	**puso**
	dimos	**dij**imos	**hic**imos	**fuimos**	oímos	**pus**imos
	disteis	**dij**isteis	**hic**isteis	**fuisteis**	oísteis	**pus**isteis
	dieron	**dijeron**	**hic**ieron	**fueron**	o**y**eron	**pus**ieron
pretérito imperfecto	daba	decía	hacía	**iba**	oía	ponía
	dabas	decías	hacías	**ibas**	oías	ponías
	daba	decía	hacía	**iba**	oía	ponía
	dábamos	decíamos	hacíamos	**íbamos**	oíamos	poníamos
	dabais	decíais	hacíais	**ibais**	oíais	poníais
	daban	decían	hacían	**iban**	oían	ponían
futuro simple	daré	**dir**é	ha**r**é	iré	oiré	pon**dr**é
	darás	**dir**ás	ha**r**ás	irás	oirás	pon**dr**ás
	dará	**dir**á	ha**r**á	irá	oirá	pon**dr**á
	daremos	**dir**emos	ha**r**emos	iremos	oiremos	pon**dr**emos
	daréis	**dir**éis	ha**r**éis	iréis	oiréis	pon**dr**éis
	darán	**dir**án	ha**r**án	irán	oirán	pon**dr**án
condicional	daría	**dir**ía	ha**r**ía	iría	oiría	pon**dr**ía
	darías	**dir**ías	ha**r**ías	irías	oirías	pon**dr**ías
	daría	**dir**ía	ha**r**ía	iría	oiría	pon**dr**ía
	daríamos	**dir**íamos	ha**r**íamos	iríamos	oiríamos	pon**dr**íamos
	daríais	**dir**íais	ha**r**íais	iríais	oiríais	pon**dr**íais
	darían	**dir**ían	ha**r**ían	irían	oirían	pon**dr**ían
presente de subjuntivo	**dé**	**dig**a	**hag**a	**vaya**	**oig**a	**pong**a
	des	**dig**as	**hag**as	**vayas**	**oig**as	**pong**as
	dé	**dig**a	**hag**a	**vaya**	**oig**a	**pong**a
	demos	**dig**amos	**hag**amos	**vayamos**	**oig**amos	**pong**amos
	deis	**dig**áis	**hag**áis	**vayáis**	**oig**áis	**pong**áis
	den	**dig**an	**hag**an	**vayan**	**oig**an	**pong**an
imperfecto de subjuntivo	**die**ra	**dij**era	**hic**iera	**fue**ra	o**y**era	**pus**iera
	dieras	**dij**eras	**hic**ieras	**fue**ras	o**y**eras	**pus**ieras
	diera	**dij**era	**hic**iera	**fue**ra	o**y**era	**pus**iera
	diéramos	**dijé**ramos	**hicié**ramos	**fué**ramos	o**yé**ramos	**pusié**ramos
	dierais	**dij**erais	**hic**ierais	**fue**rais	o**y**erais	**pus**ierais
	dieran	**dij**eran	**hic**ieran	**fue**ran	o**y**eran	**pus**ieran
						ebenso: componer, oponerse, imponer, proponer, suponer

infinitivo	**querer**	**saber**	**tener**	**traer**	**venir**	**ver**
presente	qu**ie**ro	**sé**	**tengo**	**traigo**	**vengo**	**veo**
	qu**ie**res	sabes	t**ie**nes	traes	v**ie**nes	ves
	qu**ie**re	sabe	t**ie**ne	trae	v**ie**ne	ve
	queremos	sabemos	tenemos	traemos	venimos	vemos
	queréis	sabéis	tenéis	traéis	venís	**veis**
	qu**ie**ren	saben	t**ie**nen	traen	v**ie**nen	ven
imperativo	qu**ie**re	sabe	**ten**	trae	**ven**	ve
	quered	sabed	tened	traed	venid	ved
gerundio	queriendo	sabiendo	teniendo	**trayendo**	viniendo	viendo
participio	querido	sabido	tenido	tra**í**do	venido	**visto**
pretérito indefinido	**quis**e	**supe**	**tuve**	**traje**	**vine**	**vi**
	quisiste	**sup**iste	**tuv**iste	**traj**iste	**vin**iste	**viste**
	quiso	**supo**	**tuvo**	**traj**o	**vino**	**vio**
	quisimos	**sup**imos	**tuv**imos	**traj**imos	**vin**imos	**vimos**
	quisisteis	**sup**isteis	**tuv**isteis	**traj**isteis	**vin**isteis	**visteis**
	quisieron	**sup**ieron	**tuv**ieron	**trajeron**	**vin**ieron	**vieron**
pretérito imperfecto	quería	sabía	tenía	traía	venía	**veía**
	querías	sabías	tenías	traías	venías	**veías**
	quería	sabía	tenía	traía	venía	**veía**
	queríamos	sabíamos	teníamos	traíamos	veníamos	**veíamos**
	queríais	sabíais	teníais	traíais	veníais	**veíais**
	querían	sabían	tenían	traían	venían	**veían**
futuro simple	que**rr**é	sa**br**é	ten**dr**é	traeré	ven**dr**é	veré
	que**rr**ás	sa**br**ás	ten**dr**ás	traerás	ven**dr**ás	verás
	que**rr**á	sa**br**á	ten**dr**á	traerá	ven**dr**á	verá
	que**rr**emos	sa**br**emos	ten**dr**emos	traeremos	ven**dr**emos	veremos
	que**rr**éis	sa**br**éis	ten**dr**éis	traeréis	ven**dr**éis	veréis
	que**rr**án	sa**br**án	ten**dr**án	traerán	ven**dr**án	verán
condicional	que**rr**ía	sa**br**ía	ten**dr**ía	traería	ven**dr**ía	vería
	que**rr**ías	sa**br**ías	ten**dr**ías	traerías	ven**dr**ías	verías
	que**rr**ía	sa**br**ía	ten**dr**ía	traería	ven**dr**ía	vería
	que**rr**íamos	sa**br**íamos	ten**dr**íamos	traeríamos	ven**dr**íamos	veríamos
	que**rr**íais	sa**br**íais	ten**dr**íais	traeríais	ven**dr**íais	veríais
	que**rr**ían	sa**br**ían	ten**dr**ían	traerían	ven**dr**ían	verían
presente de subjuntivo	qu**ie**ra	**sepa**	**teng**a	**traig**a	**veng**a	**vea**
	qu**ie**ras	**sepas**	**teng**as	**traig**as	**veng**as	**veas**
	qu**ie**ra	**sepa**	**teng**a	**traig**a	**veng**a	**vea**
	queramos	**sepamos**	**teng**amos	**traig**amos	**veng**amos	**veamos**
	queráis	**sepáis**	**teng**áis	**traig**áis	**veng**áis	**veáis**
	qu**ie**ran	**sepan**	**teng**an	**traig**an	**veng**an	**vean**
imperfecto de subjuntivo	**quis**iera	**sup**iera	**tuv**iera	**traj**era	**vin**iera	**viera**
	quisieras	**sup**ieras	**tuv**ieras	**traj**eras	**vin**ieras	**vieras**
	quisiera	**sup**iera	**tuv**iera	**traj**era	**vin**iera	**viera**
	quisiéramos	**sup**iéramos	**tuv**iéramos	**traj**éramos	**vin**iéramos	**viéramos**
	quisierais	**sup**ierais	**tuv**ierais	**traj**erais	**vin**ierais	**vierais**
	quisieran	**sup**ieran	**tuv**ieran	**traj**eran	**vin**ieran	**vieran**
			ebenso: mantener, obtener			

Hör- und Hörsehverstehen | Comprensión auditiva y audiovisual

1 Hörerwartungen nutzen | Antes de escuchar

Vor dem Hören

- Lesen Sie die Aufgabenstellung genau durch und stellen Sie fest, ob Sie den Inhalt nur grob verstehen (Globalverstehen) oder genauer hinhören (selektives/detailliertes Verstehen) müssen. Die Aufgabenstellung gibt oft Hinweise auf die Gesprächssituation, die Anzahl und die Reihenfolge der Sprechenden.
- Stellen Sie Vermutungen über den Inhalt an, z. B. ausgehend vom Titel, von den Fotos oder den Fragen.
- Markieren Sie in der Aufgabenstellung Schlüsselbegriffe, auf die Sie beim Hören achten möchten. Schlagen Sie unbekanntes Vokabular im Wörterbuch nach.

Während des Hörens

- Machen Sie sich stichpunktartige Notizen und verwenden Sie dabei Abkürzungen.

Notizen beim Hören machen

- Kürzen Sie lange Wörter ab, lassen Sie Artikel und Konjunktionen weg.
- Benutzen Sie Abkürzungen und Symbole, z. B. *p. ej.* (por ejemplo), *etc.* (etcétera), –, +, =, ≠, → (für eine Folgerung).

2 Globales Hörverstehen | Comprensión global

Ziel: Sich einen allgemeinen Überblick über den Inhalt des Textes verschaffen (z. B. Sprecher/in, Thema, Textsorte)

Vorgehen:

- Achten Sie auf Hintergrundgeräusche (z. B. Musik, Straßenlärm) oder den Tonfall (z. B. traurig, erfreut).
- Erfassen Sie die Hauptinformationen des Textes: Wer? Wann? Wo? Worüber? Lassen Sie Einzelheiten außer Acht.
- Konzentrieren Sie sich beim ersten Hören auf alles, was Sie verstehen können. Diese „Verstehensinseln“ helfen Ihnen, beim zweiten Hören weitere Informationen herauszuhören.

3 Selektives Hörverstehen | Comprensión selectiva

Ziel: Bestimmte Informationen heraushören (z. B. Zahlen, Daten)

Vorgehen:

- Achten Sie auf die Informationen, die Sie laut Aufgabenstellung heraushören sollen.
- Hierbei können Ihnen Schlüsselwörter und Schlüsselsätze helfen.

4 Detailliertes Hörverstehen | Comprensión detallada

Ziel: Alles verstehen (z. B. die Chronologie von Ereignissen)

Vorgehen:

- Verstehen Sie den Text beim ersten Hören global.
- Erschließen Sie sich bei jedem weiteren Hören die relevanten Details und lassen Sie eine Lücke, wenn Sie etwas nicht verstehen.

5 Hörsehverstehen | Comprensión audiovisual

Audiovisuelle Elemente für das Verstehen nutzen | Utilizar elementos audiovisuales para la comprensión

- Konzentrieren Sie sich beim ersten Sehen auf die Bilder. Leiten Sie daraus Informationen über Figuren oder Gegenstände, Thema und Situation ab.
- Achten Sie auf die Mimik, Gestik, Bewegungen der Figuren. Was erfahren Sie über deren Gefühle oder Charakter?
- Achten Sie auf die Stimmung, die durch die Musik hervorgerufen wird, und auf Lichteffekte.
- Konzentrieren Sie sich erst am Schluss auf das Gesprochene. Leiten Sie aus dem, was Sie verstehen, die gesuchten Informationen ab.

Leseverstehen | Comprensión lectora

6 Vor dem Lesen | Antes de leer

- Lesen Sie die Aufgabenstellung genau durch und stellen Sie fest, ob Sie den Inhalt nur grob verstehen (Globalverstehen), bestimmte Informationen suchen (Selektivverstehen) oder „alles“ verstehen (Detailverstehen) sollen.
- Machen Sie sich klar, um welche Textsorte (z. B. Zeitungsartikel, Romanauszug, usw.) es sich handelt.
- Der Titel und die Zwischenüberschriften geben Ihnen wichtige Hinweise zum Thema des Textes.
- Die visuelle Gestaltung kann Hinweise auf die Textgliederung liefern (Sinnabschnitte, Zwischenüberschriften, Schlüsselwörter und -sätze, erzählende bzw. dialogische Passagen usw.).
- Graphische Elemente, Fotos und Illustrationen liefern Ihnen weitere wichtige Informationen.

7 Globales Leseverstehen | Comprensión global

Ziel: Sich einen groben Überblick über den Inhalt eines Textes verschaffen

Vorgehen:

- Identifizieren Sie die Textsorte (z. B. Blogeintrag, Romanauszug, Zeitungsartikel).
- Erfassen Sie die Hauptinformationen: Wer schreibt was, wann, worüber? Lassen Sie Einzelheiten außer Acht.
- Fassen Sie die Hauptinformationen in wenigen Stichwörtern oder Sätzen zusammen.

8 Selektives Leseverstehen | Comprensión selectiva

Ziel: Bestimmte Informationen finden (z. B. Eigennamen, Uhrzeiten, Jahreszahlen, Informationen zu einer Figur in einem Romanauszug)

Vorgehen:

- Lesen Sie die Aufgabenstellung genau durch: Was sollen Sie im Text finden?
- Suchen Sie im Text nur die Informationen, die für die Aufgabenstellung relevant sind.
- Lesen Sie dann auch die umgebenden Passagen der Schlüsselwörter, um wichtige Einzelheiten zu erfahren.

9 Detailliertes Leseverstehen | Comprensión detallada

Ziel: Alle Informationen verstehen (z. B. Gedichte, Gebrauchsanweisungen, Rezepte)

Vorgehen:

- Überfliegen Sie den Text einmal. Konzentrieren Sie sich beim zweiten Lesen auf die Passagen, die Sie auf Anhieb verstehen („Verstehensinseln“).
- Gehen Sie von diesen Inseln aus und klären Sie die genaue Bedeutung der noch fehlenden Teile.
- Nutzen Sie dabei den Kontext bzw. zusätzliche Informationsquellen (z. B. Illustrationen).
- Erschließen Sie sich unbekannte Wörter mithilfe des Kontextes oder der Ihnen bekannten Worterschließungsstrategien.
- Lesen Sie auch „zwischen den Zeilen“, um Informationen oder Aussagen zu finden, die nicht ausdrücklich im Text stehen.

Sprechen | Expresión oral

Monologisches Sprechen

10 Etwas präsentieren / Einen Kurzvortrag halten | Presentar un tema

Vorbereitung:

- Recherchieren Sie gemäß Ihrer Aufgabenstellung Informationen und nutzen Sie mehrere Quellen (z. B. Internet, Fachzeitschriften, Nachschlagewerke).
- Notieren Sie sich Ihre Rechercheergebnisse (inklusive der Quellenangabe), wobei auch Beispiele und Zitate hilfreich sind.
- Strukturieren Sie den Vortrag.
- Verwenden Sie ein digitales Präsentationsprogramm, ein Poster oder eine Collage.
- Stellen Sie eine Liste mit unbekanntem Vokabular (z. B. Fachvokabular) zusammen.
- Üben Sie den Vortrag mehrmals und achten Sie auf die Zeitvorgaben.

Durchführung:
- Sprechen Sie langsam, laut und deutlich.
- Nutzen Sie Ihren Stichwortzettel, doch sprechen Sie frei und ohne abzulesen.

das Thema einführen
Me gustaría empezar [...].
Hoy voy a hablar de [...].
El tema de mi presentación es [...].
Quiero presentar (a) [...].

den Vortrag strukturieren
Primero [...]. / Para empezar [...].
Después [...].
Al final [...]. / Para terminar [...].

das Publikum einbeziehen
¿Ya sabéis algo sobre [...]?
¿Quién nos puede decir [...]?
Gracias por vuestra atención.
¿Tenéis preguntas?

Interesse wecken
Cuando empecé a investigar sobre [...], me llamó la atención que [...].
Después de leer algunos artículos sobre [...], pienso que lo más importante es [...].
Muchos de vosotros habéis escuchado [...], pero muy pocos sabéis que [...].

Beispiele einführen
Un ejemplo que quiero destacar es [...].
Un aspecto muy interesante es que [...].
Lo que mucha gente no sabe es que [...].
Para mí fue una sorpresa enterarme de que [...].

auf visuelle Medien verweisen
Este gráfico ilustra el ejemplo porque [...].
Esta fotografía nos muestra que [...].
Estas cifras comprueban que [...].
Al observar los detalles de esta imagen vemos que [...].

den Vortrag abschließen
Resumiendo, esta presentación ha tratado de [...].
Para concluir, quiero recordaros que [...].
Para terminar, quiero que no olvidéis que [...].

Fragen beantworten
Muchas gracias por tu pregunta, me parece que [...].
Esta pregunta es muy interesante y según hemos visto [...].
No lo sé exactamente, pero creo que [...].

Dialogisches Sprechen

11 Gespräche oder Rollenspiele | Diálogos o juegos de rol
- Verteilen Sie die Rollen untereinander.
- Versetzen Sie sich in Ihre Rolle und überlegen Sie, was Sie sagen möchten. Bereiten Sie sich auch auf mögliche Aussagen oder Fragen Ihrer/s Partners/in vor.
- Notieren Sie sich passende Wörter und Ausdrücke.
- Gestalten Sie das Gespräch lebendig mit passender Gestik und Mimik.
- **Tipp:** Mit dem Einsatz von Füllwörtern (z. B. *vale*, *bueno*) gewinnen Sie beim Sprechen Zeit zum Überlegen.

12 Diskutieren | La discusión
Vorbereitung:
- Sammeln Sie vorab Argumente für den Standpunkt, den Sie vertreten wollen/sollen.
- Formulieren Sie ihre Argumente aus und verwenden Sie konkrete Beispiele.
- Stellen Sie Argumente zusammen, die Ihre Gesprächspartner anführen könnten, und überlegen Sie, wie Sie darauf reagieren könnten.
- Überlegen Sie sich ggf. einen Kompromiss, der für beide Seiten akzeptabel ist.

Während der Diskussion:

- Lassen Sie Ihre Gesprächspartner ausreden.
- Begründen Sie Ihre Meinung.
- Fragen Sie nach, wenn Sie etwas nicht verstanden haben, und gehen Sie auf die Aussagen der anderen ein.
- Umschreiben Sie Wörter, die Ihnen auf Spanisch nicht einfallen oder erklären Sie deren Bedeutung.

▸ Wörter umschreiben, S. 184

die eigene Meinung äußern

Yo pienso/creo que [...].
No pienso/creo que + *subj.*
Para mí, [...].
En mi opinión, [...].
Me parece interesante que + *subj.*
Estoy a favor / en contra de [...].
Me sorprende que + *subj.*
Por un lado, [...]. Por otro lado, [...].
A mi modo de pensar/ver [...]
Opino que [...].
Estoy convencido/-a de que [...].
No hay duda de que + *subj.*

Argumente bewerten

No es justo que + *subj.* [...].
Es necesario que + *subj.* [...].
No creo que + *subj.* [...].
Es importante que + *subj.* [...].
Es imprescindible que + *subj.* [...].

etwas vorschlagen

¿Por qué no [...]?
Tengo una idea.
¿Qué te parece si [...]?
¿Qué tal si [...]?

zustimmen

Estoy de acuerdo contigo / con [...].
Tienes razón.
También lo veo así.
Es verdad.
¡Claro que sí!
Es una buena idea.
¡Por supuesto! / ¡Claro!
Es cierto que [...].
Lo que dice [...] es cierto.

ablehnen

No estoy de acuerdo contigo / con [...].
No tienes razón.
No lo creo.
No lo veo así.
No es verdad.
¡Seguro que no!
Eso me parece interesante, pero [...].
Sin embargo, yo creo que [...].
Creo que no es así.
Por el contrario, [...].

nachfragen

¿Qué quieres decir con [...]?
¿Me puedes explicar [...]?
¿Qué significa para ti [...]?
No entiendo [...].

Zeit gewinnen

Pues [...].
Bueno [...].
Espera (un momento).
¿Cómo te lo explico?
A ver, sí entiendo tu punto de vista, pero [...].
Mira, a ver si me explico: [...].

Schreiben | Expresión escrita

13 **Den Schreibprozess organisieren | Organizar el proceso de escritura**

Ideen sammeln und ordnen

- Lesen Sie sich die Aufgabenstellung genau durch und beachten Sie die Operatoren. ▸ Operatoren, S. 187
- Prüfen Sie, welche Textsorte zu erstellen ist, und beachten Sie den Adressaten.
- Sammeln Sie Ideen zum Thema und fertigen Sie die Notizen auf Spanisch an.
- Nutzen Sie den thematischen Wortschatz in den einzelnen Dossiers.
- Erstellen Sie eine sinnvolle Gliederung und ordnen Sie den einzelnen Abschnitten Wortschatz zu.

Texte schreiben

- Erstellen Sie einen ersten Entwurf anhand der angefertigten Gliederung.
- Variieren Sie den Satzbau und verwenden Sie Konnektoren.

Konnektoren

strukturieren/aufzählen
primero/segundo/tercero • en primer/segundo lugar • para empezar • antes de (que + *subj.*) • luego • entonces • después • después de (que + *subj.*) • finalmente • al final • por último • para concluir

hinzufügen
además • asimismo • también • encima • aparte • de hecho • por cierto • sobre todo • en realidad

vergleichen
igualmente • similarmente • del mismo modo • de la misma manera

zusammenfassen
así • entonces • por eso/esto • para terminar/concluir • resumiendo • en resumen • en conclusión

Beispiele anführen
así • por ejemplo (p. ej.) • o sea • es decir

erklären
por eso/esto • porque • por lo tanto • por lo cual • como • esto quiere decir

Ergebnisse herleiten
en consecuencia • consecuentemente • por lo tanto • de este modo • de esta forma • así resulta que • gracias a • a causa de • debido a

paraphrasieren
mejor dicho • para decirlo de otra forma • en otras palabras • o sea • es decir

abwägen
por un lado • por otro lado • mientras que • en cambio • a diferencia de

entgegensetzen
sin embargo • no obstante • aunque • a pesar de • ahora bien • eso sí

- Nehmen Sie die Modelltexte zu Hilfe und orientieren Sie sich am Aufbau der Texte und an den Formulierungen.
- Die Redemittel der Themen 10 und 12 können Ihnen auch bei Ihrer Argumentation oder Darstellung helfen. ► Etwas präsentieren, S. 168 ► Diskutieren, S. 170
- Wenn Sie Aussagen oder Ideen anderer übernehmen, kommentieren oder paraphrasieren, machen Sie das in Ihrem Text deutlich. ► Korrekt zitieren, S. 186

zitieren
Según/Para [...] hay que destacar que [...]
Desde la perspectiva de [...] es central que [...]
En el primer/segundo párrafo [...] dice que [...]
Al final del texto [...] afirma que [...]
La conclusión del texto es que [...]
En las líneas[...] se puede leer que [...]
El personaje [...] declara que [...]
Cuando el/la autor/a argumenta que [...]

Nach dem Schreiben

- Lesen Sie Ihren Text gründlich durch und prüfen Sie genau:

Inhalt
Aufgabenstellung erfüllt?
logische Gliederung (Aufbau, Absätze)?

Sprache/Ausdruck
passendes Register (Standard-Spanisch oder Umgangssprache)?
sprachlich gut gegliedert (Konnektoren)?
abwechslungsreich (Wiederholungen vermieden)?
sprachlich korrekt (Grammatik und Rechtschreibung)?

14 Einen offiziellen Brief schreiben | Escribir una carta formal

Ein offizieller Brief enthält verschiedene „Bausteine“ (z. B. Absender, Empfänger, Anrede, Schlussformel), für die es typische Formulierungen bzw. Darstellungsweisen gibt. Hier ein Bewerbungsschreiben als Beispiel:

	Carta de presentación
Absender	Milena Müller Tulpenweg 14 8222X Seefeld
Empfänger	A la atención de: Romero Sánchez Hotel La Estrella Calle Sierpes, 29 2953X Málaga
Datum	3 de mayo de 2023
Betreff	Asunto: Prácticas en el hotel «La Estrella»
Anrede	Estimado señor Sánchez:
Einleitung	Le escribo para solicitar información sobre la posibilidad de realizar unas prácticas en su hotel durante los meses de verano. Sé que ahora no tiene ofertas publicadas, pero creo que podría ser una oportunidad para ambos.
Bewerbung (Ausbildung, Abschlüsse, Erfahrung)	Tengo 18 años y soy alumna del instituto «Carl-Spitzweg-Gymnasium», cerca de Múnich en Alemania. De momento estoy haciendo los exámenes de bachillerato y después me gustaría aprovechar el verano para hacer unas prácticas en el sector turístico porque me gustaría estudiar Turismo en la universidad de Múnich a partir de octubre. Ya tengo bastante experiencia en la gastronomía. Llevo dos años trabajando como camarera en un café en el centro de Múnich casi todos los fines de semana. Soy una persona responsable y me gusta trabajar en equipo. He trabajado de voluntaria con la Cruz Roja dando cursos de primeros auxilios a jóvenes y soy miembro de la redacción del periódico escolar de mi instituto. También soy muy comunicativa y hablo cuatro idiomas con fluidez. Mis lenguas maternas son el alemán y el ruso, pero también hablo español e inglés a un nivel B2. Domino muy bien el español y conozco bien la cultura española porque pasé un año de intercambio en el curso escolar 2020/2021 en un instituto en Madrid. Además, tengo buenos conocimientos de los programas Word, Powerpoint y Excel.
Hobbys	Mis pasatiempos son viajar, leer, tocar la guitarra y hacer deporte.
Schluss	Estoy segura de que podré realizar un trabajo muy satisfactorio durante mis prácticas con ustedes, aprendiendo mucho con entusiasmo y desarrollando mis habilidades y conocimientos. Estoy disponible para realizar una entrevista con Ud. por Skype o teléfono y con mucho gusto voy a responderle todas sus preguntas.
Schlussformel	En espera de sus noticias, le saluda muy atentamente, *Milena Müller*
Anlagen	Adjunto: Currículum vitae

15 Einen Lebenslauf erstellen | Escribir un currículum vitae

Currículum vitae

Información personal	
Nombre:	Milena Müller
Dirección:	Tulpenweg 14 8222X Seefeld
Teléfono:	+49 8421 6899769
E-Mail:	Milena.Mueller@example.com
Fecha de nacimiento:	8 de febrero de 2005
Nacionalidad:	alemana
Educación	
Estudios:	
06/2023	Bachillerato
09/2020 – 06/2021	Intercambio con el IES Madrid Sur, Madrid
Lenguas:	alemán (nativo) ruso (nativo) español (B2) inglés (B2)
Conocimientos de informática:	Word, Excel y Powerpoint
Experiencia laboral	
Mayo de 2021 – hoy	Trabajo de camarera en el «Café Weiß» en Múnich
Otras actividades	
Desde 2019	Miembro de la redacción del periódico escolar de mi instituto
Desde 2018	Trabajo voluntario en «Bayerisches Rotes Kreuz» (Cruz Roja)

Intereses personales
Viajar, leer, tocar la guitarra, hacer deporte

Seefeld, 3 de mayo de 2023

Milena Müller

16 Kreative Texte schreiben | Escribir textos creativos

Beim kreativen Schreiben gestalten Sie vorgegebene Texte kreativ um, indem Sie sie umschreiben oder weiterschreiben. Sie können z. B. den Text aus der Perspektive einer bestimmten Person erzählen oder einen Schluss für eine Geschichte erfinden. Ebenso erstellen Sie eigene Texte (z. B. Lieder, Gedichte, Hörspiel). Beschäftigen Sie sich genau mit der Textgrundlage und entwickeln Sie die Handlung weiter unter Beibehaltung:
- des Erzählers,
- des Problems bzw. der Handlung,
- der Hauptfiguren (Eigenschaften, Erlebnisse),
- der Erzählzeit.

Wenn Sie die Perspektive einer bestimmten Figur einnehmen, versetzen Sie sich in diese hinein und überlegen Sie, wie sie sich fühlt, was sie denkt und wie sie reagieren könnte.
Wenn Sie eine Geschichte weiterschreiben, lassen Sie keine logischen Brüche mit dem Anfang der Geschichte entstehen.

17 Eine Zusammenfassung schreiben | Escribir un resumen

Eine Zusammenfassung enthält die wichtigsten Informationen des Ausgangstextes in sachlicher und knapper Form. Häufig wird in der Aufgabenstellung ein bestimmter inhaltlicher Aspekt genannt, den Sie zusammenfassen sollen. Suchen Sie dann nur die Informationen aus dem Text heraus, die sich eindeutig auf die Aufgabenstellung beziehen.
Die Checkliste rechts hilft Ihnen beim Schreiben und Überprüfen Ihrer Zusammenfassung:

Resume el capítulo de la novela con lo que llegas a saber de Irati («Tu abuela en bicicleta», p. 34).
La novela juvenil «Tu abuela en bicicleta», escrita por Grizel Delgado y publicada en 2016, trata de dos amigos, Beto e Irati. Él es mexicano y ella de España y se tiene que adaptar a su nueva vida en México. En el extracto, los dos hablan por teléfono. Ella no quiere colgar y cuenta cualquier cosa hasta que termina por hablar de dos temas que le fascinan: el País Vasco que es su lugar de origen y el euskera o lengua vasca. Gracias a la charla con Beto, Irati se da cuenta de que el vasco es parte de su identidad. La llamada se convierte en una clase exprés de vasco para Beto.

(113 palabras)

- in der 3. Person Präsens
- deutlich kürzer als der Ausgangstext
- Einleitungssatz (Textsorte, Titel, Autor/in, grobes Thema, ggf. Quellenangabe und Erscheinungsdatum)
- nur Fakten, keine persönliche Meinung
- nur Umschreibungen, keine Zitate

18 Eine Stellungnahme verfassen | Escribir un comentario personal

Je nach Aufgabenstellung vertreten Sie Ihren Standpunkt («*justifica tu opinión*») oder beleuchten Sie die Fragestellung von verschiedenen Seiten («*discute*»).
Je nach Fragestellung bietet sich ein unterschiedlicher Aufbau an:

1. Lineare Argumentation: Drei Argumente, die Ihre eigene Position unterstützen. ▸ Die eigene Meinung äußern, S. 169

2. Dialektische Argumentation: Zwei Argumente gegen Ihre Position / Zwei Argumente für Ihre Position.

- Machen Sie sich bewusst, in welchem Kontext und in welcher Textsorte Sie die Stellungnahme verfassen sollen.
- Schreiben Sie im Präsens und verwenden Sie Konnektoren. ▸ Konnektoren, S. 170
- Benennen Sie im Einleitungssatz das Thema und wecken Sie das Interesse der Leser: z. B. Bezug zu einem aktuellen Ereignis, eine persönliche Anekdote/Erlebnis oder ein Zitat.
- Ordnen Sie die Argumente so an, dass Sie mit den Argumenten, die Ihre eigene Position unterstützen, enden. Das letzte Argument ist das überzeugendste Argument. ▸ Die eigene Meinung äußern und Argumente bewerten, S. 169
- Leiten Sie jedes Argument mit einer Behauptung ein. Erläutern und veranschaulichen Sie die Argumente mit Beispielen.
- Wägen Sie abschließend die Argumente ab und ziehen Sie eine Schlussfolgerung.

¿Sigue siendo importante estudiar lenguas hoy en día? Discute.

Einleitung	En Alemania muchos jóvenes estudian diferentes idiomas en el instituto, como el inglés, el francés y también el español. Sin embargo, mucha gente dice que con el desarrollo de diferentes aplicaciones modernas ya no vale la pena estudiar lenguas y que es una pérdida de tiempo.
Fragestellung	Pero ¿es cierto que estudiar idiomas ya no sirve para nada?
Argumente dagegen Behauptung	Por un lado, es cierto que con los traductores digitales en el futuro será muy fácil traducir textos escritos a otras lenguas.
Erläuterung	Es bien sabido que con el desarrollo tecnológico los traductores son cada vez mejores y traducen un texto con cada vez menos errores.
Beispiel	Hoy en día ya es posible insertar frases completas o incluso un artículo de periódico completo en una aplicación y recibir una traducción completa. Además, es correcto que hoy en casi toda Europa se sabe hablar inglés, ya que los jóvenes en casi todos los países lo estudian y a veces logran un nivel relativamente bueno. Así parece que no hace falta aprender otros idiomas para hablar con la gente local en las vacaciones o para comunicarse en el mundo laboral.
Argumente dafür	Por otro lado, si quieres conocer bien a la gente de otro país e incluso hacer buenos amigos allí, es imprescindible que aprendas el idioma del país. La gente será mucho más abierta contigo viendo que te esfuerzas para hablar su lengua. Además, en una conversación real no puedes usar una aplicación que traduzca todo, y con el inglés posiblemente también habrá ciertos límites, porque no todos lo saben hablar de forma natural. Pero el aspecto más importante es que el aprendizaje te ayudará a conocer culturas nuevas y a ser más tolerante y comprensivo. Es que estudiar una lengua no significa solamente aprender vocabulario y gramática, sino también conocer las tradiciones y las costumbres de los respectivos países y darte cuenta de las diferencias que hay entre tu propia cultura y las otras. Así también te resultará más fácil entender la forma de vivir y pensar de la gente en el otro país y evitar malentendidos en el viaje o haciendo negocios.
Schlussfolgerung	En resumidas cuentas, se puede decir que, si eres una persona abierta que quiere conocer y entender a personas de otros países, claramente vale la pena estudiar lenguas extranjeras.

(365 palabras)

19 Eine Figurencharakterisierung schreiben | Caracterizar a un personaje

- Suchen Sie im Text alle Informationen, die explizit über die Figur gegeben werden (z. B. Name, Alter, Aussehen, familiäre Situation, Vorlieben usw.).
- Konzentrieren Sie sich auch darauf, was man aus den Äußerungen anderer über diese Figur erfährt oder durch Reaktionen und Verhaltensweisen, die diese Figur zeigt.
- Notieren Sie sich zunächst zu jeder Information die dazugehörige Textstelle.
- Belegen Sie anschließend Ihre Aussagen mit Zitaten aus dem Text. ▶ Zitieren, S. 170 ▶ Korrekt zitieren, S. 186
- Werten Sie die Informationen aus: Wie kann die Information gedeutet werden? Was sagt die Information über die Figur aus?

– Passen Sie bei Aussagen auf, die von anderen Figuren über den Charakter gemacht werden, da sie subjektiv sind und erst auf Stichhaltigkeit geprüft werden müssen.

Beschreibung
Grundlegende Informationen
Se llama [...].
Tiene [...] años.
Tiene [...] hermano/hermana(s).
Vive con [...] en [...].

Analyse und Interpretation
Por eso hay que decir que [...].
Por lo tanto, se puede suponer que [...].
Esto significa/muestra que [...].
De ello se puede deducir que [...].
Resumiendo, se puede decir que [...].

Äußere Erscheinung →
Es rubio/moreno/[...].
Tiene [...]
Lleva gafas.

alto/-a • bajo/-a • bonito/-a • ciego/-a • delgado/-a • dulce • elegante • feo/-a • fuerte • guapo/-a • gordo/-a • joven • mayor • moderno/-a • pequeño/-a • pobre • raro/-a • rico/-a • viejo/-a

Vorlieben, Verhalten →
Al principio uno se entera de que [...].
Después/Luego/Finalmente la persona [...].
[...] se comporta de una manera [...].
A [...] le gusta/encanta/interesa [...].
Para él/ella [...].

alegre • amable • divertido/-a • duro/-a • egoísta • gracioso/-a • inteligente • interesante • majo/-a • negativo/-a • nervioso/-a • rebelde • sano/-a • simpático/-a • solidario/-a • tímido/-a • tranquilo/-a • triste

Caracteriza a Mario («A través de mis pequeños ojos», pp. 120-121).

Grundlegende Informationen / Explizite (direkte) Charakterisierung

Mario es un chico español que es ciego y por eso va a todos lados con su perro-guía Cross. No le gusta recibir ayuda si no la ha pedido. Así que es obvio que es una persona muy autónoma, detesta que lo discriminen por su discapacidad. Tiene una novia que se llama Sandra, ambos se conocen desde niños.

Rückschlüsse auf Charakter aufgrund von Verhaltensweisen / Implizite (indirekte) Charakterisierung

A pesar de que Sandra conoce a los padres de Mario, él no conoce a los padres de ella. Un día Sandra propone que cenen en su casa. Al principio, él está muy sorprendido (ll. 12-14), pero acepta. Durante la cena, Mario se da cuenta de que su novia es un poco como la madre, hace todo lo que el padre quiere (ll. 102-105). Le importa lo que piensen los demás. Sandra tiene que presentarlo como un amigo, pero no como su novio. Esto decepciona mucho a Mario (ll. 106-107). El padre no intenta hablar mucho con Mario, prefiere leer su periódico (l. 111). Por esto se puede deducir que la cena es un desastre: los padres no lo quieren como novio de Sandra. Mario sigue molesto y triste. Se va muy temprano de la casa. En el metro, Sandra lo quiere besar en la boca, pero él le da un beso de amigos. Al día siguiente, habla con su amigo Nico para contarle de la cena. Para él está claro que los padres de Sandra nunca lo aceptarán como novio. Además, Sandra nunca lo presentará como su novio.

Zusammenfassung

Resumiendo, se puede decir que Mario es un chico muy autónomo y aunque ama a Sandra, no quiere estar cerca de personas que no lo aman como es (como Sandra) o de personas que lo discriminan por su discapacidad visual (como sus padres).
(284 palabras)

Sprachmittlung | Mediación

20 Wiedergabe von Inhalten in der jeweils anderen Sprache | Expresar el contenido en el otro idioma

- Lesen Sie sich die Aufgabenstellung genau durch und klären Sie folgende Fragen:
  - Welche Textsorte wird erwartet?
  - Für wen und zu welchem Zweck wird sprachgemittelt?
  - Welche Informationen sollen gemittelt werden?
- Lesen Sie den Ausgangstext durch bzw. hören Sie ihn an. Es können auch unbekannte Wörter vorkommen.
- Notieren Sie die relevanten Informationen und geben Sie sie sinngemäß wieder.
- Gehen Sie auf kulturspezifische Besonderheiten ein und umschreiben Sie Begriffe, für die es keine Übersetzung gibt (z. B. Brezel, Abiball, Schultüte, Kehrwoche). ▸ Wörter umschreiben, S. 184
- Verwenden Sie je nach Adressaten einen angemessenen Stil (z. B. duzen oder siezen usw.).

21 Dolmetschen | Hacer de intérprete

- **Vor dem Hören:** Machen Sie sich bewusst, was die Personen, für die Sie dolmetschen, sagen bzw. wissen möchten, und übertragen Sie dann sinngemäß ins Deutsche bzw. ins Spanische.
- **Während des Hörens:** Notieren Sie Schlüsselwörter und Zahlen. Das hilft Ihnen das Wesentliche zu erklären.

«He visto en mis viajes que los italianos son muy alegres y simpáticos» → italianos, alegres, simpáticos

- **Beim Sprechen:** Umschreiben Sie unbekannte Wörter oder Wörter, die Ihnen nicht auf Spanisch einfallen, mit einfachen Worten, nennen Sie Beispiele oder nutzen Sie Mimik und Gestik. ▸ Wörter umschreiben, S. 184
- **Beim Sprechen:** Verwenden Sie die indirekte Rede. Diese Verben helfen Ihnen:

decir • *afirmar* • *constatar* • *confirmar* • *preguntar* • *querer* • *saber* • *insistir*

22 Kulturelle Unterschiede beachten | Atender a las diferencias culturales

Sprachmitteln heißt auch, zwischen zwei Kulturen zu vermitteln, denn für manche Dinge in Spanien, Lateinamerika oder Deutschland gibt es keine Entsprechung in der anderen Sprache oder Kultur. Oft verbinden die Menschen mit einem Begriff ganz unterschiedliche Dinge, z. B. *el bar* / die Bar.

- Machen Sie sich beim Sprachmitteln bewusst, dass Ihr Gegenüber evtl. bestimmte Dinge nicht kennt, die für Sie selbstverständlich sind, oder dass Sie jemand vielleicht nicht sofort versteht, obwohl Sie den Inhalt korrekt übertragen haben.
- Fragen Sie sich, was Ihr Gegenüber evtl. nicht oder anders verstehen könnte, und erklären Sie diese Aspekte genau. ▸ Wörter umschreiben, S. 184

Textanalyse und Kommentar | Análisis y comentario de textos

23 Sachtexte | Textos informativos

Sachtexte (z. B. Zeitungsartikel, Kommentar, Interview, Anzeige) kommen in der alltäglichen Kommunikation sehr häufig vor.

- Allgemeine Informationen: Textsorte, Autor/in, Titel, Thema, kurze Inhaltsangabe

El texto es un artículo / un comentario / una entrevista [...].
El autor / La autora se llama [...].
El título es [...] y (el artículo) tematiza / trata de [...].

- Analyse der vom Autor / von der Autorin beabsichtigten Wirkung:
  - informieren (*informar*) / erklären (*explicar*)
  - Stellung nehmen und überzeugen (*opinar y convencer*)
  - bewegen (*emocionar*)

El autor / La autora...

....expone/enumera [...].	...se refiere a un caso concreto / un ejemplo.
...describe/explica/presenta [...].	....da un ejemplo / cita el ejemplo de [...].
...califica la situación de [...].	...cita a testigos/expertos/autoridades [...].
...describe (a) [...] de manera positiva/negativa.	...apoya su opinión con datos estadísticos / cifras / [...].

- Bewertung des Standpunktes der Autorin / des Autors und der Schlüssigkeit der Argumentation:

El autor / La autora...
...logra convencer/conmover al lector utilizando [...].
...aumenta la credibilidad de sus argumentos.
...provoca simpatía/solidaridad con alguien en el lector.
Los argumentos en contra / a favor predominan (claramente).
La palabra [...] contiene una valoración negativa/positiva.

24 Narrative Texte | Textos narrativos

Die bestimmenden Elemente von narrativen Texten (z. B. Roman, Kurzgeschichte, Erzählung) sind die Handlung, die Figuren, Zeit, Raum und die Erzählperspektive (z. B. allwissender, personaler oder Ich-Erzähler).

- Allgemeine Informationen: Werk, Gattung, Autor/in und evtl. Epoche

El texto es una novela / un relato corto / un cuento [...].
Se trata de un fragmento de la novela [...].

- Inhalt des Textes: zentrales Thema, Situation, Zeit, Ort, Erzählperspektive sowie handelnde Personen und ihre Beziehung zueinander

El texto trata de [...].
El tema central es [...].

La historia / La acción...	tiene lugar en [...]. se desarrolla en [...]. se sitúa en [...].

El (yo) narrador relata en primera/tercera persona porque...

El/La protagonista... El personaje principal...	es/parece [...]. es un modelo/ejemplo para [...]. muestra un comportamiento/reacciones [...].

- Analyse der formalen und stilistischen Besonderheiten, die in Zusammenhang mit dem Inhalt und der Aussage des Textes stehen, sowie deren Wirkung und Funktion:

El texto contiene expresiones como [...].

El autor / La autora	emplea un lenguaje [...]. utiliza detalles/imágenes/repeticiones/enumeraciones/comparaciones.

La palabra clave / la metáfora / el símbolo expresa/indica/sugiere [...].

El autor / La autora quiere	llamar nuestra atención sobre [...]. demostrar que [...].

25 Lyrische Texte | Textos líricos

Lyrische Texte (z. B. Lieder, Gedicht) sind zumeist an ihrem Aufbau zu erkennen (Strophen, Verse).

- Inhaltliche Aspekte: Thema, lyrisches Ich (*yo lírico*), Adressat/in

El poema / La canción tematiza / trata de [...].
El yo lírico es/parece [...].
El yo lírico se dirige a [...].

- Formale Aspekte: Strophen, Verse, Rhythmus, Reime und Reimschema (Abfolge der Reime innerhalb einer Strophe)

El poema La canción	tiene consta de	un título. versos (libres). rimas. (tres) estrofas. un estribillo.

- Analyse einzelner Strophen oder Sinnabschnitte im Hinblick auf ihre Aussage bzw. die in der Aufgabenstellung geforderten Aspekte:

El tono del poema es El ritmo de la canción es		alegre/triste/melancólico. dinámico/lento/repetitivo.	
El lenguaje	del poema de la canción	se caracteriza por un estilo	claro/complicado/irónico/dramático.
El autor / La autora utiliza		elementos cómicos/dramáticos. expresiones como [...]. descripciones de [...]. metáforas/símbolos/imágenes.	

La metáfora tiene la función de [...].

- Vermutungen zur Aussage bzw. Wirkungsabsicht des lyrischen Textes:

El autor / La autora quiere	divertir sorprender chocar	al lector.
	demostrar que [...].	

- Beachten Sie bei Liedern zusätzlich, ob und wie die Musik die Wirkung des Textes unterstützt.

26 Bilder | Imágenes

- Art des Bildes (z. B. Foto, Gemälde, Plakat), Quellenangabe und Thema:

Se trata de un/a [...] que fue publicado/-a en [...] el [...].
La foto / El cuadro muestra una escena de [...] en [...].

– Beschreibung:

En el centro En el primer plano Al fondo Arriba/Abajo A la izquierda / A la derecha	hay / está/n [...]. puedes ver [...]. se ve/n [...]. las personas / [...] está/n charlando / [...].

Um Handlungen auf einem Bild zu beschreiben, verwenden Sie die Verlaufsform (*estar* + *gerundio*)!

Detrás (de) / Delante (de) [...] Al lado (de) [...]	hay un/a [...]. está el/la[...].

– Wirkung:

Esta imagen expresa/muestra/representa [...].

La imagen/foto hace pensar en [...].

– Analyse und Kommentar:

El objetivo de la foto/imagen es criticar/demostrar/expresar que [...].

Para mí, la foto significa/transmite como mensaje [...].

En mi opinión, [...].

27 Karikaturen | Caricaturas

– Titel, Zeichner/in, Erscheinungsort und -datum, Thema:

La caricatura de [...] publicada en [...] el [...] trata de [...].

– Beschreibung der Karikatur:

En la caricatura se puede ver [...].

La caricatura muestra/presenta [...].

– Analyse:
- Wofür stehen die abgebildeten Gegenstände, Personen oder Handlungen?
- Wie sind sie dargestellt und welche Wirkung wird damit erzielt?
- Gibt es (weitere) Symbole?
- Auf welches (aktuelle) Ereignis/Problem nimmt die Karikatur Bezug?

Tal vez Probablemente Se puede suponer que	[...]	representa [...]. simboliza [...].

El texto se encuentra	en el centro. arriba/debajo de [...]. a la izquierda/derecha de [...].

El texto de los bocadillos contiene [...].

- Aussage:

La caricatura critica/muestra/subraya [...].

- Stellungnahme: Wie finden Sie die Karikatur? Stimmen Sie mit dem/der Autor/in überein?

Me parece que [...].
En mi opinión, [...].
Me pregunto si [...].

28 Filme | Películas

- Name des Films, aus dem die Szene stammt, Regisseur/in und Beschreibung dessen, was passiert (Figuren, Gegenstände):

Esta escena es de la película / del documental / de la serie [...].
El director / La directora se llama [...].
La película trata de [...].
En esta escena [...].

- Ton: Dialoge, Musik, Hintergrundgeräusche

En esta escena habla/n [...].
La música es alegre/triste/emocionante/dinámica/lenta/[...].
Se puede escuchar de fondo [...].

- Wirkung und Aussage:

La música crea un ambiente El ambiente es/parece	alegre/triste/frío/relajado/[...].

La relación entre los personajes parece buena/complicada/agresiva/fría/normal/[...].

La música se usa para aumentar/disminuir/mantener la tensión.

Esta escena critica/muestra [...].

- Kameraeinstellung:

La cámara enfoca la mímica / los gestos de los personajes.

En la/s escena/s se ve/n principalmente a los protagonistas / el paisaje / [...].

El director / La directora utiliza un (gran) plano [...] para destacar/reforzar/apoyar/mostrar/[...]

Gran plano general

Plano general

Plano medio

Plano americano

Plano corto

Plano de detalle

29 Statistiken und Grafiken | Estadísticas y gráficos

– Thema, Datum und Quellenangabe:

La estadística La infografía El diagrama (circular/de barras)	de [...] del año [...]	muestra [...]. trata de [...]. da información sobre [...]. compara el/la [...] con [...].

– Wiedergabe der Informationen:

Las cifras muestran que [...].
Alrededor de / Aproximadamente [...].
La mayoría / La mayor parte de [...].
La minoría / La menor parte de [...].
(Menos/Más de) La mitad de[...].
[...] de cada [...].
Hay una diferencia (grande) entre [...] y [...].
El número de [...] aumentó/bajó de [...] a [...] en [...].
El [...] % de [...] / Un porcentaje alto/bajo de [...].
Mientras que en el año [...], en el año [...].
Dos terceras partes / Un tercio / Un cuarto / Un quinto [...].
Comparado con / En comparación con / A diferencia de [...].

– Zusammenfassung:

Lo más importante es que [...].
En resumen, podemos decir que [...].

Medienkompetenz | Competencia digital

30 Bedienen und Anwenden | Manejar y aplicar

a Texte auf Spanisch mit dem Computer schreiben | Escribir textos en español en el ordenador

Wenn Sie längere Texte auf Spanisch verfassen wollen, ist es nützlich, diese mit einem Textverarbeitungsprogramm auf dem Computer zu schreiben.

- Wenn Sie die Sprache des Programms auf Spanisch einstellen, können Sie die Rechtschreibprüfung nutzen und Ihre Texte einfacher korrigieren.
- Außerdem können sie die Wörter Ihres Textes zählen lassen und die Wortanzahl entsprechend anpassen.
- Achten Sie aber darauf, Ihre Texte nicht immer gleich mit dem Rechtschreibprogramm zu verfassen, damit Sie eine Kontrolle über Ihre Fehler haben und feststellen können, wo Sie sich noch verbessern müssen.

Die spanischen Sonderzeichen können Sie mit Tastenkombinationen einfügen.
Auf einem Windows-Computer drücken Sie bitte die [alt]-Taste und

0241 für das *ñ*	0191 für *¿*	0225 für das *á*	0233 für das *é*	0237 für das *í*	0243 für das *ó*
0209 für das *Ñ*	0161 für *¡*	0193 für das *Á*	0201 für das *É*	0205 für das *Í*	0211 für das *Ó*

Auf einem Mac-Computer drücken Sie bitte
- für das Akzentzeichen: a [Akzent]-Taste und anschließend den entsprechenden Buchstaben
- für das *ñ/Ñ*: zunächst die Tasten [alt] sowie [n] und anschließend das [n] bzw. [N]
- für *¿* und *¡*: die [alt]-Taste und die normale [?]- bzw. [!]-Taste

b Umgang mit persönlichen und fremden Daten | Manejo de datos personales y ajenos

Wenn Sie mit dem Internet arbeiten, in Ihrer Freizeit das Internet oder z. B. die sozialen Netzwerke nutzen, kommen Sie an vielen Stellen mit fremden Daten (auch Fotos oder Texten) in Kontakt oder werden aufgefordert, Ihre eigenen Daten anzugeben.

Damit Ihre Daten oder die Daten anderer nicht in falsche Hände geraten:

- Überlegen Sie gründlich, wem Sie welche Daten anvertrauen (denken Sie z. B. darüber nach, bei welchen Webseiten oder Portalen Sie sich mit Ihrer E-Mail-Adresse registrieren).
- Geben Sie Ihre Telefonnummer und Ihre Adresse nur in Ausnahmefällen an.
- Nutzen Sie sichere, unterschiedliche Passwörter, um anderen den Zugriff auf Ihre Daten zu erschweren.
- Fragen Sie bei anderen Personen nach, bevor Sie deren Daten weitergeben (z. B. jemandem die Telefonnummer eines Freundes schicken) oder ein Foto von ihnen veröffentlichen.

31 Informieren und Recherchieren | Informar e investigar

a Informationen im Internet finden und verwenden | Buscar información

Das Internet bietet sehr viele Informationen. Hier erhalten Sie ein paar Tipps, wie Sie zielsicher recherchieren können:

- Überlegen Sie, was die wichtigsten Stichwörter für Ihr Thema sind. Je mehr gute Stichwörter Sie in eine Suchmaschine eingeben, desto genauer sind die Ergebnisse.
- Notieren Sie immer die Quelle, also den Namen der Internetseite und die URL, sowie das Datum, an dem Sie die Seite besucht haben.
- Wenn Sie in Ihrer Präsentation oder Ihrem Text Fotos, Abbildungen, fremde Texte und Zitate verwenden, geben Sie immer die Quelle an. Suchen Sie am besten nach gemeinfreien Bildern (*creative commons* [cc]) und informieren Sie sich darüber, ob bzw. wie Sie das Foto weiterverwenden dürfen.
- Achten Sie darauf, welche Musik, Bilder oder Videos Sie kopieren und herunterladen dürfen.

b Informationen bewerten | Evaluar información

- Achten Sie darauf, wer die Webseite oder den Beitrag erstellt hat, um die Qualität der Suchergebnisse einzuschätzen. Sind sie eher zuverlässig (Online-Lexikon, bekannte Medien usw.) oder handelt es sich eher um persönliche Meinungen (Forum, Blog, Fan-Seite usw.)?
- Gleichen Sie die Informationen, die Sie finden, mit den Informationen von unterschiedlichen Webseiten ab, um zu überprüfen, ob sie stimmen.

32 Produzieren und Präsentieren | Producir y presentar

Wenn Sie einen Text, z. B. für einen Vortrag oder eine Präsentation gestalten möchten, helfen Ihnen folgende Tipps:

a Plakat und Präsentationsfolien erstellen | Crear un póster y una presentación

- Sortieren Sie die Informationen, die Sie vermitteln wollen, und geben Sie Ihrem Plakat und den Präsentationsfolien eine klare Struktur. Verwenden Sie für jeden neuen Gedanken einen neuen Stichpunkt sowie Überschriften und Zwischenüberschriften.
- Ergänzen Sie Ihr Plakat oder Ihre Präsentationsfolie mit Fotos oder Statistiken. Achten Sie jedoch dabei darauf, dass Sie diese nur dort einfügen, wo sie sinnvoll sind und einen Zweck erfüllen.
- Der Text auf dem Plakat oder den Präsentationsfolien sollte auf das Wichtigste reduziert werden. Dies erreicht man zum Beispiel, indem man Schlüsselwörter oder Stichpunkte verwendet und keine ganzen Sätze.
- Sowohl auf dem Plakat als auch auf den Folien sollten Sie eine ausreichende Schriftgröße wählen, damit die Inhalte gut zu sehen sind.
- Zu viele Spezialeffekte (z. B. verspielte Übergänge) auf Folien lenken eher vom Inhalt ab und sollten nur sehr gezielt und sparsam eingesetzt werden. Verwenden Sie nicht zu viele Folien.

b Podcast und Video erstellen | Crear un *podcast* y un vídeo

Bei der Erstellung eines Podcast / eines Videos gehen Sie folgendermaßen vor:

- Überlegen Sie sich, über welches Thema Sie sprechen wollen, und schreiben Sie einen Text für Ihren Podcast / Ihr Video ► Den Schreibprozess organisieren, S. 169
- Sie können dazu die Kamera bzw. die Aufnahmefunktion eines Smartphones nutzen. Es gibt auch verschiedene Programme, mit denen Sie Ihren Podcast am Computer aufnehmen können. Testen Sie dafür vorher die Qualität des Mikrofons bzw. der Kamera.
- Üben Sie Ihren Text mehrere Male, bevor Sie den Podcast / das Video aufnehmen. Achten Sie bei einem Video besonders darauf, dass Text und Bild zusammenpassen.
- Nehmen Sie sich auf und stellen Sie Ihren Podcast / Ihr Video Ihren Mitschülerinnen und Mitschülern zur Verfügung.
- Sie können professionelle oder gut gelungene Podcasts auch als Modell für Ihren eigenen Podcast nutzen oder dazu, Ihr Hörverstehen zu schulen und sich über verschiedene Themen zu informieren. Recherchieren Sie dazu im Internet, welche spanischsprachigen Podcasts interessant für Sie sind, und hören Sie sie an. Oft bieten z. B. Radio- oder Fernsehsender ihr eigenes Podcastprogramm. ► Informieren und Recherchieren, S. 182

c Kollaboratives Schreiben | Escritura colaborativa

Besonders wenn Sie einen Text in Partner- oder Gruppenarbeit erstellen sollen, können Programme zum kollaborativen Schreiben sehr hilfreich sein. Solche Programme finden Sie kostenlos im Internet. Mithilfe solcher Programme können Sie gleichzeitig im selben Dokument arbeiten und Ihre Texte direkt gegenseitig ergänzen, kommentieren und korrigieren.

d Quellendokumentation und rechtliche Grundlagen | Documentación (de las fuentes y de los derechos de uso)

Unabhängig vom Medium (Poster, Präsentation, Podcast oder Video) achten Sie immer darauf, welche Musik, Bilder oder Videos Sie kopieren, herunterladen oder präsentieren dürfen.

- Geben Sie immer die Quelle an, aus der Sie Ihre Informationen bzw. Musik, Bilder, Statistiken, Videos usw. beziehen. Nutzen Sie Bilddatenbanken mit kostenlosen und lizenzfreien Bildern.
- Achten Sie dabei darauf, dass Sie den Urheber und das Datum angeben, an dem Sie auf die Quelle zugegriffen haben.
- Gehen Sie verantwortungsvoll sowohl mit Ihren eigenen als auch mit fremden Daten um, achten Sie auf den Schutz der Daten und halten Sie die Privatsphäre ein.

33 Medien kritisch bewerten | Evaluar los medios

Die verschiedenen Medien (z. B. Podcast, Internet, soziale Netzwerke usw.) sind weit verbreitet und bieten viele Vorteile. Dennoch treten auch Nachteile bei der Nutzung bestimmter Medien auf, und manche Medien eignen sich zu bestimmten Zwecken besser als andere.

- Überlegen Sie sich zunächst immer die Vor- und Nachteile für Sie und die anderen, bevor Sie ein Medium einsetzen, und entscheiden Sie sich dann bewusst für die Nutzung eines bestimmten Mediums.
- Achten Sie darauf, wann und wie oft Sie welche Medien benutzen. So behalten Sie eine Kontrolle über Ihre Mediennutzung und können sich überlegen, wann Sie z. B. ihr Handy wirklich brauchen oder in welchen Situationen Sie darauf verzichten können.

Werkzeuge und Arbeitstechniken | Herramientas y estrategias de trabajo

34 Unbekannte Wörter erschließen | Deducir vocabulario

- Nutzen Sie Ihre Kenntnisse anderer Sprachen, um die Bedeutung unbekannter Wörter zu erschließen (Achtung: *falsos amigos*, z. B. *la carta* [der Brief] und die Karte [*la tarjeta*]).
- Erschließen Sie sich Wörter über die Wortfamilien (gemeinsamer Wortstamm). Die Endung gibt Ihnen oft einen Hinweis auf die Wortart.
- Erschließen Sie Wörter aus dem Kontext, mithilfe von Abbildungen oder der Gestaltung eines Textes.

35 Wörter umschreiben | Parafrasear palabras

Wenn Ihnen ein Wort nicht einfällt, können Sie auf verschiedene Umschreibungsstrategien zurückgreifen.

- Erklären Sie das Wort mithilfe eines Relativsatzes.
- Beschreiben Sie die Verwendung des Gegenstandes.
- Erklären Sie das Wort mit einem Wort aus derselben Wortfamilie.
- Verwenden Sie Vergleiche, Synonyme oder Antonyme.
- Erklären Sie das Wort mithilfe von Beispielen.

Es una persona que [...].
Es una cosa que [...].
Es algo que sirve para [...].
Es como [...].
Es un sinónimo de [...].
Es el contrario de [...].

36 Mit dem Wörterbuch arbeiten | Utilizar un diccionario

Spanisch – Deutsch | Español - Alemán

Ein Wörterbucheintrag enthält verschiedene Informationen zu einem Wort. Dazu muss man u. a. einige Abkürzungen kennen. Verschaffen Sie sich einen Überblick über die Bedeutung der verwendeten Abkürzungen im Abkürzungsverzeichnis am Anfang oder Ende des Wörterbuches.

Aussprache Genus (bei Substantiven) deutsche Entsprechung

hora ['ora] *f* **1.** (*de un día*) Stunde; **~ de consulta** Sprechstunde **2.** (*del reloj*) Uhrzeit; **¿qué ~ es?** Wie viel Uhr ist es? **3.** (*tiempo*) Zeit; **tener** ... **~s de vuelo** Flugstunden haben

verschiedene Bedeutungen des Wortes Tilde (ersetzt das Stichwort)

- Sie finden die Wörter im Wörterbuch immer in ihrer Grundform, d. h. ein konjugiertes Verb (*se divierten*) im Infinitiv (*divertirse*), ein Substantiv im Singular, ein Adjektiv in der maskulinen Form.
- Das *ñ* und *ll* sind im spanischen Alphabet eigene Buchstaben. Daher steht z. B. das Wort *caña* erst hinter *cantar*.

Tipps:
- Lesen Sie immer den ganzen Eintrag und prüfen Sie, welche der verschiedenen Bedeutungen in den Kontext passt.
- Zusammengesetzte Wörter und Ausdrücke stehen meistens nur unter einem der Teile, z. B. *jugar al fútbol* unter *jugar* oder *fútbol*.
- Achten Sie auf die Lautschrift in den eckigen Klammern, um die Aussprache zu überprüfen.

Deutsch – Spanisch | Alemán – Español

Wenn Sie in einem deutsch-spanischen Wörterbuch ein Wort nachschlagen, achten Sie auf Folgendes:

- Dasselbe Wort kann mehrere Entsprechungen haben, z. B. kann „Karte" folgende Bedeutungen haben: Postkarte, Landkarte, Spielkarte, Konzertkarte usw. Lesen Sie daher den ganzen Eintrag und überprüfen Sie, welche der verschiedenen Bedeutungen in den Kontext passt, und überprüfen Sie am besten die Bedeutung im spanisch-deutschen Wörterbuch.
- Passen Sie das ausgewählte spanische Wort in den Satz ein, den Sie formulieren möchten, d. h.:
  - bei Substantiven: Bilden Sie, wenn nötig, den Plural.
  - bei Verben: Bilden Sie die passende Verbform.
  - bei Adjektiven: Gleichen Sie sie dem Substantiv bzw. dem Bezugswort an.

verschiedene Bedeutungen des Wortes | spanische Entsprechung | Genus (bei Substantiven) | Aussprache

Uhr f **1.** (*Gerät*) reloj *m* [re'lox] ; **die ~ aufziehen** dar cuerda al reloj; **2.** (*bei Zeitangaben*) hora *f* ['ora]; **es ist genau acht** ~ son las ocho en punto; **neun ~ drei** las nueve y tres minutos

Tilde (ersetzt das Stichwort)

Das einsprachige Wörterbuch | El diccionario monolingüe

Ein einsprachiges Wörterbuch
- zeigt Ihnen die korrekte Schreibung und Aussprache eines Wortes,
- erklärt das Wort auf Spanisch,
- gibt Beispiele für den Gebrauch (Kontext, Kollokationen, Redewendungen),
- enthält Synonyme und Antonyme, manchmal auch die Etymologie und regionale Unterschiede.

Genus | Begriffserklärung | Kontext/Anwendungsbeispiel

euforia [eu'foria] *f* alegría grande, optimismo, sensación de bienestar: *El triunfo del equipo local produjo una gran ~ entre los aficionados.* • *sin.*: entusiasmo, júbilo. *ant.*: depresión, desánimo, pesimismo, tristeza.

Synonym | Antonym

Online-Wörterbücher | El diccionario en línea

Die Verwendung von Online-Wörterbüchern kann zeitsparend und hilfreich sein. Dabei sollten Sie Folgendes beachten:
- In einigen Online-Wörterbüchern können Sie bei der Suche anstatt des Infinitivs auch konjugierte Verbformen eingeben (z. B. *salí*, *vayan*) sowie die Plural- oder femininen Formen von Substantiven und Adjektiven (z. B. *lesiones*, *jefa*, *acogedora*).
- Einige Online-Wörterbücher ermöglichen es, nach zusammengesetzten Begriffen oder kurzen Phrasen zu suchen (z. B. *irse a la cama*, *el plato favorito*, *a lo mejor*, *¡Qué vergüenza!*).
- Oft wird für ein gesuchtes Wort eine große Anzahl an möglichen Bedeutungen angezeigt. Prüfen Sie die Suchergebnisse sorgfältig und finden Sie die für Ihren Fall passende Übersetzung.
- Sie können auch ein einsprachiges Online-Wörterbuch benutzen, z. B. das der *Real Academia Española* (RAE).
- In Online-Wörterbüchern können Sie sich die Wörter oft auch anhören und nachsprechen, um die Aussprache zu trainieren.

Übersetzungsprogramme | Programas de traducción

Übersetzungsprogramme können eine Hilfe darstellen, um eigene Formulierungen zu überprüfen bzw. idiomatische Formulierungen zu finden.
Bei deren Einsatz sollten Sie Folgendes beachten:
- Prüfen Sie mithilfe einer Fehlerliste das Ergebnis der Übersetzungsprogramme auf sprachliche Fehler. Hinsichtlich des Wortschatzes und der Idiomatik, verwenden Sie ein Wörterbuch. ▸ Fehler vermeiden, S. 183
- Verzichten Sie auf komplexe Formulierungen aus Übersetzungsprogrammen, die Sie selbst nicht genau verstehen.
- Es ist empfehlenswert, die Ergebnisse der Übersetzungsprogramme in die Ausgangssprache zurückübersetzen zu lassen, um sicherzugehen, dass das Ergebnis tatsächlich treffend ist.

37 Korrekt zitieren | Citar correctamente

Bei Aufgaben zum Textverständnis und zur Textanalyse werden Sie sich immer wieder auf bestimmte Textstellen beziehen bzw. Textstellen wörtlich zitieren. Man unterscheidet zwischen **direkten** und **indirekten** Zitaten.

Das **direkte Zitat** gibt den Originaltext wörtlich wieder und wird folgendermaßen erkennbar gemacht:

- Anführungszeichen am Anfang und Ende des Zitats: **«...»** oder "..."
- Eckige Klammern **[...]**, wenn innerhalb des Zitats Wörter hinzugefügt oder weggelassen werden: *Juanita dice que «[su] padre no está contento con la situación [...] de la gente.»,* (l. 23)
- Seitenangaben bzw. Zeilenangaben am Ende des Zitats in Klammern: (**p. 3, l. 9**) oder (**ll. 9–11**)

Indirekte Zitate, also wenn Inhalte aus dem Text in anderen Worten wiedergegeben werden, müssen mit Zeilenangaben versehen werden: *Según el autor la tasa de paro en la región ha crecido (l. 23).*

38 Fehler vermeiden | Evitar errores

- Lesen Sie Ihren Text sorgfältig durch und korrigieren Sie ihn mithilfe der Fehlerliste.

1. die Rechtschreibung (z. B. Akzente, Doppelkonsonanten, Sonderzeichen wie ¿, ¡, ...):	**¿**C**ó**mo?, **¡**Qu**é** rico!, impo**s**ible, el **t**ema
2. die Angleichung der Artikel, Begleiter und Adjektive nach Genus und Numerus des Substantivs:	l**os** problem**as**, much**as** ide**as**, la sals**a** verd**e**
3. die Verschmelzung von Artikel und Präposition:	Es la casa **del** vecino. Veo **al** padre de Paula.
4. die Angleichung der Verbformen an das Subjekt:	La **gente** bail**a**. **Mis amigos** sal**en** mucho.
5. die Verwendung von *ser*, *hay* und *estar*:	Mi padre **es** ordenado. **Somos** de Alemania. Julio **está** en Barcelona. En mi clase **hay** un chico nuevo.
6. die Form der unregelmäßigen Verben:	¿**Puedes** ayudarme con Mates? José **pide** un zumo.
7. die Stellung der Adjektive:	Lleva una falda **azul**. Sacó una **buena** nota.
8. die Verkürzung einiger Adjektive vor Substantiven:	Es un **buen** ejemplo. Hoy tengo un **mal** día. Es el **tercer** ejercicio de Lengua.
9. die Verwendung der Objektpronomen:	Miguel es mi amigo. **Lo** veo cada día. Estos son mis primos Carlos y Laura. **Les** gusta mucho bailar.
10. die Verwendung der Vergangenheitszeiten:	El año pasado **estuvimos** en Sevilla. **Hacía** mucho calor.
11. die Verwendung des *subjuntivo*:	Laura **espera que** sus padres la **dejen** hacer la fiesta en casa.

- Legen Sie ein individuelles Fehlerprotokoll an, in dem Sie Ihre eigenen Fehler dokumentieren, gruppieren und analysieren. So können Sie häufige Fehlerquellen schneller erkennen und daraus lernen.
- Verwenden Sie, wo möglich, das Wörterbuch und die Grammatik um Rechtschreibung, Verbformen oder Kollokationen zu prüfen.

Indicaciones para los ejercicios | Operatoren

Comprender

Operator	Beispiel	Was ist zu tun?
contar	***Cuenta/Cuente*** *a que tipo de posts de las redes sociales les das un «me gusta» y explica por que.*	etw. erzählen, z. B. eine Anekdote
describir	***Describe/Describa*** *la siguiente imagen.*	jdn/etw. beschreiben, z. B. ein Bild oder eine Person
presentar	***Presenta/Presente*** *a Julio y su situación actual.*	etw. vorstellen, präsentieren, z. B. ein Thema, eine Person oder Ergebnisse
resumir	***Resume/Resuma*** *lo que le pasa a la protagonista a lo largo del cortometraje.*	wesentliche Informationen eines Textes (z. B. eines Liedes oder eines Zeitungsartikels) zusammenfassen

Analizar

Operator	Beispiel	Was ist zu tun?
analizar	***Analiza/Analice*** *la intención principal que tiene el autor con este artículo.*	einzelne Aspekte im Text untersuchen und erklären unter Berücksichtigung der Gesamtaussage des Textes, z. B. eine Wirkungsabsicht
caracterizar	***Caracteriza/Caracterice*** *a Sandra.*	jdn/etw. detailliert beschreiben, z. B. eine Person, eine Figur oder Lebensumstände
clasificar	***Clasifica/Clasifique*** *el vocabulario según las siguientes formas de desplazarse.*	etw. bestimmten Kategorien zuordnen
comparar	***Compara/Compare*** *las tendencias en la educacion superior en Alemania y España.*	jdn/etw. vergleichen, Gemeinsamkeiten und Unterschiede herausarbeiten, z. B. zwischen Systemen, Figuren oder Verhaltensweisen
confeccionar un croquis / un gráfico, etc.	***Confecciona/Confeccione un croquis*** *de la escena de la comida en casa de Sandra.*	einzelne Aspekte eines Textes visualisieren und neu gestalten
examinar	***Examina/Examine*** *la estructura de la charla.*	etw. im Detail untersuchen und erklären, z. B. eine Meinung
explicar	***Explica/Explique*** *con tus/sus palabras qué significa para Teresa ser una persona «transnacional».*	etw. erklären
exponer	***Expón/Exponga*** *las opciones que muestra el diagrama.*	bestimmte Aspekte darstellen, z. B. von einer Person oder eines Gegenstandes
interpretar	***Interpreta/Interprete*** *qué es el porvenir para el yo lírico.*	etw. analysieren, z. B. den Inhalt oder die Form eines Gedichts
retratar	***Retrata/Retrate*** *a la protagonista de la historia.*	jdn beschreiben bzw. charakterisieren, z. B. eine Figur

Comentar

Operator	Beispiel	Was ist zu tun?
buscar/ proponer soluciones	***Proponed/Propongan soluciones*** *para que los compañeros tengan acceso a todos los lugares importantes durante el intercambio.*	Lösungsmöglichkeiten für Problemstellungen anbieten
comentar	***Comenta/Comente*** *la situación laboral de Estela y Maribel.*	etw. kommentieren, die persönliche Meinung zu etw. äußern, z. B. zu einer Situation oder einer Meinung
convencer	***Convence/Convenza*** *a tu/su compañero/-a.*	jdn von einer Meinung oder einer Sache überzeugen
discutir	***Discute/Discuta*** *en un post si el mensaje del texto es positivo o negativo.*	etw. erörtern, über etw. diskutieren
evaluar	***Evalúa/Evalúe*** *la importancia de estos proyectos musicales para jóvenes en contextos multiculturales.*	etw. begutachten, zu etw. Stellung nehmen, z. B. zu einem Verhalten, einer Situation oder Arbeitsergebnissen
expresar / dar su/la opinión	***Da/Dé tu/su opinión*** *sobre las normas de la casa criticadas por Xenia.*	die eigene Meinung darstellen
imaginarse	***Imagina/Imagine*** *a la persona a quien pertenece el escritorio en el cuadro de Elena Climent y preséntala.*	ausgehend vom Text einen kreativen Text verfassen, z. B. eine Geschichte zu einem Bild, einen inneren Monolog oder die Fortsetzung einer Geschichte
justificar (tu opinión)	***Justifica/Justifique*** *tus ideas con referencias al texto.*	etw. belegen, begründen, z. B. einen Standpunkt oder eine Auswahl
juzgar	***Juzga/Juzgue*** *la afirmación de la socióloga basándote también en tus experiencias.*	eine begründete Einschätzung zu etw. geben
opinar	***Opina/Opine*** *de qué temas escribiría la gente de tu ciudad o pueblo para un concurso de microcuentos como este.*	die eigene Meinung darstellen

Los signos de puntuación | Die Satzzeichen

la barra	23 / 04 / 17	los signos de interrogación
la coma	Hola, chicos: ¿Qué tal? Estoy en Colonia (Alemania)	los paréntesis
los dos puntos	con mi familia. La ciudad es muy bonita: hay un río y	la minúscula
el punto	muchos parques, ... Después os mando fotos;	el punto y coma
los puntos suspensivos	ahora tengo que salir. Hoy vamos a visitar	LA MAYÚSCULA
las comillas	el "Kölner Dom". Es una catedral muy grande –	el guion
los signos de exclamación	¡y súper impresionante! Voy con mi tía y con Alex,	el acento / la tilde
la tilde	mi primo pequeño.	

Im Spanischen stehen die Anführungszeichen vor und hinter dem Wort oben. Alternativ werden auch folgende Anführungszeichen verwendet: «...»

Los números | Die Zahlen

0	cero	20	veinte	100	cien
1	uno, un/a [...]	21	veintiuno, veintiún/-una [...]	101	ciento uno, ciento un/a [...]
2	dos	22	veintidós	135	ciento treinta y cinco
3	tres	23	veintitrés	200	doscientos/-as
4	cuatro	24	veinticuatro	300	trescientos/-as
5	cinco	25	veinticinco	400	cuatrocientos/-as
6	seis	26	veintiséis	500	quinientos/-as
7	siete	27	veintisiete	600	seiscientos/-as
8	ocho	28	veintiocho	700	setecientos/-as
9	nueve	29	veintinueve	800	ochocientos/-as
10	diez	30	treinta	900	novecientos/-as
11	once	31	treinta y uno, treinta y un/a [...]	1.000	mil
12	doce	32	treinta y dos	2.000	dos mil
13	trece	33	treinta y tres	10.000	diez mil
14	catorce	40	cuarenta	100.000	cien mil
15	quince	50	cincuenta	200.000	doscientos/-as mil
16	dieciséis	60	sesenta	500.000	quinientos/-as mil
17	diecisiete	70	setenta	1.000.000	un millón (de [...])
18	dieciocho	80	ochenta	2.000.000	dos millones (de [...])
19	diecinueve	90	noventa		

Einige Zahlenwörter werden an das dazugehörige Substantiv angeglichen: novecient**as** chicas; treinta y un**a** profesoras, doscient**as** mil personas

Unidad 2

¡Vamos! ►S. 22–23

Presentador: ¡Bienvenidos a nuestro podcast de hoy! Ayer os preguntamos si hay un objeto que es especial para vosotros y que cuenta algo sobre la historia de vuestra familia. Hoy vamos a presentaros algunos de los mensajes que recibimos. Escuchad:
Florencia: Soy Florencia, tengo 32 años, soy de Buenos Aires. En Argentina casi todos tienen sus raíces al otro lado del Atlántico, y yo también: la familia de mi mamá es de España y la familia de mi papá es de Italia, pero yo crecí en Buenos Aires. Cuando mis abuelos llegaron a Argentina, los recibieron con mate y les regalaron esta bombilla, que yo todavía uso cada día. Siempre que la tengo en la mano y tomo un poco de mate, me siento argentina, pero también recuerdo la historia de mi familia.
Julio: Hola, soy Julio de Los Ángeles, tengo 24 años. Mis padres vinieron a California para trabajar cuando eran jóvenes. Mis hermanos y yo nacimos aquí, en Estados Unidos. Los tres nos sentimos mexicanos y estadounidenses y hablamos inglés y español. Para nosotros, lo importante es conservar nuestras costumbres y por eso, por ejemplo, celebramos el Día de Muertos o hacemos una piñata por los cumpleaños.
Carmen: Me llamo Carmen, tengo 44 años y vivo ahora en Vigo, en Galicia. Mis abuelos gallegos emigraron a Venezuela en los años 50 del siglo pasado y durante muchos años tuvieron un restaurante en la capital, Caracas. Ahora, casi 75 años después, yo volví de Venezuela a Galicia. Aquí tengo un pequeño restaurante donde ofrecemos los platos caribeños que mi abuela me enseñó a cocinar. Lo bueno es que tengo todavía el libro de recetas que ella me regaló.
Gloria: Hola, me llamo Gloria, tengo 15 años y soy de Colombia. Hace dos años la empresa de mi mamá abrió una oficina en Rabat, la capital de Marruecos y nos mudamos aquí. Es verdad que Colombia y Marruecos son países bastante diferentes, pero lo interesante es que comparten una cosa: su pasión por el dulce. Un día llevé a clase una torta de arequipe por mi cumpleaños, y les encantó a todos. Ahora, cuando los vecinos nos invitan a su casa, también llevamos arequipe. Es que les gusta mucho y para mi familia significa llevar algo de Colombia con nosotros.
Daniel: Me llamo Daniel, tengo 22 años y mando mi mensaje desde La Habana, Cuba. Cuando le dije a mi hermana que tenía una beca para estudiar Música en la Universidad de La Habana, me regaló un abanico de Sevilla. A ella le encanta bailar y por eso comprende muy bien mi amor por la música cubana. Ahora toco la guitarra en una banda con cuatro amigos. La verdad es que nunca olvido el abanico de mi hermana en los conciertos... ¡para tener a mi familia y a Sevilla siempre conmigo!
Valentín: Soy Valentín, tengo 82 años y llamo desde Alemania. Llegué a Ingolstadt cuando era un joven de 20 años, pero nunca voy a olvidar la tortilla de patatas de mi madre. Ahora tenemos su vuelcatortillas aquí en casa y, cuando vienen mis hijos a comer los domingos, les preparo la tortilla como la hacía mi madre en nuestro pueblo de Granada. A veces, mis nietos ya preguntan para quién va a ser el vuelcatortillas en el futuro, jeje...

Unidad 3

¡Vamos! ►S. 38–39

Todavía tengo que leer dos capítulos para la tarea de Historia. A ver, aquí empieza. El «nuevo mundo».
A finales del siglo XV, el descubrimiento de un «nuevo mundo» estaba cerca. En el año 1492, los Reyes Católicos, Isabel y Fernando, conquistaron Granada. De esta manera, dominaron toda la Península Ibérica menos Portugal.
En aquel tiempo, mucha gente creía que en el océano había monstruos marinos. Además, algunos todavía pensaban que la Tierra era plana y que el océano terminaba en una enorme catarata.
Para Cristóbal Colón, un comerciante de Génova, la Tierra era redonda. Por eso, él propuso viajar a Asia navegando hacia el oeste. Así los comerciantes evitarían las largas rutas por tierra. Colón presentó su idea a los Reyes Católicos quienes autorizaron su viaje a principios de 1492. Un desafío para Colón era encontrar marineros para sus barcos. Muchos tenían miedo de hacer un viaje hacia un lugar desconocido. Solo hombres que no tenían mucho que perder subieron a los barcos. El 3 de agosto de 1492, tres barcos salieron de la costa andaluza.
Después de muchos días, los marineros estaban muy cansados y hambrientos. Muchos de ellos querían volver a España cuando, de repente, el 4 de octubre,

vieron pájaros en el cielo. Esto significaba que no estaban lejos de la costa. El 12 de octubre de 1492, finalmente llegaron a una isla que Colón luego llamó San Salvador.

Después de regresar a España, Colón les contó a los Reyes Católicos de su llegada al paraíso y les mostró animales y cosas que había traído de las islas. Pronto otras personas viajaron a ese «nuevo mundo». Así empezó la época de la conquista.

«La conquista de Tenochtitlan»

En el mes de marzo del año 1519, el conquistador Hernán Cortés llegó a las costas hoy mexicanas con tan solo unos 500 soldados. En noviembre del mismo año, Cortés ya estaba cerca de la capital del reino azteca, Tenochtitlan.

Tenochtitlan estaba situada sobre una isla en un lago, tenía unos 20 barrios y más de 200 000 habitantes. Había escuelas, mercados y observatorios. El Templo Mayor era el edificio más grande. El calendario azteca tenía dieciocho meses y los habitantes celebraban el fin de cada mes con música y baile. En 1519, Tenochtitlan estaba llena de vida, tradición, cultura e historia.

Dos años más tarde, el 13 de agosto de 1521, Cortés conquistó Tenochtitlan. ¿Cómo logró Cortés conquistar esta ciudad? Por un lado, hizo alianzas con los pueblos enemigos de los aztecas. Por otro lado, los españoles tenían armas desconocidas para los indígenas. Y, por último, con los españoles llegaron enfermedades que no existían en América. Así empezó la conquista de las tierras que hoy conocemos como México.

Pero... ¿el «nuevo mundo»? ¿Para quién fue realmente un mundo nuevo?

4 los Reyes Católicos *die Katholischen Könige* **10** la Tierra *die Erde (Planet)* **10** plano/-a *flach* **12** el comerciante *der Händler* **13** redondo/-a *rund* **13** proponer algo *etw. vorschlagen* **14** navegando hacia el oeste *hier: nach Westen segeln* **18** el marinero *der Seefahrer* **24** hambriento/-a *hungrig* **30** regresar *zurückkehren* **31** mostrar algo *etw. zeigen* **41** el lago *der See* **50** hacer alianzas *sich verbünden* **50** el pueblo enemigo *das verfeindete Volk* **52** el arma *f.* *die Waffe*

Symbole und Abkürzungen

abc Bei Verben in blauer Schrift müssen Sie auf unregelmäßige Formen achten.
► bezeichnet spanische Wörter derselben Wortfamilie.
= bezeichnet Wörter und Wendungen mit gleicher Bedeutung.
≠ bezeichnet Wörter und Wendungen mit gegensätzlicher Bedeutung.
E Englisch
F Französisch
L Latein
⚠ bezeichnet eine sprachliche Besonderheit.

Grundschrift	Lernwortschatz
kursiv	fakultativer Wortschatz
adj.	adjetivo *(Adjektiv, Adj.)*
arg.	argentinisch
etw.	etwas
f.	femenino *(Femininum)*
fam.	familiar *(umgangssprachlich, ugs.)*
inf.	infinitivo *(Infinitiv, Inf.)*
inv.	invariable *(invariabel, inv.)*
jdm	jemandem
jdn	jemanden
lat. am.	lateinamerikanisch
m.	masculino *(Maskulinum)*
mex.	mexikanisch
pl.	plural *(Plural, Pl.)*
sust.	sustantivo *(Substantiv, S.)*

Unidad 1 / ¡Vamos! ► p. 8

Galicia	Galicien	En Galicia termina el Camino de Santiago.
el País Vasco	das Baskenland	En el País Vasco se habla euskera.
es más	mehr noch	Nora es buena en Mates, es más, es la mejor.
el invierno	der Winter	En invierno a veces nieva. ≠ el verano
celta *inv.*	*keltisch*	E celtic
la tradición	die Tradition	El Camino de Santiago es una tradición.
la gaita	*der Dudelsack*	En Galicia tocan la gaita.
a pesar de que	obwohl	Javi quiere ir a la playa a pesar de que hace frío.
pasar	geschehen	¿Qué pasa después de un desastre natural?
la costa	die Küste	E coast F la côte
gallego/-a	galicisch	Mario Casas es un actor gallego, de La Coruña.
el desastre natural	die Naturkatastrophe	E natural disaster
el desastre	die Katastrophe	F le désastre
natural	Natur-, natürlich	≠ artificial
el paraíso	das Paradies	F le paradis
comunicarse	kommunizieren	Me comunico con Ana por móvil.
nacer (c → zc)	geboren werden; entstehen	La deportista Ana Peleteiro nació en Galicia.
el Camino de Santiago	der Jakobsweg	El Camino de Santiago termina en Finisterre.
el senderismo	das Wandern	El senderismo es un deporte para relajarse.

el/la peregrino/-a	*der/die Pilger/in*	Cada año miles de peregrinos hacen el camino.
además de + *sust.*	abgesehen von + *S.*	Además de pulpo, tenemos otras tapas.
el jamón serrano	der Serrano-Schinken	El jamón serrano es una tapa típica española.
el pulpo	*der Krake*	El pulpo es típico de la costa gallega.
el pimiento	die Paprika	¿Te gusta el pimiento rojo o el verde?
el marisco	die Meeresfrucht	Esta paella lleva marisco.
hay que + *inf.*	man muss + *Inf.*	Hay que prepararse para el Camino de Santiago.
estar **bueno/-a**	*hier:* gut schmecken	¡Qué tapas más ricas! Están muy buenas.
el castellano	Kastilisch, Spanisch *Sprache*	En España y Latinoamérica se habla español.
la lengua oficial	die Amtssprache	La lengua oficial de España es el español.
sorprendente ► la sorpresa	überraschend	
el final	das Ende	el fin de semana vs. a finales del siglo XX
no solo... también	nicht nur... sondern auch	No solo hay tapas, también hay platos grandes.
todo	alles	≠ nada
la serie	die Serie	*La casa de papel* es una serie española.

Unidad 1/Texto A ► p. 12

la dictadura	die Diktatur	La dictadura de Franco terminó en 1975.
estar **prohibido/-a**	verboten sein	Antes estaba prohibido hablar gallego.
bilingüe	zweisprachig	Cataluña es una comunidad bilingüe.
donde	wo	Conozco un bar donde hay buena música.
peligroso/-a	gefährlich	Caminar solo de noche puede ser peligroso.
por suerte	zum Glück	Por suerte, hoy hace buen tiempo.
la juventud	die Jugend	En mi juventud teníamos otros problemas.
el/la camarero/-a	der/die Kellner/in	El camarero trae la comida.
en aquellos años	zu jener Zeit	En aquellos años mi abuela iba al instituto.
el/la estudiante	der/die Student/in	Muchos estudiantes viven en un piso compartido.
a menudo	oft	Leo cómics a menudo porque me gustan.
el/la nieto/-a	der/die Enkel/in	Mi abuela tiene dos nietos y cuatro nietas.
estar **lleno/-a**	voll sein	Mi teléfono está lleno, tengo muchas fotos.
olvidar algo	etw. vergessen	¡No! He olvidado una cita con el doctor.
la situación	die Situation	E situation F la situation
la oportunidad	die Chance, die Gelegenheit	¡Visita Galicia si tienes la oportunidad!
la alternativa	die Alternative	No encuentro trabajo, mi alternativa es emigrar.
emigrar	auswandern	Juan emigró a Bélgica para aprender francés.
lo que	das, was...	Lo que necesitas son vacaciones.
vender algo	etw. verkaufen	≠ comprar
un montón de *sust.*	eine Menge + *S.*	En la biblioteca hay un montón de libros.

hoy en día	heutzutage	≠ en aquellos años
estar **conectado/-a**	verbunden sein, vernetzt sein	La ciudad es pequeña, pero está bien conectada.
pescar **algo** ►el pescado	fischen	Maribel y Juan pescan en el río.
desde niño/-a, desde pequeño/-a	von klein auf	Desde niños aprendieron a pescar.
el/la pescador/a	der/die Fischer/in	Los pescadores salen al mar muy temprano.
el mar	das Meer	En el mar hay marisco y pescado.
estresante	stressig	Hay trabajos que son muy estresantes.

Unidad 1/Texto B ► p. 16

el/la alumno/-a de intercambio	der/die Austauschschüler/in	Marie es la alumna de intercambio de Quebec.
el agua *f.*	das Wasser	En invierno, el agua fría no me gusta. Prefiero té.
celebrar algo	etw. feiern	¿Cómo vas a celebrar tu cumpleaños?
el susto	der Schreck	-¿Quién anda allí? ¡Ah, el gato! Qué susto.
dulce	süß	-¿Qué tal la tarta? -Rica, pero muy dulce.
saber **algo**	*hier:* etw. erfahren	F savoir L sapere

⚠ Manche Verben haben im *pretérito imperfecto* und *pretérito indefinido* eine unterschiedliche Bedeutung:

Teresa no **sabía** cuándo es la carrera.	Teresa **wusste** nicht, wann der Lauf ist.
Ayer María **supo** la verdad.	Gestern **erfuhr** María die Wahrheit.
León ya **conocía** a Silvia.	León **kannte** Silvia bereits.
Valeria **conoció** a César en una fiesta.	Valeria **lernte** César auf einer Party **kennen**.
Clara no **tenía** ganas de ir al cine.	Clara **hatte** keine Lust, ins Kino zu gehen.
Miguel **tuvo** un susto muy grande.	Miguel **bekam** einen sehr großen Schreck.

tener **sueño**	schläfrig sein	No he dormido, tengo mucho sueño.
el refresco	das Erfrischungsgetränk	¡Qué calor! Me voy a comprar un refresco.
la terraza	die Terrasse	Sara vive en una casa con terraza.
por fin	endlich	¡Por fin llegas!
gritar algo	etw. schreien	Juan no ve a Lalo, por eso grita su nombre.
tirar algo a alguien	jdm etw. zuwerfen	Marta tiró el móvil por la ventana.
tirar agua a alguien	*jdn mit Wasser begießen, jdn nassmachen*	Bettina tira agua a Sven, es la tradición.
echar algo	etw. werfen	= tirar algo
el pañuelo	das Taschentuch	En mi mochila siempre llevo pañuelos.
la cartera	das Portemonnaie, die Brieftasche	En la cartera llevo dinero y unas fotos.
el pasaporte	der Reisepass	Para viajar a otro país necesitas un pasaporte.
estar **desesperado/-a**	verzweifelt sein	No encuentra su cartera. Está desesperada.
de repente	plötzlich	Iba por la calle y de repente alguien gritó mi nombre.

el billete	die Fahrkarte, der Fahrschein	F le billet
seguro que (no)	bestimmt (nicht)	Está nublado. Seguro que no llueve.
el resto	der Rest	Ayer hice casi todos los deberes. Hoy hago el resto.
llorar	weinen	Ha perdido su cartera. Por eso llora.
continuamente	ständig	En Santiago ves peregrinos continuamente.
hacia	in Richtung	Este autobús va hacia el centro.
tocar algo / a alguien	jdn/etw. berühren	De repente me toca el brazo.
el brazo	der Arm	Para correr llevo el móvil en el brazo.
agradable	angenehm	Vigo es una ciudad agradable para vivir.
girarse	sich umdrehen	Me giré y allí estaba mi madre.
la frase	der Satz	Intento hablar con frases largas.
a mi lado	neben mir	A mi lado está Juan, mi amigo.
devolver algo a alguien (o → ue)	zurückgeben	Le he devuelto a Miguel su libro
reírse por algo (e → i)	über etw. lachen	≠ llorar
la confusión	die Verwirrung	E confusion F la confusion
solucionar algo	etw. lösen	Solucionó su problema sin ayuda.
continuar	fortfahren, weitermachen	≠ terminar
pasarlo bien	Spaß haben	¡Lo pasamos muy bien en la fiesta!

Módulo 1 ► p. 20

el decálogo	*die zehn Gebote*	Un decálogo son diez reglas importantes.
el éxito	der Erfolg	Te deseo mucho éxito.
fantástico/-a	großartig, fantastisch	Qué fantástico libro. Me encantó.
compartir algo	etw. teilen	Mi hermano y yo compartimos habitación.
el detalle	das Detail	Hay un detalle en el texto que no entiendo.
importar a alguien	jdm wichtig sein	Mi familia me importa mucho.
hacer sufrir a alguien	jdm Leid zufügen	El profe nos hace sufrir: siempre da muchos deberes.
enviar algo	etw. schicken	Ana envía un mensaje a Pedro.
la imagen	das Bild	E image F l'image *f.*
el emoticono	*das Emoticon*	No me gustan los mensajes llenos de emoticonos.
la letra	der Buchstabe	E letter F la lettre L littera
la falta de ortografía	der Rechtschreibfehler	No escribas mensajes con faltas de ortografía.
salir a + *inf.* (yo salgo)	hinausgehen, etw. zu tun	Salimos a pasarlo bien al centro.
colgar algo (o → ue)	etw. hochladen	En mi perfil cuelgo fotos de mi perro.
la broma	der Witz	No te pongas así, es una broma.
reenviar algo	etw. weiterleiten	¿Me reenvías las fotos?
informarse de algo	sich über etw. informieren	Me informé sobre las playas de Galicia.
inventar algo	etw. erfinden	E to invent F inventer
echar un cable a alguien *fam.*	*jdm helfen*	¿Me echas un cable con los deberes?

preocuparse por algo/alguien	sich um etw./jdn Sorgen machen	Me preocupo por las notas de mi amiga.
la peña *fam.*	der Freundeskreis	Ayer lo pasé muy bien con mi peña.
el tutorial	das Tutorial	Veo un tutorial para tocar la guitarra.
el ukelele	*die Ukulele*	Tú tocas la guitarra y yo el ukelele.
la misión	die Mission	E mission F la mission L missio
caótico/-a	chaotisch	Mi habitación es bastante caótica.
organizar **algo**	etw. organisieren	María tiene que organizar una reunión.
poner **música (yo pongo)**	Musik anmachen	Richi puso música en la fiesta.
la prueba	die (Aufnahme-)Prüfung	Las pruebas para entrar el equipo son difíciles.
el coro	der Chor	El coro cantó una canción muy bonita.
quedarse en blanco *fam.*	*einen Blackout haben*	Ayer me quedé en blanco en el examen.
raro/-a	komisch	Aún no hay nadie. ¡Qué raro!
cortarse	*sich (mit etw.) zurückhalten*	Si tienes preguntas, no te cortes.

Unidad 2 / ¡Vamos! ► p. 22

la libertad	die Freiheit	F la liberté
la integración	die Integration	La integración es un importante, pero no siempre fácil.
la esperanza	die Hoffnung	F l'espérance
el/la migrante	der/die Migrant/in	Los migrantes hacen rica la cultura de un país.
el podcast	der Podcast	La gente prefiere escuchar podcast.
el objeto	der Gegenstand	Perdí mi mochila con objetos importantes.
Argentina	Argentinien	Buenos Aires es la capital de Argentina.
la raíz, las raíces	die Wurzel	F la racine
el océano Atlántico	der Atlantische Ozean, der Atlantik	Galicia limita al oeste con el océano Atlántico.
Italia	Italien	La capital de Italia es Roma.
regalar algo	etw. schenken	Para su cumple, le regalé un libro.
la bombilla *arg.*	*der Trinkhalm für Matetee*	Bebo mate con bombilla.
el/la argentino/-a	der/die Argentinier/in	Los argentinos celebran la Navidad en verano.
recordar **algo a alguien (**o → ue**)**	jdn an etw. erinnern	Miguel, te recuerdo que el examen es mañana.
Los Ángeles	Los Angeles *Stadt in Kalifornien*	En Los Ángeles se escucha mucho español.
Estados Unidos (EE. UU.)	die Vereinigten Staaten von Amerika (U.S.A.)	Los EE. UU. Limitan al sur con México.
el origen	die Herkunft	E origin F l'origine L origo
el/la mexicano/-a	der/die Mexikaner/in	La mexicana Valeria Luiselli escribe en inglés.
el/la estadounidense	der/die US-Amerikaner/in	Algunos estadounidenses tienen origen latinoamericano.

lo + *adj.*	das + *Adj.*	Lo bueno del teletrabajo es la libertad.
conservar algo	etw. behalten	Muchos migrantes conservan sus tradiciones.
el Día de Muertos	der Tag der Toten *mexikanisches Fest*	El Día de Muertos se celebra en noviembre.
la piñata	*Tontopf mit Süßigkeiten für Kinder*	La piñata es típica en fiestas familiares.
caribeño/-a	karibisch	La comida caribeña puede ser muy picante.
enseñar a + *inf.*	beibringen, etw. zu tun	Mi abuela me enseña a hablar náhuatl.
el libro de recetas	das Kochbuch	Preparo tortilla con mi libro de recetas.
la receta	das Rezept	Esta receta de paella es muy fácil.
Colombia	Kolumbien	La capital de Colombia es Bogotá.
mudarse (a + *lugar***)**	umziehen	Muchos jóvenes se mudan del pueblo a la ciudad.
la pasión (por algo)	die Leidenschaft (für etw.)	Toma clases de canto. Tiene pasión por la música.
el dulce	die Süßigkeit	A los niños les gustan los dulces.
la torta	der Kuchen	Prepara una torta para el cumple.
el arequipe	*der Karamellaufstrich*	El arequipe es un dulce típico de Colombia.
la beca	das Stipendium	Las becas ayudan a estudiantes que necesitan dinero.
el abanico	*der Fächer*	¡Qué calor! ¿Me dejas tu abanico?
cubano/-a	kubanisch	El son es un ritmo cubano.
la banda	die Musikband	Biznaga es una banda de rock española.
el vuelcatortillas	*Teller zum Wenden von spanischen Omeletts*	Mi abuela me regaló un vuelcatortillas.
aproximadamente	circa, ungefähr	En México hay aproximadamente 60 lenguas indígenas.
numeroso/-a	zahlreich	En internet hay numerosas bandas no comerciales.

Unidad 2 / Texto A ▸ p. 26

diverso/-a	vielfältig	E diverse F divers, diverse
empezar **de cero (***e → ie***)**	*bei Null anfangen*	Todos empezamos de cero en un nuevo trabajo.
la crisis, las crisis *pl.*	die Krise	Por la crisis hay mucho desempleo.
Rumanía	Rumänien	En Rumanía se habla una lengua que viene del latín.
volverse **+** *adj.* **(yo me vuelvo)**	*Adj.* + werden	Luisa se volvió más abierta por sus viajes.
apoyar algo / a alguien	etw./jdn unterstützen	Quiero estudiar en otro país y mi familia me apoya.
migrante *adj.*	Einwanderer- *Adj.*	
el/la pastor/a	der/die Schäfer/in	
aceptar algo / a alguien	etw./jdn akzeptieren	Mi familia acepta mis decisiones.
tomar una decisión	eine Entscheidung treffen	Luis tomó la decisión de emigrar.

la decisión	die Entscheidung	Su decisión no fue fácil. La pensó mucho.
tener **miedo de algo** (e → ie)	Angst vor etw. haben	Anita tiene miedo de la noche.
el miedo	die Angst	Lo haré, aunque tengo miedo.
encajar (con algo)	zu etw. passen	De pequeño, no siempre encajaba.
echar de menos a alguien/algo	etw./jdn vermissen	Echa de menos a su perro.
esperar algo	etw. hoffen	Espera su turno en la fila.
recibir algo / a alguien	etw./jdn empfangen	Recibí un e-mail de mi amigo.
correcto/-a	richtig	Sus respuestas son correctas.
escéptico/-a	skeptisch	E sceptical F sceptique
abierto/-a	offen	≠ cerrado
el oficio	der (handwerkliche) Beruf	Su oficio es mecánico de coches.
cumplir … años	… Jahre alt werden	Cumplo 18 años en abril.
preocupar a alguien	jdn beunruhigen, jdm Sorgen bereiten	Me preocupa Carlos, come muy poco.
participar en algo	an etw. teilnehmen	Participo en proyectos solidarios.
a diferencia de algo/alguien	im Gegensatz zu etw./jdm	A diferencia de Miguel, Irene sí va.
identificarse con algo/alguien	sich mit etw./jdm identifizieren	Me identifico con mis amigos. Son todo para mí.
la cuenta *en una red social*	das Profil	En mi cuenta nunca comparto mi teléfono.
la red social	das soziale Netzwerk	Las redes sociales son importantes para comunicarse con los amigos.
el meme	*das Meme*	Comparto un meme sobre lo difícil que es hablar español.
molestar a alguien	jdn stören	Me molesta que no me preguntes antes de subir la foto.

Unidad 2 / Texto B ▸ p. 30

el/la latino/-a	*Person mit lateinamerikanischer Herkunft*	La latina Jenna Ortega es una actriz famosa.
americano/-a	amerikanisch	La patata y el tomate son de origen americano.
predominar	vorherrschen	F prédominer
mexicano/-a	mexikanisch	Guillermo del Toro es un director mexicano.
Nueva York	*New York*	En Nueva York también se habla español.
Nueva Jersey	*New Jersey*	
el/la puertorriqueño/-a	der/die Puerto-Ricaner/in	Bad Bunny es un rapero puertorriqueño.
el/la dominicano/-a	der/die Dominikaner/in	Juan Luis Guerra es un músico dominicano.
el estado	der Bundesstaat	México tiene 32 estados.
Nuevo México	*New Mexico*	Nuevo México es un estado de EE. UU.
número **de cada** *número*	(je) *Zahl* von *Zahl*	1 de cada 10 mexicanos habla una lengua indígena.
el motivo	der Grund, das Motiv	El motivo para emigrar es la mala economía.
la economía	die Wirtschaft	Ahora para la economía es importante el medio ambiente.

acá lat.	*hier*	-¿Dónde te veo? -Acá, en mi casa.
económico/-a	wirtschaftlich, ökonomisch	E economic F économique
por un lado… por otro lado…	einerseits… andererseits	Por un lado, es importante viajar, por el otro, contamina.
allá *lat.*	*dort*	La biblioteca está allá, al fondo.
parecerse a algo/alguien (c → zc) (yo me parezco)	etw./jdm ähneln	Julio se parece a su madre. Son iguales.
el/la güero/-a *mex.*	*der Blonde, die Blondine*	Rita es güera y Daniel moreno.
mirar algo / a alguien	etw./jdn ansehen	Hoy miro una serie sobre EE. UU.
la generación	die Generation	Las nuevas generaciones usan más las redes sociales.
unirse a algo/alguien	sich etw./jdm anschließen	Me uní a una organización ecologista.
elegir algo (e → i) (yo elijo)	etw. (aus-)wählen	No es fácil elegir una profesión.
la pandilla	die Straßenbande	Hay que ofrecer a los jóvenes alternativas a las pandillas.
el/la desempleado/-a	der/die Arbeitslose	Emigrar es la única opción para muchos desempleados.
doler a alguien (o → ue)	jdm weh tun	Después de correr una hora me duele todo.
salir adelante	*vorankommen, weiterkommen*	Trabajo cada día, así saldré adelante.
la realidad	die Wirklichkeit, die Realität	E reality F la réalité
varios/-as	mehrere, verschiedene	En el concierto tocan varias bandas.
limpiar algo	etw. putzen, reinigen	Después de la fiesta, limpiamos.
el baño	das Badezimmer	El baño está al fondo.
necesario/-a	notwendig, nötig	Es necesario proteger el medio ambiente.
posible	möglich	¿Es posible pagar con tarjeta?

Módulo 2 ► p. 36

¡Oiga! ► ¡Oye!	Hören Sie., *hier:* Entschuldigen Sie.	¡Oiga! ¿Cómo llego a la estación?
oír (yo oigo)	hören	-¡Inti! ¡Inti! Jo, este chico no oye.
el taxi	das Taxi	No tengo tiempo, cojo un taxi.
el atasco	der Stau	Vamos a pie, ahora hay atasco.
subirse (a + *sust.*)	einsteigen	Ana se sube al metro.
el viaje	*hier:* die Fahrt	El viaje es corto, son tres estaciones.
depende	je nachdem	El precio depende del viaje: ¿es ida y vuelta?
el billete combinado	*das Verbundticket*	El billete combinado vale para el metro y el autobús.
el billete sencillo	*die Einzelfahrkarte*	Un billete sencillo cuesta dos euros.
el bono de diez viajes	*die Zehnerkarte*	Un bono de diez viajes es más barato que diez billetes sencillos.
el suplemento	*der Zuschlag*	Para el aeropuerto necesitas un suplemento.
la puerta de embarque	*das Gate*	Muestro mi billete en la puerta de embarque.
cambiar de línea	umsteigen	Para ir al centro, cambio de línea.

la moneda	die Münze	Para la máquina necesito monedas.
la máquina	die Maschine, der Automat	La máquina da información en tres idiomas.
darle a algo	*hier:* auswählen, drücken	Para ir al aeropuerto le doy a «suplemento».
la tarjeta	die (EC-)Karte	Mi padre paga con tarjeta.
el coche	das Auto	¿Vamos a Málaga en coche o mejor en tren?
la salida	der Ausgang	≠ la entrada

Unidad 3 / ¡Vamos! ▶ p. 38

el capítulo	das Kapitel	Este libro tiene veinte capítulos.
a finales de + *tiempo*	gegen Ende + *Zeit*	A finales de julio, me voy de vacaciones.
el descubrimiento ▶descubrir	die Entdeckung	
los Reyes Católicos	*die Katholischen Könige: Isabella von Kastilien und Ferdinand von Aragonien*	Los Reyes Católicos dominaron España a finales del siglo XV.
conquistar algo	etw. erobern	E to conquer F conquérir
de esta manera	dadurch, auf diese Art	De esta manera, entenderás el ejercicio.
dominar algo	etw. beherrschen	España dominó América durante siglos.
menos	außer	Me gustan todas las frutas menos la naranja.
el océano	der Ozean	Colón cruzó el océano con tres barcos.
el monstruo marino	*das Meeresmonster*	Los monstruos marinos no existen.
plano/-a	flach	Ya nadie cree que la tierra sea plana.
la catarata	*der Wasserfall*	Las cataratas de Iguazú están en Argentina.
el/la comerciante	*der/die Händler/in*	La comerciante vende productos en Europa.
redondo/-a	rund	El Sol es redondo, como la Tierra.
proponer algo (yo propongo)	etw. vorschlagen	Voy a proponerte un plan. ¡Ojalá te guste!
Asia	Asien	Asia es el continente más grande.
navegar	navigieren, (mit einem Schiff) fahren	Colón navegó hacia el oeste.
evitar algo	etw. vermeiden	Hay que evitar el desastre.
la tierra	*hier:* das Land	F la terre L terra
quien, quienes	der/die, welche/r *Relativpronomen*	¿Es usted quien me ha llamado?
autorizar algo	*etw. genehmigen*	Los Reyes Católicos autorizaron el viaje.
a principios de + *mes/año/siglo*	Anfang + *Monat/Jahr/Jahrhundert*	A principios de octubre, empiezo el curso.
el desafío	die Herausforderung	Este viaje es un desafío para mí.
el/la marinero	*der/die Matrose/-in, Seefahrer/in*	Miguel trabaja de marinero en un barco.
desconocido/-a	unbekannt	En Europa, América era un lugar desconocido.
andaluz, andaluza, andaluces *pl.*	andalusisch	Me gusta mucho el acento andaluz.
estar hambriento/-a	*hungrig sein*	¿Qué hay para comer? ¡Estoy hambrienta!
finalmente	endlich	F finalement
regresar	zurückkehren	Mañana Carlos regresa de sus vacaciones.
la llegada ▶llegar	die Ankunft	La llegada del tren es a las 4.
mostrar (o → ue)	etw. zeigen	El chico le muestra el piso.
el/la soldado	der/die Soldat/in	Los soldados conquistaron el país.
el reino	das Königreich	España todavía hoy es un reino.

el observatorio	*die (Stern-)Warte*	Veo las estrellas desde el observatorio.
el baile	der Tanz	El tango es un baile típico argentino.
hacer ***alianzas con alguien***	*Allianzen schmieden, sich mit jdm verbünden*	España y Portugal hicieron alianzas.
enemigo/-a	feindlich, verfeindet	E enemy F l'ennemi, l'ennemie
el arma *f.*	die Waffe	La soldado sabe usar diferentes armas.
por último	zuletzt	Por último, los reyes conquistaron Granada.
existir	existieren	El Coco no existe, es un cuento para niños.

Unidad 3 / Texto A ▶ p. 42

el área metropolitana *f.*	*der städtische Ballungsraum*	El área metropolitana de la capital es enorme.
el reportaje	*die Reportage*	Leo un reportaje sobre la cocina mexicana.
el efecto	der Effekt, die Auswirkung	La contaminación tiene un efecto negativo.
negativo/-a	negativ	≠ positivo/-a
el auto *Lat. Am.*	das Auto	No vayas en auto. Ve en autobús.
la distancia	die Entfernung	E distance F la distance
por	wegen	Prefiero ir en metro por el tráfico.
tardar	dauern; hier: brauchen	Tardó doce horas en llegar a la Ciudad de México.
respirar	atmen	Por la contaminación, casi no se puede respirar.
estar **contaminado/-a**	verschmutzt sein	Por el tráfico, la ciudad está muy contaminada.
al principio	am Anfang, anfangs	≠ al final
platicar mex.	*sich unterhalten, mit jdm reden*	Cosme y Yela platican sobre la universidad.
desde mi punto de vista	aus meiner Sicht	Desde mi punto de vista, tienes razón.
la ventaja	der Vorteil	La oferta cultural es una ventaja de la ciudad.
el hospital	das Krankenhaus	E hospital F l'hôpital *m.*
estar **claro**	klar sein	Está claro que tienes un problema.
de todo	alles mögliche	Aquí hay de todo: teatro, conciertos, arte...
listo/-a	klug, schlau	Martín es un chico muy listo.
rico/-a	reich	Su abuela es rica, tiene mucho dinero.

⚠ Manche Adjektive ändern ihre Bedeutung, je nachdem, ob sie mit **ser** oder **estar** verwendet werden:

Isabel **es buena** en hockey.	Isabel **ist gut** in Hockey.
El asado **está** muy **bueno**.	Das gegrillte Fleisch **ist (schmeckt)** sehr **gut**.
Ricardo no **es malo** en fútbol.	Ricardo **ist** nicht **schlecht** in Fußball.
Estos tacos **están malos**.	Diese Tacos **schmecken schlecht**.
Estos barrios **son** muy **ricos**.	Diese Viertel **sind** sehr **reich**.
La ensalada **está** muy **rica**.	Der Salat ist **(schmeckt)** sehr **lecker**.
Ana **es** muy **lista**.	Ana **ist** sehr **klug**.
Ana, **¿estás lista**?	Ana, **bist** du **fertig**?

la aplicación (= la app)	die App	Escucho música con la aplicación.
el evento	die Veranstaltung	E event
tanto… como	sowohl… als auch	Hay tantas ventajas como desventajas.
el aspecto	der Aspekt	El tráfico es un aspecto negativo de la ciudad.
positivo/-a	positiv	≠ negativo
estar **malo/-a**	schlecht schmecken	Este plato está malo, no me gusta.
depender de algo/alguien	von etw./jdm abhängen	Me gusta bailar, pero depende de la música.
la consecuencia	die Konsequenz, die Folge	La contaminación es consecuencia del tráfico.
el entrenamiento	*das Training*	Debo ir a mi entrenamiento de fútbol.
el/la bombero/-a	der/die Feuerwehrmann/-frau	Los bomberos llegaron después del desastre.
el terremoto	das Erdbeben	Un terremoto es un desastre natural.
producir **algo (yo produzco)**	etw. produzieren, *hier:* etw. verursachen	El terremoto produjo muchos problemas.
estar **orgulloso/-a de algo/alguien**	auf etw./jdn stolz sein	Mi abuelo está orgulloso de sus nietos.
el/la voluntario/-a	der/die Freiwillige	Muchos voluntarios ayudaron tras el desastre.
estar **listo/-a**	fertig, bereit sein	Los bomberos están listos para los desastres.
en mi opinión	meiner Meinung nach	En mi opinión, todos tenemos que ayudar.
actuar **(yo actúo)**	handeln	Cuando pasa un desastre, hay que actuar rápido.
rápido/-a	schnell	¡Ven rápido, no hay tiempo!
la ciclovía *mex.*	das Fahrradweg	Hay que construir ciclovías para las bicicletas.
el puesto ambulante (de comida)	*der Imbisswagen*	Compré un taco en el puesto ambulante.

Unidad 3 / Texto B ▸ p. 46

el pueblecito *fam.*	*das Dörfchen*	Soy de un pueblecito de la costa.
residir	wohnen	La familia reside en la calle Montoro.
los tarahumaras	*indigenes Volk aus dem Norden Mexikos*	
a simple vista	*mit bloßem Auge*	A simple vista, no parece un baile difícil.
montar a caballo	reiten	Ana montó a caballo en la excursión.
el violín, los violines	die Geige	Diego toca una canción con el violín.
el/la corredor/a	*der/die Läufer/in*	Olivia va a ser corredora en la maratón.
el/la músico/-a	der/die Musiker/in	Rodolfo es músico en una banda.
vecino/-a *adj.*	Nachbar-, benachbart	Vamos a visitar un pueblo vecino.
folclórico/-a	*Folklore- Adj.*	Me encanta la música folclórica.
el público	das Publikum	El público disfrutó del concierto.
la canción	das Lied	La banda tocó mi canción favorita.
el tarahumara	*indigene Sprache im Norden Mexikos*	
el/la chamaco/-a	der Junge, das Mädchen	= chico/-a
cantar	singen	Rosalía cantó en un concierto en Sevilla.
seguir + *gerundio* (e → i)	etw. weiterhin tun	¿Aún sigues buscando la cartera?

la sierra	das Gebirge	Hacemos senderismo por la sierra.
imaginarse algo	sich etw. vorstellen	No me imagino un mundo sin música.
hacerse + *profesión*	etw. werden *Beruf*	En unos años Pepa se hará ingeniera.
la edad	das Alter	La abuela ya trabajaba a mi edad.
chiquito/-a *mex.*	*klein*	= pequeño/-a
el/la médico/-a	der/die Arzt/Ärztin	No me siento bien, voy al médico.
cualquier + *sust.*	jede/r, jedes (irgendein/e) + *S.*	Cualquier ayuda es buena.

⚠ Unterscheide:

Podemos comer en **cualquier** restaurante. — Wir können in **jedem (irgendeinem)** Restaurant essen.
Podemos comer en **cada** restaurante. — Wir können in **jedem (einzelnen)** Restaurant essen.

insoportable	unerträglich	A esta hora, el tráfico es insoportable.
no ser mucho de + algo	*mit etwas nichts anfangen können*	Yo no soy mucho de correr, prefiero la bici.
correr	rennen, laufen	Moha corrió doce kilómetros.
corregir algo (e → i) (yo corrijo)	etw. korrigieren	La profe corrige los deberes en la pizarra.
el celular *lat. am.*	*das Handy*	= el móvil
la carrera	*der Lauf, das Rennen*	¿Corres en la carrera?

Módulo 3 ► p. 50

alguna vez	schon einmal, jemals	¿Alguna vez has visitado Costa Rica?
Centroamérica	Mittelamerika	Centroamérica es una región de América Latina.
la entrada	der Eintrag *Blog*	Acabo de leer la entrada de tu blog.
hace poco	vor kurzem	-¿Cuándo has llegado? -Hace poco.
así que	also	Necesitaba el libro, así que fui a la biblioteca.
ahorrar algo	etw. sparen	He ahorrado un poco de dinero.
duro/-a	hart	Ser camarera a veces es un trabajo duro.
deber + *inf.*	müssen	= tener que
vivir algo	etw. erleben	En México hemos vivido varios terremotos.
conectar algo con algo	etw. mit etw. verbinden	El tren conecta la ciudad con los pueblos.
el océano Pacífico	der pazifische Ozean, der Pazifik	El océano Pacífico es el más grande.
fundamental	grundlegend	El Canal de Panamá es fundamental para el comercio.
el comercio ► el/la comerciante	der Handel	El comercio es parte de la economía de la ciudad.
la biodiversidad	die Biodiversität	La Amazonia es una zona de gran diversidad.
la especie	die (Tier-/Pflanzen-)Art	En el parque nacional viven muchas especies.
la posibilidad	die Möglichkeit	E possibility F la possibilité
el skateboarding	*der Skateboarding*	Me gusta practicar skateboarding.
la arena	der Sand	¡Qué bonita playa de arena!

el/la poeta	der/die Dichter/in	Rubén Darío fue un poeta de Nicaragua.
bucear	tauchen	En mis vacaciones en Honduras aprendí a bucear.
junto a algo/alguien	neben	Encontré tu cartera junto a la planta.
el tiburón ballena	*der Walhai*	
el pez, los peces *pl.*	der Fisch	El pez es un animal vivo, en cambio, el pescado es un pez que se come.
el cráter	*der Krater*	¿Subisteis al cráter del volcán?
el volcán	der Vulkan	El volcán Ilamatepec está en El Salvador.
refrescarse	sich erfrischen	¡Qué calor! Vamos a la playa a refrescarnos.
bañarse	baden	El agua del mar estaba fría y no me bañé.
la temperatura	die Temperatur	¡Qué frío! La temperatura hoy es muy baja.
imposible	unmöglich	≠ posible
morirse de ganas por + *inf. fam.*	*darauf scharf sein, etw. zu tun*	Me muero de ganas por ir a Centroamérica.
convertirse en algo (e→ie)	zu etw. werden, sich in etw. verwandeln	Mi barrio se ha convertido en una zona turística.

Ponerse, **hacerse**, **convertirse** und **volverse** bedeuten alle *werden* :

Alejando **se pone** rojo como un tomate.	Alejandro **wird** rot wie eine Tomate. (temporäre Zustandsveränderung, oft bei Gefühlen)
Carola quiere **hacerse** médica.	Carola will Ärztin **werden.** (zum Ausdruck von Entwicklungen, meist im beruflichen Kontext)
El español **se convirtió** en la lengua oficial.	Spanisch **wurde** die offizielle Sprache. (tiefgreifende, dauerhafte Veränderung)
¿Te **has vuelto** loco?	Bist du verrückt **geworden**? (oft unerwartete, teils negative Veränderung)

urbano/-a	städtisch, Stadt- *Adj.*	El autobús va hacia el centro urbano.
la excursión	der Ausflug	Se pueden hacer excursiones a una hora de la ciudad.
encantador/a	zauberhaft, wunderbar	La arquitectura de este pueblo es encantadora.
el amanecer	der Sonnenaufgang	Nos levantamos temprano para ver el amanecer.
desaparecer (c → zc) (yo desaparezco)	verschwinden, aussterben	E to disappear
mágico/-a	magisch	Las vistas desde el volcán son mágicas.
el/la guía	der/die (An-)Führer/in	Te recomiendo hacer una ruta con un guía.
impresionar a alguien	jdn beeindrucken	Las ruinas me impresionaron mucho.

Unidad 4 / ¡Vamos! ▸ p. 54

el test de orientación vocacional	*der Berufswahltest*	
original	originell, original	Mónica tiene ideas muy originales.

comunicativo/-a	kommunikativ	Teo es comunicativo y habla muy claro.
reparar algo	etw. reparieren	Mi hermana ha reparado mi bicicleta.
darse **bien/mal (a alguien)**	gut/schlecht in etw. sein	Se me da bien trabajar con las manos.
la tecnología	die Technologie	Me gustan los ordenadores y la tecnología.
competitivo/-a	*hier:* den Wettbewerb mögen	Soy competitiva y quiero ser la mejor.
curioso/-a	neugierig	E curious F curieux, curieuse L curiosus
aprender algo de memoria	auswendig lernen	Aprendí todas las fechas de memoria.
la memoria	das Gedächtnis, die Erinnerung	E memory F la mémoire *f.* L memoria
resultar fácil/difícil a alguien	jdm leicht/schwer fallen	Me intereso por la música y el arte.
los datos	die Angaben, die Daten	Aquí están los datos de la encuesta.
entregar algo	etw. abgeben	¿Ya has entregado los deberes?
costar **algo a alguien** (o → ue)	etw. jdm schwer fallen	No me cuesta trabajar con números.
la presión	der Druck	F la pression L pressus
considerar los aspectos a favor / en contra de algo	das Pro/Kontra von etw. bedenken	
confiar en algo/alguien	etw./jdm vertrauen	Confío en mi familia y mis amigos.
el instinto	*der Instinkt*	
permitir algo a alguien	jdm etw. erlauben	E to permit F permettre
estable	fest, stabil	Busco un trabajo estable con buen sueldo.
intentar algo	etw. versuchen	Eva intenta aprender muchas lenguas.
el resultado	das Ergebnis	¿Tienes el resultado del problema de Mates?
estar **motivado/-a**	motiviert sein	Necesito estar motivado para estudiar.
concentrarse en algo	sich auf etw. konzentrieren	Me concentro mejor con música tranquila.
soler + *inf.* (o → ue)	gewohnt sein, etw. zu tun	Rocío suele estudiar en la biblioteca.
técnico/-a	technisch	Su trabajo es bastante técnico.
la energía renovable	die erneuerbare Energie	Las energías renovables son el futuro.
por lo tanto	folglich, somit	Me gusta trabajar con niños, por lo tanto seré profesor.
el diseño multimedia	*das Multimedia-Design*	
la escenografía	*die Bühnenbildnerei*	Soy escenógrafo y trabajo en el teatro.
el conservatorio	*die Musikschule*	Aprendo a tocar el violín en el conservatorio.
social	sozial	Tengo un perfil social, me gusta ayudar.
solidario/-a	solidarisch	La gente de mi barrio es muy solidaria.
el/la policía	der/die Polizist/in	Aunque es peligroso, quiero ser policía.
tener **algo claro/-a**	sich über etw. im Klaren sein	Tengo claro que quiero estudiar Química.
el objetivo	das Ziel	El objetivo del test es ayudarte a decidir.
trabajar en equipo	im Team arbeiten	¿Prefieres trabajar en equipo o solo?
el equipo	das Team	Participamos en una carrera por equipos.
la respuesta	die Antwort	Aquí está la respuesta a mi e-mail.

Unidad 4 / Texto A ► p. 58

el campamento	das (Ferien-)Lager	En verano, iremos a un campamento.
recordar **algo** (o → ue)	sich an etw. erinnern	Aún recuerdo mis primeras vacaciones.

entrenar	trainieren	¿Habéis entrando para la carrera?
el partido	das Spiel	El partido del F.C. Barcelona es a las 7.
ganar (algo)	(etw.) gewinnen	¡Hemos ganado el partido!
dar un paseo	einen Spaziergang machen	Jorge da un paseo por el parque.
ocuparse de algo	sich um etw. kümmern	Tom se ocupa de mi perro en las vacaciones.
ordenar algo	etw. aufräumen	Espero que ordenes tu cuarto hoy.
ante + *sust.*	vor, angesichts	Ante un problema, hay que pensar soluciones.
dejar de + *inf.*	aufhören, etw. zu tun	Hija, deja de quejarte y estudia.
empezar (e → ie) a + *inf.*	anfangen, etw. zu tun	Aitana empieza a hacer la maleta.
exagerado/-a	übertrieben	F exagéré, exagérée
dar ánimos a alguien	jdn aufmuntern	Me ha dado ánimos para seguir mis estudios.
respetar algo / a alguien	etw./jdn respektieren	E to respect F respecter
la regla	die Regel	E rule F la règle
cumplir algo	etw. einhalten	Voy a cumplir lo que te prometí.
egoísta	egoistisch	Antonio es muy egoísta, no comparte nada.
amable	freundlich	Ana me ayuda con la tarea, es muy amable.
convivir	zusammenleben	Mi prima convive con una amiga en un piso.
volver a + *inf.* **(o → ue)**	etw. wieder tun	Sara ha vuelto a hacer el ejercicio.
el/la monitor/a	der/die (Gruppen-)Leiter/in	La monitora fue con el grupo al cine.
ser consciente de algo	sich etw. bewusst sein	Hay que ser conscientes del problema.
el/la responsable	der/die Verantwortliche	Víctor es el responsable de nuestro grupo.
darse cuenta de algo	etw. merken	Me di cuenta de que preparaban una sorpresa.
tomar algo / a alguien en serio	etw./jdn ernst nehmen	Los chicos no toman en serio al monitor.
hacer caso a algo/alguien	etw./jdn beachten	Tienes que hacer caso a tu madre.
por supuesto	natürlich, selbstverständlich	Por supuesto, tienes razón.
reaccionar a algo	auf etw. reagieren	José reaccionó muy bien al problema.
perderse (e → ie)	sich verlaufen	Mi primo se perdió en el Camino de Santiago.
estar preocupado/-a por algo/alguien	über etw. / um jdn besorgt sein	Estoy preocupado por el examen de mañana.
echar la bronca a alguien	jdn ausschimpfen	El monitor nos echó la bronca a todos.
abrazar a alguien	jdn umarmen	Abracé a mi amiga antes de irme.
gordo/-a	dick, kräftig	≠ delgado/-a
ir en silla de ruedas	im Rollstuhl sitzen	Desde niña, Camila va en silla de ruedas.
el grano	der Pickel	Es normal tener granos de adolescente.
de nuevo	erneut, wieder	Voy a leer el libro de nuevo, es muy bueno.
el Trabajo Social	die Sozialarbeit	Óscar quiere estudiar Trabajo Social.
estar relacionado/-a con algo/alguien	mit etw./jdm zusammenhängen	E to be related

Unidad 4 / Texto B ► p. 61

llamar a la puerta	anklopfen	¡Llama a la puerta antes de entrar!
quisiera + *inf.*	ich würde gerne + *Inf.*	Quisiera hablar con usted, señora López.
pasar (a + *lugar*)	hereinkommen	¡Pasa! La puerta está abierta.
la cita	der Termin	Tengo una cita a las 10 con el médico.
la sonrisa	das Lächeln	F le sourire
ninguno/-a *pron.*	keine/r, keins	≠ alguno/-a
ningún, ninguna + *sust.*	kein/e + *S.*	No conozco a ningún Carlos.

⚠ Unterscheide zwischen den Begleitern **ningún/ninguna** und den Pronomen **ninguno/-a**:

No tengo **ningún** examen mañana.	Morgen habe ich **überhaupt keine** Prüfung.
–¿Me das un boli rojo, por favor?	– Gibst du mir bitte einen roten Kuli?
–Lo siento, no tengo **ninguno**.	– Es tut mir leid, ich habe **keinen** (einzigen).

llevar + *tiempo* + *gerundio*	etw. seit + *Zeit* + tun	Llevo mucho tiempo pensando en mi futuro.
el ciclo de formación profesional	die Ausbildung	Estudio un ciclo de formación profesional.
la perspectiva	die Perspektive	La Formación Profesional tiene buenas perspectivas.
la Informática	die Informatik	Me gustan la tecnología y la Informática.
continuar + *gerundio*	etw. weiterhin tun	En la universidad continuaré estudiando.
Francia	Frankreich	La capital de Francia es París.
el/la au pair	*der/das Au-Pair*	Trabajaré un año como au pair en Francia.
Inglaterra	England	Mi hermano vive en Liverpool, en Inglaterra.
la organización	die Organisation	Trabajo para una organización.
exactamente	genau	No sé qué hacer exactamente.
ecologista	ökologisch, Umweltschutz-	Me interesan los temas ecologistas.
la protección	der Schutz	E protection F la protection
tal vez	vielleicht	= quizás
servir a alguien (e → i)	jdm nützen	El inglés sirve para comunicarse fuera.
te habrá servido	*es wird dir genützt haben*	
el examen final	die Abschlussprüfung	En junio es el examen final de Historia.
aprobar algo (o → ue)	etw. bestehen	¡He aprobado el examen!
por cierto	übrigens	Por cierto, ¿has hecho ya el test?
la copia	die Kopie	No tengo el test. ¿Me das una copia?
¿Pudieras + inf.?	*Könntest du + Inf.?*	¿Pudieras venir mañana a las 9?
el ejemplar	das Exemplar	Hemos comprado cinco ejemplares del libro.

Módulo 4 ► p. 68

el retrato	das Porträt	En el museo hay muchos retratos.
el catalán	Katalanisch (Sprache)	Merce habla castellano, catalán e inglés.
oficial	offiziell	La información está en la página oficial del instituto.

rebelde	rebellisch	Esta niña es muy rebelde. ¡Nunca hace caso!
la motivación	die Motivation	¿Cuál es tu motivación para aprender francés?
el porcentaje de algo	der Prozentsatz, *hier:* der Anteil an etw.	Hoy en día un alto porcentaje va a la universidad.
ingresar en algo	in etw. eintreten	Ingresaré en la universidad el próximo año.
las Bellas Artes	*die Bildende Kunst*	Quiero estudiar Bellas Artes en la universidad.
la escultura	die Skulptur, *hier:* die Bildhauerkunst	Me encantó la escultura que vimos en el museo.
la obra (de arte)	das (Kunst-)Werk	F l'œuvre *f.* L opera
exponer **algo (yo expongo)**	etw. ausstellen	Expondré mi obra en París y Barcelona.
hacer **gracia a alguien** *fam.*	etw. lustig finden, jdm gefallen	Hay bromas que no hacen gracia.
el consumo	der Verbrauch, der Konsum	El consumo de verdura ahora es mayor.
la alimentación	die Ernährung	Hay que poner atención a la alimentación.
el jamón ibérico	der iberische Schinken	En Extremadura se produce mucho jamón ibérico.
cambiar algo	etw. ändern	Cambié mi alimentación y como menos carne.
impactante	einschlagend	Me enseñaron un vídeo muy impactante.
el maltrato animal	die Tierquälerei	Estoy en contra del maltrato animal.
las condiciones de vida	die Lebensbedingungen	Quiero mejorar las condiciones de vida de los animales.
terrible	schrecklich	≠ genial
burlarse de algo/alguien	sich über etw./jdn lustig machen	No os burléis de vuestro compañero.
estar **de acuerdo**	einverstanden sein	Estoy de acuerdo con tu opinión.
la cocina	die Küche	-¿Dónde están los platos? -En la cocina.
el/la vegetariano/-a	der/die Vegetarier/in	Soy vegetariana, no como carne.
poco a poco	nach und nach	Poco a poco, la situación está cambiando.

Unidad 5 / ¡Vamos! ► p. 76

geográfico/-a	geographisch	Busco información geográfica sobre Baleares.
la superficie	die Fläche	F la superficie
el/la romano/-a	der/die Römer/in	Los romanos fundaron muchas ciudades españolas.
hacerse **+** *adj.*	*Adj.* + werden	Pocos se hacen ricos de repente.
la Edad Media	das Mittelalter	La Edad Media duró mil años.
demostrar **algo (**o → ue**)**	etw. zeigen, beweisen	Cada día Juan demuestra que es inteligente.
el puerto	der Hafen	E port F le port
la agricultura	die Landwirtschaft	E agriculture L agricultura
el cultivo	der Anbau	Sóller es conocida por el cultivo de naranjas.
la aceituna	die Olive	¿Nos pone una tapa de aceitunas?

la uva	die Traube	En España se comen doce uvas el 31 de diciembre.
el cerdo	das Schwein, Schweinefleisch	No me gusta la carne de cerdo.
destacar algo	etw. hervorheben	El profe destacó el trabajo de los alumnos.
la producción	die Produktion	El pueblo es famoso por la producción de fruta.
aumentar (algo)	zunehmen, steigen	Ha aumentado el número de turistas.
la actividad	die Aktivität	La industria es la principal actividad económica.
alcanzar algo	etw. erreichen	El número de turistas ha alcanzado el millón.
la cifra	die Zahl, die Ziffer	Un millón de turistas es una cifra muy alta.
el/la trabajador/a	der/die Arbeiter/in	Los trabajadores piden mejores condiciones.
la temporada	die Saison	Esta temporada habrá mucho trabajo.
el doble	das Doppelte	En verano trabajamos el doble que en invierno.
sensible a algo	gegenüber etw. sensibel sein	Esta planta es muy sensible al frío.
la pandemia	die Pandemie	En 2020 comenzó la pandemia de COVID-19.
la naturaleza	die Natur	Los turistas deben respetar la naturaleza de la isla.
la razón	der Grund	E reason F la raison
el/la aficionado/-a (a algo)	der/die Anhänger/in	Soy un aficionado al senderismo.
la música electrónica	die elektronische Musik	En la discoteca pusieron música electrónica a tope.
contar con algo (o → ue)	über etw. verfügen	Ibiza cuenta con varias discotecas famosas.
la tranquilidad ▸tranquilo/-a	die Ruhe	F la tranquillité
el bosque	der Wald	En este bosque viven muchos animales.
escalar	klettern	Fuimos a la montaña a escalar.
el gobierno	die Regierung	E government F le gouvernement
promocionar algo	für etw. werben	El gobierno promociona el turismo.
activo/-a	aktiv	Haremos turismo activo en la montaña.

Unidad 5 / Texto A ▸ p. 80

la rutina	die Routine	Ir al insti cada día es parte de mi rutina.
el ritmo de vida	der Lebensrhythmus	El ritmo de vida en Madrid es estresante.
comenzar con/por algo/alguien (e → ie)	mit etw. / bei jdm anfangen	Comienza tu texto con una introducción.
el/la recepcionista	der/die Rezeptionist/in	El recepcionista llamó a la habitación.
acostumbrarse a algo	sich an etw. gewöhnen	No me acostumbro a trabajar de noche.
estar en paro	arbeitslos sein	No encuentro trabajo, estoy en paro.
el turno de noche	die Nachtschicht	Hoy tengo turno de noche en el hotel.
poner de los nervios a alguien *fam.*	jdn irremachen	Mi hermano me pone de los nervios.

romperse	kaputt gehen	Se ha roto la ducha de la habitación 114.
la ducha ▸ducharse	die Dusche	F la douche
inundar algo	überschwemmen	F inonder
estar **hecho/-a polvo** *fam.*	todmüde/kaputt sein	He trabajado mucho. ¡Estoy hecha polvo!
estar **al revés**	umgekehrt sein	F à l'envers L inversus
el/la fisioterapeuta	der/die Physiotherapeut/in	
el marido	der Ehemann	Mi marido no está en casa.
totalmente	völlig	Mi ritmo de vida es totalmente distinto.
distinto/-a	anders	= diferente
compatible	kompatibel	Necesito un horario compatible con la vida familiar.
sincero/-a	ehrlich	E sincere F sincère L sincerus
estar **hasta las narices** *fam.*	die Nase voll haben	¡Qué pesado, ya estoy hasta las narices!
la cena	das Abendessen	-¿Qué hay de cena? -Verdura.
cenar	Abendbrot essen	Siempre ceno con mis padres.
repartir algo	etw. verteilen	En casa repartimos las tareas.
colaborar	zusammenarbeiten	E to collaborate
por igual	gleichmäßig	Todos colaboramos por igual.
encargarse de algo/alguien	sich um etw./jdn kümmern	Yo me encargo de la cena, tú de la compra.
hacer **la compra**	den Einkauf machen	He hecho la compra en el mercado.
la identidad	die Identität	El alemán es parte de la identidad de la isla.
rentar a alguien *fam.*	sich lohnen	Aprender una lengua al final te renta.
ponerse **las pilas** *fam.*	die Ärmel hochkrempeln	Me puse las pilas para el examen y aprobé.
currar *fam.*	malochen	Curro como camarero en un bar.
independiente	unabhängig	E independent F indépendant, indépendante
echar un cable a alguien *fam.*	jdm helfen	¿Me echas un cable con los deberes?
ser **la leche** *fam.*	der Hammer sein	Me encanta montar a caballo. ¡Es la leche!
mayor	älter	Mi hermano es mayor y va a la universidad.
esforzarse **(en algo)** (o → ue)	sich Mühe geben	Si te esfuerzas, conseguirás tu objetivo.

Unidad 5 / Texto B ▸ p. 84

la sequía	die Dürre	Hay sequía porque no llueve.
demasiado/-a + *sust.*	zu viel + *S.*	Cada año vienen demasiados turistas.
la basura	der Müll	¿Has tirado ya la basura?
estar **en peligro de extinción**	vom Aussterben bedroht sein	El lince está en peligro de extinción.
el medio ambiente	die Umwelt	Debemos proteger el medio ambiente.
grave	ernst, schlimm	La sequía es un problema grave.
sufrir algo	(er-)leiden, (er-)dulden	Los bosques de Baleares sufren la sequía.
el corte de agua	das Abstellen des Wassers	Hay cortes de agua por la sequía.
malgastar algo	etw. verschwenden	Leo malgasta su dinero en tonterías.
acabarse	zu Ende gehen	Se ha acabado la leche. Compra más.
el/la ecologista	der/die Umweltschützer/in	E ecologist F l'écologiste *m./f.*
rendirse (e → i)	aufgeben	No te rindas, inténtalo otra vez.

luchar por algo/alguien	um etw./jdn kämpfen	Luchamos por un futuro mejor.
no obstante	trotzdem, dennoch	≠ sin embargo
regar **algo** (e → ie)	etw. gießen	En verano riegan las plantas por la noche.
asimismo	ebenfalls	= también
el litro	der Liter	Debes beber unos dos litros de agua al día.
recomendar **algo** (e → ie)	etw. empfehlen	Te recomiendo que visites Formentera.
cerrar **el grifo** (e → ie)	den Wasserhahn zudrehen	Cierra el grifo para ahorrar agua.
lavarse los dientes	die Zähne putzen	Lávate los dientes antes de dormir.
el diente	der Zahn	F la dent
por culpa de algo/alguien	aufgrund *negativ*	Por culpa de la sequía sufrimos cortes de agua.
el cambio climático	der Klimawandel	El cambio climático es un problema serio.
tomar medidas	Maßnahmen ergreifen	Hay que tomar medidas para ahorrar agua.
oficialmente	offiziell	La isla de Cabrera es oficialmente un parque nacional.
el espacio protegido	das Naturschutzgebiet	En este espacio protegido viven muchos pájaros.
marino/-a	Meeres- *Adj.*	Me encantan los animales marinos.
implicarse **en algo**	sich für/bei etw. engagieren	Ana se implica en una organización social.
proteger **algo / a alguien (yo protejo)**	etw./jdn schützen	La asociación protege los árboles del bosque.
la flora	die Flora	Esta planta es parte de la flora de la isla.
plantar algo	etw. pflanzen	Vamos a plantar olivos en esta zona.
el olivo	der Olivenbaum	
el mallorquín, la mallorquina	der/die Mallorquiner/in	Soy mallorquina, de la ciudad de Palma.
la solución	die Lösung	Tenemos una solución para el problema.
recoger **algo (yo recojo)**	*hier:* etw. aufsammeln	Recojo basura del parque.
el suelo	der Boden	No tires basura al suelo.
la iniciativa	die Initiative	Esta iniciativa es una buena idea.

Módulo 5 ▸ p. 90

el general	der General	Franco fue un general español.
el/la militar	der Militär	= el/la soldado
la república	die Republik	En la república no hay reyes.
el/la republicano/-a	*der spanischen Republik treu*	Los republicanos lucharon por la democracia.
en cambio	stattdessen, dagegen	Los republicanos querían la democracia. Los nacionales, en cambio, la dictadura.
las Brigadas Internacionales	*freiwillige Militärkräfte, die auf der Seite der spanischen Republik kämpften*	
militar	Militär-, militärisch	Franco comenzó una dictadura militar.
católico/-a	katholisch	En mi instituto no todos estudian religión católica.

franquista	*auf Francos Diktatur bezogen*	Ayer hablamos de la dictadura franquista en clase.
el período	die Periode	La dictadura fue un período de la historia.
la represión	die Unterdrückung	E repression F la répression
la censura	die Zensur	Durante la dictadura, había censura política y cultural.
la política	die Politik	Me interesa la política de la Unión Europea.
la democracia	die Demokratie	España y Alemania son democracias.
la muerte	der Tod	F la mort
la constitución	die Verfassung	La constitución española fue aprobada en 1978.
el voto	die Wählerstimme	Con su voto, las personas eligen al gobierno.
la Unión Europea (UE)	die Europäische Union (EU)	
definitivamente	definitiv	Definitivamente, me has impresionado.
la introducción	die Einführung	En 2002 se produjo la introducción del euro.
la eurozona	die Eurozone	España e Italia son parte de la Eurozona.
la peseta	die Pesete (*ehemalige spanische Währung*)	En España antes se pagaba con pesetas.
la aprobación	die Anerkennung, die Verabschiedung	La aprobación del matrimonio homosexual fue en 2005.
el matrimonio	die Ehe	Mis padres son un matrimonio.
homosexual	homosexuell	≠ heterosexual
el derecho	das Recht	El matrimonio es un derecho para todos.
la adopción	die Adoption	Me interesa la adopción de hijos.
la modernidad	die Moderne	
el ejemplo	*hier:* das Vorbild	Debes ser un ejemplo para tus compañeros.
afectar a algo/alguien	etw./jdn betreffen	La pandemia afectó a muchos países.
morir (o → ue)	sterben	Muchas personas murieron de COVID. ≠ nacer
superar algo	überwinden	Al final superamos esos años difíciles.

Unidad 6 / ¡Vamos! ▶ p. 92

digital	digital	En clase tenemos una pizarra digital.
cada vez	immer	Cada vez más gente lee audiolibros.

Cada tarde paseo con mi perro.	**Jeden** Nachmittag gehe ich mit meinem Hund spazieren.
Cada vez te entiendo mejor.	Ich verstehe dich **immer** besser.
Siete de cada diez alumnos están de acuerdo.	**Sieben von zehn** Schülern sind einverstanden.

el/la adolescente	der/die Jugendliche	Mi hija es adolescente, tiene 15 años.
la encuesta	die Umfrage	Los datos de esta encuesta son interesantes.
el canal (de televisión)	der (Fernseh-)Sender	-¿En qué canal es la película? -En Antena 3.

la media	der Durchschnitt	En España las parejas tienen dos hijos de media.
el (ordenador) portátil	der Laptop	Veo una película desde mi portátil.
la plataforma	die Plattform	Veo más series en plataformas que en la tele.
el/la cual	der, die, das *Relativpronomen*	Ayer vino Javier, el cual trajo un regalo.
el programa	die Sendung	Veo un programa sobre ciencia.
el sinónimo	das Synonym	«Distinto» y «diferente» son sinónimos.
virtualmente	virtuell	Prefiero leer las noticias virtualmente.
el papel	das Papier	Mis padres ya no compran periódicos en papel.
el formato	das Format	No me gustan los libros en formato digital.
la población	die Bevölkerung	E population F la population
la tableta	das Tablet	Leo un libro en mi tableta.
el/la lector/a	der/die Leser/in	Soy lectora de libros de fantasía.
la comodidad	die Bequemlichkeit	Prefiero trabajar desde la comodidad de casa.
el espacio	der Platz, Raum	Los libros digitales no ocupan espacio.
descargar **algo**	etw. herunterladen	Ayer me descargué esta canción.
el audiolibro	das Hörbuch	Me gusta la voz que lee este audiolibro.
cuyo/-a	dessen, deren	L cuius, cuia, cuium
el/la usuario/-a	der/die Benutzer/in	E user
extenderse **(**e → ie**)**	sich ausbreiten	Con la pandemia se extendió el teletrabajo.
el teletrabajo	das Homeoffice	Gracias al teletrabajo, no pierdo tiempo en el metro.
hacerse **viral**	viral werden	Este vídeo se hizo viral.
el caso	der Fall	En este caso, creo que tienes razón.
el consentimiento	das Einverständnis	Subieron una foto sin mi consentimiento.
la contraseña	das Kennwort	Nunca envíes tus contraseñas por mensaje.
difundir algo	etw. verbreiten	La noticia se ha difundido muy rápido.
la publicación	die Veröffentlichung	Paca ha subido una publicación a su perfil.
la revolución	die Revolution	La Revolución Francesa fue en 1789.
el humor	der Humor	Estoy viendo un programa de humor.
el rey, la reina	der/die König/in	F le roi, la reine L rex, regina
expresar algo	etw. ausdrücken	Cora expresa lo que siente en sus poemas.
a través de algo/alguien	durch, über	Te vi a través de la ventana.
la preocupación	die Sorge	El paro es una preocupación para todos.
la frustración	die Frustration	No encontrar trabajo es una frustración para mí.

Unidad 6 / Texto A ▶ p. 96

la electricidad	der Strom, die Elektrizität	E electricity F l'électricité *f.*
renunciar a algo	auf etw. verzichten	Soy vegetariano, renuncié a la carne.
la desventaja	der Nachteil	≠ la ventaja

el riesgo	das Risiko	Existe el riesgo de leer información falsa.
reflexionar sobre algo	über etw. reflektieren	Debo reflexionar sobre las redes sociales.
la dependencia	die Abhängigkeit	Mucha gente sufre dependencia digital.
la relación	die Beziehung	Tengo una buena relación con mis padres.
la pantalla	der Bildschirm	Se rompió la pantalla de mi móvil.
valorar algo	etw. (wert-)schätzen	Valoro tu consejo, pero no lo necesito.
la salud mental	die psychische Gesundheit	Voy al psicólogo por mi salud mental.
el quiosco	der Kiosk	Mi abuela aún compra el periódico en el quiosco.
es decir	das heißt	Bea es la hija de mi tía, es decir, mi prima.
el clic	der Klick	Haz clic en esta página.
la fuente	die Quelle	¿Cuál es la fuente de esa información?
fiable	vertrauenswürdig	Aquí encontrarás información fiable.
desgraciadamente	leider	Desgraciadamente, no he aprobado.
el ciberacoso	das Cybermobbing	El ciberacoso es un problema hoy en día.
el/la director/a	der/die Leiter/in	El director de mi instituto es don Ramón.
utilizar **algo**	etw. benutzen	Espero que utilices bien las redes sociales. = usar
la manera	die Art und Weise	Me gusta tu manera de ver las cosas.
útil	nützlich	Esta información parece muy útil.
dentro de + *lugar*	innerhalb	Estas son las reglas dentro del aula.
fuera de + *lugar*	außerhalb	Te veo fuera del instituto.
desde entonces	seitdem	Desde entonces he vivido en Francia.
la conclusión	die Schlussfolgerung	E conclusion F la conclusion L conclusio
crítico/-a	kritisch	Hay que ser críticos con la información.
el/la ciego/-a	der/die Blinde	Mara no puede ver porque es ciega.
el accidente	der Unfall	Dos coches han tenido un accidente.
moverse **(**o → ue**)**	sich bewegen	Me muevo por el centro de la ciudad.
la voz	die Stimme	E voice F la voix L vox
o sea	das heißt	Soy ciego, o sea, no puedo ver.
la barrera	die Barriere	Hay muchas barreras para las personas ciegas.
escanear algo	etw. einscannen	¿Puedes escanear el código con tu móvil?
Es verdad que…	Es ist wahr, dass	
joven	jung	Cuando nací, mis padres eran muy jóvenes.

⚠ Unterscheide:

La **joven** se llama Isabel.	Die **Jugendliche** heißt Isabel.
Sofía es muy **joven**.	Sofía ist sehr **jung**.

la discapacidad	die Behinderung	Mi hermana tiene una discapacidad.
la herramienta	das Werkzeug	Esta herramienta hace la vida más fácil.

Unidad 6 / Texto B ▶ p. 100

el bulo	die Falschmeldung	No debes creerte eso, es un bulo.
la salud	die Gesundheit	La salud es lo más importante.
falso/-a	falsch, *hier:* fake *ugs.*	Esa es una noticia falsa.
la víctima	das Opfer	Hubo un accidente, pero sin víctimas.
estar equivocado/-a	sich irren	No es así, estás equivocado.
la mentira	die Lüge	≠ la verdad
fabricado/-a	*hier:* erfunden	Es una aplicación fabricada por mi clase.
publicar algo	etw. veröffentlichen	El periódico publicó una noticia.
principalmente	hauptsächlich	
el medio	das Medium	Prefiero los medios digitales a los medios en papel.
manipular algo / a alguien	etw./jdn manipulieren	Los bulos manipulan la opinión de la gente.
el diario	die Tageszeitung	= el periódico
creerse algo	etw. glauben	No te creas todo lo que ves en internet.
el estudio ▶ estudiar	die Studie	E study
importar ▶ importante	*hier:* etw. ausmachen	-He olvidado traer algo de comer. -No importa.
el zumo	der Saft	¿Quieres beber un zumo de naranja?
perder peso (e → ie)	abnehmen	Para perder peso hay que hacer deporte.
inocente	naiv, unschuldig	No seas inocente y no te creas todo.
gracioso/-a	lustig	¿Has visto este meme tan gracioso?
el medicamento	das Medikament	El médico me mandó este medicamento.
contra	gegen	¿Qué podemos hacer contra los bulos?
la teoría conspirativa	die Verschwörungstheorie	No me creo ninguna teoría conspirativa.
lo mismo	das gleiche, dasselbe	Pienso lo mismo que tú.
democrático/-a	demokratisch	Alemania es un país democrático.
el/la candidato/-a	der/die Kandidat/in	¿Has leído la noticia sobre la candidata a presidenta?
influir en algo/alguien	etw./jdn beeinflussen	Los bulos influyen en la opinión de la gente.
borrar algo	etw. löschen	El diario borró una notica que era un bulo.
identificar algo / a alguien	etw./jdn erkennen	Es importante que identifiques los bulos.
denunciar algo / a alguien	etw./jdn anzeigen, melden	Hay que denunciar los casos de ciberacoso.
verificar algo	etw. nachweisen	¿Has podido verificar esa información?
el/la periodista	der/die Journalist/in	Pepa Bueno es periodista en El País.
comprobar algo (o → ue)	etw. nachprüfen	Un buen periodista debe comprobar sus fuentes.
la institución	die Institution, Einrichtung	La Real Academia es una institución muy antigua.
beneficiarse de algo	von etw. profitieren	¿Quién se beneficia de esa información?

Unidad 7 / ¡Vamos! ▸ p. 108

el Cono Sur	der Südkegel (südlicher Teil Südamerikas)	Nos vamos de viaje al Cono Sur
el/la italiano/-a	der/die Italiener/in	Fui a Sicilia y hablé con los italianos de allí.
Sudamérica	Südamerika	Ecuador y Perú están en Sudamérica.
en busca de algo/alguien	auf der Suche nach etw./jdm	Muchos emigraron en busca de un futuro mejor.
generalmente	allgemein	Generalmente se me dan bien las lenguas.
considerar algo	als etw. betrachten; für etw. halten	Considero a Valeria una buena persona.
la desigualdad	die Ungleichheit	Hay mucha desigualdad entre ricos y pobres.
tener **algo en común**	etw. gemeinsam haben	España y Latinoamérica tienen la lengua en común.
la migración	die Wanderung	E migration F la migration
al mismo tiempo	gleichzeitig	E at the same time
el/la que	der/die/das, welche/r/s *Relativpronomen*	Este es el número desde el que te llamé.
chileno/-a	chilenisch	Mi novia chilena es de Valparaíso.
concentrar algo	etw. konzentrieren	Buenos Aires concentra mucha población.
teatral	*Theater- Adj.*	Buenos Aires es un importante centro teatral.
la cuna	*die Wiege*	Montevideo y Buenos Aires fueron la cuna del tango.
el clima	das Klima	Viña del Mar tiene un clima muy agradable.

⚠ Nicht immer lässt sich das Genus eines Substantivs an dessen Endung erkennen:
el clima, **el** problema, **el** ecosistema — **la** foto, **la** mano (die Hand)

seco/-a	trocken	El desierto de Atacama tiene un clima seco.
la falta de algo	der Mangel an etw.	La falta de agua es un gran problema.
la contaminación	die Verschmutzung	En las ciudades hay más contaminación.
el metal	das Metall	Con este metal se fabrican las baterías.
fabricar **algo**	etw. herstellen	Fabriqué esta silla con mis manos.
la batería	die Batterie, der Akku	No tengo batería en el móvil.
eléctrico/-a	Elektro-, elektrisch	Rosita se ha comprado un coche eléctrico.
amenazar **algo / a alguien**	etw./jdn bedrohen	La contaminación amenaza nuestra salud.
el ecosistema	das Ökosystem	El cambio climático amenaza los ecosistemas.
el pueblo	*hier*: das Volk	El pueblo chileno sufrió una dictadura.
la provincia	die Provinz	La Pampa es una provincia argentina.
argentino/-a	argentinisch	
el gaucho	*der/die Gaucho, der/die Viehhirte/-in*	
extenso/-a	weit, ausgedehnt	La pampa es una región muy extensa.
de hecho	in der Tat	Lisa tiene mucho dinero, de hecho, es rica.
la variedad	die Vielfalt	E variety F la variété
concretamente	konkret	Busco un libro, concretamente una novela.

el glaciar	der Gletscher	Hay muchos glaciares en peligro.
el círculo polar antártico	*der südliche Polarkreis*	Ushuaia está cerca del círculo polar antártico.

Unidad 7 / Texto A ▸ p. 112

porteño/-a	*aus Buenos Aires stammend*	Camila es porteña, es decir, de Buenos Aires.
el colegio	die Schule	Los profesores de mi colegio son simpáticos.
Polonia	Polen	La capital de Polonia es Varsovia.
acogedor/a	liebenswürdig	La casa es pequeña pero acogedora.
vos *arg.*	du	¿Vos sos de Córdoba o de Corrientes?
¡Che! *arg. fam*	Hey! *fam.*	¡Che! ¿No querés jugar con nosotros?
quedarse parado/-a	stehen bleiben	Estaba nerviosa y me quedé parada.
el hockey sobre césped	das Rasenhockey	
incluso	sogar	Me ayudó incluso gente que no conocía.
Baviera	Bayern	Soy de Baviera, nací cerca de Augsburgo.
ser **parecido/-a a algo/alguien**	etw./jdm ähnlich sein	Andrea es parecida a su abuela.
el cine	*hier:* der Film	Juan Diego Botto es actor de cine y teatro.
la matrícula	die Einschreibung	La matrícula del curso cuesta 2000 euros.
comparado/-a con algo/alguien	mit etw./jdm verglichen	Comparadas con las tuyas, mis notas son peores.
pleno/-a	voll, Hoch-	Llegué a Montevideo en pleno verano.
el vitel toné	*Dünn geschnittenes Kalbfleisch mit Thunfischsoße*	
la ensalada rusa	*Kartoffelsalat u.a. mit Erbsen, Ei und Mayonnaise*	
no solo… sino (que) también	nicht nur… sondern auch	No solo es mi madre, sino también mi profesora.
repensar **algo (**e → ie**)**	etw. umdenken	Tenemos que repensar la vida en la ciudad.
la comunidad	die Gemeinde	Me gustaría hacer algo por la comunidad.
individualista	individualistisch	No me gusta esta sociedad individualista.

Unidad 7 / Texto B ▸ p. 116

andar	gehen, laufen	Alejandra está andando por el parque.
sentarse **(**e → ie**)**	sich hinsetzen	¿Me siento en la silla o en el sofá?
distante	distanziert, entfernt	Mi jefe parece una persona distante.
el/la acompañante	der/die Begleiter/in	¿Puedo ir a la fiesta con un acompañante?
de cerca	von nahem	Veo mejor de cerca.
la impresión	der Eindruck	Tu novio me dio buena impresión, es majo.
atractivo/-a	attraktiv	Pareces una persona atractiva.
hermoso/-a	wunderschön	Bariloche es un lugar hermoso.
brillante	strahlend	Hoy hace un sol brillante.

mirar fijamente a alguien	jdn anstarren	Hevi mira fijamente a Luisa.
estar incómodo/-a	sich unwohl fühlen	María estaba incómoda en esa situación.
seguir algo / a alguien (e → i)	etw./jdm folgen	Coral empezó a caminar y yo la seguí.
descolgado/-a	*mit Abstand*	
estar dispuesto/-a	bereit sein	Belén siempre está dispuesta a ayudar.
comprometerse	sich engagieren	Me comprometí a luchar por nuestros derechos.
la causa	die Sache, das Ideal	Vale la pena luchar por esta causa.
conseguir algo (e → i)	etw. erreichen	Hemos conseguido un gran éxito.
el comité	*das Komitee*	Esto lo decide el comité.
constante	ständig	E constant F constant/-e
masivo	massiv	No me gusta el turismo masivo.
intensificar algo	etw. verstärken	E to intensify F intensifier
la lucha	der Kampf	Me interesa la lucha por el clima.
la desaparición	das Verschwinden	F disparition
reciente	jüngst	Estamos aprendiendo sobre la historia reciente.
apartarse de algo/alguien	sich von etw./jdm trennen	Apártate de quien que te haga sentir mal.
recuperar las fuerzas	wieder zu Kräften kommen	Necesito descansar para recuperar fuerzas.
la docena	*das Dutzend*	Hijo, compra una docena de huevos.
derribar algo	etw. einschlagen	Vino un hombre y derribó la puerta.
el operativo	*das Einsatzkommando*	Ha venido un operativo de la policía.
estar destinado/-a a algo	zu etw. bestimmt sein	Este operativo está destinado a proteger el bosque.
acabar con alguien	jdn fertigmachen	El operativo acabó con los terroristas.
el ser humano	der menschliche Wesen	= la persona
la bandera	die Flagge	La bandera argentina tiene un sol en el centro.
aparte de algo	abgesehen (von)	Aparte de mi novio, Iván es mi mejor amigo.
interrogar a alguien	*jdn verhören*	La policía interrogó al terrorista.
conducir a alguien (c → zc)	jdn fahren/bringen	La profe me condujo a la oficina del orientador.
el/la judío/-a	der Jude, die Jüdin	
tirar algo / a alguien en el mar	*etw./jdn ins Meer werfen*	
estar vivo/-a	lebendig	Por suerte, todos mis abuelos están vivos.
el avión	das Flugzeug	F l'avion *f.*
debido a algo	durch etw. bedingt	Debido a los nervios, me quedé en blanco.
el estado	der Zustand	Encontré a Roque en muy mal estado.
estar esposado/-a	*mit Handschellen gefesselt sein*	Los terroristas están esposados.
arrancar algo	*etw. entreißen*	Mi prima me arrancó el móvil de las manos.
prometer algo	etw. versprechen	E to promise F promettre
en voz baja	leise	Esto es la biblioteca, hablad en voz baja.
la tortura	die Folter	La tortura está prohibida en España.
por lo menos	zumindest	Por lo menos saqué un cinco en inglés.
estar muerto/-a	tot sein	Cristóbal Colón está muerto.

el/la desaparecido/-a	der/die Vermisste	Aún buscan a desaparecidos de la dictadura.
la hermosura ▸hermoso/-a	die Schönheit	
tener **que ver con algo/alguien**	mit etw/jdm zu tun haben	La contaminación tiene que ver con el cambio climático.
ni siquiera	nicht einmal	¿Cómo se llamaba? Ni siquiera recuerdo su nombre.

Hier in den alphabetischen Listen finden Sie alle Vokabeln, die Sie gelernt haben. Die Zahl hinter der Übersetzung zeigt die Fundstelle an. Vokabeln ohne Fundstelle kommen aus dem ersten Band. Verben, die unregelmäßig sind oder Besonderheiten aufweisen, sind blau gedruckt. Fakultativer Wortschatz ist kursiv gesetzt.

A

a nach, zu, an, in; ~ **menudo** oft 1/A; ~ **pesar de que** obwohl 1/V; ~ **principios de** + mes/año/siglo Anfang + *Monat/Jahr/Jahrhundert* 3/V; ~ **todos lados** überallhin; ~ **través de algo/alguien** durch, über 6/V; ~ **veces** manchmal
abajo unten
el ***abanico*** *der Fächer* 2/V
abierto/-a offen 2/A
abrazar a alguien jdn umarmen 4/A
el **abrazo** die Umarmung, Liebe Grüße
el **abril** der April
abrir algo etw. öffnen
absurdo/-a absurd, verrückt M/1
el/la **abuelo/-a** der Opa, die Oma
los **abuelos** die Großeltern
aburrido/-a langweilig
acá *lat. hier* 2/B
acabar con alguien jdn fertigmachen 7/B
acabar de + *inf.* gerade etw. getan haben
acabarse zu Ende gehen 5/B
el **accidente** der Unfall 6/A
la **aceituna** die Olive 5/V
aceptar algo / a alguien etw./jdn akzeptieren 2/A
acogedor/a liebenswürdig 7/A
el/la **acompañante** der/die Begleiter/in 7/B
acostarse (o → ue) ins Bett gehen, sich hinlegen
acostumbrarse a algo sich an etw. gewöhnen 5/A
la **actividad** die Aktivität 5/V
activo/-a aktiv 5/V
actualmente zurzeit
actuar handeln 3/A
adaptarse a algo sich an etw./jdn anpassen
adecuado/-a passend
adelante vorne, im Vordergrund
además darüber hinaus; ~ **de** + *sust.* abgesehen von + *S.* 1/V
¡Adiós! Auf Wiedersehen!
Administración y Finanzas Verwaltung und Finanzen *Studienfach*
el/la **adolescente** der/die Jugendliche 6/V
¿adónde? wohin?
la **adopción** die Adoption M/5
el **aeropuerto** der Flughafen
afectar a algo/alguien etw./jdn betreffen M/5
el/la **aficionado/-a (a algo)** der/die Anhänger/in 5/V
el **agosto** der August
agradable angenehm 1/B
la **agricultura** die Landwirtschaft 5/V
el **agua** *f.* das Wasser 1/B
aguantar algo etw./jdn aushalten, ertragen
ahí da, dort
ahora jetzt; ~ **se pone.** Ich gebe ihn/sie dir/Ihnen weiter. *Am Telefon*
ahorrar algo etw. sparen M/3
el **aire acondicionado** die Klimaanlage
al mismo tiempo gleichzeitig 7/V
al lado de neben
al principio am Anfang, anfangs 3/A
al revés, (estar) umgekehrt sein 5/A
alcanzar algo etw. erreichen 5/V
alegrarse de algo sich über etw. freuen
alegre fröhlich
el **alemán** Deutsch *Sprache*
Alemán Deutsch *Fach*
el **alemán/-ana** der/die Deutsche
Alemania Deutschland
algo etwas
alguien *inv.* jemand
alguna vez schon einmal, jemals M/3
algunos/-as einige
la **alimentación** die Ernährung M/4
el **alimento** das Nahrungsmittel
allá *lat. dort* 2/B
alquilar mieten, vermieten
el **alquiler** die Miete
la **alternativa** die Alternative 1/A
alternativo/-a alternativ
alto/-a groß, hoch
la **altura** die Höhe, die Größe
el/la **alumno/-a** der/die Schüler/in; el/la ~ **de intercambio** der/die Austauschschüler/in 1/B
amable freundlich 4/A
el **amanecer** der Sonnenaufgang M/3
amarillo/-a gelb
la **Amazonía** das Amazonasgebiet
el **ambiente** die Stimmung
amenazar algo / a alguien etw./jdn bedrohen 7/V
América Amerika; ~ **Latina** Lateinamerika
americano/-a amerikanisch 2/B
el/la **amigo/-a** der/die Freund/in
el **amor** die Liebe; **por** ~ aus Liebe
amueblado/-a (estar) möbliert
¡Anda! Los!, Komm schon!
andaluz/a andalusisch 3/V
el/la **andaluz/a** der/die Andalusier/in
andar gehen, laufen 7/B
los **Andes** die Anden
andino/-a Anden-, andin
el **animal** das Tier
el **año** das Jahr; **en aquellos años** zu jener Zeit 1/A
ante + *sust.* vor, angesichts 4/A
antes de + *inf.* bevor; ~ **de** + *sust.* vor (+ *S.*); ~ **de Cristo (a. C.)** vor Christus (v. Chr.)
antiguo/-a alt, altertümlich
el **anuncio** die Ausschreibung
apartarse de algo/alguien sich aus etw./von jdm entfernen 7/B
aparte de algo abgesehen von etw. 7/B
el **apellido** der Nachname
la **aplicación** die App 3/A

apoyar algo / a alguien etw./jdn unterstützen 2/A
aprender algo etw. lernen; ~ **algo de memoria** auswendig lernen 4/V
la **aprobación** die Verabschiedung Gesetz M/5
aprobar (o → ue) **algo** etw. bestehen 4/B
aproximadamente circa, ungefähr 2/V
apurarse *lat. am.* sich beeilen
aquí hier
árabe arabisch; Arabisch *Sprache*; **el/la** ~ der/die Araber/in
el **área metropolitana** *f.* der städtische Ballungsraum 3/A
la **arena** der Sand M/3
el **arequipe** *der Karamellaufstrich* 2/V
Argentina Argentinien 2/V
el/la **argentino/-a** der/die Argentinier/in 2/V
argentino/-a argentinisch 7/V
el **arma** *f.* die Waffe 3/V
el **armario** der Schrank
el/la **arquitecto/-a** der/die Architekt/in
la **arquitectura** die Architektur
arrancar algo *etw. entreißen* 7/B
arriba oben
la **arroba** das @-Zeichen
el **arte** die Kunst; las **Bellas Artes** die Bildende Kunst M/4
artesanal kunsthandwerklich
el/la **artista** der/die Künstler/in
así so; ~ **que** also M/3
Asia Asien 3/V
la **asignatura** das Schulfach; la ~ **optativa** das Wahlfach
asimismo ebenfalls 5/B
el **aspecto** der Aspekt 3/A
el **aspecto físico** das Aussehen
la **astronomía** die Astronomie
el **atasco** der Stau M/2
la **atención** die Aufmerksamkeit
poner ~ **(a algo)** aufpassen (auf etw.), achten
atentamente mit freundlichen Grüßen Brief
atractivo/-a attraktiv 7/B
atrás hinten, im Hintergrund
el/la **au pair** der/das Au-Pair 4/B
el **audiolibro** das Hörbuch 6/V
aumentar zunehmen, steigen 5/V
aunque obwohl
el **auto** *lat. am.* das Auto 3/A
el **autobús (= el bus** *fam.*) der Bus
autorizar algo *etw. genehmigen* 3/V
el **avión** das Flugzeug 7/B
la **avioneta** das kleine Flugzeug
ayer gestern
la **ayuda** die Hilfe
ayudar a alguien jdm helfen
el/la **azteca** der Azteke, die Aztekin; ~ *adj.* Azteken-, aztekisch
azul blau

B

el **bachillerato** das Abitur
bailar tanzen
el **baile** der Tanz 3/V
bajarse aussteigen
bajo/-a niedrig, klein *Körpergröße*
el **balcón** der Balkon
bañarse baden M/3
la **banda** die Musikband 2/V
la **bandera** die Flagge 7/B
el **baño** das Badezimmer 2/B
el **bar** die Bar, Kneipe
barato/-a billig
la **barba** der Bart
el **barco** das Boot
la **barrera** die Barriere 6/A
el **barrio** der Stadtteil
bastante ziemlich
la **basura** der Müll 5/B
la **batería** die Batterie 7/V
Baviera Bayern 7/A
el/la **bebé** das Baby
la **bebida** das Getränk
la **beca** das Stipendium 2/V
beneficiarse de algo von etw. profitieren 6/B
la **berenjena con miel** die Aubergine mit Honig *tapa*
la **biblioteca** die Bibliothek
la **bicicleta (= bici** *fam.*) das Fahrrad
bien *adv.* gut
bienvenido/-a willkommen
bilingüe zweisprachig 1/A
el **billete** die Fahrkarte, der Schein 1/B; el ~ **combinado** das Verbundticket M/2; el ~ **sencillo** die Einzelfahrkarte M/2
la **biodiversidad** die Biodiversität M/3
Biología *f.* Biologie *Schulfach*
el/la **bioquímico/-a** der/die Biochemiker/in
blanco/-a weiß
el **blog** der Blog
la **boda** die Hochzeit
el/la **bombero/-a** der/die Feuerwehrmann/-frau 3/A
la **bombilla** *hier: der Trinkhalm für Matetee* 2/V
bonito/-a schön
el **bono de diez viajes** die Zehnerkarte M/2
el **boom** der Aufschwung
borrar algo etw. löschen 6/B
el **bosque** der Wald 5/V
el **bote** das Boot
el **brazo** der Arm 1/B
brillante strahlend 7/B
la **broma** der Witz M/1
bucear tauchen M/3
bueno/-a gut; **bueno** also;
estar ~ gut schmecken; **¡Buenos días!** Guten Tag!; **¡Buena idea!** Gute Idee!; **¡Buenas noches!** Guten Abend! / Gute Nacht!; **¡Buenas tardes!** Guten Tag! / Guten Abend!
el **bufete de abogados** die Anwaltskanzlei
el **bulo** das Gerücht, der Hoax 6/B
burlarse de algo/alguien sich über etw./jdn lustig machen M/4
buscar algo etw. suchen

C

la **cabeza** der Kopf
cada + *sust.* jeder, jede, jedes + *S.*; ~ **vez** immer 6/V; *número* **de** ~ *número* (je) *Zahl* von *Zahl* 2/B
el **café** der Kaffee; el ~ **con leche** der Milchkaffee
la **cafetería** die Cafeteria
la **calefacción** die Heizung, Heizkosten
el **calendario** der Kalender

la **calidad** die Qualität; **de buena/mala ~** von guter/schlechter Qualität
la **calle** die Straße
el **calor** die Hitze, Wärme
la **cama** das Bett
la **cámara** die Kamera
el/la **camarero/-a** der/die Kellner/in 1/A
cambiar algo etw. ändern M/4; **~ de línea** umsteigen M/2
el **cambio climático** der Klimawandel 5/B
caminar wandern, gehen
el **camino** der Weg; el **Camino de Santiago** der Jakobsweg 1/V
la **camisa** das Hemd
la **camiseta** das T-Shirt
el **campamento** das (Ferien-)Lager 4/A
la **campaña** die Kampagne
el **campo** das Land, das Feld
el **canal (de televisión)** der Fernsehsender 6/V
cancelar algo etw. stornieren
la **canción** das Lied 3/B
el/la **candidato/-a** der/die Kandidat/in 6/B
cansado/-a (estar) müde, erschöpft
cantar singen 3/B
la **cantidad** die Anzahl, die Menge
caótico/-a chaotisch M/1
la **capital** die Hauptstadt
el **capítulo** das Kapitel 3/V
la **cara** das Gesicht
cargar algo etw. (auf)laden
caribeño/-a karibisch 2/V
el **carnaval** der Karneval
la **carne** das Fleisch
caro/-a teuer
la **carrera** die Karriere, der Studiengang; *der Lauf, das Rennen* 3/B
la **carta de presentación** das Anschreiben
la **cartera** das Portemonnaie, die Brieftasche 1/B
la **casa** das Haus; **en ~** zu Hause
casi fast
el **caso** der Fall 6/V
castaño/-a braun *Haarfarbe*

el **castellano** Kastilisch, Spanisch *Sprache* 1/V
el **catalán** Katalanisch (Sprache) M/4
*la **catarata** der Wasserfall* 3/V
la **catedral** die Kathedrale
católico/-a katholisch M/5
la **causa** das Ideal 7/B
celebrar algo etw. feiern 1/B
***celta** inv. keltisch* 1/V
*el **celular** lat. am. das Handy* 3/B
la **cena** das Abendessen 5/A
cenar Abendbrot essen 5/A
la **censura** die Zensur M/5
central zentral
el **centro** das Zentrum; el **~ comercial** das Einkaufszentrum; el **~ cultural** das Kulturzentrum
Centroamérica Mittelamerika M/3
cerca nah, in der Nähe; **~ (de)** *adv.* in der Nähe (von); **de ~** von nahem 7/B
el **cerdo** das Schwein, Schweinefleisch 5/V
cerrar (e → ie) algo etw. schließen; **~ el grifo** den Wasserhahn zudrehen 5/B
el **ceviche** *peruanisches Fischgericht*
el/la **chamaco/-a** der Junge, das Mädchen 3/B
la **chaqueta** die Jacke
charlar quatschen, sich unterhalten
el **chat** der Chat
chatear chatten
¡Che! *arg. fam.* ¡Alter! *ugs.* 7/A
el/la **chico/-a** der Junge, das Mädchen
chileno/-a chilenisch 7/V
chiquito/-a *mex. klein* 3/B
el **chocolate** die Schokolade; el **~ con churros** *frittiertes Spritzgebäck mit Schokolade*
la **chocolatería** Café
chulo/-a toll, super; **¡Es muy ~!** Das ist total cool!
el **ciberacoso** das Cybermobbing 6/A
el **ciclo de formación profesional** die Ausbildung 4/B

la **ciclovía** *mex.* der Fahrradweg 3/A
el/la **ciego/-a** der/die Blinde 6/A
el **cielo** der Himmel
Ciencias *f. pl.* Naturwissenschaften *Schulfach*
la **cifra** die Zahl, die Ziffer 5/V
el **cine** das Kino; *hier:* der Film *Kunst* 7/A
el **cinturón** der Gürtel
*el **círculo polar antártico** der südliche Polarkreis* 7/V
la **cita** der Termin 4/B; die (erste) Verabredung
la **ciudad** die Stadt
claro *adv.* (na) klar, natürlich; **estar ~** klar sein 3/A
claro/-a hell
la **clase** die Klasse, der Unterricht
el **clic** das Klicken 6/A
el **clima** das Klima 7/V
cobrar algo etw. kassieren, verdienen *Geld*
el **coche** das Auto 7/V
la **cocina** die Küche M/4
cocinar algo etw. kochen
el **código postal** die Postleitzahl
coger algo etw. nehmen
la **cola** die (Warte-)Schlange; **hacer ~** sich anstellen
colaborar zusammenarbeiten 5/A
el **colegio** die Schule 7/A
colgar (o → ue) algo etw. hochladen M/1
Colombia Kolumbien 2/V
la **colonia** die Kolonie
el **color** die Farbe
comentar algo etw. kommentieren
comenzar (e → ie) con/por algo/alguien mit etw./jdm anfangen 5/A
comer algo etw. essen
el **centro comercial** das Einkaufszentrum
*el/la **comerciante** der/die Händler/in* 3/V
el **comercio** der Handel M/3
***comerse algo** fam. etw. weglassen*
la **comida** das Essen
*el **comité** das Komitee* 7/B

como wie; da, weil
¿cómo? wie?; ~ **estás?** Wie geht's?; ~ **te llamas?** Wie heißt du?
la **comodidad** die Bequemlichkeit 6/V
cómodo/-a bequem
el/la **compañero/-a** der/die Freund/in; el/la ~ **de tándem** der/die Tandempartner/in; el/la ~ **de trabajo** der/die Arbeitskollege/-in; el/la ~ **(de piso)** der/die Mitbewohner/in; el/la ~ **(de clase)** der/die Mitschüler/in
comparado/-a con algo/alguien mit etw./jdm verglichen 7/A
compartido/-a Mehrbett-; Gemeinschafts-
compartir algo etw. teilen M/1; ~ **piso** in einer Wohngemeinschaft leben
compatible kompatibel 5/A
competitivo/-a *hier:* den Wettbewerb mögen 4/V
completar algo etw. ausfüllen
comprar algo etw. kaufen
comprender algo etw. verstehen
comprobar (o → ue) algo etw. nachprüfen 6/B
comprometerse sich engagieren 7/B
comunicarse kommunizieren 1/V
comunicativo/-a kommunikativ 4/V
la **comunidad** die Gemeinde 7/A
la **comunidad autónoma** die autonome Gemeinschaft
con mit
concentrar algo etw. konzentrieren 7/V
concentrarse en algo sich auf etw. konzentrieren 4/V
el **concierto** das Konzert
la **conclusión** die Schlussfolgerung 6/A
concretamente konkret 7/V
las **condiciones de vida** die Lebensbedingungen M/4
conducir (c → zc) a alguien jdn bringen 7/B
conectado/-a (estar) verbunden sein, vernetzt sein 1/A
conectar algo con algo etw. mit etw. verbinden M/3
confiar en algo/alguien etw./jdm vertrauen 4/V
la **confirmación automática** die automatische Bestätigung
la **confusión** die Verwirrung 1/B
conmigo mit mir
el **Cono Sur** der Südkegel (südlicher Teil Südamerikas) 7/V
conocer (c → zc) algo / a alguien etw./jdn kennen, kennenlernen
conocido/-a bekannt
la **conquista** die Eroberung
el/la **conquistador/a** der Eroberer, die Eroberin
conquistar algo etw. erobern 3/V
contratar a alguien jdn anstellen, einstellen
consciente, ser ~ **de algo** sich etw. bewusst sein 4/A
la **consecuencia** die Konsequenz, die Folge 3/A
conseguir (e → i) algo etw. erreichen 7/B
el **consejo** der Rat(schlag), Tipp
el **consentimiento** das Einverständnis 6/V
conservar algo etw. behalten 2/V
el **conservatorio** die Musikschule 4/V
considerar los aspectos a favor / en contra das Pro und das Kontra bedenken 4/V; ~ **algo** etw. für etw. halten 7/V
constante ständig 7/B
la **constitución** die Verfassung M/5
construir (i → y) algo etw.bauen
el **consumo** der Verbrauch, der Konsum M/4
el **contacto** der Kontakt
la **contaminación** die Verschmutzung 7/V
contaminado/-a, (estar) verschmutzt 3/A
contar (o → ue) algo a alguien (jdm) etw. erzählen, etw. zählen; ~ **con algo** über etw. verfügen 5/V
contento/-a (estar) zufrieden
contestar (algo) (etw.) (be)antworten
contigo mit dir
el **continente** der Kontinent
continuamente ständig 1/B
continuar fortfahren, weitermachen 1/B; ~ + *gerundio* etw. weiterhin tun 4/B
contra gegen 6/B
lo contrario (de algo) das Gegenteil (von etw.)
la **contraseña** das Kennwort 6/V
convertirse (e → ie) en algo zu etw. werden, sich in etw. verwandeln M/3
convivir zusammenleben 4/A
coordinar algo etw. koordinieren
la **copia** die Kopie 4/B
el **coro** der Chor M/1
correcto/-a richtig 2/A
el/la ***corredor/a*** *der/die Läufer/in* 3/B
corregir (e → i) algo etw. korrigieren 3/B
el **e-mail** die E-Mail
correr rennen, laufen 3/B
cortarse *sich (mit etw.) zurückhalten* M/1
corto/-a kurz
la **cosa** die Sache
la **cosecha** die Ernte
la **costa** die Küste 1/V
costar (o → ue) kosten; ~ **a alguien** jdm schwer fallen 4/V; **Me cuesta** + *verbo* Es fällt mir schwer, etw. zu tun.
la **costumbre** die Gewohnheit
el **cráter** der Krater M/3
creativo/-a kreativ
crecer (c → zc) wachsen
creer que glauben, dass; ~ **se algo** etw. glauben 6/B
la **crisis** die Krise 1/A
crítico/-a kritisch 6/A
cruzar algo etw. überqueren, kreuzen
el **cuadro** das Bild
¿cuál/es? welche?, welcher?, welches?
cualquier + *sust.* jede/r, jedes (irgendein/e) + *S.* 3/B
cuando (immer) wenn, als

¿**cuándo**? wann?
¿**cuánto/-a**? wie viel;
¿~ + *verbo*? wie viel + *Verb*?;
¿~ **es**? Wie viel macht das? *Preis*; ¡**Cuánto tiempo**! Wie lange ist es her!
el **cuarto** das Viertel
cuarto/-a vierte/r, viertes
cubano/-a kubanisch 2/V
la **cuenta** *en una red social* das Profil 2/A
el **cuero** das Leder; **de ~** aus Leder
cuidado (**tener**) vorsichtig sein
el **cultivo** der Anbau 5/V
la **cultura** die Kultur
cultural kulturell, Kultur- (+*S.*)
la **cumbia** *südamerikanischer Musikstil und Tanz*
el **cumpleaños** (= **el cumple** *fam.*) der Geburtstag
cumplir… años … Jahre alt werden 2/A; ~ **algo** etw. einhalten 4/A
la ***cuna*** *die Wiege* 7/V
curar algo / a alguien etw./jdn heilen
curioso/-a neugierig 4/V
currar *fam.* malochen 5/A
el **currículum** der Lebenslauf
el **curso** der Kurs, der Jahrgang *Schule*
cuyo/-a dessen, deren 6/V

D

dar algo a alguien jdm etw. geben; ~ **al patio / a la calle** zum Hof / zur Straße liegen *Wohnung*; ~ **ánimos a alguien** jdn aufmuntern 4/A; ~ **envidia a alguien** jdn neidisch machen; ~ **le a algo** *hier:* auswählen, drücken M/2; **no ~ ni golpe** *fam.* keinen Finger rühren *fam.*; ~ **un paseo** einen Spaziergang machen 4/A; ~ **se bien/mal (a alguien)** gut/schlecht in etw. sein 4/V; ~ **se cuenta de algo** etw. merken 4/A; ~ **se un baño** baden
los **datos** die Angaben, die Daten 4/V
de aus, von; ~… **a** von … bis … / vom … bis zum …; ~ **acuerdo** einverstanden; ~ **hecho** in der Tat 7/V; ¿~ **qué van?** *fam.* Was bezwecken sie?; ~ **repente** plötzlich 1/B
debajo de unter
deber + *inf.* müssen M/3
los **deberes** *pl.* die Hausaufgaben
debido a algo durch etw. bedingt 7/B
débil schwach
el **punto débil** die Schwäche
el **decálogo** *die zehn Gebote* M/1
Decidido. Es ist entschieden.
decidir algo etw. entscheiden
décimo/-a zehnte/r, zehntes
la **decisión** die Entscheidung 2/A
dedicarse a algo sich mit etw. beschäftigen
definitivamente definitiv M/5
dejar algo etw. lassen; ~ **de** + *inf.* aufhören, etw. zu tun 4/A
delante de vor
delgado/-a dünn, schlank
demasiado/-a + *sust.* zu viel + *S.* 5/B
la **democracia** die Demokratie M/5
democrático/-a (**ser**) demokratisch 6/B
demostrar (o → ue) algo etw. zeigen, beweisen 5/V
dentro de + *lugar* innerhalb 6/A
denunciar algo / a alguien etw./jdn anzeigen, melden 6/B
depende je nachdem M/2
la **dependencia** die Abhängigkeit 6/A
depender de algo/alguien von etw./jdm abhängen 3/A
el **deporte** der Sport
deportista sportlich
(a la) derecha (de) rechts (von)
el **derecho** das Recht M/5
derribar algo etw. einschlagen 7/B
el **desafío** die Herausforderung 3/V
desaparecer (c → zc) verschwinden, aussterben M/3
el/la **desaparecido/-a** der/die Vermisste 7/B
la **desaparición** das Verschwinden 7/B
desarrollar algo etw. entwickeln
el **desastre** die Katastrophe 1/V; el ~ **natural** die Naturkatastrophe 1/V
desayunar frühstücken
el **desayuno** das Frühstück
descansar sich entspannen, ausruhen
descargar algo etw. herunterladen 6/V
el/la **descendiente** der/die Nachfahre/-in
descolgado/-a *mit Abstand* 7/B
desconocido/-a unbekannt 3/V
el **descubrimiento** die Entdeckung 3/V
descubrir algo etw. entdecken
el **descuento** der Rabatt
desde von, ab, seit *Zeitpunkt*; ~ **entonces** seitdem 6/A; ~ **mi punto de vista** aus meiner Sicht 3/A; ~ **niño/-a**; ~ **pequeño/-a** von klein auf 1/A
desde hace seit *Zeitraum*
el/la **desempleado/-a** der/die Arbeitslose 2/B
desesperado/-a (**estar**) verzweifelt 1/B
desgraciadamente leider 6/A
el **desierto** die Wüste
la **desigualdad** die Ungleichheit 7/V
después danach, später; ~ **de** + *inf.* nach dem + *Inf.*; ~ **de** + *sust.* nach + *S.*; ~ **de Cristo (d. C.)** nach Christus (n. Chr.)
destacar algo etw. hervorheben 5/V
estar destinado/-a a algo zu etw. bestimmt sein 7/B
el **destino** das (Reise-)Ziel, Schicksal
destruir (i → y) algo etw. zerstören
la **desventaja** der Nachteil 6/A
el **detalle** das Detail M/1
detrás de hinter
devolver (o → ue) algo a alguien jdm etw. zurückgeben 1/B
el **día** der Tag; el **Día de Muertos** der Tag der Toten *mexikanisches Fest* 2/V; **todos los días** täglich, jeden Tag
el **día a día** der Alltag

el **diálogo** der Dialog
el **diario** die Tageszeitung **6/B**
dibujar algo etw. zeichnen
el **diciembre** der Dezember
la **dictadura** die Diktatur **1/A**
el **diente** der Zahn **5/B**
la **diferencia** der Unterschied; **a ~ de algo/alguien** im Gegensatz zu etw./jdm **2/A**
diferente anders, verschieden
difícil schwierig
la **dificultad** die Schwierigkeit; **tener dificultades con / para algo** sich mit/bei etw. schwertun
difundir algo etw. verbreiten **6/V**
¿Diga? Hallo?; Ja, bitte? *am Telefon*
digital digital **6/V**
el **dinero** das Geld
el **dios, la diosa** der Gott, die Göttin
la **dirección** die Adresse; **en ~ a** + *sust.* in Richtung + *S.*
el/la **director/a** der/die Leiter/in **6/A**
dirigirse a alguien sich an jdn richten
la **discapacidad** die Behinderung **6/A**
la **discoteca** die Diskothek
disculpar algo etw. entschuldigen
la **discusión** die Diskussion
el/la **diseñador/a web** der/die Webdesigner/in
el ***diseño multimedia*** *das Multimedia-Design* **4/V**
disfrutar de algo etw. genießen
dispuesto/-a (estar) bereit **7/B**
la **distancia** die Entfernung **3/A**
distante entfernt **7/B**
distinto/-a anders **5/A**
distraído/-a (estar) abgelenkt
diverso/-a vielfältig **2/A**
divertido/-a lustig
divertirse (e → ie) sich amüsieren, Spaß haben
el **doble** das Doppelte **5/V**
la ***docena*** *das Dutzend* **7/B**
doler (o → ue) a alguien jdm weh tun **2/B**
la **dominación** die Herrschaft
dominar algo etw. beherrschen **3/V**
el **domingo** der Sonntag; **los domingos** sonntags
el/la **dominicano/-a** der/die Dominikaner/in **2/B**
¿dónde? wo?; **¿de ~?** woher?
donde wo *Relativpronomen* **1/A**
dormir (o → ue) schlafen
la **ducha** die Dusche **5/A**
ducharse (sich) duschen
dulce süß **1/B**
el **dulce** die Süßigkeit **2/V**
durante + *sust.* während + *S.*
durar dauern
duro/-a hart **M/3**

E

echar algo etw. werfen **1/B**; **~ de menos a alguien/algo** etw./jdn vermissen **2/A**; **~ la bronca a alguien** jdn ausschimpfen **4/A**; **~ un cable a alguien** *fam. jdm helfen* **M/1 5/A**; **~ una mano a alguien** jdm helfen
ecológico/-a ökologisch
el/la **ecologista** der/die Umweltschützer/in **5/B**; ~ ökologisch, Umweltschutz- **4/B**
la **economía** die Wirtschaft **2/B**
económico/-a wirtschaftlich, ökonomisch **2/B**
el **ecosistema** das Ökosystem **7/V**
la **edad** das Alter **3/B**; la **Edad Media** das Mittelalter **5/V**
el **edificio** das Gebäude
la **educación** die Bildung, die Ausbildung
Formación profesional de Educación Física y Deporte die Ausbildung zum Sporttrainer
el/la **educador/a** der/die Erzieher/in
el **efecto** der Effekt, die Auswirkung **3/A**
egoísta egoistisch **4/A**
el **ejemplar** das Exemplar **4/B**
el **ejemplo** das Beispiel; *hier:* das Vorbild **M/5**
el **ejercicio** die Übung
el/la que der/die/das, welche/r, welches *Relativpronomen* **7/V**
el/la cual der, die, das *Relativpronomen* **6/V**
el... de... am ... *Datum*
las **elecciones** *pl.* die Wahlen
la **electricidad** der Strom, die Elektrizität **6/A**
eléctrico/-a Elektro-, elektrisch **7/V**
el **e-mail** die E-Mail
elegante elegant
elegir (e → i) algo etw. (aus-) wählen **2/B**
emigrar auswandern **1/A**
el **emoticono** *das Emoticon* **M/1**
empezar (e → ie) algo etw. anfangen, beginnen; **~ a** + *inf.* anfangen, etw. zu tun **4/A**; *~* ***de cero*** *bei Null anfangen* **2/A**
el **empleo** der Job, die Stelle
el/la **empollón/-ona** der/die Streber/in
la **empresa** das Unternehmen, der Betrieb
en in, an, auf; **~ busca de algo/alguien** auf der Suche nach etw./jdn **7/V**; **~ cambio** stattdessen, dagegen **M/5**; **~ espera de sus noticias** in Erwartung Ihrer Nachricht
encajar (con algo) zu etw. passen **2/A**
encantado/-a angenehm, sehr erfreut *Begrüßung*
encantador/a zauberhaft, wunderbar **M/3**
me encanta/n ich finde ... toll
encargarse de algo/alguien sich um etw./jdn kümmern **5/A**
encima de über
encontrar (o → ue) algo / a alguien etw./jdn finden
la **encuesta** die Umfrage **6/V**
enemigo/-a feindlich, verfeindet **3/V**
la **energía renovable** die erneuerbare Energie **4/V**
el **enero** der Januar
enfadarse con alguien sich über jdn. ärgern
la **enfermedad** die Krankheit
enfermo/-a (estar) krank
el **enlace** der Link
enorme riesig

enseñar a + *inf.* beibringen, etw. zu tun 2/V
entender (e → ie) algo / a alguien etw./jdn verstehen
entonces dann, also
la **entrada** die Eintrittskarte, der Eingang; der Eintrag *Blog* M/3
entrar (en) hineingehen, eintreten (in)
entre zwischen
entregar algo etw. abgeben 4/V
el ***entrenamiento*** *das Training* 3/A
entrenar trainieren 4/A
la **entrevista** das Interview, das Vorstellungsgespräch
enviar algo etw schicken M/1
la **envidia** der Neid, **¡Qué ~!** Ich bin neidisch.
la **época** die Epoche, der Zeitraum
el **equipo** das Team 4/V
equivocado/-a, estar ~ sich irren 6/B
es más mehr noch 1/V
es decir das heißt 6/A
Es la… /Son las… Es ist … Uhr.
es que Es ist nämlich so, dass
escalar klettern 5/V
la **escalera** die Treppe
el **escalón** die Stufe *Treppe*
escanear algo etw. einscannen 6/A
la ***escenografía*** *die Bühnenbildnerei* 4/V
escéptico/-a skeptisch 2/A
escribir algo etw. schreiben
el/la **escritor/a** der/die Schriftsteller/in
escuchar algo etw./jdn hören, jdm zuhören
la **escuela** die Schule
la **escultura** die Skulptur, *hier:* die Bildhauerkunst M/4
ese, esa diese/r, dieses (da)
esforzarse (o → ue) (en algo) sich Mühe geben 5/A
eso das
la **ESO** *Educación Secundaria Obligatoria* die Mittelstufe
el **espacio** der Platz, Raum 6/V; el **~ protegido** das Naturschutzgebiet 5/B
el **español** Spanisch *Sprache*
español/a spanisch; el/la ~ der/die Spanier/in
especial besonders, speziell
la **especie** die (Tier-/Pflanzen-)Art M/3
la **esperanza** die Hoffnung 2/V
esperar algo etw. hoffen 2/A; **~ algo / a alguien** auf etw./jdn warten
estar ***esposado/-a*** *mit Handschellen gefesselt sein* 7/B
esquiar Ski fahren
la **esquina** die Ecke *Straße*
estable fest, stabil 4/V
establecer (c → zc) algo etw. festlegen
la **estación** der Bahnhof, die Station
la **estación de trenes** der Bahnhcf
el **estadio** das Stadion
la **estadística** die Statistik
el **estado** der Bundesstaat 2/B; der Zustand 7/B
Estados Unidos (EE. UU.) die Vereinigten Staaten von Amerika (U.S.A.) 2/V
el/la **estadounidense** der/die US-Amerikaner/in 2/V
la **estancia** der Aufenthalt
estar sein, sich befinden; 1/V; **~ de acuerdo** einverstanden sein M/4
la **estatura** die Körpergröße
el **este** der Osten
este, esta dieser, diese, dieses (hier)
el **estilo** der Stil; el **~ de vida** der Lebensstil
estimado/-a señor/a sehr geehrter Herr, sehr geehrte Frau *Brief*
la **estrella** der Stern
estresante stressig 1/A
estricto/-a streng
el/la **estudiante** der/die Student/in 1/A
estudiar lernen, zur Schule gehen, studieren
el **estudio** die Studie 6/B
el **euro** der Euro
Europa Europa
europeo/-a europäisch; el/la ~ der/die Europäer/in
la **eurozona** die Eurozone M/5
el **evento** die Veranstaltung 3/A
evitar algo etw. vermeiden 3/V
exactamente genau 4/B
exagerado/-a übertrieben 4/A
el **examen final** die Abschlussprüfung 4/B; die Prüfung, der Test
la **excursión** der Ausflug M/3
existir existieren 3/V
el **éxito** der Erfolg M/1
la **experiencia** die Erfahrung
el/la **experto/-a** der/die Experte/-in
explicar algo (a alguien) (jdm) etw. erklären
exponer algo etw. ausstellen M/4
exportar algo etw. exportieren
la **exposición** die Ausstellung
expresar algo etw. ausdrücken 6/V
extenderse (e → ie) sich ausbreiten 6/V
extenso/-a breit, weit 7/V
exterior äußere/r, äußeres
el **extranjero** das Ausland
extranjero/-a ausländisch, fremd

F

la **fábrica** die Fabrik
fabricado/-a *hier:* erfunden 6/B
fabricar algo etw. herstellen 7/V
fácil einfach
la **facilidad** das Talent, die Begabung
falso/-a falsch, *hier:* fake *ugs.* 6/B
la **falta** der Fehler; la **~ de algo** der Mangel an etw. 7/V; **la ~ de ortografía** der Rechtschreibfehler M/1
faltar a alguien jdm fehlen
la **familia** die Familie
famoso/-a berühmt (für)
fantástico/-a großartig M/1
la **farmacia** die Apotheke
fatal mies, furchtbar
favorito/-a Lieblings- (+ *S.*)
febrero der Februar
la **fecha** das Datum
¡Felicidades! Herzlichen Glückwunsch!
feliz (estar) glücklich

fenomenal (estar) großartig
feo/-a hässlich
el **festival** das Festival
fiable vertrauenswürdig 6/A
la **fiesta** die Party
la **figura** die Figur, die Abbildung
el **fin de semana** das Wochenende
el **final** das Ende 1/V; **al ~** am Ende; **a finales de** + *tiempo* gegen Ende + *Zeit* 3/V
finalmente endlich 3/V
el/la **fisioterapeuta** der/die Physiotherapeut/in 5/A
la **flora** die Flora 5/B
flotante schwimmend, schwebend
folclórico/-a Folklore- *Adj.* 3/B
el **folleto** der (Werbe-)Prospekt
fondo (de) im Hintergrund
la **forma** die Form
la **formación profesional (= FP** *fam.***)** die Berufsausbildung; la **escuela de ~** die Berufsschule; la **FP (~ superior)** die Berufsausbildung *Fachschule*; la **FP Media** die Berufsausbildung *Lehre*
el **formato** das Format 6/V
el **formulario** das Formular
la **foto** das Foto
el/la **fotógrafo/-a** der/die Fotograf/in
el **francés** Französisch *Sprache*
Francia Frankreich 4/B
la **frase** der Satz 1/B
fresco/-a frisch
frío/-a (estar) kalt
la **frustración** die Frustration 6/V
la **fruta** das Obst, die Frucht
la **fuente** die Quelle 6/A; la **~ de ingreso** die Einnahmequelle
fuera de + *lugar* außerhalb 6/A
fuerte stark
funcionar funktionieren
fundamental grundlegend M/3
fundar algo etw. gründen
el **fútbol** der Fußball *Sportart*
el **futuro** die Zukunft

G

las **gafas** *pl.* die Brille
*la **gaita** der Dudelsack* 1/V
Galicia Galicien 1/V
el **gallego** Galicisch *Sprache*
gallego/-a galicisch 1/V
ganar verdienen *Geld*; **~ (algo)** (etw.) gewinnen 4/A
los **gastos** die Nebenkosten
gastronómico/-a gastronomisch
el **gaucho** *der/die Gaucho, der/die Viehzüchter/in* 7/V
la **generación** die Generation 2/B
el **general** der General M/5
generalmente allgemein 7/V
genial genial
la **gente** *sg.* die Leute
geográfico/-a geographisch 5/V
el **gesto** die Geste
el **gimnasio** das Fitnessstudio
girar (en) abbiegen (in)
girarse sich umdrehen 1/B
el **glaciar** der Gletscher 7/V
el **gobierno** die Regierung 5/V
gordo/-a dick, kräftig 4/A
gótico/-a gotisch
el **GPS** das Navigationssystem
gracias danke; **~ a** + *sust.* dank + *S.*
gracioso/-a lustig 6/B
el **grado** der Grad
la **gramática** die Grammatik
el/la **gran** + *sust.* der/die/das großartige + *S.*
grande groß
el **grano** der Pickel 4/A
gratis kostenlos
grave ernst, schlimm 5/B
gris grau
gritar algo etw. schreien 1/B
el **grupo** die Gruppe
guapo/-a hübsch; estar ~ hübsch aussehen
guay *fam.* cool
*el/la **güero/-a** mex. der Blonde, die Blondine* 2/B
el/la **guía** der/die (An-)Führer/in M/3
la **visita guiada** die Führung
el **guion** der Bindestrich
el **guion bajo** der Unterstrich
la **guitarra** die Gitarre
gustar gefallen; **~** + *inf.* etw. gerne tun; **a mí me gusta (mucho)** ich mache (sehr) gerne;
me gustaría + *inf.* ich würde gerne

H

la **habitación** das Zimmer
el/la **habitante** der/die Einwohner/in
hablar sprechen; **~ por teléfono** telefonieren
hace poco vor kurzem M/3
hacer **algo** etw. machen; ***~ alianzas con alguien** Allianzen schmieden, sich mit jdm verbünden* 3/V; **~ calor** heiß sein; **~ caso a algo/alguien** etw./jdn beachten 4/A; **~ la compra** den Einkauf machen 5/A; **~ gracia a alguien** *fam.* etw. lustig finden, jdm gefallen M/4; **~ la maleta** die Koffer packen; **~ sufrir a alguien** jdm Leid zufügen M/1; **hace…** vor … *Zeit*;
hacerse + *adj.* *Adj.* + werden 5/V; **~** + *profesión* etw. werden *Beruf* 3/B; **~ viral** viral gehen 6/V
hacia in Richtung 1/B
***hambriento/-a (estar)** hungrig* 3/V
la **hamburguesa** der Hamburger *Essen*
hasta bis; estar **~ las narices** *fam.* die Nase voll haben 5/A; **¡~ luego!** Bis später!, Bis dann!; **¡~ mañana!** Bis morgen!
hay es gibt; **~ que** + *inf.* man muss + *Inf.* 1/V
hecho/-a, estar **~ polvo** *fam.* k. o. sein 5/A
la **heladería** die Eisdiele
el **helado** das Eis
el/la **hermano/-a** der Bruder, die Schwester
los **hermanos** *pl.* die Geschwister
hermoso/-a wunderschön 7/B
la **hermosura** die Schönheit 7/B
la **herramienta** das Werkzeug 6/A
la **historia** die Geschichte
histórico/-a historisch
el **hockey sobre césped** das Rasenhockey 7/A
la **hoja** das Blatt; la **~ de coca** das Kokablatt
¡Hola! Hallo!

el **hombre** der Mann, Mensch, Soldat
homosexual homosexuell M/5
la **hora** die Stunde, Uhrzeit; **¿a qué ~…?** Um wieviel Uhr …?
el **horario laboral** die Arbeitszeit; el **~ de autobuses** der Fahrplan
el **hospital** das Krankenhaus 3/A
el **hotel** das Hotel
hoy heute
hoy en día heutzutage 1/A
el **humor** der Humor 6/V

I

ideal ideal
la **identidad** die Identität 5/A
identificar algo / a alguien etw./jdn erkennen 6/B
identificarse con algo/alguien sich mit etw./jdm identifizieren 2/A
el **idioma** die Sprache
la **iglesia** die Kirche *Gebäude, Institution*
la **imagen** das Bild M/1
imaginarse algo sich etw. vorstellen 3/B
impactante einschlagend M/4
el **imperio** das Imperium, Reich
el **Imperio inca** das Inkareich
implicarse en algo sich bei etw. engagieren 5/B
imponer **algo** etw. aufzwingen
importante wichtig
importar *hier:* etw. ausmachen 6/B; **~ a alguien** jdm wichtig sein M/1
imposible unmöglich M/3
la **impresión** der Eindruck 7/B
impresionante beeindruckend
impresionar a alguien jdn beeindrucken M/3
el **impuesto** die Steuer
inca Inka-
el/la **inca** der/die Inka
incluido/-a (estar**)** inbegriffen
incluso sogar 7/A
estar **incómodo/-a** sich unwohl fühlen 7/B
increíble unglaublich
la **independencia** die Unabhängigkeit
independiente unabhängig 5/A
indígena indigen
individual Einzel-
individualista individualistisch 7/A
la **industria** die Industrie
influir **(i → y) en algo/alguien** etw./jdn beeinflussen 6/B
la **información** die Information
informar a alguien sobre algo jdn über etw. informieren; **~se de algo** sich über etw. informieren M/1
la **Informática** die Informatik 4/B; **~ y Programación** Informatik und Programmierung *Studienfach*
Inglaterra England 4/B
el **inglés** Englisch *Sprache*
Inglés Englisch *Schulfach*
ingresar en algo in etw. eintreten M/4
el **ingreso** der Eintritt *Firma*
la **iniciativa** die Initiative 5/B
inmenso/-a riesig
inocente naiv 6/B
insoportable unerträglich 3/B
el ***instinto*** *der Instinkt* 4/V
la **institución** die Institution, Einrichtung 6/B
el **instituto** die weiterführende Schule
la **integración** die Integration 2/V
inteligente intelligent
intensificar algo etw. verstärken 7/B
intentar algo etw. versuchen 4/V
intercambiar algo por algo etw. gegen etw. austauschen
interesante interessant
interesar a alguien jdn interessieren; **~se por algo/alguien** sich (für etw./jdn) interessieren
interior innere/r, inneres; Innen-
internacional international
el **internet** das Internet
interrogar a alguien *jdn verhören* 7/B
la **introducción** die Einführung M/5
inundar algo etw. überschwemmen 5/A
inventar algo etw. erfinden M/1
el **invierno** der Winter 1/V
invitar (a) einladen (zu, nach, in)
ir **(a)** gehen (zu, nach); **~ a** + *inf.* etw. tun werden; **~ a pie** zu Fuß gehen; **~ bien con** zusammenpassen *Kleidung*; **~ en silla de ruedas** im Rollstuhl sitzen 4/A; ~se weggehen
la **isla** die Insel
Italia Italien 2/V
el/la **italiano/-a** der/die Italiener/in 7/V
(a la) izquierda (de) links (von)

J

el **jamón** der Schinken; **el ~ ibérico** der iberische Schinken M/4; el **~ serrano** der Serrano-Schinken 1/V
el **japonés** Japanisch *Sprache*
el **jardín** der Garten
el **jardín de infancia** der Kindergarten
el/la **jefe/-a** der/die Chef/in
el **jersey** der Pullover
el/la **joven** der/die Jugendliche; ~ jung 6/A
el/la **judío/-a** der Jude, die Jüdin 7/B
el **jueves** (am) Donnerstag
jugar **(u → ue) (con algo)** (mit etw.) spielen; **~ a algo** etw. spielen *Sport*
el **julio** der Juli
el **junio** der Juni
junto a algo/alguien neben M/3
juntos/-as zusammen
la **juventud** die Jugend 1/A

K

el **kilómetro** der Kilometer
el **kiosco** der Kiosk

L

laboral Arbeits-; el/la **orientador/a ~** der/die Berufsberater/in
el **laboratorio** das Labor
el **lado** die Seite; **a mi ~** neben mir 1/B

el **lago** der See
la **lámpara** die Lampe
largo/-a lang
lavarse los dientes die Zähne putzen 5/B
la **leche** die Milch; ser **la ~** *fam.* der Hammer sein 5/A
el/la **lector/a** der/die Leser/in 6/V
leer algo etw. lesen
lejos (de) weit weg (von)
la **lengua** die Sprache; la ~ **oficial** die Amtssprache 1/V
la **letra** der Buchstabe M/1; la ~ **(de una canción)** der (Lied)text
levantarse aufstehen
la **libertad** die Freiheit 2/V
libre frei
el **libro** das Buch
el **libro de recetas** das Kochbuch 2/V
lidiar con algo / alguien sich mit jdm/etw. herumärgern müssen
el **limón** die Zitrone
limpiar algo etw. putzen, reinigen 2/B
lindo/-a schön
la **línea (de metro)** die (U-Bahn-) Linie
liso/-a glatt *Haare*
listo/-a schlau 3/A; ~ **(estar)** fertig, bereit 3/A
la **literatura** die Literatur
el **litro** der Liter 5/B
la **llamada telefónica** das Telefonat
llamar a alguien jdn anrufen; ~ **algo a algo/alguien** etw/jdn [...] nennen; ~ **a la puerta** anklopfen 4/B; ~**se** heißen
la **llegada** die Ankunft 3/V
llegar kommen, ankommen; ~ **tarde** zu spät kommen
lleno/-a (estar) voll 1/A
llevar algo etw. mitnehmen, etw. tragen *Kleidung*; ~ + tiempo + *gerundio* etw. seit + *Zeit* + tun 4/B
llorar weinen 1/B
llover (o → ue) regnen
lo + *adj.* das + *Adj.* 2/V; ~ **mismo** das gleiche, dasselbe 6/B; ~ **que** das, was ... *Relativpronomen* 1/A; **Lo siento.** Es/Das tut mir leid.
lograr algo etw. erreichen
Los Ángeles Los Angeles *Stadt in Kalifornien* 2/V
la **lucha** der Kampf 7/B
luchar por algo/alguien um etw./jdn kämpfen 5/B
luego dann, später, nachher
el **lugar** der Ort, die Stelle
luminoso/-a hell
el **lunes** der Montag

M

la **madre** die Mutter
mágico/-a magisch M/3
el **maíz** der Mais
majo/-a nett, sympathisch
mal *adv.* schlecht
la **maleta** der Koffer
malgastar algo etw. verschwenden 5/B
el **mallorquín, la mallorquina** der/die Mallorquiner/in 5/B
malo/-a schlecht; estar ~ schlecht schmecken 3/A
el **maltrato animal** die Tierquälerei M/4
mañana morgen; der Morgen; la **media** ~ der späte Vormittag
mandar algo etw. schicken
la **manera** die Art und Weise 6/A; **de esta** ~ dadurch, auf diese Art 3/V
la **manga** der Ärmel; **de ~ corta** kurzärmelig
manipular algo / a alguien etw./jdn manipulieren 6/B
la mano die Hand; **a ~ derecha/izquierda** rechter/linker Hand
el **mapa** die Landkarte
la **máquina** die Maschine, der Automat M/2
el **mar** das Meer 1/A
el **maratón** der Marathon
marcar algo etw. markieren
el **marido** der Ehemann 5/A
*el/la **marinero** der/die Matrose/-in, der/die Seefahrer/in* 3/V
marino/-a Meeres- *Adj.* 5/B
el **marisco** die Meeresfrucht 1/V
marrón braun
Marruecos Marokko
el **martes** der Dienstag
el **marzo** der März
más mehr; zuzüglich; ~ **de** mehr als + *Zahl*; ~ **o menos** mehr oder weniger, geht so
masivo/-a massiv 7/B
matar a alguien jdn töten
Matemáticas *pl.* **(= Mates** *fam.***)** Mathematik *Schulfach*
la **matrícula** die Einschreibung 7/A
el **matrimonio** die Ehe M/5
el/la **maya** der/die Maya; ~ *adj.* Maya-
el **mayo** Mai
el/la **mayor** der/die Älteste; älter 5/A
la **mayoría** die Mehrheit
la **mecánica** die Mechanik; la ~ **de coches** die Automechanik
la **media** der Durchschnitt 6/V
trabajar media jornada halbtags arbeiten
el **medicamento** das Medikament 6/B
Medicina *f.* Medizin *Studiengang*
el/la **médico/-a** der Arzt, die Ärztin 3/B
el **medio** das Medium 6/B
el **medio ambiente** die Umwelt 5/B
al **mediodía** mittags
mejor (que) besser (als); el/la ~ + *sust.* der/die/das beste + *S.*
mejorar algo etw. verbessern
*el **meme** das Meme* 2/A
la **memoria** das Gedächtnis, die Erinnerung 4/V
menos außer 3/V; ~ **(grande) que** weniger (groß) als *Vergleich*; ~ **mal (que)** glücklicherweise
el **mensaje** die Nachricht
la **mentira** die Lüge 6/B
el **mercado** der Markt
el **mes** der Monat
la **mesa** der Tisch
el **metal** das Metall 7/V
meter la pata ins Fettnäpfchen treten
el **metro** der Meter, die U-Bahn; el ~ **cuadrado** der Quadratmeter
el/la **mexicano/-a** der/die Mexikaner/in 2/V; ~ mexikanisch 2/B

el **miedo** die Angst 2/A
mientras während
el **miércoles** der Mittwoch
la **migración** die Wanderung 7/V
el/la **migrante** der/die Migrant/in 2/V; ~ *adj.* Einwanderer- 2/A
el/la **militar** der Militär M/5; ~ *adj.* Militär-, militärisch M/5
el **millón** die Million
mínimo/-a Mindest-
el **minuto** die Minute
el **mirador** der Aussichtspunkt
mirar algo / a alguien etw./jdn ansehen 2/B; ~ **fijamente a alguien** jdn anstarren 7/B; **¡Mira!** Sieh mal!
la **misión** die Mission M/1
el/la **mismo/-a** der/die/das gleiche; derselbe, dieselbe, dasselbe
la **mitad** die Hälfte
la **mochila** der Rucksack
la **moda** die Mode
el/la **modelo** das Model
la **modernidad** die Moderne M/5
moderno/-a modern
¡Mola mogollón! *fam.* Das ist (der) Hammer!; **¡Mola!** *fam.* Das ist ja cool!
molestar a alguien jdn stören 2/A
el **momento** der Moment
la **moneda** die Währung; die Münze M/2
el/la **monitor/a** der/die (Gruppen-) Leiter/in 4/A
*el **monstruo marino** das Meeresmonster* 3/V
la **montaña** der Berg, das Gebirge
montar a caballo reiten 3/B
un montón de + *sust.* eine Menge + *S.* 1/A
el **monumento** das Denkmal, die Sehenswürdigkeit
morir (o → ue) sterben M/5; *~**se de ganas por** + inf. fam. darauf scharf sein, etw. zu tun ugs.* M/3
mostrar (o → ue) algo etw. zeigen 3/V
la **motivación** die Motivation M/4
motivado/-a (estar) motiviert 4/V
el **motivo** der Grund 2/B
moverse (o → ue) sich bewegen 6/A
el **móvil** das Handy
mucho *adv.* viel, sehr
¡Mucho gusto! Angenehm, sehr erfreut. *Begrüßung*
mucho/-a viel, viele
mudarse (a + *lugar***)** umziehen 2/V
la **muerte** der Tod M/5
muerto/-a (estar) tot 7/B
el **mundo** die Welt
Múnich München
el **museo** das Museum
la **música** die Musik; la ~ **electrónica** die elektronische Musik 5/V
el/la **músico/-a** der/die Musiker/in 3/B
muy sehr

N

nacer (c → zc) geboren werden; entstehen 1/V
nacional national
nada nichts; **¡De ~!** Bitte sehr!, Gern geschehen!; **de ná (de nada)** *fam.* überhaupt nichts
nadar schwimmen
nadie niemand
el **náhuatl** Nahuatl *Sprache der Azteken*
naranja orange
la **nariz** die Nase
natural Natur-, natürlich 1/V
la **naturaleza** die Natur 5/V
navegar navigieren, (mit einem Schiff) fahren 3/V
necesario/-a notwendig, nötig 2/B
necesitar algo etw. brauchen
negativo/-a negativ 3/A
negro/-a schwarz
nervioso/-a (estar) nervös, aufgeregt
nevar (e → ie) schneien
ni uno/-a ni otro/-a keine, keiner, keines von beiden
ni siquiera nicht einmal 7/B
ni… ni… weder … noch …
el/la **nieto/-a** der/die Enkel/in 1/A
niguno/-a *pron.* keine/r, keins 4/B; **ningún, ninguna** + *sust.* kein/e + *S.* 7/A
el/la **niño/-a** das Kind
el **nivel** die Stufe, das Niveau
no nein; nicht; kein, keine; ~ **obstante** trotzdem, dennoch 5/B; ~ **solo… también** nicht nur… sondern auch 1/V; ~ **solo… sino (que) también** nicht nur … sondern auch 7/A
no… nada überhaupt nicht, nichts
¡No me digas! *fam.* Ach nee!, Sag bloß!
el/la **noble** der/die Adlige
la **noche** die Nacht, der (späte) Abend
nocturno/-a Nachts-
el **nombre** der Vorname
normal normal
normalmente *adv.* normalerweise
la **nota** die Note; la ~ **final** die Endnote
la **noticia** die Nachricht
noveno/-a neunte/r, neuntes
el **noviembre** der November
el/la **novio/-a** der/die (feste) Freund/in
Nueva Jersey New Jersey 2/B
Nueva York New York 2/B
Nuevo México New Mexico 2/B
nuevo/-a neu; **de nuevo** erneut, wieder 4/A
el **número** die Nummer, die Zahl; el ~ **de teléfono** die Telefonnummer
numeroso/-a zahlreich 2/V
nunca nie

O

o oder; ~ **sea** das heißt 6/A
el **objetivo** das Ziel 4/V
el **objeto** der Gegenstand 2/V
obligatorio/-a obligatorisch
la **obra (de arte)** das (Kunst-) Werk M/4; la ~ **de teatro** das Theaterstück
*el **observatorio** die (Stern-)Warte* 3/V

el **océano** der Ozean 3/V; el ~ **Atlántico** der Atlantische Ozean, der Atlantik 2/V; el ~ **Pacífico** der pazifische Ozean, der Pazifik M/3
octavo/-a achte/r, achtes
octubre der Oktober
ocupar algo etw. besetzen
ocuparse de algo sich um etw. kümmern 4/A
el **oeste** der Westen
la **oferta** das Angebot; estar **de ~** im Angebot sein
oficial offiziell M/4
oficialmente offiziell *Adv.* 5/B
la **oficina** das Büro
el **oficio** der (handwerkliche) Beruf 2/A
ofrecer **(c → zc) algo a alguien** jdm etw. (an-)bieten
¡Oiga! Hören Sie. *hier:* Entschuldigen Sie. M/2
oír **algo** etw. hören M/2
el **ojo** das Auge
el **olivo** der Olivenbaum 5/B
olvidar algo etw. vergessen 1/A
la **opción** die Option
*el **operativo** der Einsatzdienst* 7/B
la **opinión** die Meinung; **en mi ~** meiner Meinung nach 3/A
la **oportunidad** die Chance, die Gelegenheit 1/A
la **asignatura optativa** das Wahlfach
optativo/-a fakultativ, Wahl-
optimista optimistisch
el **ordenador** der Computer
ordenar algo etw. aufräumen 4/A
la **organización** die Organisation 4/B
organizar algo etw. organisieren M/1
orgulloso/-a, estar **~ de algo/alguien** auf etw./jdn stolz sein 3/A
orientar a alguien jdn beraten
el **origen** die Herkunft 2/V
original originell, original 4/V
otra vez noch einmal, (schon) wieder
otro/-a noch ein/e; ein/e andere/r, anderes; el/la ~ der/die/das andere + *S.*
¡Oye! *fam.* Hör mal!, Sag mal!

P

el **padre** der Vater; los **padres** *pl.* die Eltern
la **paella** die Paella
pagar algo etw. bezahlen
la **página** die Seite; la ~ **web** die Webseite
el **pago** das Gehalt
el **país** das Land
el **País Vasco** das Baskenland 1/V
el **paisaje** die Landschaft
el **pájaro** der Vogel
la **palabra** das Wort
el **palacio** der Palast
la **panadería** die Bäckerei
la **pandemia** die Pandemie 5/V
la **pandilla** die Clique; die Straßenbande 2/B
la **pantalla** der Bildschirm 6/A
los **pantalones** die Hose
el **pañuelo** das Taschentuch 1/B
la **papa** *lat. am.* die Kartoffel
el **papá** *lat. am., fam.* der Papa
el **papel** das Papier 6/V
para für; ~ + *inf.* um zu + *Inf.*; **~ mí** für mich
la **parada** die Haltestelle
el **paraíso** das Paradies 1/V
parecer **(c → zc) a alguien** meinen, wirken; **~**se **a algo/alguien** etw./jdm ähneln 2/B
parecido/-a, ser **~ a algo/alguien** etw./jdm ähnlich sein 7/A
el **paro** die Arbeitslosigkeit; estar **en ~** arbeitslos sein 5/A
el **parque** der Park; el ~ **nacional** der Nationalpark
la **parte** der Teil
participar en algo an etw. teilnehmen 2/A
el **partido** das Spiel 4/A
pasado/-a letzte/r, letztes *Zeit*
el **pasaporte** der Reisepass 1/B
pasar verbringen *Zeit*; geschehen 1/V; **~ (a** + *lugar***)** hereinkommen 4/B; **~ por (casa de…)** bei jdm (zu Hause) vorbeigehen; **~ a ser algo** zu etw. werden; **~lo bien** Spaß haben 1/B; **No pasa nada.** Das macht nichts.
pasear por + *lugar* spazieren gehen / fahren durch + *Ort*
la **pasión (por algo)** die Leidenschaft (für etw.) 2/V
el/la **pastor/a** der/die Schäfer/in 2/A
la **patata** die Kartoffel
el **patio** der (Innen-)Hof
la **pausa** die Pause
pedir **(e → i) algo a alguien** jdn um etw. bitten
la **película** der Film; la **~ de aventuras** der Actionfilm
el **peligro** die Gefahr; estar **en ~ de extinción** vom Aussterben bedroht sein 5/B
peligroso/-a gefährlich 1/A
pelirrojo/-a rothaarig
el **pelo** das Haar
la **peña** *fam.* der Freundeskreis M/1
la **Península Ibérica** die Iberische Halbinsel
pensar **(e → ie) (en) algo** etw. denken, an etw./jdn denken
pequeño/-a klein
perder **(e → ie) (algo)** (etw.) verlieren, verpassen; **~ el tiempo** Zeit verschwenden; **~ peso** abnehmen 6/B; **~**se sich verlaufen 4/A
¡Perdón! Entschuldigung!
*el/la **peregrino/-a** der/die Pilger/in* 1/V
perfecto *adv.* perfekt
perfecto/-a perfekt
el **periódico** die Zeitung
el/la **periodista** der/die Journalist/in 6/B
el **período** die Periode M/5
permitir algo a alguien jdm etw. erlauben 4/V
pero aber
la **persona** die Person
la **perspectiva** die Perspektive 4/B
peruano/-a peruanisch
el **pescado** der Fisch
el/la **pescador/a** der/die Fischer/in 1/A
pescar algo etw. fischen 1/A

la **peseta** die Pesete (ehemalige spanische Währung) M/5
el **pez, los peces** *pl.* der Fisch M/3
el **piercing** das Piercing
el **pimiento** die Paprika 1/V
la **pirámide** die Pyramide
la **piscina** das Schwimmbad
el **piso** die Wohnung, *auch:* das Stockwerk, die Etage; el ~ **compartido** die WG (Wohngemeinschaft)
el **plan** der Plan
plano/-a flach 3/V
la **planta** die Pflanze
la **planta de energía solar** die Solaranlage
plantar algo etw. pflanzen 5/B
la **plata** das Silber, das Geld
la **plataforma** die Plattform 6/V
platicar *mex. sich unterhalten, mit jdm reden* 3/A
el **plato** das Gericht, der Teller; el ~ **nacional** das Nationalgericht
la **playa** der Strand
la **plaza** der Platz; la ~ **de toros** die Stierkampfarena
pleno/-a Hoch- 7/A
la **población** die Bevölkerung 6/V
poco/-a wenig, wenige; **un ~ (de)** ein bisschen
poco a poco nach und nach M/4
el **podcast** der Podcast 2/V
poder (o → ue) können; **¿Pudieras** + *inf.*? Könntest du + *Inf.*? 4/B
el **poema** das Gedicht
el/la **poeta** der/die Dichter/in M/3
el/la **policía** der/die Polizist/in 4/V
el **polideportivo** das Sportzentrum
la **política** die Politik M/5
Polonia Polen 7/A
poner algo etw. stellen, setzen, legen; ~ **atención (a algo)** aufpassen (auf etw.), achten; ~ **de los nervios a alguien** *fam.* jdn irremachen 5/A; ~ **música** Musik anmachen M/1
ponerse + *adj.* werden *Zustandsveränderung*; ~ **al teléfono** ans Telefon gehen; ~ **algo** etw. anziehen; ~ **las pilas** die Ärmel hochkrempeln 5/A
poco, poquito *adv. fam.* wenig
por pro; wegen 3/A; ~ **aquí** hier (in der Nähe, entlang); ~ **cierto** übrigens 4/B; ~ **culpa de algo/alguien** aufgrund *negativ* 5/B; ~ **dinero** gegen Bezahlung; ~ **ejemplo** zum Beispiel; ~ **eso** deshalb; ~ **favor** bitte; ~ **fin** endlich 1/B; ~ **igual** gleichmäßig 5/A; ~ **la mañana/tarde/noche** am Morgen/Nachmittag/Abend, in der Nacht; ~ **lo menos** zumindest 7/B; ~ **lo tanto** folglich, somit 4/V; ~ **suerte** zum Glück 1/A; ~ **supuesto** natürlich, selbstverständlich 4/A; ~ **último** zuletzt 3/V; ~ **un lado…** ~ **otro lado…** einerseits… andererseits 2/B; **gracias ~** danke für
el **por ciento** das Prozent
¿por qué? warum?
el **porcentaje de algo** der Prozentsatz, *hier:* der Anteil an etw. M/4
porque weil
el **(ordenador) portátil** der Laptop 6/V
porteño/-a *aus Buenos Aires* 7/A
la **posibilidad** die Möglichkeit M/3
posible möglich 2/B
positivo/-a positiv 3/A
practicar algo etw. üben
las **prácticas** *pl.* das Praktikum
práctico/-a praktisch
el **precio** der Preis
precolombino/-a präkolumbisch
predecir (e → i) algo etw. vorhersagen
predominar vorherrschen 2/B
la **preferencia** die Präferenz
preferido/-a Lieblings-
preferir (e → ie) + *inf.* lieber (+ *Inf.*) wollen; ~ **algo** etw. lieber mögen, etw. (einer Sache) vorziehen
la **pregunta** die Frage
preguntar algo a alguien jdn etw. fragen
el **Premio Nobel** der Nobelpreis
la **prenda** das Kleidungsstück
la **preocupación** die Sorge 6/V
preocupado/-a, estar ~ por algo/alguien über etw. / um jdn besorgt sein 4/A
preocupar a alguien jdn beunruhigen, jdm Sorgen bereiten 2/A; **~se por algo/alguien** sich um etw./jdn Sorgen machen M/1
preparar algo etw. vorbereiten
la **presentación** die Vorstellung, Präsentation
presentar algo etw. präsentieren, zeigen; **~se a algo** sich bewerben auf etw.
el/la **presidente/-a** der/die Präsident/in
la **presión** der Druck 4/V
primero *adv.* zuerst
primero/-a der/die/das erste + *S.*
el/la **primo/-a** der/die Cousin/e
principalmente hauptsächlich 6/B
privado/-a privat
probar (o → ue) algo etw. (aus) probieren
el **problema** *m.* das Problem
la **producción** die Produktion 5/V
producir algo (c → zc) etw. produzieren, *hier:* etw. verursachen 3/A
el **producto** das Produkt
la **profesión** der Beruf
el/la **profesor/a** der/die Lehrer/in
el **programa** das Programm; die Sendung 6/V
prohibido/-a (estar) verboten sein 1/A
prometer algo etw. versprechen 7/B
promocionar algo für etw. werben 5/V
pronto bald, gleich
el/la **propio/-a** + *sust.* der, die, das eigene + *S.*
proponer algo etw. vorschlagen 3/V
la **protección** der Schutz 4/B
proteger algo / a alguien etw./ jdn schützen 5/B
la **provincia** die Provinz 7/V
el/la **próximo/-a** der/die/das nächste + *S.*
el **proyecto** das Projekt
la **prueba** die (Aufnahme-)Prüfung M/1

la **publicación** die Veröffentlichung 6/V
publicar algo etw. veröffentlichen 6/B
la **publicidad** die Werbung
el **público** das Publikum 3/B
público/-a öffentlich
el **pueblecito** *fam. das Dörfchen* 3/B
el **pueblo** das Dorf; *hier:* das Volk 7/V
la **puerta** die Tür; das Tor; la ~ **de embarque** das Gate M/2
el **puerto** der Hafen 5/V
el/la **puertorriqueño/-a** der/die Puerto-Ricaner/in 2/B
pues naja, also
el **puesto de trabajo** die (Arbeits-)Stelle
el **puesto ambulante (de comida)** der Imbisswagen 3/A
el ***pulpo*** *die Krake* 1/V
el **punto** der Punkt; el ~ **débil** die Schwäche; el ~ **fuerte** die Stärke

Q

que der, die, das *Relativpronomen*; ~ *conj.* dass
¡Qué + *sust./adj./adv.*! Was für ein/e + *S.*!; **¡~ palo!** Wie doof!; **¡~ pasada!** Cool!, Abgefahren!, Super!; **¡~ pena!** Schade!; **¡~ va!** Ach was!, Überhaupt nicht!;
¿qué? was?; welche/r?, welches? **¿~ hora es?** Wie spät ist es?; **¿~ lenguas hablas?** Welche Sprachen sprichst du?; **¿~ pasa?** Was ist los?, Was gibt's?; **¿~ tal si…?** Wie wäre es, wenn …?; **¿~ tal?** Wie geht's?; **¿~ te parece…?** Wie findest du …?
el **quechua** Quechua *Sprache*
quedar sich verabreden, sich treffen
quedarse bleiben, unterkommen; ~ **en blanco** *fam. einen Blackout haben* M/1; ~ **parado/-a** stehen bleiben 7/A
quejarse de algo sich beschweren (über etw.)
querer (e → ie) algo etw. wollen
querido/-a liebe/r
quien, quienes der/die, welche/r *Relativpronomen* 3/V
¿quién/es? wer?; **¿con ~?** mit wem?
Química *f.* Chemie *Schulfach*
quinto/-a fünfte/r, fünftes
el **quiosco** der Kiosk 6/A
quisiera + *inf.* ich würde gerne + *Inf.* 4/B
quizás vielleicht

R

la **radio** das Radio
la **raíz, las raíces** die Wurzel 2/V
el **rap** der Rap
rápido/-a schnell 3/A
raro/-a komisch M/1
la **razón** der Grund 5/V
reaccionar a algo auf etw. reagieren 4/A
real wirklich
la **realidad** die Wirklichkeit, die Realität 2/B; **en ~** eigentlich, in Wahrheit
realmente *adv.* wirklich, echt
rebelde rebellisch M/4
el/la **recepcionista** der/die Rezeptionist/in 5/A
la **receta** das Rezept 2/V
recibir algo etw. bekommen, erhalten; ~ **algo / a alguien** etw./jdn empfangen 2/A
reciente jüngst 7/B
recoger algo etw. aufsammeln 5/B; ~ **algo / a alguien** etw./jdn abholen
recomendar (e → ie) algo etw. empfehlen 5/B
la **Reconquista** die Wiedereroberung
recordar (o → ue) algo sich an etw. erinnern 4/A; ~ **algo a alguien** jdn an etw. erinnern 2/V
el **recreo** die Pause *Schule*
recuperar las fuerzas sich erholen 7/B
la **red social** das soziale Netzwerk 2/A
redondo/-a rund 3/V
reenviar algo etw. weiterleiten M/1
reflexionar sobre algo über etw. reflektieren 6/A
refrescarse sich erfrischen M/3
el **refresco** das Erfrischungsgetränk 1/B
regalar algo etw. schenken 2/V
el **regalo** das Geschenk
regar (e → ie) algo etw. gießen 5/B
la **región** die Region
la **regla** die Regel 4/A
regresar zurückkehren 3/V
el **reino** das Königreich 3/V
reírse (e → i) por algo über etw. lachen 1/B
estar **relacionado/-a con algo/alguien** mit etw./jdm zusammenhängen 4/A
la **relación** die Beziehung 6/A
la **religión** die Religion
el **reloj (solar)** die (Sonnen-)Uhr
rendirse (e → i) aufgeben 5/B
rentar a alguien *fam.* sich lohnen 5/A
renunciar a algo auf etw. verzichten 6/A
reparar algo etw. reparieren 4/V
repartir algo etw. verteilen 5/A
repensar (e → ie) algo etw. überdenken 7/A
repetir (e → i) algo etw. wiederholen
el ***reportaje*** *die Reportage* 3/A
la **represión** die Unterdrückung M/5
la **república** die Republik M/5
la **reserva** die Reservierung
reservar algo etw. buchen, reservieren
la **residencia de estudiantes** das Studentenwohnheim
residir wohnen 3/B
respetar algo / a alguien etw./jdn respektieren 4/A
respirar atmen 3/A
el/la **responsable** der/die Verantwortliche 4/A
la **respuesta** die Antwort 4/V
el **restaurante** das Restaurant
el **resto** der Rest 1/B
los **restos** *pl.* die Reste, die Überreste
el **resultado** das Ergebnis 4/V
resultar fácil/difícil a alguien jdm leicht/schwer fallen 4/V;

Me resulta fácil/difícil. Es fällt mir leicht/schwer.
el **retrato** das Porträt M/4
la **revista** die Zeitschrift
la **revolución** die Revolution 6/V
el **rey, la reina** der/die König/in 6/V
rico/-a reich 3/A; ~ (estar) lecker
el **riesgo** das Risiko 6/A
el **ritmo de vida** der Lebensrhythmus 5/A
rizado/-a lockig
el **rocódromo** die Kletterhalle
rojo/-a rot
el/la **romano/-a** der/die Römer/in 5/V
romántico/-a romantisch
romperse kaputt gehen 5/A
la **ropa** die Kleidung
rosa rosa
rubio/-a blond
ruidoso/-a laut
la **ruina** die Ruine
Rumanía Rumänien 2/A
la **ruta** die Route
la **rutina** die Routine 5/A

S

el **sábado** der Samstag
saber (+ *inf.*) wissen, können; ~ **algo** *hier:* etw. erfahren 1/B
sacar (buenas/malas) notas (gute/schlechte) Noten bekommen
sacar fotos Fotos machen
el **sacerdote, la sacerdotisa** der/die Priester/in
el **salario** der Lohn
la **salida** der Ausgang M/2
salir ausgehen; abfahren; ~ **a** + *inf.* hinausgehen, etw. zu tun M/1; ~ ***adelante*** *vorankommen, weiterkommen* 2/B
la **salud** die Gesundheit 6/B
la ~ ***mental*** die psychische Gesundheit 6/A
saludar a alguien jdn (be-)grüßen
seco/-a trocken 7/V
el/la **secretario/-a** der/die Sekretär/in
el **secreto** das Geheimnis
seguir (e → i) weitergehen; ~ + *gerundio* etw. weiterhin tun 3/B; ~ **algo / a alguien** etw./jdm folgen 7/B
según laut, gemäß
segundo/-a zweite/r, zweites
seguro/-a (estar) sicher
seguro que (no) bestimmt (nicht) 1/B
la **semana** die Woche; **en la ~** wochentags
semiamueblado/-a (estar) teilmöbliert
el **senderismo** das Wandern 1/V
el/la **señor/a** der Herr, die Frau *Anrede*
sensible a algo gegen etw. sensibel sein 5/V
sentarse (e → ie) sich hinsetzen 7/B
sentirse (e → ie) sich fühlen
el **septiembre** der September
séptimo/-a siebte/r, siebtes
la **sequía** die Dürre 5/B
ser sein; ***no ~ mucho de + algo*** *mit etwas nichts anfangen können* 3/B
el **ser humano** das menschliche Wesen 7/B
la **serie** die Serie 1/V
serio/-a ernst; **en ~** wirklich, im Ernst
servir (e → i) a alguien jdm nützen 4/B; **te habrá servido** es wird dir genützt haben 4/B
sexto/-a sechste/r, sechstes
si ob; wenn, falls
sí ja
siempre immer
la **sierra** das Gebirge 3/B
el **siglo** das Jahrhundert
significar algo etw. bedeuten
la **silla** der Stuhl
el **símbolo** das Symbol
simpático/-a sympathisch
simplemente *adv.* einfach
sin ohne
sin embargo trotzdem
sincero/-a ehrlich 5/A
el **sinónimo** das Synonym 6/V
el **sistema** das System
el **sitio** der Platz, Ort
la **situación** die Situation 1/A
situado/-a, estar ~ en liegen in
el ***skateboarding*** *das Skateboarding* M/3
el **slackline** die Slackline *Sport*
sobre über; **~ todo** vor allem
el **sobresaliente** Sehr gut *Schulnote*
social sozial 4/V
el **sofá** das Sofa
el **sol** die Sonne; la **puesta del ~** der Sonnenuntergang
solar *adj.* Sonnen-, Solar-; el **panel ~** das Solarmodul
el/la **soldado** der/die Soldat/in 3/V
soler (o → ue) + *inf.* gewohnt sein, etw. zu tun 4/V
solidario/-a solidarisch 4/V
solo nur
solo/-a (estar) allein
la **solución** die Lösung 5/B
solucionar algo etw. lösen 1/B
la **sombra** der Schatten
la **sonrisa** das Lächeln 4/B
sorprendente überraschend 1/V
sorprender a alguien jdn überraschen; **~se** staunen
la **sorpresa** die Überraschung
subir algo etw. hochgehen, hochladen *Computer*
subirse (a + *sust.***)** einsteigen M/2
Sudamérica Südamerika 7/V
el **sueldo** das Gehalt
el **suelo** der Boden 5/B
el **sueño** der Traum, die Müdigkeit
la **suerte** das Glück
suficiente genug, ausreichend
sufrir algo etw. (er-)leiden, (er-)dulden 5/B
súper + *adj. fam.* total, super + *Adj.*
superar algo etw. überwinden M/5
la **superficie** die Fläche 5/V
el **supermercado** der Supermarkt
el **suplemento** der Zuschlag M/2
el **sur** der Süden
el **susto** der Schreck 1/B

T

la **tableta** das Tablet 6/V
tal vez vielleicht 4/B
la **talla** die Größe *Kleidung*

el **taller** die Werkstatt; der Workshop
también auch
tampoco auch nicht
tan so; ~ **(grande) como** so (groß) wie *Vergleich*
tanto… como sowohl… als auch 3/A
tanto/-a + *sust.* so viel/e + *S.*
la **tapa** die Tapa *kleines spanisches Gericht*
tardar dauern; brauchen 3/A
la **tarde** der Nachmittag
tarde spät
la **tarea** die Aufgabe, die Arbeit
la **tarjeta** die (EC-)Karte M/2
el **tatuaje** die Tätowierung
el **taxi** das Taxi M/2
teatral *Theater-* 7/V
el **teatro** das Theater
técnico/-a technisch 4/V
el/la **técnico/-a superior en administración y finanzas** der/die Verwaltungsfachangestellte *Titel*
la **tecnología** die Technologie 4/V
el **teléfono** das Telefon
el **teletrabajo** das Homeoffice 6/V
la **televisión (= la tele** *fam.***)** das Fernsehen
el **televisor** der Fernseher
el **tema** das Thema
la **temperatura** die Temperatur M/3
el **templo** der Tempel
la **temporada** die Saison 5/V
temprano früh
tener (e → ie) algo etw. haben; ~ **algo claro/-a** sich über etw. im Klaren sein 4/V; ~ **algo en común** etw. gemeinsam haben 7/V; ~ **ganas de + algo**/*inf.* Lust haben auf etw. / etw. zu tun; ~ **miedo de algo** Angst vor etw. haben 2/A; ~ **que ver con algo/alguien** mit etw/jdm zu tun haben 7/B; ~ **que** + *inf.* etw. tun müssen; ~ **sueño** schläfrig sein 1/B
la **teoría conspirativa** die Verschwörungstheorie 6/B
tercero/-a zweite/r, zweites
el **tercio** das Drittel
terminar algo enden, etw. beenden
la **terraza** die Terrasse 1/B
el **terremoto** das Erdbeben 3/A
terrible schrecklich M/4
el ***test de orientación vocacional*** *der Karrieretest* 4/V
la **tetería** das Teehaus
el **texto** der Text
el ***tiburón ballena*** *der Walhai* M/3
el **tiempo** die Zeit; el ~ **libre** die Freizeit; **con** ~ (früh)zeitig
la **tienda** der Laden
la **Tierra** die Erde *Planet*
la **tierra** das Land 3/V
tímido/-a schüchtern
el/la **tío/-a** der Onkel, die Tante; ~ der Typ, die Frau *informelle Anrede in Spanien*
típico/-a typisch
el **tipo de** + *sust.* die Art, die Sorte + *S.*
tirar algo a alguien jdm etw. zuwerfen 1/B; ~ ***agua a alguien*** *jdn mit Wasser begießen, jdn nassmachen* 1/B; ~ ***algo / a alguien en el mar*** *etw./jdn ins Meer werfen* 7/B
tocar algo / a alguien jdn/etw. berühren; 1/B; ~ + ***instrumento*** *spielen Instrument*
todavía noch (immer); ~ **no** noch nicht
todo alles 1/V; ~ **recto** geradeaus
~ **el / toda la** + *sust.* der/die/das ganze + *S.*; **de** ~ alles mögliche 3/A
todos los / todas las + *sust.* jede/r, jedes + *S.*, alle + *S.*
tomar algo etw. trinken; etw. nehmen *Verkehrsmittel*;
~ **algo / a alguien en serio** etw./jdn ernst nehmen 4/A; ~ **el pelo a alguien** *fam.* jdn auf den Arm nehmen; ~ **medidas** Maßnahmen ergreifen 5/B; ~ **una decisión** eine Entscheidung treffen 2/A
el **tomate** die Tomate
la **torta** der Kuchen 2/V
la ***tortilla de patatas*** *Kartoffelomelett*
la **tortura** die Folter 7/B
el **total** der Gesamtbetrag
totalmente völlig 5/A
la **totora** die Binse *Pflanze*
el **tour** die Tour
el/la **trabajador/a** der/die Arbeiter/in 5/V
trabajar arbeiten; ~ **como…** als … arbeiten; ~ **en equipo** im Team arbeiten 4/V
el **trabajo** die Arbeit; el **Trabajo Social** die Sozialarbeit 4/A
la **tradición** die Tradition 1/V
tradicional traditionell
el/la **traductor/a** der/die Übersetzer/in
traer algo (a alguien) (jdm) etw. (mit-)bringen
el **tráfico** der Verkehr
la **tranquilidad** die Ruhe 5/V
tranquilo/-a ruhig
tratar a alguien de usted jdn siezen
el **tren** der Zug
triste traurig
el **turismo** der Tourismus
el/la **turista** der/die Tourist/in
turístico/-a touristisch
el **turno de noche** die Nachtschicht 5/A
tutearse sich duzen
el **tutorial** das Tutorial M/1

U

el **ukelele** die Ukelele M/1
el/la **último/-a** + *sust.* der/die/das letzte + *S.*
un, una ein, eine
el/la **único/-a** + *sust.* der, die, das einzige + *S.*
la **unidad** die Lektion
el **uniforme (escolar)** die (Schul-) Uniform
la **Unión Europea (UE)** die Europäische Union (EU) M/5
unir algo / a alguien etw./jdn vereinen; **~se a algo/alguien** sich etw./jdm anschließen 2/B
la **universidad** die Universität
universitario/-a Universitäts-
uno/-a man
unos/-as *pl.* einige, ein paar
urbano/-a Stadt- *Adj.* M/3
usar algo etw. benutzen
el/la **usuario/-a** der/die Benutzer/in 6/V

útil nützlich 6/A
utilizar algo etw. benutzen 6/A
la **uva** die Traube 5/V

V

las **vacaciones** *pl.* die Ferien, der Urlaub
vago/-a faul
vale okay, in Ordnung
valer **algo** etw. wert sein; ~ **la pena** sich lohnen
valorar algo etw. (wert-)schätzen 6/A
¡Vamos! Los geht's!
los **vaqueros** die Jeans
la **variedad** die Vielfalt 7/V
varios/-as mehrere, verschiedene 2/B
¡Vaya + *sust.*! *fam.* Was für ein/e + *S.*!; **¡~ idea!** Was für eine Idee! / Tolle Idee!; **¡~!** Oh!, Ach!, Wow!
el/la **vecino/-a** der/die Nachbar/in; ~ *adj.* Nachbar-, benachbart 3/B
el/la **vegetariano/-a** der/die Vegetarier/in M/4
vender algo etw. verkaufen 1/A
¡Venga! Los! also
venir **(e → ie)** kommen
la **ventaja** der Vorteil 3/A
la **ventana** das Fenster
ver **algo / a alguien** etw./jdn sehen, ansehen; **a** ~ mal sehen
el **verano** der Sommer
la **verdad** die Wahrheit
¿verdad? stimmt's?, nicht wahr?; **Es ~ que…** Es ist wohl wahr, dass 6/A
verde grün
la **verdura** das Gemüse
verificar algo etw. nachweisen 6/B
el **vestido** das Kleid
la **vez** das Mal
viajar reisen
el **viaje** die Reise; *hier:* die Fahrt M/2
la **víctima** das Opfer 6/B
la **vida** das Leben; la ~ **laboral** das Berufsleben; la ~ **privada** das Privatleben
el **videojuego** das Videospiel
viejo/-a alt
el **viernes** der Freitag
violeta violett
el **violín, los violines** die Geige 3/B
virtualmente virtuell 6/V
la **visita** der Besuch; la ~ **guiada** die Führung
visitar algo / a alguien etw. besichtigen, jdn besuchen
la **vista** die Aussicht; ***a simple ~*** *mit bloßem Auge* 3/B
vivir (en + *sust.***)** leben, wohnen (in + *S.*); ~ **algo** etw. erleben M/3
vivo/-a, estar ~ am Leben sein 7/B
el **vocabulario** der Wortschatz
el **volcán** der Vulkan M/3
el **voleibol** Volleyball *Sportart*
el **voluntariado** der Freiwilligendienst
el/la **voluntario/-a** der/die Freiwillige 3/A
volver (o → ue) zurückkehren; ~ **a** + *inf.* etw. wieder tun 4/A; ~se + *adj. Adj.* + werden 2/A
vos *arg.* du 7/A
el **voto** die Wählerstimme M/5
la **voz** die Stimme 6/A; **en ~ baja** leise 7/B

Y

y und
ya schon; **¡Ya!** Jetzt hab ich's!
ya que da, weil

Z

el **zapato** der Schuh
la **zona** die Zone, der Bereich
el **zumo** der Saft 6/B

A

ab desde
abbiegen (in) girar (en)
Abbildung la figura
Abendessen la cena 5/A
Abendbrot essen cenar 5/A
aber pero
abfahren salir
abgeben (etw.) entregar algo 4/V
abgelenkt sein estar distraído/-a
abgesehen (von etw.) aparte de algo 7/B; ~ **von** + *S.* además de + *sust.* 1/V
abhängen (von etw./jdm) depender de algo/alguien 3/A
Abhängigkeit la dependencia 6/A
abholen (etw./jdn) recoger algo / a alguien
Abitur el bachillerato
abnehmen perder (e → ie) peso 6/B
Abschlussprüfung el examen final 4/B
absurd absurdo/-a
Ach was! ¡Qué va!
achte/r, achtes el/la octavo/-a
Actionfilm la película de aventuras
Adlige/r el/la noble
Adoption la adopción M/5
Adresse la dirección
ähneln (etw./jdm) parecerse (c → zc) a algo/alguien 2/B
etw./jdm ähnlich sein ser parecido/-a a algo/alguien 7/A
aktiv activo/-a 5/V
Aktivität la actividad 5/V
akzeptieren (etw./jdn) aceptar algo / a alguien 2/A
alle + *S.* todos los / todas las + *sust.*
allein solo/-a (estar)
alles todo 1/V; ~ **mögliche** de todo 3/A
allgemein generalmente 7/V
Alltag el día a día
als cuando
also así que M/3; bueno; entonces
alt antiguo/-a; viejo/-a
Alter la edad 3/B; **¡~!** *ugs.* ¡Che! *arg. fam.* 7/A
älter mayor 5/A
alternativ alternativo/-a
Alternative la alternativa 1/A
Älteste el/la mayor
am … *Datum* el… de…
Amazonasgebiet la Amazonía
Amerika América
amerikanisch americano/-a 2/B
Amtssprache la lengua oficial 1/V
an en
Anbau el cultivo 5/V
(an)bieten (jdm etw.) ofrecer (c → zc) algo a alguien
Andalusien Andalucía
Andalusier/in el/la andaluz/a
andalusisch andaluz/a 3/V
Anden los Andes
Anden- andino/-a
Andenregion la región andina
andere/r, anderes otro/-a
ändern (etw.) cambiar algo M/4
anders distinto/-a 5/A; diferente
andin andino/-a
Anfang, am al principio 3/A; ~ + *Monat/Jahr/Jahrhundert* a principios de + *mes/año/siglo* 3/V
anfangen (etw.) empezar (e → ie) algo; ~ **(mit etw./jdm)** comenzar (e → ie) con/por algo/alguien 5/A; **~, etw. zu tun** empezar a + *inf.* 4/A;
~ **(*bei Null*)** *empezar de cero* 2/A
(An-)Führer/in el/la guía M/3
Angaben los datos 4/V
Angebot la oferta; **im ~ sein** estar de oferta
angenehm agradable 1/B
Angenehm *Begrüßung* ¡Mucho gusto!; encantado/-a
angesichts ante + *sust.* 4/A
Angst el miedo 2/A; ~ **haben (vor etw.)** tener miedo de algo (e → ie) 2/A
Anhänger/in el/la aficionado/-a (a algo) 5/V
anklopfen llamar a la puerta 4/B
ankommen llegar
Ankunft la llegada 3/V
anpassen (sich an etw. / jdn) adaptarse a algo
ans Telefon gehen ponerse al teléfono
anschließen (sich etw./jdm) unirse a algo/alguien 2/B
Anschreiben la carta de presentación
ansehen (etw./jdn) mirar algo / a alguien 2/B
anstarren (jdn) mirar fijamente a alguien 7/B
anstellen (sich) hacer cola
Anteil an etw. el porcentaje de algo M/4
Antwort la respuesta 4/V
antworten contestar (algo)
Anwaltskanzlei el bufete de abogados
Anzahl la cantidad
anzeigen (etw./jdn) denunciar algo / a alguien 6/B
anziehen (etw.) ponerse algo
Apotheke la farmacia
App la aplicación 3/A
April el abril
Araber/in el/la árabe
arabisch árabe; **Arabisch** *Sprache* el árabe
Arbeit la tarea; el trabajo
arbeiten trabajar; ~ **als** trabajar como …; **im Team** ~ trabajar en equipo 4/V
Arbeiter/in el/la trabajador/a 5/V
Arbeits- laboral
Arbeitskollege/-in el/la compañero/-a de trabajo
Arbeitslose/r el/la desempleado/-a 2/B
arbeitslos sein estar en paro 5/A
Arbeitslosigkeit el paro
Arbeitsstelle puesto de trabajo
Arbeitszeit el horario laboral
Architekt/in el/la arquitecto/-a
Architektur la arquitectura
Argentinien Argentina 2/V
Argentinier/in el/la argentino/-a 2/V
argentinisch argentino/-a 7/V
ärgern (sich über jdn) enfadarse con alguien
Arm el brazo 1/B; **jdn auf den ~ nehmen** tomar el pelo a alguien *fam.*
Ärmel la manga
Art (*Tier-, Pflanzenart*) la especie M/3; ~ **und Weise** la manera 6/A
Art + *S.* el tipo de + *sust.*
Arzt/Ärztin el/la médico/-a 3/B
Asien Asia 3/V
Aspekt el aspecto 3/A
Astronomie la astronomía
Atlantik el océano Atlántico 2/V
atmen respirar 3/A
attraktiv atractivo/-a 7/B
Aubergine mit Honig la berenjena con miel
auch también; ~ **nicht** tampoco; **mir (~) nicht** a mí también/tampoco.

auf en, sobre; ~ **Wiedersehen!** ¡Adiós!
Aufenthalt la estancia
Aufgabe la tarea
aufgeben rendirse (e → i) **5/B**
aufgeregt nervioso/-a (estar)
aufgrund *negativ* por culpa de algo/alguien **5/B**
aufhören, etw. zu tun dejar de + *inf.* **4/A**
Aufmerksamkeit la atención
aufmuntern (jdn) dar ánimos a alguien **4/A**
aufpassen (auf etw.) poner atención (a algo)
aufräumen (etw.) ordenar algo **4/A**
aufsammeln (etw.) recoger algo **5/B**
Aufschwung el boom
aufstehen levantarse
aufzwingen (etw.) imponer algo
Auge el ojo; ***mit bloßem ~*** *a simple vista* **3/B**
August el agosto
Au-Pair el/la au pair **4/B**
aus de; ~ ***Buenos Aires*** *porteño/-a* **7/A**; ~ **meiner Sicht** desde mi punto de vista **3/A**
Ausbildung el ciclo de formación profesional **4/B**; la educación
Ausbildung zum Sporttrainer Formación profesional de Educación Física y Deporte
ausbreiten (sich) extenderse (e → ie) **6/V**
ausdrücken (etw.) expresar algo **6/V**
Ausflug la excursión **M/3**
ausfüllen (etw.) completar algo
Ausgang la salida **M/2**
ausgehen salir
aushalten (etw./jdn) aguantar algo / a alguien
Ausland el extranjero
ausländisch extranjero/-a
ausmachen (etw.) importar **6/B**
ausschimpfen (jdn) echar la bronca a alguien **4/A**
Ausschreibung el anuncio
Aussehen el aspecto físico
außer menos **3/V**
äußere/r, äußeres exterior
außerhalb fuera de + *lugar* **6/A**
Aussicht la vista
Aussichtspunkt el mirador
aussteigen bajarse
ausstellen (etw.) exponer algo **M/4**
Ausstellung la exposición
aussterben desaparecer (c → zc) **M/3**
austauschen (etw. gegen etw.) intercambiar algo por algo
Austauschschüler/in el/la alumno/-a de intercambio **1/B**
auswählen (etw.) *am Automaten* darle a algo **M/2**
auswandern emigrar **1/A**
Auswirkung el efecto **3/A**
Auto el coche **7/V**; el auto *lat. am.* **3/A**
Automechanik la mecánica de coches
autonome Gemeinschaft la comunidad autónoma
Azteke, Aztekin el/la azteca
Azteken- azteca *adj.*

B

Baby el/la bebé
Bäckerei la panadería
baden bañarse **M/3**; darse un baño
Badezimmer el baño **2/B**
Bahnhof la estación; la estación de trenes
bald pronto
Balkon el balcón
Ballungsraum (städtischer) el área metropolitana *f.* **3/A**
Bar el bar
Barriere la barrera **6/A**
Bart la barba
Baskenland el País Vasco **1/V**
Batterie la batería **7/V**
bauen (etw.) construir (i → y) algo
Bayern Baviera **7/A**
beachten (etw./jdn) hacer caso a algo/alguien **4/A**
beantworten (etw.) contestar algo
bedenken (etw.) considerar los aspectos a favor / en contra **4/V**
bedeuten (etw.) significar algo
bedingt (durch etw.) debido a algo **7/B**
bedrohen (etw./jdn) amenazar algo / a alguien **7/V**
bedroht sein (vom Aussterben) estar en peligro de extinción **5/B**
beeilen (sich) apurarse *lat.am.*
beeindrucken (jdn) impresionar a alguien **M/3**
beeinflussen (etw./jdn) influir (i → y) en algo/alguien **6/B**
beenden (etw.) terminar algo
befinden (sich) estar
begießen, jdn mit Wasser *tirar agua a alguien* **1/B**
Begleiter/in el/la acompañante **7/B**
behalten (etw.) conservar algo **2/V**
beherrschen (etw.) dominar algo **3/V**
Behinderung la discapacidad **6/A**
beibringen, etw. zu tun enseñar a + *inf.* **2/V**
beeindruckend impresionante
Beispiel el ejemplo; **zum ~** por ejemplo
bekannt conocido/-a
bekommen (etw.) recibir algo
benutzen (etw.) utilizar algo **6/A**; usar algo
Benutzer/in el/la usuario/-a **6/V**
bequem cómodo/-a
Bequemlichkeit la comodidad **6/V**
beraten (jdn) orientar a alguien
Bereich la zona
bereit dispuesto/-a (estar) **7/B**
Berg la montaña
Beruf la profesión; **(handwerklicher)** ~ el oficio **2/A**
Berufsausbildung la formación profesional (= FP *fam.*); *an der Fachschule* la FP (formación profesional superior); *Lehre* la FP Media
Berufsberater/in el/la orientador/a laboral
Berufsleben la vida laboral
Berufsschule la escuela de formación profesional
berühmt (für) famoso/-a
berühren (jdn/etw.) tocar algo / a alguien **1/B**
beschäftigen (sich mit etw.) dedicarse a algo
beschweren (sich über etw.) quejarse de algo
besetzen (etw.) ocupar algo
besichtigen (etw./jdn) visitar algo / a alguien
besonders especial
besorgt sein (über etw. / um jdn) estar preocupado/-a por algo/alguien **4/A**

besser (als) mejor (que)
Bestätigung, automatische la confirmación automática
beste/r, bestes el/la mejor + *sust.*
bestehen (etw.) aprobar (o → ue) algo 4/B
bestimmt sein (zu etw.) estar destinado/-a a algo 7/B
bestimmt (nicht) seguro que (no) 1/B
Besuch la visita
betreffen (etw./jdn) afectar a algo/alguien M/5
Bett la cama; **ins ~ gehen** acostarse (o → ue)
beunruhigen (jdn) preocupar a alguien 2/A
Bevölkerung la población 6/V
bevor antes de + *inf.*
bewegen (sich) moverse (o → ue) 6/A
beweisen (etw.) demostrar (o → ue) algo 5/V
bewerben (sich auf etw.) presentarse a algo
bewusst sein (sich etw.) ser consciente de algo 4/A
bezahlen (etw.) pagar algo
Beziehung la relación 6/A
bezwecken, Was ~ sie? ¿De qué van? *fam.*
Bibliothek la biblioteca
Bild el cuadro; la imagen M/1
Bildhauerkunst la escultura M/4
Bildschirm la pantalla 6/A
Bildung la educación
billig barato/-a
Bindestrich el guion
Binse *Pflanze* la totora
Biochemiker/in el/la bioquímico/-a
Biodiversität la biodiversidad M/3
Biologie *Schulfach* Biología *f.*
bis hasta; **~ morgen!** ¡Hasta mañana!; **~ später/dann!** ¡Hasta luego!
bisschen, ein un poco (de)
bitte por favor; *beim Bezahlen* Aquí tienes. **~ sehr!** ¡De nada!
bitten (jdn um etw.) pedir (e → i) algo a alguien
Blackout, einen ~ haben *quedarse en blanco fam.* M/1
Blatt la hoja
blau azul
bleiben quedarse
Blinde/r el/la ciego/-a 6/A
Blog el blog
blond rubio/-a
Blonder, Blondine *el/la güero/-a mex.* 2/B
Boden el suelo 5/B
Bolivien Bolivia
Boot el barco; el bote
brauchen (etw.) necesitar algo; *Zeit* tardar 3/A
braun marrón; *Haarfarbe* castaño/-a
breit extenso/-a 7/V
Brille las gafas *pl.*
bringen (jdn) conducir (c→zc) a alguien 7/B
bringen (etw., jdm etw.) traer algo (a alguien)
Bruder el hermano
Buch el libro
buchen (etw.) reservar algo
Buchstabe la letra M/1
Bühnenbildnerei *la escenografía* 4/V
Bundesstaat el estado 2/B
Büro la oficina
Bus el autobús (= el bus *fam.*)

C

Café la chocolatería
Cafeteria la cafetería
Chance la oportunidad 1/A
chaotisch caótico/-a M/1
Chat el chat
chatten chatear
Chef/in el/la jefe/-a
Chemie *Schulfach* Química *f.*
chilenisch chileno/-a 7/V
Chor el coro M/1
circa aproximadamente 2/V
Clique la pandilla
Computer el ordenador
cool guay *fam.; chulo/-a*
Cousin/e el/la primo/-a
Cybermobbing el ciberacoso 6/A

D

da ahí; *kausal* como
dadurch *auf diese Art* de esta manera 3/V
dank + *S.* gracias a + *sust.*
danke gracias; **~ für** gracias por
dann entonces
darüber hinaus además
das eso; **~ +** *Adj.* lo + *adj.* 2/V; **~ gleiche** lo mismo 6/B; **~ heißt** es decir, o sea 6/A; **~, was...** lo que *Relativpronomen* 1/A
dass que *conj.*
Angaben los datos 4/V
Datum la fecha
dauern durar; tardar 3/A
definitiv definitivamente *adv.* M/5
Demokratie la democracia M/5
demokratisch democrático/-a 6/B
denken (etw., an etw./jdn) pensar (e → ie) algo / en algo/alguien
Denkmal el monumento
der, die, das *Relativpronomen* que; el/la cual 6/V; el/la que 7/V; quien/es 3/V
derselbe, dieselbe, dasselbe el/la mismo/-a
deshalb por eso
Multimedia-Design *el diseño multimedia* 4/V
dessen, deren cuyo/-a 6/V
Detail el detalle M/1
Deutsch *Sprache* el alemán*; Fach* Alemán
Deutsche/r el alemán, la alemana
Deutschland Alemania
Dezember el diciembre
Dialog el diálogo
Dichter/in el/la poeta M/3
dick gordo/-a 4/A
Diktatur la dictadura 1/A
Dienstag el martes
diese/r, dieses (da) ese/esa; este/esta
digital digital 6/V
Diskothek la discoteca
Diskussion la discusión
Dominikaner/in el/la dominicano/-a 2/B
Donnerstag el jueves
Doppelte el doble 5/V
Dorf el pueblo
Dörfchen *el pueblecito fam.* 3/B
dort ahí; *allá lat.* 2/B
dritte/r, drittes el tercer(o), la tercera
Drittel el tercio
Druck la presión 4/V
drücken *am Automaten* darle a algo M/2
du vos *arg.* 7/A
Dudelsack *la gaita* 1/V
dulden (etw.) sufrir algo 5/B

dünn delgado/-a
durch por; a través de algo/alguien **6/V**
Durchschnitt la media **6/V**
Dürre la sequía **5/B**
Dusche la ducha **5/A**
duschen (sich) ducharse
Dutzend *la docena* **7/B**
duzen (sich) tutearse

E

ebenfalls asimismo **5/B**
echt realmente *adv.*
Ecke *Straße* la esquina
Effekt el efecto **3/A**
egoistisch egoísta **4/A**
Ehe el matrimonio **M/5**
Ehemann el marido **5/A**
ehrlich sincero/-a **5/A**
eigene/r, eigenes el/la propio/-a
eigentlich en realidad
Eindruck la impresión **7/B**
einerseits… andererseits por un lado… por otro lado **2/B**
einfach fácil; simplemente *adv.*
Einführung la introducción **M/5**
Eingang la entrada
einhalten (etw.) cumplir algo **4/A**
einige algunos/-as; unos/-as *pl.*
Einkauf la compra; **den ~ machen** hacer la compra **5/A**
Einkaufszentrum el centro comercial
einladen (zu, nach, in) invitar (a)
Einnahmequelle la fuente de ingreso
Einsatzdienst *el operativo* **7/B**
etw. einscannen escanear algo **6/A**
einschlagen (etw.) derribar algo **7/B**
einschlagend impactante **M/4**
Einschreibung la matrícula **7/A**
einsteigen subirse (a + *sust.*) **M/2**
einstellen (jdn) contratar a alguien
Eintrag *Blog* la entrada **M/3**
eintreten (in etw.) ingresar en algo **M/4**
Eintritt *Firma* el ingreso
Eintrittskarte la entrada
einverstanden de acuerdo; **~ sein** estar de acuerdo **M/4**
Einverständnis el consentimiento **6/V**
Einwanderer- migrante *adj.* **2/A**
Einwohner/in el/la habitante
Einzel- individual *adj.*
Einzelfahrkarte el billete sencillo **M/2**

Eis el helado
Eisdiele la heladería
elegant elegante
elektrisch eléctrico/-a **7/V**
Eltern los padres *pl.*
E-Mail el e-mail
Emoticon *el emoticono* **M/1**
empfangen (etw. / jdn) recibir algo / a alguien **2/A**
empfehlen (etw.) recomendar (e → ie) algo **5/B**
Ende el final **1/V**; **zu ~ gehen** acabarse **5/B**; **am ~** al final
enden terminar
endlich finalmente **3/V**; por fin **1/B**
Endnote la nota final
Energie la energía; **erneubare ~** la energía renovable **4/V**
engagieren (sich bei etw.) implicarse en algo **5/B**; comprometerse **7/B**
England Inglaterra **4/B**
Englisch *Schulfach* Inglés; *Sprache* el inglés
Enkel/in el/la nieto/-a **1/A**
entdecken (etw.) descubrir algo
Entdeckung el descubrimiento **3/V**
entfernen (sich, aus etw. / von jdm) apartarse de algo/alguien **7/B**
entfernt distante **7/B**
Entfernung la distancia **3/A**
entreißen (etw.) arrancar *algo* **7/B**
entscheiden (etw.) decidir algo
Entscheidung la decisión **2/A**; **eine ~ treffen** tomar una decisión **2/A**
erste/r, estes el/la primero/-a
entschieden, Es ist ~. Decidido.
entschuldigen (etw.) disculpar algo
Entschuldigung! ¡Perdón!
entspannen (sich) descansar
entstehen nacer (c → zc) **1/V**
entwickeln (etw.) desarrollar algo
Epoche la época
Erdbeben el terremoto **3/A**
Erde *Planet* la Tierra
erfahren (etw.) saber algo **1/B**
Erfahrung la experiencia
erfinden (etw.) inventar algo **M/1**
Erfolg el éxito **M/1**
erfrischen (sich) refrescarse **M/3**
Erfrischungsgetränk el refresco **1/B**
erfunden fabricado/-a **6/B**
Ergebnis el resultado **4/V**

erholen (sich) recuperar las fuerzas **7/B**
erinnern (jdn an etw.) recordar (o → ue) algo a alguien **2/V**; **~ (sich an etw.)** recordar (o → ue) algo **4/A**
Erinnerung la memoria **4/V**
erkennen (etw./jdn) identificar algo / a alguien **6/B**
erklären (etw., jdm etw.) explicar algo (a alguien)
erlauben (jdm etw.) permitir algo a alguien **4/V**
erleben (etw.) vivir algo **M/3**
Ernährung la alimentación **M/4**
erneut de nuevo **4/A**
ernst grave **5/B**; serio/-a
Ernte la cosecha
Eroberer/-in el/la conquistador/a
erobern (etw.) conquistar algo **3/V**
Eroberung la conquista
erreichen (etw.) conseguir (e → i) algo **7/B**; alcanzar algo **5/V**; lograr algo
erste/r, erstes primero/-a
ertragen (etw./jdn) aguantar algo / a alguien
erzählen (jdm etw.) contar (o → ue) algo a alguien
Erzieher/in el/la educador/a
Es/das tut mir leid. Lo siento.
Essen la comida
essen (etw.) comer algo
etwas algo
Euro el euro
Europäer/in el/la europeo/-a
europäisch europeo/-a
Europäische Union (EU) la Unión Europea (UE) **M/5**
Eurozone la eurozona **M/5**
Exemplar el ejemplar **4/B**
existieren existir **3/V**
Experte/-in experto/-a
exportieren (etw.) exportar algo

F

Fabrik la fábrica
Fächer *el abanico* **2/V**
Fahrkarte el billete **1/B**
Fahrplan el horario (de autobuses)
Fahrrad la bicicleta (= bici *fam.*)
Fahrradweg la ciclovía *mex.* **3/A**
Fahrt el viaje **M/2**
fakultativ optativo/-a
Fall el caso **6/V**

fallen (jdm leicht/schwer) resultar fácil/difícil a alguien 4/V
falls si
falsch falso/-a 6/B
Familie la familia
Farbe el color
fast casi
faul vago/-a
Februar febrero
fehlen (jdm.) faltar a alguien
feiern (etw.) celebrar algo 1/B
feindlich enemigo/-a 3/V
Feld el campo
Fenster la ventana
Ferien las vacaciones *pl.*
Fernsehen la televisión (= la tele *fam.*)
Fernseher el televisor
Fernsehsender el canal (de televisión) 6/V
fertig listo/-a (estar) 3/A
fertigmachen (jdn) acabar con alguien 7/B
fest estable 4/V
Festival el festival
festlegen (etw.) establecer (c→zc) algo
Fettnäpfchen, ins ~ treten meter la pata
Feuerwehrmann/-frau el/la bombero/-a 3/A
Figur la figura
Film la película; *Kunst* el cine 7/A
finden (etw./jdn) encontrar (o→ue) algo / a alguien
Fisch el pescado; el pez, los peces *pl.* M/3
fischen (etw.) pescar algo 1/A
Fischer/in el/la pescador/a 1/A
Fitnessstudio el gimnasio
flach plano/-a 3/V
Fläche la superficie 5/V
Flagge la bandera 7/B
Fleisch la carne
Flora la flora 5/B
Flughafen el aeropuerto
Flugzeug el avión 7/B; **kleines ~** la avioneta
Folge la consecuencia 3/A
folgen (etw./jdm) seguir (e → i) algo / a alguien 7/B
folglich por lo tanto 4/V
Folklore- folclórico/-a 3/B
Folter la tortura 7/B
Form la forma
Format el formato 6/V
Formular el formulario
fortfahren continuar 1/B
Foto la foto; **Fotos machen** sacar fotos
Fotograf/in el/la fotógrafo/-a
Frage la pregunta
fragen preguntar
Frankreich Francia 4/B
Französisch *Sprache* el francés
Frau la señora
frei libre
Freiheit la libertad 2/V
Freitag el viernes
Freiwillige/r el/la voluntario/-a 3/A
Freiwilligendienst el voluntariado
Freizeit el tiempo libre
fremd extranjero/-a
freuen (sich über etw.) alegrarse de algo
Freund/in el/la amigo/-a; **feste/r ~** el/la novio/-a
Freundeskreis la peña *fam.* M/1
freundlich amable 4/A
frisch fresco/-a
fröhlich alegre
früh temprano
Frühstück el desayuno
frühstücken (etw.) desayunar algo
Frustration la frustración 6/V
fühlen (sich) sentirse (e → ie)
Führung la visita guiada
fünfte/r, fünftes el/la quinto/-a
funktionieren funcionar
für para
furchtbar fatal
Fuß el pie; **zu ~ gehen** ir a pie
Fußball *Sportart* el fútbol

G

Galicien Galicia 1/V
galicisch gallego/-a 1/V
Galicisch *Sprache* el gallego
ganze, der/die/das ~ + *S.* todo el / toda la + *sust.*
Garten el jardín
gastronomisch gastronómico/-a
Gate la puerta de embarque M/2
Gaucho *Viehzüchter/in el gaucho* 7/V
Gebäude el edificio
geben (jdm etw.) dar algo a alguien; **sich Mühe ~** esforzarse (o → ue) (en algo) 5/A
es gibt hay
Gebirge la montaña; la sierra 3/B
geboren werden nacer (c→zc) 1/V
Gebote, zehn *el decálogo* M/1
Geburtstag el cumpleaños (= el cumple *fam.*)
Gedächtnis la memoria 4/V
Gedicht el poema
gefährlich peligroso/-a 1/A
gefallen gustar
gefesselt, mit Handschellen ~ sein *estar esposado/-a* 7/B
gegen contra 6/B; **~ Bezahlung** por dinero; **~ Ende +** *Zeit* a finales de + *tiempo* 3/V
Gegensatz, im ~ zu etw./jdm a diferencia de algo/alguien 2/A
Gegenstand el objeto 2/V
Gegenteil (von etw.) lo contrario (de algo)
Gehalt el pago; el sueldo
Geheimnis el secreto
gehen ir (a); caminar; andar 7/B; **geht so** más o menos
Geige el violín, los violines 3/B
gelb amarillo/-a
Geld el dinero; la plata
Gelegenheit la oportunidad 1/A
gemäß según
Gemeinde la comunidad 7/A
gemeinsam haben (etw.) tener algo en común 7/V
Gemeinschafts- compartido/-a
Gemüse la verdura
genau exactamente 4/B
genehmigen (etw.) *autorizar algo* 3/V
General el general M/5
Generation la generación 2/B
genial genial
genießen (etw.) disfrutar de algo
genug suficiente
geographisch geográfico/-a 5/V
gerade etw. getan haben acabar de + *inf.*
geradeaus todo recto
Gericht el plato
Gern geschehen! ¡De nada!
gerne, ich würde ~ + *Inf.* quisiera + *inf.* 4/B
Gerücht el bulo 6/B

Gesamtbetrag el total
geschehen pasar 1/V
Geschenk el regalo
Geschichte la historia
Geschwister los hermanos *pl.*
Gesicht la cara
Geste el gesto
gestern ayer
Gesundheit la salud 6/B; **psychische ~** la salud mental 6/A
Getränk la bebida
gewinnen (etw.) ganar (algo) 4/A
gewöhnen (sich an etw.) acostumbrarse a algo 5/A
Gewohnheit la costumbre
gewöhnlich, etw. für ~ tun soler (o → ue) + *inf.* 4/V
gießen (etw.) regar (e → ie) algo 5/B
Gitarre la guitarra
glatt *Haare* liso/-a
glauben (etw.) creer; creerse algo 6/B
gleich pronto
gleiche/r, gleiches el/la mismo/-a
gleichmäßig por igual 5/A
gleichzeitig al mismo tiempo 7/V
Gletscher el glaciar 7/V
Glück la suerte; **zum ~** por suerte 1/A
glücklich feliz (estar)
glücklicherweise menos mal (que)
gotisch gótico/-a
Gott, Göttin el/la dios/a
Grad el grado
Grammatik la gramática
grau gris
groß alto/-a *Körpergröße;* grande
großartig fantástico/-a M/1; fenomenal
großartig + *S.* gran + *sust.*
Größe la altura; *Kleidung* la talla
Großeltern los abuelos
grün verde
Grund el motivo 2/B; la razón 5/V
gründen (etw.) fundar algo
grundlegend fundamental M/3
Gruppe el grupo
(Gruppen-)Leiter/in el/la monitor/a 4/A
grüßen (jdn) saludar a alguien
Grüßen, mit freundlichen ~ atentamente
Gürtel el cinturón
gut bien *adv.*; bueno/-a; **~/schlecht in etw. sein** darse bien/mal (a alguien) 4/V
Gute Idee! ¡Buena idea!
Gute Nacht! ¡Buenas noches!
Guten Abend! ¡Buenas noches!; ¡Buenas tardes!
Guten Tag! ¡Buenas tardes!; ¡Buenos días!

H

Haar el pelo
haben (etw.) tener (e → ie) algo; **zu tun ~ mit etw./jdm** tener que ver con algo/alguien 7/B
Hafen el puerto 5/V
Halbinsel la península; **Iberische ~** la Península Ibérica
halbtags (arbeiten) (trabajar) media jornada
Hälfte la mitad
Hallo! ¡Hola!
halten (etw. für etw.) considerar algo 7/V
Haltestelle la parada
Hamburger *Essen* la hamburguesa
Hammer, der ~ sein ser la leche *fam.* 5/A
Handel el comercio M/3
handeln actuar (yo actúo) 3/A
***Händler/in** el/la comerciante* 3/V
handwerklich artesanal
Handwerks- artesanal *adj.*
***Handy** el celular lat. am.* 3/B; el móvil
hart duro/-a M/3
hässlich feo/-a
hauptsächlich principalmente 6/B
Hauptstadt la capital
Haus la casa
Hausaufgaben los deberes *pl.*
heilen (etw./jdn) curar algo / a alguien
heiß sein hacer calor
heißen llamarse
Heizkosten la calefacción
Heizung la calefacción
helfen (jdm) ayudar a alguien; echar una mano a alguien; echar un cable a alguien *fam.* M/1 / 5/A
hell claro/-a; luminoso/-a
Hemd la camisa
Herausforderung el desafío 3/V
hereinkommen pasar (a + *lugar*) 4/B
Herkunft el origen 2/V
Herr el señor
Herrschaft la dominación
herstellen (etw.) fabricar algo 7/V
herumärgern müssen (sich mit jdm/etw.) lidiar con algo / alguien
herunterladen (etw.) descargar algo 6/V
hervorheben (etw.) destacar algo 5/V
Herzlichen Glückwunsch! ¡Felicidades!
heute hoy
heutzutage hoy en día 1/A
***hier** aquí; acá lat.* 2/B
hier (in der Nähe, entlang) por aquí
Hilfe la ayuda
Himmel el cielo
hinausgehen (um etw. zu tun) salir a + *inf.* M/1
hineingehen entrar (en)
hinsetzen (sich) sentarse (e → ie) 7/B
hinten atrás
hinter detrás de
Hintergrund, im ~ de fondo
historisch histórico/-a
Hitze el calor
hoch alto/-a
Hoch- pleno/-a *adj.* 7/A
hochgehen (etw.) subir algo
hochkrempeln, die Ärmel ~ ponerse las pilas 5/A
hochladen (etw.) colgar (o → ue) algo M/1; subir algo
Hochzeit la boda
hoffen (etw.) esperar algo 2/A
Hoffnung la esperanza 2/V
Höhe la altura
Homeoffice el teletrabajo 6/V
homosexuell homosexual M/5
Hörbuch el audiolibro 6/V
hören (etw./jdn) escuchar algo; oír (yo oigo) M/2; **Hören Sie.** ¡Oiga! M/2; **Hör Mal!** ¡Oye! *fam.*
Hose los pantalones
Hotel el hotel
hübsch guapo/-a; **~ aussehen** estar guapo/-a
Humor el humor 6/V
***hungrig sein** estar hambriento/-a* 3/V

I

Ideal la causa 7/B
ideal ideal

identifizieren (sich mit etw./jdn) identificarse con algo/alguien 2/A
Identität la identidad 5/A
Imbisswagen el puesto ambulante (de comida) 3/A
immer siempre; cada vez 6/V
in en; ~ **der Tat** de hecho 7/V
inbegriffen incluido/-a (estar)
indigen indígena
individualistisch individualista 7/A
Industrie la industria
Informatik la Informática 4/B; ~ **und Programmierung** *Studienfach* Informática y Programación
Information la información
informieren (sich über etw.) informarse de algo M/1; ~ **(jdn über etw.)** informar a alguien sobre algo
Initiative la iniciativa 5/B
Inka el/la inca
Inka- inca
Inka-Pfad el Camino Inca
Inkareich el Imperio inca
Innen- interior
Innenhof el patio
innere/r, inneres interior
innerhalb dentro de + *lugar* 6/A
Insel la isla
Instinkt *el instinto* 4/V
Institution la institución 6/B
Integration la integración 2/V
intelligent inteligente
interessant interesante
interessieren (jdn) interesar a alguien; ~ **(sich für etw.)** interesarse por algo
international internacional
Internet el internet
Interview la entrevista
irren (sich) estar equivocado/-a 6/B
Italien Italia 2/V
Italiener/in el/la italiano/-a 7/V

J

ja sí
Ja, bitte? *Am Telefon* ¿Diga?
Jacke la chaqueta
Jahr el año
Jahrgang el curso
Jahrhundert el siglo
Jakobsweg el Camino de Santiago 1/V
Januar el enero
Japanisch *Sprache* el japonés
(je) *Zahl* **(von)** *Zahl número* de cada *número* 2/B
je nachdem depende M/2
Jeans los vaqueros
jede/r, jedes + *S.* todos los / todas las + *sust.*; cada + *sust.*; *irgendein/e* cualquier + *sust.* 3/B
jemand alguien
jetzt ahora
Job el empleo
Journalist/in el/la periodista 6/B
Jude, Jüdin el/la judío/-a 7/B
Jugend la juventud 1/A
Jugendliche/r el/la joven; el/la adolescente 6/V
Juli el julio
jung joven 6/A
Junge el chico; el chamaco 3/B
jüngst reciente 7/B
Juni el junio

K

Kaffee el café
Kalender el calendario
kalt frío/-a (estar)
Kamera la cámara
Kampagne la campaña
Kampf la lucha 7/B
kämpfen (um etw./jdn) luchar por algo/alguien 5/B
Kandidat/in el/la candidato/-a 6/B
Kapitel el capítulo 3/V
kaputt gehen romperse 5/A
Karamellaufstrich *el arequipe* 2/V
karibisch caribeño/-a 2/V
Karneval el carnaval
Karriere la carrera
Karrieretest *el test de orientación vocacional* 4/V
(EC-)Karte la tarjeta M/2
Kartoffel la papa *lat.am.*; la patata
kassieren (etw.) cobrar algo
Kastilisch (*Spanisch*) *Sprache* el castellano 1/V
Katalanisch *Sprache* el catalán M/4
Katastrophe el desastre 1/V
Kathedrale la catedral
katholisch católico/-a M/5
kaufen (etw.) comprar algo
kein/e + *S.* no; ningún, ninguna + *sust.* 7/A
keine/r, keins niguno/-a *pron.* 4/B; ~ **von beiden** ni uno/-a ni otro/-a
Kellner/in el/la camarero/-a 1/A
keltisch *celta inv.* 1/V
kennen (etw./jdn) conocer (c → zc) algo / a alguien
kennenlernen (etw./jdn) conocer (c → zc) algo / a alguien
Kennwort la contraseña 6/V
Kilometer el kilómetro
Kind el/la niño/-a
Kindergarten el jardín de infancia
Kino el cine
Kiosk el kiosco
Kirche *Gebäude, Institution* la iglesia
klar sein estar claro 3/A; **sich über etw. im Klaren sein** tener algo claro/-a 4/V
Klasse la clase
Kleid el vestido
Kleidung la ropa
Kleidungsstück la prenda
klein pequeño/-a; *chiquito/-a mex.* 3/B; *Körpergröße* bajo/-a
Kletterhalle el rocódromo
klettern escalar 5/V
Klicken el clic 6/A
Klima el clima 7/V
Klimaanlage el aire acondicionado
Klimawandel el cambio climático 5/B
Kneipe el bar
Kochbuch el libro de recetas 2/V
kochen (etw.) cocinar algo
Koffer la maleta; ~ **packen** hacer la maleta
Kokablatt la hoja de coca
Kolonie la colonia
Kolumbien Colombia 2/V
komisch raro/-a M/1
Komitee *el comité* 7/B
kommen venir (e → ie); **Komm schon!** ¡Anda!
kommentieren (etw.) comentar algo
kommunikativ comunicativo/-a 4/V
kommunizieren comunicarse 1/V
kompatibel compatible 5/A
König/in el rey, la reina 6/V
Königreich el reino 3/V
konkret concretamente *adv.* 7/V
können poder (o→ue); saber (+ *inf.*); **Könntest du** + *Inf.*? ¿Pudieras + *inf.*? 4/B
Konsequenz la consecuencia 3/A
Konsum el consumo M/4
Kontakt el contacto

Kontinent el continente
konzentrieren (etw.) concentrar algo 7/V; **~ (sich auf etw.)** concentrarse en algo 4/V
Konzert el concierto
koordinieren (etw.) coordinar algo
Kopf la cabeza
Kopie la copia 4/B
Körpergröße la estatura
korrigieren (etw.) corregir (e → i) algo 3/B
kosten costar (o→ue)
kostenlos gratis
kräftig gordo/-a 4/A
Krake *el pulpo* 1/V
krank enfermo/-a (estar)
Krankenhaus el hospital 3/A
Krankheit la enfermedad
Krater el cráter M/3
kreativ creativo/-a
kreuzen (etw.) cruzar algo
Krise la crisis 1/A
kritisch crítico/-a 6/A
kubanisch cubano/-a 2/V
Küche la cocina M/4
Kuchen la torta 2/V
Kultur la cultura
kulturell, Kultur- (+ *S.*) cultural
Kulturzentrum el centro cultural
kümmern (sich um etw.) ocuparse de algo 4/A; **sich um etw./jdn ~** encargarse de algo/alguien 5/A
Kunst el arte; **Bildende ~** las Bellas Artes M/4
Künstler/in el/la artista
Kurs el curso
kurz corto/-a
kurzärmlig de manga corta
Küste la costa 1/V

L

Labor el laboratorio
Lächeln la sonrisa 4/B
lachen (über etw.) reírse por algo (e → i) 1/B
Laden la tienda
laden (etw.) cargar algo
Ferienlager el campamento 4/A
Lampe la lámpara
Land el campo; el país; la tierra 3/V
Landkarte el mapa
Landschaft el paisaje
Landwirtschaft la agricultura 5/V
lang largo/-a
langweilig aburrido/-a
Laptop el (ordenador) portátil 6/V
lassen (etw.) dejar algo
Lateinamerika América Latina
Lauf *la carrera* 3/B
laufen correr 3/B
Läufer/in *el/la corredor/a* 3/B
laut ruidoso/-a
Leben la vida; **am ~ sein** estar vivo/-a 7/B
leben (in + ***S.*****)** vivir (en + *sust.*)
Lebensbedingungen las condiciones de vida M/4
Lebenslauf el currículum
Lebensrhythmus el ritmo de vida 5/A
Lebensstil el estilo de vida
lecker rico/-a (estar)
Leder el cuero
Lehrer/in el/la profesor/a
leicht fácil
Leid zufügen (jdm) hacer sufrir a alguien M/1
leiden sufrir 5/B
Leidenschaft (für etw.) la pasión (por algo) 2/V
leider desgraciadamente 6/A
leise en voz baja 7/B
Leiter/in el/la director/a 6/A
Lektion la unidad
lernen (etw.) estudiar (algo), aprender algo; **etw. auswendig ~** aprender algo de memoria 4/V
lesen (etw.) leer algo
Leser/in el/la lector/a 6/V
letzte/r, letztes + *S.* el/la último/-a
Leute la gente *sg.*
Liebe el amor
liebe Grüße el abrazo
liebenswürdig acogedor/a 7/A
liebe/r querido/-a
lieber (+ ***Inf.*****) wollen** preferir (e → ie) + *inf.*
lieber mögen (etw.) preferir (e → ie) algo
Lieblings- favorito/-a; preferido/-a
Lied la canción 3/B
Liedtext la letra (de una canción)
liegen in estar situado en
Link el enlace
links (von) (a la) izquierda (de)
Liter el litro 5/B
Literatur la literatura
lockig rizado/-a
Lohn el salario
lohnen (sich) valer la pena; rentar a alguien *fam.* 5/A
Los Angeles Los Ángeles 2/V
Los! ¡Anda!; ¡Venga!; **~ geht's!** ¡Vamos!
löschen (etw.) borrar algo 6/B
lösen (etw.) solucionar algo 1/B
Lösung la solución 5/B
Lüge la mentira 6/B
Lust haben auf etw. / etw. zu tun tener ganas de algo / + *inf.*
lustig divertido/-a; gracioso/-a 6/B; **etw. ~ finden** hacer gracia a alguien *fam.* M/4; **sich über etw./jdn ~ machen** burlarse de algo/alguien M/4

M

machen (etw.) hacer algo; **irre~ (jdn)** poner de los nervios a alguien *fam.* 5/A; **machst du gerne …?** ¿te gusta + *inf.*?
Mädchen la chica
magisch mágico/-a M/3
Mai el mayo
Mais el maíz
Mal la vez
mal sehen a ver
Mallorquiner/in el mallorquín, la mallorquina 5/B
malochen currar *fam.* 5/A
man se + *3. Person Sg./Pl.*; uno/-a; **~ muss +** *Inf.* hay que + *inf.* 1/V
manchmal a veces
Mangel (an etw.) la falta (de algo) 7/V
manipulieren (etw./jdn) manipular algo / a alguien 6/B
Mann el hombre
Marathon el maratón
markieren (etw.) marcar algo
Markt el mercado
Marokko Marruecos
März el marzo
Maschine la máquina M/2
massiv masivo/-a 7/B
Maßnahme la medida; **Maßnahmen ergreifen** tomar medidas 5/B
Mathematik *Schulfach* Matemáticas *pl.* (= Mates *fam.*)
Matrose/-in *el/la marinero/-a* 3/V
Maya el/la maya

Maya- maya *adj.*
Mechanik la mecánica
Medikament el medicamento 6/B
Medium el medio 6/B
Medizin *Studiengang* Medicina *f.*
Meer el mar 1/A
Meeres- marino/-a *adj.* 5/B
Meeresfrucht el marisco 1/V
***Meeresmonster** el monstruo marino* 3/V
mehr más; ~ **als** + *Zahl* más de; ~ **noch** es más 1/V; ~ **oder weniger** más o menos
mehrere varios/-as 2/B
Mehrheit la mayoría
meinen (etw.) parecer (c → zc) a alguien
Meinung la opinión; meiner ~ nach en mi opinión 3/A
melden (etw./jdn) denunciar algo / a alguien 6/B
***Meme** el meme* 2/A
Menge la cantidad; **eine** ~ + *S.* un montón de *sust.* 1/A
Mensch el hombre
menschlich humano/-a; **~es Wesen** el ser humano 7/B
merken (etw.) darse cuenta de algo 4/A
Metall el metal 7/V
Meter el metro
Mexikaner/in el/la mexicano/-a 2/V
mexikanisch mexicano/-a 2/B
Miete el alquiler
mieten (etw.) alquilar algo
Migrant/in el/la migrante 2/V
Milch la leche
Milchkaffee el café con leche
Militär el/la militar M/5; **~-** militar *adj.* M/5
Million el millón
Mindest- mínimo/-a *adj.*
Minute el minuto
Mission la misión M/1
mit con; ~ ***Abstand** descolgado/-a* 7/B
Mitbewohner/in el/la compañero/-a (de piso)
mitbringen (etw., jdm etw.) traer algo (a alguien)
mitnehmen (etw.) llevar algo
Mitschüler/in el/la compañero/-a (de clase)
mittags al mediodía
Mittelalter la Edad Media 5/V
Mittelamerika Centroamérica M/3
Mittelstufe la ESO *Educación Secundaria Obligatoria*
Mittwoch el miércoles
möbliert amueblado/-a (estar)
Mode la moda
Model el/la modelo
modern moderno/-a
Moderne la modernidad M/5
möglich posible 2/B
Möglichkeit la posibilidad M/3
Moment el momento
Monat el mes
Währung la moneda
Montag el lunes
Morgen la mañana
morgen mañana
Motivation la motivación M/4
motiviert motivado/-a (estar) 4/V
müde cansado/-a (estar)
Müdigkeit el sueño
Müll la basura 5/B
München Múnich
Münze la moneda M/2
Museum el museo
Musik la música; **elektronische** ~ la música electrónica 5/V; ~ **anmachen** poner música M/1
Musikband la banda 2/V
Musiker/in el/la músico/-a 3/B
Musikschule el conservatorio 4/V
müssen deber + *inf.* M/3
müssen (etw. tun) tener que + *inf.*
Mutter la madre

N

nach a; después *zeitlich*; ~ **Christus (n. Chr.)** después de Cristo (d. C.); ~ **und** ~ poco a poco M/4
Nachbar- vecino/-a *adj.* 3/B
Nachbar/in el/la vecino/-a
Nachfahre/-in el/la descendiente
nachher luego
Nachmittag la tarde
Nachname el apellido
nachprüfen (etw.) comprobar (o → ue) algo 6/B
Nachricht el mensaje; la noticia
nächste/r, nächstes el/la próximo/-a
Nacht la noche
Nachteil la desventaja 6/A
Nachts- nocturno/-a *adj.*
Nachtschicht el turno de noche 5/A
nachweisen (etw.) verificar algo 6/B
nah cerca
Nahrungsmittel el alimento
Nahuatl *Sprache der Azteken* el náhuatl
naiv inocente 6/B
naja pues
nämlich, Es ist ~ so, dass es que
Nase la nariz; **die ~ voll haben** estar hasta las narices *fam.* 5/A
national nacional
Nationalgericht el plato nacional
Nationalpark el parque nacional
Natur la naturaleza 5/V
Natur- natural *adj.* 1/V
Naturkatastrophe el desastre natural 1/V
natürlich claro *adv.*
Naturschutzgebiet el espacio protegido 5/B
Naturwissenschaften *Schulfach* Ciencias *f. pl.*
Navigationssystem el GPS
navigieren navegar 3/V
neben al lado de; junto a algo/alguien M/3; ~ **mir** a mi lado 1/B
Nebenkosten los gastos
negativ negativo/-a 3/A
nehmen (etw.) coger algo; tomar algo; **ernst ~ (etw./jdn)** tomar algo / a alguien en serio 4/A; **jdn auf den Arm ~** tomar el pelo a alguien *fam.*
neidisch machen (jdn) dar envidia a alguien; **Ich bin neidisch.** ¡Qué envidia!
nein no
nennen (etw/jdn [...]) llamar algo a algo/alguien
nett majo/-a
Netzwerk, soziales la red social 2/A
neu nuevo/-a
neugierig curioso/-a 4/V
neunte/r, neuntes el/la noveno/-a
New Mexico Nuevo México 2/B
New Jersey Nueva Jersey 2/B
New York Nueva York 2/B
nicht no; ~ **einmal** ni siquiera 7/B; ~ **nur ... sondern** no solo... sino (que) también 7/A; ~ **nur ... sondern auch** no solo... también 1/V

nichts nada; ***Das* macht ~.** No pasa nada.; **~ *anfangen können* (*mit etw.*)** *no ser mucho de + algo* 3/B; **überhaupt ~** *de ná* (de nada) *fam.*
nie nunca
niedrig bajo/-a
niemand nadie
Niveau el nivel
Nobelpreis el Premio Nobel
noch (immer) todavía; **~ einmal** otra vez; **~ nicht** todavía no
normal normal
normalerweise normalmente *adv.*
Note la nota; sacar (buenas/malas) notas
notwendig necesario/-a 2/B
November el noviembre
Nummer el número
nur solo
nützen (jdm) servir (e → i) a alguien 4/B; **es wird dir genützt haben** te habrá servido 4/B
nützlich útil 6/A

O

ob si
oben arriba
obligatorisch obligatorio/-a
Obst la fruta
obwohl a pesar de que 1/V; aunque
oder o
offen abierto/-a 2/A
öffentlich público/-a
offiziell oficial M/4; oficialmente *adv.* 5/B
öffnen (etw.) abrir algo
oft a menudo 1/A
ohne sin
okay vale
ökologisch ecologista 4/B; ecológico/-a
ökonomisch económico/-a 2/B
Ökosystem el ecosistema 7/V
Oktober el octubre
Olive la aceituna 5/V
Olivenbaum el olivo 5/B
Oma la abuela
Onkel el tío
Opa el abuelo
Opfer la víctima 6/B
optimistisch optimista
Option la opción
orange naranja
Organisation la organización 4/B
organisieren (etw.) organizar algo M/1
original original 4/V
originell original 4/V
Ort el lugar; el sitio
Osten el este
Ozean el océano 3/V; **Atlantischer ~** el océano Atlántico 2/V; **Pazifischer ~** el océano Pacífico M/3

P

paar, ein unos/-as *pl.*
Paella la paella
Palast el palacio
Pandemie la pandemia 5/V
Papa el papá *lat.am., fam.*
Papier el papel 6/V
Paprika el pimiento 1/V
Paradies el paraíso 1/V
Paris París
Park el parque
Partner/in el/la compañero/-a (de clase)
Party la fiesta
passen (zu etw.) encajar (con algo) 2/A
passend adecuado/-a
Pause la pausa
Pause *Schule* el recreo
perfekt perfecto *adv.*; perfecto/-a *adj.*
Periode el período M/5
Person la persona
Perspektive la perspectiva 4/B
peruanisch peruano/-a
Pesete (*ehemalige spanische Währung*) la peseta M/5
Pflanze la planta
pflanzen (etw.) plantar algo 5/B
Physiotherapeut/in el/la fisioterapeuta 5/A
Pickel el grano 4/A
Piercing el piercing
Pilger/in *el/la peregrino/-a* 1/V
Plan el plan
Plattform la plataforma 6/V
Platz la plaza; el espacio 6/V
plötzlich de repente 1/B
Podcast el podcast 2/V
Polarkreis, südlicher *el círculo polar antártico* 7/V
Polen Polonia 7/A
Politik la política M/5
Polizist/in el/la policía 4/V
Portemonnaie la cartera 1/B
Porträt el retrato M/4
positiv positivo/-a 3/A
Postleitzahl el código postal
präkolumbisch precolombino/-a
Praktikum las prácticas *pl.*
praktisch práctico/-a
Präsentation la presentación
Präsident/in el/la presidente/-a
Präferenz la preferencia
Preis el precio
Priester/in el sacerdote, la sacerdotisa
privat privado/-a
Privatleben la vida privada
pro por
probieren (etw.) probar (o → ue) algo
Problem el problema *m.*
Produkt el producto
Produktion la producción 5/V
produzieren (etw.) producir (c→zc) algo 3/A
Profil la cuenta (*en una red social*) 2/A
profitieren (von etw.) beneficiarse de algo 6/B
Programm el programa
Projekt el proyecto
Prospekt el folleto
Provinz la provincia 7/V
Prozent el por ciento
Prozentsatz el porcentaje (de algo) M/4
Prüfung el examen; **(Aufnahme-)~** la prueba M/1
Publikum el público 3/B
Puerto-Ricaner/in el/la puertorriqueño/-a 2/B
Pullover el jersey
Punkt el punto
putzen (etw.) limpiar algo 2/B; **die Zähne ~** lavarse los dientes 5/B
Pyramide la pirámide

Q

Quadratmeter el metro cuadrado
Qualität la calidad; **von guter/schlechter ~** de buena/mala calidad
quatschen charlar
Quechua *Sprache* el quechua
Quelle la fuente 6/A

R

Rabatt el descuento
Radio la radio
Rap el rap
Rasenhockey el hockey sobre césped 7/A
Rat(schlag) el consejo
reagieren (auf etw.) reaccionar a algo 4/A
Realität la realidad 2/B
rebellisch rebelde M/4
Recht el derecho M/5
rechter/linker Hand a mano derecha/izquierda
rechts (von) (a la) derecha (de)
Rechtschreibfehler la falta de ortografía M/1
reden *platicar mex.* 3/A
reflektieren (über etw.) reflexionar sobre algo
Regel la regla 4/A
Regierung el gobierno 5/V
Region la región
regnen llover (o→ue)
Reich el imperio
reich rico/-a 3/A
reinigen (etw.) limpiar algo 2/B
Reise el viaje
reisen viajar
Reisepass el pasaporte 1/B
Reiseziel el destino
reiten montar a caballo 3/B
Religion la religión
Rennen *la carrera* 3/B
rennen correr 3/B
reparieren (etw.) reparar algo 4/V
Reportage *el reportaje* 3/A
Republik la república M/5
reservieren (etw.) reservar algo
Reservierung la reserva
respektieren (etw./jdn) respetar algo / a alguien 4/A
Rest el resto 1/B
Restaurant el restaurante
Reste los restos *pl.*
Revolution la revolución 6/V
Rezept la receta 2/V
Rezeptionist/in el/la recepcionista 5/A
richten (sich an jdn) dirigirse a alguien
richtig correcto/-a 2/A
Richtung, in ~ hacia 1/B
riesig enorme; inmenso/-a
Risiko el riesgo 6/A
romantisch romántico/-a
Römer/in el/la romano/-a 5/V
rosa rosa *inv.*
rot rojo/-a
rothaarig pelirrojo/-a
Route la ruta
Routine la rutina 5/A
Rucksack la mochila
Ruhe la tranquilidad 5/V
ruhig tranquilo/-a
rühren (keinen Finger) no dar ni golpe *fam.*
Ruine la ruina
Rumänien Rumanía 2/A
rund redondo/-a 3/V

S

Sache la cosa
Saft el zumo 6/B
Sag bloß! ¡No me digas! *fam.*
Sag mal! ¡Oye! *fam.*
Saison la temporada 5/V
Samstag el sábado
Sand la arena M/3
Satz la frase 1/B
Schade! ¡Qué pena!
Schäfer/in el/la pastor/a 2/A
scharf darauf sein, etw. zu tun *morirse (o → ue) de ganas por + inf. fam.* M/3
Schatten la sombra
schenken (jdm etw.) regalar algo a alguien 2/V
schicken (etw.) enviar algo M/1; mandar algo
Schicksal el destino
schmieden, Allianzen *hacer alianzas con alguien* 3/V
Schinken, iberischer el jamón ibérico M/4
schlafen dormir (o → ue)
schläfrig sein tener sueño 1/B
schlau listo/-a (ser) 3/A
schlecht mal *adv.*; malo/-a *adj.*
schließen (etw.) cerrar (e → ie) algo
schlimm grave 5/B
Schlussfolgerung la conclusión 6/A
schmecken, gut ~ estar bueno/-a 1/V; **schlecht ~** estar malo/-a 3/A
schneien nevar (e → ie)
schnell rápido/-a 3/A
Schokolade el chocolate
schon ya; **~ einmal** *jemals* alguna vez M/3; **~ wieder** otra vez
schön bonito/-a; lindo/-a *lat. am.*
Schönheit la hermosura 7/B
Schrank el armario
Schreck el susto 1/B
schrecklich terrible M/4
schreiben (etw.) escribir algo; **Wie schreibt man ...?** ¿cómo se escribe...?
schreien (etw.) gritar algo 1/B
Schriftsteller/in el/la escritor/a
schüchtern tímido/-a
Schuh el zapato
Schule la escuela; el colegio 7/A; **zur ~ gehen** estudiar
Schüler/in el/la alumno/-a
Schulfach la asignatura
Schutz la protección 4/B
schützen (etw./jdn) proteger algo / a alguien 5/B
schwach débil
Schwäche el punto débil
schwarz negro/-a
Schwein(efleisch) el cerdo 5/V
schwerfallen (jdm) costar (o → ue) a alguien 4/V
schwertun (sich mit/bei etw.) tener dificultades con / para algo
Schwester la hermana
schwierig difícil
Schwierigkeit la dificultad
Schwimmbad la piscina
schwimmen nadar
schwimmend flotante
sechste/r, sechstes el/la sexto/-a
See el lago
sehen (etw./jdn) ver algo / a alguien
Sehenswürdigkeit el monumento
sehr muy; mucho *adv.*; **~ +** *Adj. adj.* + ísimo; **~ geehrte/r Frau/Herr** estimado/-a señor/a; **~ gut** *Schulnote* el sobresaliente
sein estar; ser
seit desde; desde hace; **~ +** *Zeitangabe* **etw. tun** llevar + *tiempo* + *gerundio*
seitdem desde entonces 6/A
Seite el lado; la página *libro*
Sekretär/in el/la secretario/-a
selbst el/la mismo/-a
selbstverständlich por supuesto 4/A
Sendung el programa 6/V

sensibel (gegenüber etw. sein) ser sensible a algo 5/V
September el septiembre
Serie la serie 1/V
Serrano-Schinken el jamón serrano 1/V
setzen (etw.) poner algo
sicher seguro/-a (estar)
siebte/r, siebtes el/la séptimo/-a
Sieh mal! ¡Mira!
siezen (jdn) tratar a alguien de usted
Silber la plata
singen cantar 3/B
Situation la situación 1/A
im Rollstuhl sitzen ir en silla de ruedas 4/A
Skateboarding *el skateboarding* M/3
skeptisch escéptico/-a 2/A
Ski fahren esquiar
Skulptur la escultura M/4
Slackline *Sport* el slackline
so así; tan
Sofa el sofá
sogar incluso 7/A
Solaranlage la planta de energía solar
Solarmodul el panel solar
Soldat/in el/la soldado 3/V
solidarisch solidario/-a 4/V
somit por lo tanto 4/V
Sommer el verano
Sonne el sol
Sonnen-, Solar- solar *adj.*
Sonnenaufgang el amanecer M/3
Sonnenuhr el reloj solar
Sonnenuntergang la puesta del sol
Sonntag el domingo
sonntags los domingos
Sorge la preocupación 6/V; **Sorgen bereiten (jdm)** preocupar a alguien 2/A; **Sorgen machen (sich um etw./jdn)** preocuparse por algo/alguien M/1
sowohl… als auch tanto… como 3/A
sozial social 4/V
Sozialarbeit el Trabajo Social 4/A
Spanien España
Spanier/in el/la español/a
spanisch español/a
Spanisch *Sprache* el español
sparen (etw.) ahorrar algo M/3
Spaß haben divertirse (e → ie); pasarlo bien 1/B
spät tarde; **Wie ~ ist es?** ¿Qué hora es?; **zu ~ kommen** llegar tarde
später después; luego
spazieren gehen pasear por + *Ort*
Spaziergang el paseo; **einen ~ machen** dar un paseo 4/A
Spiel el partido 4/A
spielen (etw.) jugar (u → ue) a algo; *Instrument* tocar + *instrumento;* **~ (mit etw.)** jugar (u → ue) (con algo)
Sport el deporte
sportlich deportista
Sportzentrum el polideportivo
Sprache el idioma; la lengua
sprechen (etw.) hablar (algo)
stabil estable 4/V
Stadion el estadio
Stadt la ciudad; **~-** urbano/-a *adj.* M/3
Stadtteil el barrio
ständig constante 7/B; continuamente *adv.* 1/B
stark fuerte
Stärke el punto fuerte
Statistik la estadística
stattdessen en cambio M/5
Stau el atasco M/2
staunen sorprenderse
stehen bleiben quedarse parado/-a 7/A
steigen aumentar 5/V
Stelle el lugar
stellen (etw.) poner algo
sterben morir (o → ue) M/5
Stern la estrella
(Stern-)Warte *el observatorio* 3/V
Steuer el impuesto
Stierkampfarena la plaza de toros
Stil el estilo
Stimme la voz 6/A
stimmt's? ¿verdad?
Stimmung el ambiente
Stipendium la beca 2/V
Stockwerk el piso
stolz (auf etw./jdn sein) estar orgulloso/-a de algo/alguien 3/A
stören (jdn) molestar a alguien 2/A
stornieren (etw.) cancelar algo
strahlend brillante 7/B
Strand la playa
Straße la calle
Straßenbande la pandilla 2/B
Streber/in el empollón, la empollona
streng estricto/-a
stressig estresante 1/A
Strom la electricidad 6/A
Student/in el/la estudiante 1/A
Studentenwohnheim la residencia de estudiantes
Studie el estudio 6/B
Studiengang la carrera
Stufe el nivel; **Treppen ~** el escalón
Stuhl la silla
Stunde la hora
Suche, auf der ~ nach etw./jdn en busca de algo/alguien 7/V
suchen (etw.) buscar algo
Südamerika Sudamérica 7/V
Süden el sur
Südkegel (*südlicher Teil Südamerikas*) el Cono Sur 7/V
super + *Adj.* súper + *adj. fam.*; **Super!** ¡Qué pasada!
Supermarkt el supermercado
süß dulce 1/B
Süßigkeit el dulce 2/V
Symbol el símbolo
sympathisch simpático/-a
Synonym el sinónimo 6/V
System el sistema

T

Tablet la tableta 6/V
Tag el día; **~ der Toten** *mexikanisches Fest* el Día de Muertos 2/V
Tageszeitung el diario 6/B
täglich todos los días
Talent la facilidad
Tandempartner/in el/la compañero/-a de tándem
Tante la tía
Tanz el baile 3/V
tanzen bailar
Tapa la tapa
Taschentuch el pañuelo 1/B
Tätowierung el tatuaje
tauchen bucear M/3
Taxi el taxi M/2
Team el equipo 4/V
technisch técnico/-a 4/V
Technologie la tecnología 4/V
Teehaus la tetería
Teil la parte
teilen (etw.) compartir algo M/1
teilmöbliert semiamueblado/-a (estar)

teilnehmen (an etw.) participar en algo 2/A
Telefon el teléfono
Telefonat la llamada telefónica
telefonieren hablar por teléfono
Telefonnummer el número de teléfono
Teller el plato
Tempel el templo
Temperatur la temperatura M/3
haben (etw.) tener (e → ie) algo
Termin la cita 4/B
Terrasse la terraza 1/B
teuer caro/-a
Text el texto
Theater el teatro; ~- *teatral adj.* 7/V
Theaterstück la obra de teatro
Thema el tema
Tier el animal
Tierquälerei el maltrato animal M/4
Tipp el consejo
Tisch la mesa
Tod la muerte M/5
toll chulo/-a
Tomate el tomate
Tor la puerta
tot muerto/-a (estar) 7/B
töten (jdn) matar a alguien
Tour el tour
Tourismus el turismo
Tourist/in el/la turista
touristisch turístico/-a
Tradition la tradición 1/V
traditionell tradicional
tragen (etw.) *Kleidung* llevar algo
trainieren entrenar 4/A
***Training** el entrenamiento* 3/A
Traube la uva 5/V
Traum el sueño
traurig triste
treffen (sich) quedar
Treppe la escalera
trinken (etw.) tomar algo
***Trinkhalm (für Mate)** la bombilla* 2/V
trocken seco/-a 7/V
trotzdem no obstante 5/B; sin embargo
T-Shirt la camiseta
tun (etw.) hacer algo; **~ (etw. seit +** *Zeit***)** llevar + *tiempo* + *gerundio* 4/B; **~ (etw. weiterhin)** continuar + *gerundio* 4/B; seguir (e → i) + *gerundio* 3/B; **~ (etw. wieder)** volver (o → ue) a + *inf.* 4/A
Tür la puerta
Tutorial el tutorial M/1
Typ *informelle Anrede in Spanien* el tío
typisch típico/-a

U

U-Bahn el metro
U-Bahn-Linie la línea (de metro)
üben (etw.) practicar algo
über encima de; sobre
überallhin a todos lados
überhaupt nicht no… nada
übermüdet sein estar hecho/-a polvo *fam.* 5/A
überraschen (jdn) sorprender a alguien
überraschend sorprendente 1/V
Überraschung la sorpresa
Überrest los restos *pl.*
überschwemmen (etw.) inundar algo 5/A
Übersetzer/in el/la traductor/a
übertrieben exagerado/-a 4/A
überwinden (etw.) superar algo M/5
übrigens por cierto 4/B
Übung el ejercicio
Uhr el reloj; **Es ist … ~.** Es la… / Son las…
Uhrzeit la hora
Ukulele el ukelele M/1
Um wieviel Uhr? ¿A qué hora…?
um zu + *Inf.* para + *inf.*
umarmen (jdn) abrazar a alguien 4/A
Umarmung el abrazo
Umwelt el medio ambiente 5/B
überdenken (etw.) repensar algo (e → ie) 7/A
umdrehen (sich) girarse 1/B
Umfrage la encuesta 6/V
umgekehrt sein estar al revés 5/A
umsteigen cambiar de línea M/2
Umweltschutz- ecologista *adj.* 4/B
Umweltschützer/in el/la ecologista 5/B
umziehen mudarse (a + *lugar*) 2/V
unabhängig independiente 5/A
Unabhängigkeit la independencia
unbekannt desconocido/-a 3/V
und y
unerträglich insoportable 3/B
Unfall el accidente 6/A
ungefähr aproximadamente 2/V
unglaublich increíble
Ungleichheit la desigualdad 7/V
Uniform el uniforme (escolar)
Universität la universidad
Universitäts- universitario/-a
unmöglich imposible M/3
unten abajo
unter debajo de
Unterdrückung la represión M/5
***unterhalten* (sich)** charlar; platicar *mex.* 3/A
Unternehmen la empresa
Unterricht la clase
Unterschied la diferencia
Unterstrich el guion bajo
unterstützen (etw./jdn) apoyar algo / a alguien 2/A
unwohl fühlen (sich) estar incómodo/-a 7/B
Urlaub las vacaciones *pl.*
US-Amerikaner/in el/la estadounidense 2/V

V

Vater el padre
Vegetarier/in el/la vegetariano/-a M/4
verabreden (sich) quedar
Verabredung cita
Verabschiedung *Gesetz* la aprobación M/5
Veranstaltung el evento 3/A
Verantwortliche/r el/la responsable 4/A
verbessern (etw.) mejorar algo
verbinden (etw. mit etw.) conectar algo con algo M/3
verboten prohibido/-a (estar) 1/A
Verbrauch el consumo M/4
verbreiten (etw.) difundir algo 6/V
verbringen *Zeit* pasar
verbunden conectado/-a (estar) 1/A
***verbünden (sich mit jdm)** hacer alianzas con alguien* 3/V
Verbundticket el billete combinado M/2
verdienen (etw.) ganar algo
vereinen (etw./jdn) unir algo / a alguien
Vereinigte Staaten von Amerika (USA) Estados Unidos (EE. UU.) 2/V

Verfassung la constitución M/5
verfeindet enemigo/-a 3/V
verfügen (über etw.) contar (o → ue) con algo 5/V
vergangene/r, vergangenes pasado/-a
vergessen (etw.) olvidar algo 1/A
verglichen (mit etw./jdm) comparado/-a con algo/alguien 7/A
verhören (jdn) *interrogar a alguien* 7/B
verkaufen (etw.) vender algo 1/A
Verkehr el tráfico
verlaufen (sich) perderse (e → ie) 4/A
verlieren (etw.) perder (algo) (e → ie)
vermeiden (etw.) evitar algo 3/V
vermieten (etw.) alquilar algo
vermissen (etw./jdn) echar de menos a alguien/algo 2/A
Vermisste/r el/la desaparecido/-a 7/B
veröffentlichen (etw.) publicar algo 6/B
Veröffentlichung la publicación 6/V
verpassen (etw.) perder (e → ie) algo
verrückt absurdo/-a
verschmutzt contaminado/-a (estar) 3/A
Verschmutzung la contaminación 7/V
verschwenden (etw.) malgastar algo 5/B; **Zeit ~** perder el tiempo
verschwinden desaparecer (c → zc) M/3
Verschwinden la desaparición 7/B
Verschwörungstheorie la teoría conspirativa 6/B
versprechen (etw.) prometer algo 7/B
verstärken (etw.) intensificar algo 7/B
verstehen (etw.) comprender algo
verstehen (etw./jdn) entender (e → ie) algo / a alguien
versuchen (etw.) intentar algo 4/V
verteilen (etw.) repartir algo 5/A
vertrauen (etw./jdm) confiar en algo/alguien 4/V
vertrauenswürdig fiable 6/A
verursachen (etw.) producir (c → zc) algo 3/A
Verwaltung und Finanzen *Studienfach* Administración y Finanzas
Verwaltungsfachangestellte/r el/la técnico/-a superior en administración y finanzas
Verwirrung la confusión 1/B
verzichten (auf etw.) renunciar a algo 6/A
verzweifelt desesperado/-a (estar) 1/B
Videospiel el videojuego
viel mucho *adv.*; mucho/-a *adj.*
viele muchos/-as
Vielfalt la variedad 7/V
vielfältig diverso/-a 2/A
vielleicht quizás; tal vez 4/B
vierte/r, viertes el/la cuarto/-a
Viertel el cuarto
violett violeta
viral werden hacerse viral 6/V
virtuell virtualmente 6/V
Vogel el pájaro
Volk el pueblo 7/V
voll lleno/-a (estar) 1/A
Volleyball *Sportart* el voleibol
völlig totalmente 5/A
von de; **~ nahem** de cerca 7/B; **~ klein auf** desde niño/-a, desde pequeño/-a 1/A; **~ … bis** de … a
vor *zeitlich* antes de; *örtlich* delante de; ante + *sust.*; **~ + *Zeitangabe*** hace…; 4/A; **~ allem** sobre todo; **~ Christus (v. Chr.)** antes de Cristo (a. C.); **~ kurzem** hace poco M/3
vorankommen *salir adelante* 2/B
vorbeigehen (bei jdm zu Hause) pasar por (casa de…)
vorbereiten (etw.) preparar algo
Vorbild el ejemplo M/5
vorherrschen predominar 2/B
vorhersagen (etw.) predecir (e → i) algo
Vormittag, später la media mañana
Vorname el nombre
vorne adelante
vorschlagen (etw.) proponer algo 3/V
vorsichtig sein tener cuidado
vorstellen (etw.) presentar algo; **~ (sich etw.)** imaginarse algo 3/B
Vorstellungsgespräch la entrevista
Vorteil la ventaja 3/A
vorziehen (etw.) preferir (e → ie) algo
Vulkan el volcán M/3

W

wachsen crecer (c → zc)
Waffe el arma *f.* 3/V
Wahl- optativo/-a *adj.*
Wahlen las elecciones *pl.*
wählen (etw./jdn) elegir (e → i) algo / a alguien 2/B
Wählerstimme el voto M/5
Wahlfach la asignatura optativa
wahr, Es ist wohl ~, dass Es verdad que… 6/A
während mientras; + *S.* durante + *sust.*
Wahrheit la verdad
Wald el bosque 5/V
Walhai *el tiburón ballena* M/3
wandern caminar
Wandern el senderismo 1/V
Wanderung la migración 7/V
wann? ¿cuándo?
Wärme el calor
warten (auf etw./jdn) esperar algo / a alguien
Warteschlange la cola
warum? ¿por qué?
was? ¿qué?
Was für ein/e + *S.*! ¡Vaya + *sust.*! *fam.*; ¡Qué + *sust./adj./adv.*!
Was ist los? ¿Qué pasa?
Wasser el agua *f.* 1/B
Wasserfall *la catarata* 3/V
Webdesigner/in el/la diseñador/a web
Webseite la página web
weder … noch … ni… ni…
Weg el camino
wegen por 3/A
weggehen irse
weglassen (etw.) *comerse algo fam.*
weh tun (jdm) doler (o → ue) a alguien 2/B
weil como; porque; ya que
weinen llorar 1/B
weiß blanco/-a
weit weg (von) lejos (de)
weiterführende Schule el instituto
weitergehen seguir (e → i)
weiterleiten (etw.) reenviar algo M/1
welche/r quien, quienes *Relativpronomen* 3/V
welche/r?, welches? ¿qué?; ¿cuál/es?
Welt el mundo

wenig poco, poquito *adv. fam.*
wenig/e poco/-a *adj.*
wenn cuando; si
wer? ¿quién/es?
werben (für etw.) promocionar algo 5/V
Werbung la publicidad
werden (+ *Adj.***)** hacerse + *adj.* 5/V; volverse (o → ue) + *adj.* 2/A; *Zustandsveränderung* ponerse + *adj.*; **... Jahre alt ~** cumplir ... años 2/A; **~ (etw.** *Beruf***)** hacerse + *profesión* 3/B; **~ (zu etw.)** pasar a ser algo; convertirse (e → ie) en algo
werfen (etw.) echar algo 1/B; ***etw./jdn ins Meer ~*** *tirar algo / a alguien en el mar* 7/B
(Kunst-)Werk la obra (de arte) M/4
Werkstatt el taller
Werkzeug la herramienta 6/A
(wert-)schätzen valorar algo 6/A
wert sein (etw.) valer algo
Westen el oeste
Wettbewerb, den ~ mögen ser competitivo/-a 4/V
WG (Wohngemeinschaft) el piso compartido
wichtig importante; **jdm ~ sein** importar a alguien M/1
wie como
wie? ¿cómo?; **~+** *Adj./Adv.***!** ¡Qué + *adj./adv.*!; **~ lange ist es her!** ¡Cuánto tiempo!; **~ doof!** ¡Qué palo!; **~ geht's?** ¿cómo estás?; ¿qué tal?; **~ wäre es, wenn ...?** ¿Qué tal si...?
wieder de nuevo 4/A
Wiedereroberung la Reconquista
wiederholen (etw.) repetir (e → i) algo
Wiege *la cuna* 7/V
willkommen bienvenido/-a
Winter el invierno 1/V
wirken parecer (c → zc) a alguien
wirklich en serio; real; realmente *adv.*
Wirklichkeit la realidad 2/B
Wirtschaft la economía 2/B
wirtschaftlich económico/-a 2/B
wissen (etw.) saber algo / + *inf.*
Witz la broma M/1
wo? ¿dónde?
wo donde *Relativpronomen* 1/A
Woche la semana
Wochenende el fin de semana
wochentags en la semana
woher? ¿de dónde?
wohin? ¿adónde?
wohnen vivir; residir 3/B; **~ (in einer Wohngemeinschaft)** compartir piso
Wohnung el piso
wollen (etw.) querer (e → ie) algo
Workshop el taller
Wort la palabra
Wortschatz el vocabulario
Wow! ¡Vaya!
wunderbar encantador/a M/3
wunderschön hermoso/-a 7/B
Wurzel la raíz, las raíces 2/V
Wüste el desierto

Z

Zahl la cifra 5/V
zählen contar (o → ue) algo
zahlreich numeroso/-a 2/V
Zahn el diente 5/B
zauberhaft encantador/a M/3
Zehnerkarte el bono de diez viajes M/2
zehnte/r, zehntes el/la décimo/-a
zeichnen (etw.) dibujar algo
zeigen (etw.) demostrar (o → ue) algo 5/V; mostrar (o → ue) algo 3/V
Zeit el tiempo
zeitig con tiempo
Zeitraum la época
Zeitschrift la revista
Zeitung el periódico
Zensur la censura M/5
zentral central
Zentrum el centro
zerstören (etw.) destruir (i → y) algo
Ziel el objetivo 4/V
ziemlich bastante
Zimmer la habitación
Zitrone el limón
zu a; **~ jener Zeit** en aquellos años 1/A; **~ viel +** *S.* demasiado/-a + *sust.* 5/B
zu Hause en casa
zudrehen (den Wasserhahn) cerrar (e → ie) el grifo 5/B
zuerst primero
zufrieden contento/-a (estar)
Zug el tren
zuhören (jdm) escuchar a alguien
Zukunft el futuro
zuletzt por último 3/V
zumindest por lo menos 7/B
zunehmen aumentar 5/V
zurückgeben (jdm etw.) devolver (o → ue) algo a alguien 1/B
zurückhalten (sich mit etw.) *cortarse* M/1
zurückkehren regresar 3/V; volver (o → ue)
zurzeit actualmente
zusammen juntos/-as
zusammenarbeiten colaborar 5/A
zusammenhängen (mit etw./jdm) estar relacionado/-a con algo/alguien 4/A
zusammenleben convivir 4/A
zusammenpassen *Kleidung* ir bien con
Zuschlag el suplemento M/2
Zustand el estado 7/B
zuwerfen (jdm etw.) tirar algo a alguien 1/B
zuzüglich más
zweisprachig bilingüe 1/A
zweite/r, zweites el/la segundo/-a
zwischen entre

Cover: Shutterstock.com/Eve Orea; **US.: Karte:** Cornelsen/Volkhard Binder, **Weltkugel:** Shutterstock.com/arjuno; **US3:** Cornelsen/Christian Görke; **S. 1/Ikon Buch:** Cornelsen/Inhouse/Anne Weingarten; **S. 2:** PEFC Deutschland e.V.; **S. 8/1:** Shutterstock.com/sssanchez, **2:** stock.adobe.com/Gena, **Kompass:** stock.adobe.com/orfeev, **S. 8/3:** Shutterstock.com/Man On The Go, Sonne: stock.adobe.com/orfeev, **S. 8/Lupe:** Shutterstock.com/iadams, **Karte in Lupe:** Cornelsen/Volkhard Binder, **Sonnenschirm:** Shutterstock.com/Minii Ho; **S. 9/5:** stock.adobe.com/Jon, **Ikon o.l.:** Shutterstock.com/josep perianes jorba, **Wegweiser:** stock.adobe.com/orfeev, **6:** stock.adobe.com/shootdiem, **Trinkbecher:** Shutterstock.com/Minii Ho, **7:** stock.adobe.com/jdjuanci, **Krake:** Shutterstock.com/jsabirova, **8:** Shutterstock.com/Dmitri Ma, **Kamera:** Shutterstock.com/Minii Ho, **Karte u.l.:** stock.adobe.com/Sven Knie; **S. 10/o.r.:** Shutterstock.com/Raul H, **m.r.:** stock.adobe.com/josemad, **u.:** Shutterstock.com/New Africa; **S. 11:** Cornelsen/Laurent Lalo; **S. 12/o.l.:** Shutterstock.com/Dubova, **m.l.:** stock.adobe.com/pressmaster, **Lenker+Fisch+Anker:** Shutterstock.com/Natalia Hubbert, **o.r.:** Shutterstock.com/LightField Studios, **m.r.:** stock.adobe.com/carballo, **u.r.:** stock.adobe.com/florianreichelt; **S. 14/o.:** stock.adobe.com/SUFFIEANN, **u.:** Shutterstock.com/Soloviova Liudmyla; **S. 15:** Cornelsen/Laurent Lalo; **S. 16/l.:** Shutterstock.com/Cookie Studio, **r.:** 2023; **S. 17-19:** Cornelsen/Laurent Lalo; **S. 20/v.o.n.u.:** Shutterstock.com/Roman Samborskyi, Shutterstock.com/Willyam Bradberry, Shutterstock.com/Momentum studio, Shutterstock.com/Image-Flow; **S. 21/o.l.:** Shutterstock.com/PV productions, **m.l.:** Shutterstock.com/Krakenimages.com, **u.l.:** Shutterstock.com/Antonio Guillem, **o.r.:** Shutterstock.com/Cookie Studio, **m.r.:** Shutterstock.com/PeopleImages.com - Yuri A; **S. 22-23 - Hintergrund Karte:** Werkstatt für Gebrauchsgrafik; **S. 22/o.l.:** Panther Media GmbH/Cseh Ioan, **m.l.:** Shutterstock.com/Alba Jimenez Aranda, **r.:** Shutterstock.com/Erickromay22; **S. 23/o.r.:** Cornelsen/Inhouse, **m.r.:** Cornelsen/Inhouse, **u.l.:** Shutterstock.com/Madele; **S. 24:** Cornelsen/Inhouse; **S. 26/l.:** stock.adobe.com/Arcady, **r.:** mauritius images/alamy stock photo/Fotoeventis; **S. 27/Flagge l.:** stock.adobe.com/alexandarilich, Flagge **m.+r.:** Shutterstock.com/Ints Vikmanis; **S. 28:** akg-images/Guenay Ulutuncok; **S. 30/o.:** stock.adobe.com/ajr_images, **u.:** stock.adobe.com/gustavofrazao; **S. 31/m.:** Cornelsen Verlag/stock.adobe.com/Robert Biedermann, **u.:** Cornelsen/Marc Rueda; **S. 32/m.:** stock.adobe.com/gustavofrazao, **S. 32/u.:** Cornelsen/L42 AG; **S. 34/l.:** Shutterstock.com/Fotowan, **r.:** Shutterstock.com/Mimadeo; **S. 35/l.:** stock.adobe.com/carballo, **r.:** Shutterstock.com/EugeneEdge; **S. 36:** Cornelsen/Laurent Lalo; **S. 37/o.l.:** Consorcio Regional de Transportes de Madrid, **o.m.:** Shutterstock.com/Anibal Trejo, **m.:** Cornelsen/Laurent Lalo; **S. 38-39:** Cornelsen/Inkarnatoons; **S. 40/o.:** Cornelsen/Inkarnatoons, **m.:** bpk/DeA Picture Library/G. Dagli Orti, **u.:** Bridgeman Images/Hernando Cortes or Fernand Cortez (1485-1547), Spanish conquistador and Aztec emperor Moctezuma (Mexico); **S. 41/o.:** Bridgeman Images/The Vanishing Gold of the Aztecs. Cortes was driven from the city but returned; the siege of Tenochtitlan began in May 1521. Scan of small illustration which has been digitally enhanced to assist repro.; **S. 41/u.:** stock.adobe.com/Microgen; **S. 42/o.:** mauritius images/alamy stock photo/Frank Nowikowski, **u.l.:** stock.adobe.com/Luis Sandoval Mandujano, **u.r.:** mauritius images/alamy stock photo/RooM the Agency; **S. 44:** Cornelsen/Laurent Lalo; **S. 45/l.:** mauritius images/alamy stock photo/USA/Tsuni, **2.v.l.:** mauritius images/alamy stock photo/Hyperstar, **3.v.l.:** mauritius images/alamy stock photo/Julio Etchart, **r.:** Imago Stock & People GmbH/El Mundo; **S. 46/o.:** Imago Stock & People GmbH/Aurora Photos/MarcosxFerro 4738300004, **m.l.:** stock.adobe.com/alesprieto, **m.r.:** stock.adobe.com/Jose Antonio Jiménez García; **S. 48/l.:** mauritius images/Aurora RF, **S. 48/m.:** Imago Stock & People GmbH/Image Source/xRodrigoxFriscionex Ref:IS09BD3GQ, **r.:** Shutterstock.com/jos macouzet; **S. 49/l.:** akg-images/Sambraus, **r.:** Shutterstock.com/Diego Grandi; **S. 50/v.o.n.u.:** stock.adobe.com/evenfh, stock.adobe.com/Pedro, Shutterstock.com/Milosz Maslanka, Shutterstock.com/Max Topchii; **S. 51/o.:** Shutterstock.com/Henryk Sadura, **m.:** stock.adobe.com/Galyna Andrushko, **u.:** Shutterstock.com/Simon Dannhauer; **S. 52:** Shutterstock.com/Prostock-studio; **S. 53:** stock.adobe.com/Yuliia; **S. 54/m.:** Shutterstock.com/FGC, **u.:** Shutterstock.com/Panchenko Vladimir; **S. 55/l.:** Shutterstock.com/Robilad Co, **o.m.:** Shutterstock.com/Olivier Le Moal, **r.:** Shutterstock.com/metamorworks; **S. 57/1:** stock.adobe.com/studio.com (Olga Yastremska and Leonid Yastremskiy)Africa Studio, **2:** stock.adobe.com/Довидович Михаил, **3:** stock.adobe.com/vectorpouch, **4:** stock.adobe.com/Екатерина Рукосуева, **5:** stock.adobe.com/Indy_Looker/Looker_Studio, **6:** Shutterstock.com/Juan Ci, **7:** stock.adobe.com/zinkevych, **8:** stock.adobe.com/matiasdelcarmine; **S. 58/o.:** Shutterstock.com/fboudrias, **u.:** Shutterstock.com/IgorXIII; **S. 60-62:** Cornelsen/Laurent Lalo; **S. 64/v.o.n.u.:** Shutterstock.com/attilio pregnolato, stock.adobe.com/Peopleimages - AI, stock.adobe.com/NDABCREATIVITY, Cornelsen/© Duden Learnattack GmbH, Shutterstock.com/Gorodenkoff; **S. 66:** Cornelsen/Rafael Broseta Gaudisa; **S. 67:** Cocodrilo/Japonica Films/Jorge Yúdice/interfilm Berlin Management GmbH; **S. 68/o.:** Shutterstock.com/Desizned, **S. 68/u.:** Imago Stock & People GmbH/Westend61, Diagramme: Cornelsen/Straive; **S. 69/o.:** stock.adobe.com/Fabio; **Diagramme:** Cornelsen/Straive; **S. 71:** Panther Media GmbH/Ernesto Rosé; **S. 72/o.:** Shutterstock.com/Monkey Business Images, **m.:** Shutterstock.com/Foto 4440; **S. 74:** Shutterstock.com/Monkey Business Images; **S. 75:** stock.adobe.com/Bildgigant; **S. 76/2:** stock.adobe.com/Boris Stroujko, **3:** Shutterstock.com/M_Kaempfer; **S. 76-77/4:** stock.adobe.com/tobago77, **6:** cedido sin contraprestación por la Agencia de Estrategia Turísitica de las Islas Baleares (AETIB), editado en 2017; **S. 76/Flagge:** Shutterstock.com/Naughty-Nut, **Karte:** stock.adobe.com/bogdanserban; **S. 78/1:** stock.adobe.com/dudlajzov, **2:** stock.adobe.com/till beck, **3:** Shutterstock.com/Thomas Haupt, **4:** Shutterstock.com/bepin, u.: Agencia de Estrategia Turística de las Islas Baleares (AETIB) editado en 2017; **S. 80:** Shutterstock.com/Veronika Galkina; **S. 81/l.:** Shutterstock.com/Nadino, **2.v.l.:** Shutterstock.com/Gelpi, **3.v.l.:** Shutterstock.com/pixelheadphoto digitalskillet, **r.:** Shutterstock.com/ESB Professional; **S. 82:** stock.adobe.com/chrupka; **S. 83:** Tira cómica de Symetrías/ideah! Agencia de Comunicación; **S. 84:** Govern Illes Balears, Conselleria de Medi Ambient, Agricultura i Pesca; **S. 85/o.l.:** Grup Balear d'Ornitologia I Defensa de la Naturalesa (GOB), **o.r.:** Amics de la Terra Mallorca, **m.r.:** Shutterstock.com/David Pereiras; **S. 86/l.:** Shutterstock.com/Angelo Giampiccolo, **r.:** Shutterstock.com/Larina Marina; S. **88/o.:** Shutterstock.com/BearFotos, u.: Greenpeace México; **S. 90/o.l.:** Bridgeman Images/Tallandier/it is possible that some works by this artist may be protected by third party rights in some territories, **m.l.:** akg-images/De Agostini/Biblioteca Ambrosiana, **m.r.:** Bridgeman Images/© Iberfoto, **Flagge:** Shutterstock.com/Dmitrij Plehanov, **u.m.:** Shutterstock.com/movit; **S. 91/l.:** Shutterstock.com/Javi Az, **r.:** Shutterstock.com/Rido; **S. 92/o.l.:** Shutterstock.com/Dmitri Ma; **S. 92-93/Hintergrund:** stock.adobe.com/stnazkul; **S. 93/o.l.:** Shutterstock.com/BublikHaus, **m.l.:** Shutterstock.com/Kiselev Andrey Valerevich, **m.r.:** Shutterstock.com/Andrey_Popov; **S. 95:** Agencia Española de Protección de datos; **S. 96:** stock.adobe.com/Daniel Ernst; **S. 97:** Shutterstock.com/Nadia Snopek; **S. 99/m.:** Shutterstock.com/TravelSH, **u.:** Shutterstock.com/santypan; **S. 100:** Cornelsen/Marc Rueda; **S. 103/o.:** Handysektor/Landesanstalt für Kommunikation (LFK) Baden- Württemberg, **m.r.:** Shutterstock.com/Monkey Business Images; **S. 104:** Shutterstock.com/namtip-Studio; **S. 106/3+4:** interfilm Berlin Management GmbH/Manuel Kinzer & Jorge A. Trujillo Gil, **außer 3+4:** Filmgestalten/interfilm Berlin Management GmbH; **S. 108/Flaggen:** stock.adobe.com/VectorShop, **u.l.:** Shutterstock.com/MP2021, **u.r.:** Shutterstock.com/kastianz; **S. 109/o.:** Shutterstock.com/Paulo Afonso, **m.:** stock.adobe.com/MartinGomezAlzaga, **u.:** Shutterstock.com/Bluesnaps; **S. 110/m.:** Shutterstock.com/R.M. Nunes, **Flaggen:** Shutterstock.com/Ints Vikmanis; **S. 111/u.:** stock.adobe.com/vpardi, **m.:** Shutterstock.com/FelipePampin; **S. 112:** Shutterstock.com/David Haykazyan; **S. 113/o.:** Shutterstock.com/DC_Aperture, **u.:** Shutterstock.com/buteo; **S. 115/Flagge Spanien:** Shutterstock.com/SmileStudio, **Flagge Argentinien:** stock.adobe.com/VectorShop, **u.:** Shutterstock.com/ScottMurph; **S. 116-117:** Cornelsen/Laurent Lalo; **S. 118:** Shutterstock.com/Ilysev Dmitry; **S. 119/o.l.:** mauritius images/alamy stock photo/Odyssey-Images, **o.m.:** mauritius images/alamy stock photo/Néstor J. Beremblum, **o.r.:** mauritius images/alamy stock photo/Keystone Press, **m.l.:** mauritius images/alamy stock photo/VWPics/Federico Tovoli, **m.m.:** stock.adobe.com/zwiebackesser; **S. 120:** stock.adobe.com/studio.com (Olga Yastremska and Leonid Yastremskiy)/New Africa; **S. 123:** Shutterstock.com/Yuganov Konstantin; **S. 125:** Shutterstock.com/Chepe Nicoli; **S. 126:** mauritius images/Maskot; **S. 128:** Cornelsen/Laurent Lalo; **S. 135/m.:** Shutterstock.com/attilio pregnolato. **r.:** stock.adobe.com/Peopleimages - AI; **S. 142:** Shutterstock.com/Ilyshev Dmitry; **S. 172:** mauritius images/Pitopia; **S. 180:** Cornelsen/Laurent Lalo; **S. 254:** © Metro de Madrid, S.A.; **S. 255/Karte Hintergrund:** Cornelsen/Volkhard Binder, **Sehenswürdigkeiten l.+r.:** Cornelsen/Rafael Broseta Gaudisa; **S. 256:** Cornelsen/Christian Görke

RED DE METRO Y METRO LIGERO *Metro and Light Rail Network*

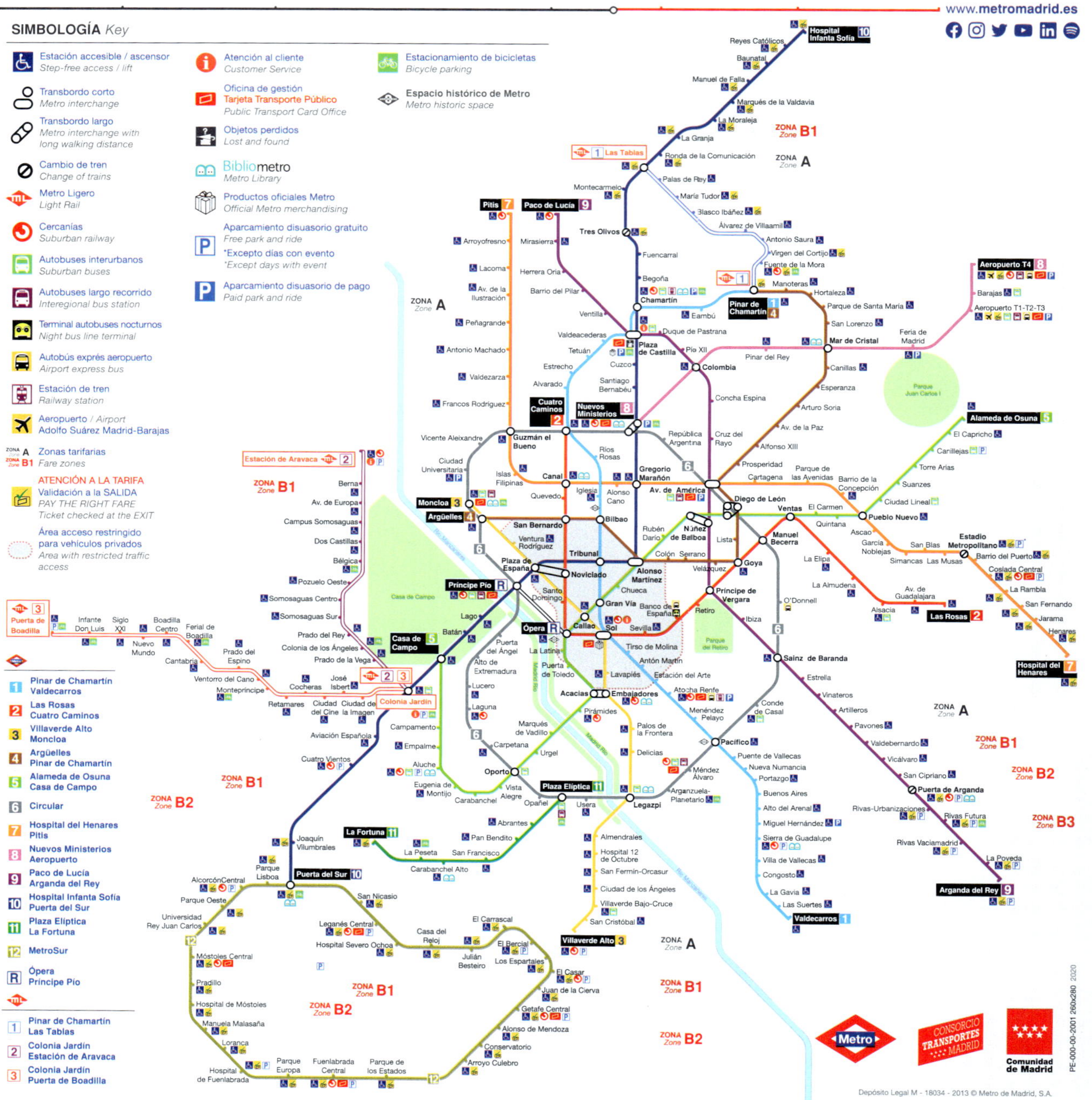

Palma de Mallorca

México
ESTADOS UNIDOS
Tijuana
Mexicali
Baja California
Sonora
Hermosillo
Ciudad Juárez
Chihuahua
Chihuahua
Sierra Madre Occidental
Sierra Madre Oriental
Golfo de California
Baja California Sur
Sinaloa
Culiacán
Coahuila
Río Bravo del Norte
Nuevo León
Monterrey
Matamoros
Torreón
Durango
Golfo de México
Tamaulipas
Mazatlán
Zacatecas
San Luis Potosí
Agua-scalientes
San Luis Potosí
Tampico
Nayarit
Aguascalientes
León
Guanajuato
Queré-taro
Hidalgo
Guadalajara
Jalisco
Colima 4339 m
Colima
Morelia
Michoacán
Ciudad de México
México
Distrito Federal
Popocatépetl 5452 m
Tlaxcala
Puebla
Puebla
Morelos
Veracruz
Veracruz
Bahía de Campeche
Guerrero
Chilpancingo 3703 m
Acapulco
Oaxaca
Oaxaca de Juárez
Istmo de Tehuantepec
Lagunas de Chacahua
Puerto Ángel
Tabasco
Villahermosa
Chiapas
Mérida
Yucatán
Yucatán
Campeche
Quintana Roo
BELICE
Mar Caribe
GUATEMALA
HONDURAS
EL SALVADOR
Océano Pacífico
CIUDAD DE MÉXICO
Parque Bicentenario
Av. Insurgentes Nte.
Cto. Interior
Autop. Urbana Nte.
Museo de Antropología
Parque Chapultepec
Viad. Río de la Piedad
Autopista México-Puebla
Av. de los Insurgentes Sur
Av. Río Churubusco
Calz. Ermita Itzapalapa
Supervía Pte.
Anillo Perif. Blvd. Adolfo Ruiz Cortínez
Parque de Los Dinamos
Parque Ecológico de